辛安小 绘

# 黑天

2，完结篇

HEITIAN

木苏里 / 著

你看，后会终归还是有期的，

但醒来的时间恰到好处，

刚好能和惦念的人重逢在一场温柔的暖春里。

木苏里

廣東旅游出版社
GUANGDONG TRAVEL & TOURISM PRESS
悦读书·悦旅行·悦享人生
中国·广州

图书在版编目（CIP）数据

黑天. 2，完结篇 / 木苏里著. — 广州 : 广东旅游出版社，2022.2
ISBN 978-7-5570-2665-3

Ⅰ. ①黑… Ⅱ. ①木… Ⅲ. ①幻想小说－中国－当代 Ⅳ. ①I247.5

中国版本图书馆CIP数据核字(2021)第258672号

---

# 黑天. 2，完结篇

HEI TIAN. 2, WANJIE PIAN

著　　者　木苏里
出 版 人　刘志松
责任编辑　何　方　李　丽
责任校对　李瑞苑
责任技编　冼志良

广东旅游出版社出版发行

地　　址　广东省广州市荔湾区沙面北街71号首、二层
邮　　编　510130
电　　话　020-87347732
印　　刷　北京盛通印刷股份有限公司
　　　　　（地址：北京市大兴区亦庄经济技术开发区经海三路18号）
开　　本　880毫米×1230毫米 1/32
字　　数　450千
印　　张　10
版　　次　2022年2月第1版
印　　次　2022年2月第1次印刷
定　　价　39.80元

---

本书若有倒装、缺页影响阅读，请与承印厂联系调换，联系电话 010-57735441

# 目录

## 第一卷 神鬼（续）



## 第二卷 人间

HEITIAN

第1章

# 绑架

之前半是玩笑半对峙的氛围瞬间被荡涤干净，活像是兜头泼了一桶冰水。

楚斯没等萨厄·杨答话，自己把衬衫扫开，低头看了一眼。

12：00：09：36。

没有少看一位数，倒计时真的从最初的123天直降到了12天，跳楼的速度也不过如此。

楚斯低头看着那倒计时许久没开口，从萨厄·杨的角度看不到他的表情，只能窥见一点抿着的嘴角，和平日里冷淡的模样相差无多，好像并没有什么情绪上的变化。

又过了几秒后，楚斯才直起身来，一边拍了拍萨厄·杨的肩示意他让开一些，一边道："居然真的没看错，不过十二天也还行，够做不少事也够找人了。"

他看起来非常平静，似乎这个倒计时并没有给他造成任何困扰，只是一个不断减小的数字而已。

"这个倒计时是怎么回事？为什么智能机械还会带倒计时？"萨厄·杨侧开了身，但还是伸手抓了他一把，"我从没见过机械治疗的结果是把人治成定时炸弹的。"

楚斯被他抓着手腕，脚下便顿住了步子，有些没好气地瞥了眼他的手："看在我有点赶时间的分上，你能让我边说话边做事吗？节省点。况且，你想得太严重了，还不至于到人肉炸弹的程度。"

萨厄·杨的手却并没有立刻松开，他牵了牵嘴角，眼里却并没有笑意："虽然我喜欢极了你那副嘴不饶人的模样，但是别指望在我面前说瞎话蒙混过去，我不是那帮训练营出来的小傻子们，也不是被你压在下权位的那些官员、警卫、分遣队长。”

楚斯看着他：“所以？”

“你脉搏跳得比之前快，这个倒计时让你精神紧张，平静全都是装出来的。”萨厄·杨一针见血地直戳重点，一点儿也没有给他留点面子。

楚斯：“……”

这其实是他的条件反射，习惯了把所有的事情都轻描淡写化，以避免引起一些不必要的猜测和惊惶，所以在看到倒计时的瞬间，他下意识的反应就是把事情的严重性先降下来，不管是出于哪种考虑。

他活了多少年，这逞强的臭毛病就跟了他多少年，根深蒂固几乎是贴着骨头连着筋长出来的，连蒋期都没能让他改变分毫，更别说短时间内就让他从思维上扭转过来了。

但是萨厄·杨这种人大概天生就是来治他的，他披的每张皮说的每一句瞎话在这人面前都起不到什么作用，活似穿了新衣的皇帝。

萨厄·杨不光扒了他的新衣，还总能找出理由来支持论据，让他连反驳都不知从何驳起，只能沉默着大眼瞪小眼。

不得不说，在对付楚斯这种人的时候，这种直来直去得近乎有些扎人的方式比其他任何一种委婉手段都来得有用。

皮都撕开了，还有强行套上的必要吗？

当然没有。

楚斯瞪了他好一会儿，终于耸了一下肩，道：“据邵老医生说，当初最先是考虑做肢体养殖的，但是因为活性实在不稳定，而我的身体排异又格外严重，就转为智能机械治疗，转到了邵老的手里。但是我的身体对智能机械依然有非常严重的排斥反应，算是比较罕见的情况。好在智能机械方便不断调试，所以效果要好一点，唯一麻烦的就是不能一劳永逸。这个倒计时就是提醒我，调试的时间又要到了，所以我每隔半年会回私人别墅休养几天，就是这样。”

“你还没有说倒计时结束的后果。”萨厄·杨油盐不进的时候，大概比楚斯有过之而无不及。

楚斯斟酌了一下用词，道，“倒计时到尾声的时候，可能会出现机体紊乱不受控的情况，也就是它可能会任性地罢一阵子工。”

他这样的说法，很容易让人理解为，半边身体不方便移动，但是较之其他严重后果，这种移动不便的后果要显得温和得多。

但是很可惜，萨厄·杨再一次扒掉了所有修饰语，直戳关键地问道："智能机械的替代范围涉及心脏了？"

楚斯动了动嘴唇，最终还是"嗯"了一声。

如果只是半边肢体罢工那还好说，如果连同心脏也一起罢工，那结果不言而喻，绝不是简简单单一句"机体休眠"就能说明的，大概就得改成"永眠"了。

听到这个答案后，萨厄·杨彻底变成了面无表情，这种不带表情看人的模样放在他身上其实很容易令人畏惧和紧张。

但是楚斯却感觉自己心上被什么东西轻轻挠了一下，于是他脱口而出："没关系，来得及。"

说完之后，他自己倒是先嗤笑了一声，不带讽刺意味，有点儿开玩笑的意思，"明明背着倒计时的人是我，怎么反倒变成你是受安抚的那个了。"

如果是平时，萨厄·杨早就笑着堵回来了，没准会说"究竟为什么，长官你自己心里其实清楚得很"之类的话，反正他们早就这样你弯我绕过不知多少来回了。但这次萨厄·杨却并没有说话，他的目光始终落在楚斯身上，因为神色太沉而眼珠又太过透彻的缘故，总让人有种无所遁形的感觉。

这种目光比那种近在咫尺居高临下的审视更令人不自在。

楚斯瞥了他一眼，终于抽回了手，把那根被揉得不成样子的领带丢回到床上，重新在衣柜里挑了一条一边系着一边道："刚才吃东西的时候，我给唐他们发了讯息，让他们把你之前在巴尼堡弄出来的那张龙柱星图同步过来。本来只是想着把每一处碎片的位置标注出来，白狼舰就不用像没头苍蝇一样在太空里四处发探寻信号和召集信号了，现在倒是还帮了我自己一把，有图示的情况下，找到白鹰军事医院不会是什么难事，那里有能帮我调试的设备和人。"

说完，他把手指上缠着的领带抽紧，又整理了一下。他自觉解释得差不多了，便没有再开口的打算。谁知萨厄·杨却突然开口问了一句牛头不对马嘴的话："你说的邵医生，跟来采集DNA的小白脸什么关系？"

"小白脸？"楚斯一愣，"你说邵珩？邵老医生是他父亲。"

萨厄·杨"嗯"了一声。

楚斯看着他的脸色，正想说什么，办公室外间就传来了敲门声。

“你……”他迟疑了一下，最终还是眨了下眼睛，道：“算了，等会儿再说。”

说着他便大步流星走出了卧室。

来人是1号办公室的那两位副指挥官，显然是齐尔德·冯把他们差过来的。

“长官，刚才指挥中心收到了龙柱星图，请您过去决策救援兵力分配，另外齐尔德·冯代指挥官还有一些实际权限需要跟您办一下交接。”

冯老头当初整天哪壶不开提哪壶，干过无数桩糟心事，没少给楚斯添堵。现如今，他夕阳红了，一把从宣传官员晋升成了代指挥官，却依然倔强地秉持着这种精神，孜孜不倦给其他人添着堵——

这两位副指挥官作为1号办公室执行长官的亲信，现在要眼睁睁看着楚斯把执行长官联盟的所有权限收到个人手里，心里的滋味估计十分复杂。

楚斯瞥了他们一眼，点点头道：“行。”

他转头下意识就要喊萨厄了，张口的瞬间又默默闭上，握着拳抵着鼻尖咳了一声，清了清喉咙才重新道：“杨先生。”

他们几个人对话的功夫里，萨厄·杨已经不在卧室了，而是倚靠在会客厅的沙发背后，抱着胳膊不知在琢磨什么。

楚斯一开口，他便撩起了眼皮，乍一看表情已经和平时无异了，甚至还冲楚斯抬了抬下巴：“其他的事等长官你回来再谈。”

“嗯？”楚斯心说萨厄·杨居然还有这么好说话的时候？好像刚才那恨不得要把人烤下一层皮来的眼神不是他的似的。

不过此时也不是杵在这里研究萨厄·杨翻脸比翻书快这破毛病的时候，他点了点头，便由那两位副指挥官领着出了办公室外间的大门，一路朝指挥中心走去。

齐尔德·冯正扣着耳麦撑在巨大的星图屏幕前跟负责监控白狼舰航行的临时舰长说着什么，看见楚斯进门后便迎了过来。

白狼舰的指挥中心就在办公区核心位，离楚斯的办公室倒是不远。这是个巢型建筑，墙壁上分布着星图、航行图、白狼舰数据图以及各处的实时监控屏幕。每个区域本该有二十个监控员实时守着，但此时这里一共只坐了不到十个守航监控员，那位临时舰长则是原本白狼舰的特级驾驶员。

在那些巨大的屏幕中间，围着一个长圆形的会议桌。

“长官，坐。”齐尔德·冯迎着楚斯坐下，道，“您让人同步过来的星图我们刚才做了一个初步的区域划分，就等您过来看呢。这个划分能在尽量短的时间里，全面覆盖所有龙柱保护的星球碎片。”

“大概多久？”楚斯看着屏幕上纵横交错的分割线，问道。

“1周。”齐尔德·冯道。

“1周……”楚斯重复了一句，心里却啧了一声，之前其实还有一个问题没有跟萨厄·杨细说，那就是虽然倒计时的显示是12天，但一般来说到最后5天时，出于系统的自我保护，整个机械体会提前进入预休眠，以减少紊乱对主干系统的损害。

齐尔德·冯给出的这个时间非常尴尬，刚好卡在预休眠前的最后一天。如果白鹰军事医院的碎片在前几天里就能找到，那再好不过，如果倒霉催的刚巧拖到了最后一两天，那对他来说就有些麻烦了。

况且，这还是一般来说。

在扫把星附体的时候，他没准还会碰上小概率事件——比如这时间再度抽风，来个跳楼，再比如还没到最后五天就直接进入了预休眠……

有些事情，他恐怕得提前做好规划了。

他正琢磨着，齐尔德·冯又道，“另外还有一部分权限在我这里，需要跟长官您交接一下，比如太空监狱囚犯黑金环的解锁权限。”

黑金环的解锁权限一共分为四块，楚斯作为第5办公室的执行长官独控A字权限，占50%，麾下两位副执行官分控另外三块B字权限，各占10%，还剩下最后一层C字权限，由整个安全大厦执行长官联盟共同控制，占20%。

现在安全大厦的执行代表由齐尔德·冯暂代，所以他手里所掌控的权限其实包括三块B字和一块C字，总权限相当于和楚斯齐平。

楚长官作为不太要脸的杰出代表，在有些时候甚至能说得出“ABC全交出来吧”这种话，毕竟现今这种特殊情况，权力的高度集中并不算是坏事，某种程度上反倒能提高效率。

但是他此时有“可能会进入休眠”这个顾虑，只得把脸拾掇拾掇收回来。他让齐尔德·冯继续持有一个B字权限，另两个则交由那两位1号办公室的副执行官。

至于那个代表执行长官联盟的C字权限，他非常不客气地收进了囊中。

就在他交接完权限，想找安全部队的邵珩过来，重新商讨一下星球碎片的覆盖方案时，指挥中心3号屏幕突然拉起了刺耳的警报声。

"怎么回事？！"几位长官悚然一惊，大步走到屏幕前。

就听监控员一脸惊恐地道："邵珩队长被绑了！"

众人："……什么玩意儿？"

监控员惶急地解释道："刚才监控屏被人干扰了，一直停留在一个界面，等我发现了排除干扰切回去，就看到7号位飞行闸口被强行开启，有个穿着黑色背心的高个儿男人绑了邵珩队长跳……跳出去了……"

楚斯："……"

HEITIAN

第2章

# 明君

“什么乱七八糟的?!”齐尔德·冯皱着眉头道,“把你刚才切到的监控重新调出来,邵珩怎么说也是安全部队分遣队长,论指挥论独斗都不在话下,这白狼舰上有几个能一声不吭把他绑了的人?开什么玩笑!”

监控人员也不敢多说,立刻手忙脚乱地把刚才的监控切了出来。

就见画面上邵珩先是被叫住说了两句话,接着7号位飞行闸口的几名安全队员就被调开了,再然后监控闪动了片刻,应该是受到了干扰,指挥中心的显示画面就是这时被替换的。不过实际的监控图像在抖动之后显示,邵珩还真的被一个穿着黑背心的高大男人二两下制住了行动,在安全闸门开启的瞬间跳了出去。

至于那高大男人是谁……不言而喻。

整个指挥中心陷入一片死寂,连楚斯都一时想不出这瞎话究竟该怎么编,才能把某个姓杨的绑匪洗得不那么黑。

半晌过后,齐尔德·冯以及另两名刚拿了B字权限的副指挥官齐刷刷看向了楚斯,“长官,是我们眼花吗……”

你们怎么不是眼瞎呢?

楚斯糟心地想。他在心里把当众拆他台的萨厄·杨捆起来打了一顿,面上却没露出分毫。他皱着眉盯着那监控视频上敞开又合起的7号飞行闸口看了会,拍了拍监控员道:“重放一遍。”

在监控人员调视频的时候,他转头瞥了齐尔德·冯和那两位副指挥官一眼,道:“没眼花,我让他去找邵珩的,只不过我没想到他这种时候还要开一把玩笑。”

其他几人:“……”

此时楚斯如果不是他们的上司，他们大概已经脱口骂出来了。

越是这种时候，就越要坦然，越要轻描淡写。楚斯指着重新回放的视频道：“你们看，这两个人的表情像是真绑吗？这事我起的头，杨先生方式确实有问题，不过行为目的没什么可说的。这也就是怕你们多想，我才解释两句，不然直接一句‘我让的’就结束话题了。”

齐尔德·冯和那两位副指挥官，甚至包括那位监控员都差点儿把眼珠子贴到屏幕上，但是老实说……

那种角度的监控你还能看到表情？

他们依旧是一脸古怪的表情，有些欲言又止。

楚斯想了想，又随手一指大屏幕，补充了一句，“看什么呢，我之前让把龙柱星图同步过来就是这个道理。”

反正说瞎话的时候随口扯两句之前的行为和现象，强行牵上关系，能让瞎话显得不那么瞎。这么语焉不详地糊弄上两句，有一部分容易动摇的人往往就似懂非懂地被说服了。

当然，也有齐尔德·冯这样的棒槌。

齐尔德·冯：“什么道理？”

楚斯：“……”鬼知道什么道理。

但是楚长官身为一个常年说瞎话的人，在这方面有着丰富的应变经验。他连在内心无言的时候，都能把脸上的表情管理住，停留在一种轻微的不耐烦的状态上，显出一股“我都这么说了，你怎么还不明白”的意味。

当他显得特别理直气壮的时候，对面的人就会下意识反省“难不成我真弄错了？”

这时，楚斯又重新开了口，他反问道：“你以为这龙柱星图是怎么来的？”

齐尔德·冯一愣，这回倒是不用楚斯再往下解释了，“这星图是杨先生找人弄来的？”

楚斯心说你这见天给人找堵的老头可总算上道了，他嗤笑一声，道：“就是他自己做出来的，我当时手里带了一票训练营里出来的人，个个都是全才，还真没一个人能做到。这幅星图能把全星球的救援时间缩短多少你应该已经算过了，这样有能力又有心的人，都登上白狼舰进入核心区了，会闲得没事去绑邵珩？”

得亏萨厄·杨这人做事从来都很出格，不是常人思维能料想的，所以用一般人的思维来解释，反而能把他从造反的圈里捞出来。

众人一听，确实啊，都进了白狼舰办公核心区了，都能和安全大厦最高权位的长官住一间办公室了，绑邵珩图什么？真要绑那也是近水楼台先得月地绑楚斯啊。

当然，这种心理活动自然不能说出来。

楚斯目光扫了一圈，看完所有人的表情，最终又语气平淡地加了一句："我只是让杨先生跟邵珩去办点别的事。"

那两位副指挥官毕竟以前跟楚斯分隔在不同的办公室里，没齐尔德·冯那么爱找死，一听楚斯这话就明白反正不管实际怎么样，那位杨先生在楚斯这里就是没问题，也不会允许有什么问题。两人就坡下驴地点了点头，刚要开口应和两句，齐尔德·冯这个棒槌又来了。

老头子想了想道："既然这样，那接通一下邵珩队长的通讯频道吧。"

他说着，还转头看了那俩副指挥官一眼，道："这样两位指挥官就能放心了。"

两指挥官："……"你哪只耳朵听见我们说不放心了？！

楚斯脑仁子都疼，他又想起当初太空监狱建成150周年纪念的时候，齐尔德·冯这个老棒槌把他的讲话视频在太空监狱内大屏幕上不间断轮播，拉足了仇恨的事了。如果可以，他想像当初一样把这老家伙轰出办公室，但是眼下这情况还真没法轰。

也就是在我手下了，这么棒槌的性格，想要安度晚年还真不容易，但凡换个地方都得被人挤对下台。楚斯心说：我真是个明君。

负责通讯的人员在得到指令后，尝试着连接了邵珩的通讯频道。

这种情况下链接的都是公共频道，安全性保密性都远高于私人频道，以免被其他人截获入侵。

在等待接通的时候，楚斯就已经摆好了表情绷好了神经，随时准备给对面出现的情况收拾局面。

谁知频道接通的瞬间，映在全息屏幕上的那张脸还真是邵珩的。

齐尔德·冯道："邵队，刚才指挥中心接到了安全警报，7号飞行闸口被临时打开，你是打算做什么去？"

邵珩干笑一声，道："旅行。"

众人："……"

楚斯心说这瞎话能编得再离谱一点吗?

被拐卖的邵珩队长不知道是受了萨厄·杨的胁迫还是暂时达成了某种和解，在说完瞎话之后又接着道："开个玩笑，我跟杨先生出来办点事情，很快就回去。"

听他这么一说，其他人之前那些想法就只能都憋了回去——疑似被绑的人都能正常接通通讯瞎开玩笑了，而且看上去手还能动，没被捆，那么暂时来说，应该是不会有什么问题了。

楚斯在通讯这头冲他点了点头，道："辛苦你们跑一趟了。"

这样的对话一出，疑虑大消。

况且，自古以来吃人的嘴软拿人的手短，指挥中心还用着萨厄·杨的龙柱星图呢，

在通讯切断之前，楚斯又补了一句，"我晚点回办公室再找你们。"

茫茫星海中，一艘银色的飞行器泛着清渺的冷光无声划过。

这是一艘救援用的飞行器，看起来比单人作战用飞行器要大一些，有个圆鼓的舱。舱内，驾驶台上搁着的通讯器震了一下，上方浮空的全息屏幕倏然一闪，彻底关闭。

年轻的安全部队分遣队长邵珩窝坐在架势座上，目光还落在刚才全息屏幕投射出来的地方，没回过神来："我怎么从长官最后那句话里听出了一点儿咬牙切齿的意味，所以究竟是不是他让你找我的?"

他问完这话等了一会儿，却没听见丝毫回应。

邵珩低低嘀咕了一声，一边把控着航向一边道："你把我绑了，还让我帮你驾驶飞行器，自己懒洋洋地倚着窗还不搭理我问的话，恕我直言，杨先生你简直浑蛋到了极致。"

萨厄·杨正曲着一条膝盖坐在特殊处理过的舷窗窗台上，闻言原本是懒得理的。结果也不知他是不是又想起了什么，突然懒洋洋地答了一句："多谢夸奖。"

邵珩："……"这回答方式怎么那么像楚长官。

他转头又瞥了眼萨厄·杨，一脸糟心地想：这丧权辱国一般的挫败感，真是

刺激!

又过了片刻，邵珩道："行了，这已经连续跃迁了两次了，之后呢？我真是万分怀疑你究竟能不能在那么多碎片里找到白鹰军事医院，靠星图和跃迁？一块一块地找过去？老实说，我让整个安全部队开出来，一人一架作战飞行器，地毯式铺过去，比咱们这一架飞行器跳来跳去要快得多。"

从白狼舰上被萨厄·杨绑着跳出来的时候，邵珩就觉得这人太疯了，自杀还要拉着无冤无仇的他！后来发现对方其实带了压缩状态的飞行器时，他就更觉得这位杨先生是个疯子了——你有飞行器不早祭出来非要用跳的？！只要再多耽搁几秒咱们就要变成永远的太空垃圾了你知道吗？

原本上了飞行器，第一件事就是要跟这位杨先生狠狠地打一架，但在听到一句话后，他就改了主意。

这位杨先生说他的目的就是找到白鹰军事医院，把邵敦拖回白狼舰，立即，马上，越快越好。如果好好配合那就皆大欢喜，不配合就直接扔出飞行器。

邵珩当时就跟杨绑匪握手言和狼狈为奸了："配合！找我亲爸我为什么不配合？！但是……你为什么一定要绑上我？我的意思是对你来说，绑我有什么好处？"

萨厄·杨当时连看都懒得看他一眼，随口道："不找你我哪知道他长什么样？"

邵珩当时就沉默了。祖宗欸，你青天白日在安全大厦大本营玩绑架冒着被通缉的危险，就是为了找个认脸的人吗？你怎么这么低调呢？

HEITIAN

第3章

# 绑架犯

邵珩虽然被绑……哦不，被“请”走了，安全部队的派遣却并不会受到影响。

安全部队最早是属于军部的。是在安全大厦建成后，由军部抽调过来的二十万精英部队组成的，在后来的独立发展中又慢慢壮大起来，规模翻了几倍，也成了独属于安全大厦的兵力。

正常来说，安全部队分成两支，分别用于星际间外交维稳和维持军部及总领政府之间的平衡。由六位分遣队长分别负责维稳、救援等不同的小队。整个安全部队的总司令，则由安全大厦的最高层——执行长官联盟担任。

楚斯身为执行长官联盟成员之一，又是唯一醒来的一个，目前独享安全大厦的所有最高权限，自然也包括安全部队的最高调遣权。

不过眼下安全部队的人数着实有限，不可能把白狼舰上所有人全部派出去留一个空巢大本营，也不可能大部分留守，只派几支小队出去。

在这种境况下，楚斯原本对军部的一些隐约怀疑只得暂且搁置，让齐尔德·冯跟军部以及总领政府开一场联合会议，整合一支混合部队，集体派遣集体救援。

“那么长官会议就在这边开吗，您坐。”

齐尔德·冯转头正要冲通讯员说什么，楚斯已经抬手指了指那主座道，“你坐那边。”

“啊？”齐尔德·冯一愣，有些茫然道：“可是那应该是主位啊，怎么能我坐？”

楚斯敷衍道：“你好看，你坐。”

“……”齐尔德·冯：“长官，恕我直言，您这话跟讽刺一个效果。”

楚斯啧了一声，“让你坐主位就坐，我自有理由。一会儿开会的时候，你一切照旧，之前怎么开的会现在还怎么开，之前是安全大厦的代表，这次依然是，权当我还没醒，一切没有任何的变动。明白？”

这话说出来齐尔德·冯当然明白他话音背后的意思，但是他不太明白为什么楚斯会有这种想法。

这个棒槌是个有话就想问的，然而刚一张口，就被两边的副指挥官一人踩住了一只脚。

齐尔德·冯：“……”

楚斯赞许地看了那两人一眼，冲齐尔德·冯道：“先把会开了。”说完，他径自走到监控屏幕区，找了个空座坐了下来，旁边的监控员坐姿瞬间绷直，像块直立的棺材板儿。

监控屏幕区和会议桌之间升起了一层隔音玻璃层，将那边的一切声音封在了里头。

楚斯扣上了耳麦，手肘架在座椅扶手上支着头，全程听着那边的会议。

他话非常少，全程就像个实打实的旁听者，听着齐尔德·冯把“一根棒槌”的精神继续发扬，堵得军部和总领政府那两边喘不上来气时，更是乐见其成幸灾乐祸地翘了翘嘴角。

军部目前当家的两位中将一个叫作本森·乔伊斯，另一个叫贺修文。年纪不小，跟齐尔德·冯相差不多，看起来却非常威严，完全不是一种风格。可能因为齐尔德·冯一直以来负责的都是宣传口；相对要……活泼点。

楚斯很小的时候就见过那两位中将。

那次是因为蒋期要在一个封闭的园区待整整四个月，测试某项研究成果，他实在不放心把楚斯一个人留在家里那么长时间，便打了个申请，把楚斯一起带进了园区。

白天他就待在蒋期的临时住所里，三餐有专门的配送，蒋期有时候来得及回来吃，有时候来不及。但是晚上蒋期回来后，总能领他出去散个步。

对那时候性格有些封闭的楚斯来说，住在城市和住在园区没什么区别，他甚至还挺喜欢园区那种安静不受打扰的氛围的。

那两位中将就是在散步的时候碰见的，他们那时候正夹着烟在园区西边的湖边说着什么，乍一看还挺和谐，结果没几句后就吵了起来，越吵越激烈，如果放在小年轻身上，怕是能直接扭打进湖里。

具体吵的什么内容，楚斯也记不清了，反正那种激烈情绪下，蹦出来的十个字里粗口能占八个，听也听不出什么名堂。蒋期当时拍了拍他的头顶，说了句："儿子，待着等会儿。"就卷了袖子往那边走。

楚斯一开始以为蒋期那副样子是要上去干架的，顿时来了兴致，睁着乌溜溜的眼睛默不作声盯着那边。

结果蒋期这个没正行的在距那两人两步远的地方站住了，然后开始靠嘴劝架。这人说是劝架，但每劝一句，那两位中将就吵得更凶，唾沫星子互喷一脸。

而且每当两人有点要偃旗息鼓的意思，蒋期就开口了，一句话复燃战火，两人就又掐上了。

哪是劝架啊，根本就是去围观斗鸡的。

当时楚斯在旁边看了差不多有5分钟，就忍不住朝蒋期那边走，想把他拽走。总觉得照那个架势吵下去，最后被揍的没准是蒋期这个撮火的。

后来两位中将总算吵不动了，插着腰撑着树瞪着对方歇气，蒋期这才要笑不笑地说："差不多行了，这得掐了有负重四公里的量，累吧？"

那两位中将冲对方甩着冷脸翻白眼，然后转头冲蒋期点了点头，道："你这是带着儿子散步？"

"是啊，你们吵得太凶，快把我儿子吓哭了，我怎么着也得来劝劝。"蒋期开玩笑道。

楚斯当时面无表情地仰着脸瞪他，觉得这简直是对自己莫大的侮辱。

那两位中将才算是彻底收势，拉着怒意未消的脸，冲楚斯挤出了一个尽量慈祥的笑，但最终形成的效果非常瘆人。

这两位当初的暴脾气给楚斯留下了挺深的印象，后来他进了安全大厦更是听说军部的本森·乔伊斯和贺修文两位中将关系非常僵，三句话说不到一起就要吵起来。

都说他们脾气不对付，政见不对付，思想态度都不对付，从头发丝到脚趾头就没一处能勉强合得来的。

早一度楚斯其实还觉得有点奇怪，毕竟就连他和萨厄·杨这样的都能勉强找到一丝丝能合得来的地方，真从头到尾从大到小一点都合不来，还挺罕见的。

平日里还有其他人在两人之间充当和事老，这会儿军部醒过来的中将只有他们，可想而知军部指挥部每天的氛围得多难过。

光是开这短短一场会的期间，那两位都翻了三次脸。

好在没有了和事老，两位都稍稍收敛了一点，尽管拉着脸气氛僵硬，但还是把会议继续进行了下去。总领政府和安全大厦这边的人便睁一只眼闭一只眼地当没事。

在最后牵扯到人头的时候，楚斯终于开了口，指使着齐尔德·冯狮子大开口了一把，把军部醒着的兵将和总领政府的警力薅了一大半过来，连同安全部队派出去的，组了个近五千人的救援队，指挥权暂由有龙柱星图的安全部队接手。

楚斯把救援队五十人一组，分编成了一百组，把齐尔德·冯他们之前划分的救援分区依照现在的救援队规模重新细化了一番，把预计时间缩减到了3天，这样一来留给楚斯的余地就大得多了。

也许是因为救援时间缩短了一大截，也许是因为萨厄·杨把邵珩绑出去搞事了，倒计时所带来的紧张感一下子消散了大半，楚斯的心情简直能算得上轻松了。

趁着心情不错，他摸出通讯器发了一条讯息，安抚了一下邵珩队长："绑架犯先生没对你怎么样吧？"

发完讯息，他带着罗杰和一列警卫出了指挥中心，拐到了安放黑天鹅飞行器的仓库里。

进门的时候，他手上的通讯器一震，邵珩的讯息回复过来："绑架犯先生威胁我不配合就把我扔进太空，我不得已当了他的同伙。另，长官你居然会用私人频道给我发讯息？还有，绑架犯先生现在企图强行占有我的通讯器。"

这个强盗……

楚斯捏着通讯器在手指中转了一圈，回道："转告绑架犯先生，等回来给他一个新的通讯器。"

这次讯息几乎是秒回的，"他绑架了我，居然还有奖励？"

楚斯装作没看见。

金属摩擦的刺耳声音响了起来，飞行器上的静电效果已经全部消失，罗杰他们强制开启了舱门，一股烟草味从里面散了出来。

“这是关了多少烟枪在里面。”罗杰抬手挥了挥，低声道。

警卫武器全都端在手里，舱门一开便列队贴着门边钻了进去。

通讯器再度一震，邵珩的讯息又来了：“不对啊，绑架犯先生不是有通讯器的吗？过安全门的时候还放验证台上了。”

楚斯想了想，继续装死。

又过了片刻，通讯器突然又是一震。

楚斯以为还是邵珩的讯息，低头一看才发现，居然是一个全息通讯请求。

他愣了一下，以为突发了什么状况，于是接受了请求，又将全息屏缩小了一些。结果屏幕一晃，出现在面前的居然是萨厄·杨的脸。

“发生什么事了？”楚斯瞥了眼周围，用一种异常公事公办的语气说道。

罗杰看了他的通讯器一眼，便把脸转了回去，没多在意。

萨厄·杨懒懒道：“没什么，只是确认一下你的左手还能自如使用。在之后的一段时间里，这样的通讯请求还会有很多次，长官你最好提前适应一下。”

说话间，有一个警卫从黑天鹅里探出头来，揿下了脸上的面罩道：“长官，队长，这飞行器里面没人。”

“没人？”楚斯眉心一蹙，“怎么可能？”

HEITIAN

第4章

# 救援

当时在蒋期公寓寻摸研究草稿的时候，那些黑天鹅飞行器就围绕在那个时空区周围，如果不是被唐他们想尽办法拖住了步子，很可能就直接闯进公寓区了。

之后公寓区那片时空崩塌，楚斯和萨厄·杨脱离那块区域钻进飞行器的时候，那群黑天鹅飞行器正在准备撤离。

被带到白狼舰里的这一个，是跃迁开始的瞬间被萨厄·杨强行打断拖拽过来的。

从它出现，到它被运进白狼舰这个仓库里，这整个过程中，舱内的人根本找不到时间遁逃，怎么可能空空如也没有人?!

楚斯和罗杰一前一后进了黑天鹅飞行器。

舱内，警卫们列成两排，沿着两边舱壁从外到里延伸进去，各个表情都有些讶异。烟草的味道还没散，楚斯对这些没什么特别的爱好，但根据烟味也闻不出什么名堂，倒是罗杰深深嗅了两口道："迦罗烟，早年军队里流行过一阵，劲大过瘾，后来抽的人少了，反倒是白银之城的荷马岛一带对这种烟特别钟情，但凡碰到个这种烟不离手的，十有八九就是那边来的。"

闻言，楚斯若有所思地点了点头。

黑天鹅飞行器当初只生产了一代，还没服役就匆匆退役成了摆设，也不是完全没有原因的，至少在楚斯看来，这个飞行器机舱的设计就让人没那么舒坦。

在他的印象里，军工武器史上有一阵子曾狂热追求流线扁平感，这种黑天鹅飞行器大概就诞生于那个时候，外部的扁平流线效果简直称得上纤薄优雅，可以想象穿梭跃迁时阻力会压减到多小，但是机舱内部的高度就太矮了。

楚斯他们这帮人没一个个子矮的，自打进了舱，脖子就没能伸直过，全程低着头弓着背。如果是偶尔忍受一下便罢了，真将这种飞行器投入使用，士兵在里面常年这么弓腰低头的，没病也得弓出点病了，谁受得了。

“我天，太难受了。”罗杰边走边揉着脖颈，忍不住抱怨了一句。

好在毕竟是作战飞行器，不像流浪者那帮人的里面还带生活空间，基本就是怎么简易怎么来，最大的空间就是武装设备舱。楚斯三两下就转了个来回。

看完整个飞行器舱后，他能理解那些警卫脸上的讶异和古怪都是因为什么了。

这机舱里几个固定座椅旁边的杯卡上，营养汤剂还在散发着热气，其中一个的桌面上还夹着摊开的本子，只是开头两页被扯走了，剩余的页面全是空白，本子像是随手在这黑天鹅上捞的，反面还敲着黑天鹅号的戳。

“这年头，这种纸质本子更多是纪念和收藏价值。”罗杰道，“除非那种特别有情怀的，不然谁还用这种纸笔写东西。”

楚斯点了点头，对他这话表示赞同，又淡淡补了一句，“但凡用这种纸笔写的，大多都是需要纪念的东西。他们不会用这种纸笔来打草稿也不会用来画兵力部署和战略图，只会用来写日记，或是任务随感。”

罗杰拨了拨那被撕得坑坑洼洼的页面边缘，颇为遗憾道：“可惜了，要是没撕，说不定还能看见他们这两天做了什么，碰到了什么，或者任务目的是什么。”

楚斯让警卫们把杯子、本子之类的东西封好收集起来，然后让罗杰带着警卫去把那些东西都查验一下，看看能不能找到一些身份信息，自己则又在黑天鹅里站了一会儿。

“亲爱的，我不介意一直这么黑屏似的看你的腿，但是我觉得你自己会有点介意。”萨厄·杨的声音突然响起，楚斯一惊才想起来全息通讯居然还开着，而他一直垂着手，镜头便始终绕在他腿侧。

楚斯：“……”

那边邵珩已经替他惊上了，“你刚才喊什么？”

楚斯冷静地解释道：“他见谁都喊亲爱的。”

邵珩：“哦？他就不这么喊我。”

楚斯：“……”

邵珩：“……”

沉默片刻后，萨厄·杨先是嗤笑一声，接着邵珩意识到自己在拆顶头上司的台，干笑一声道：“你们继续啊，我歇一会儿。”

“我会记账的长官。”萨厄·杨拖着调子说道。

“……”楚斯面无表情看着他，而后问道：“为什么要歇一会儿？你们刚才做什么去了？”

萨厄·杨对他这种绕话题的毛病早就见怪不怪了，挑了挑眉毛，道：“去看了一些碎片。”

邵珩又从不远处放平的座椅里一个诈尸坐起来，“什么一些，别吹牛了绑架犯先生，就两处碎片，跃迁了三回才到，还都不是。”

这话题仿佛提起了他的兴致，他一脸古怪又疑惑地道：“嘶——说起就这个我还是觉得奇怪。以前作战课上说过，短时间内跃迁次数要适量，否则身体会非常疲累。老实说，三次我觉得也不算太多，但是我现在累得像是跃迁了三百次。”

萨厄·杨看不看他一眼，便随口嘲了一句：“体格太差了小白脸。”

部队精英层出身，谁能受得了别人说自己体格差？邵珩冲着他后脑勺怒骂：“闭嘴！”

萨厄·杨充耳不闻，他冲楚斯道：“鉴于有人拖后腿，时间可能要比我预料得久一点，但是最多不过一天，到时候记得给我开门长官。我不想一进舰警报又响个不停地烦人。”

大概是他提起警报的表情太不耐烦，楚斯居然觉得有些哭笑不得，“你下回别用这么惊艳的方式吓人，我想警报应该不至于跟你一个人过不去。”

萨厄·杨懒洋洋地道：“我已经非常注意了，至少是等那小白脸把闸口边的人调走之后才动的手。”

楚斯挑眉：“我是不是还得夸你一句有进步？”

萨厄·杨笑了一声，换了个更为放松的姿势，“那倒用不着，我发现我最近非常、非常热衷于记账。”

楚斯：“……”

他们又随意聊了几句后，便关了通讯。

楚斯把通讯器扔回兜里后，又原地站了片刻。他突然觉得……挺有意思的。

如果当初他第一次在疗养院看见萨厄·杨的时候，有人跟他说，以后有那么一天，你会跟这个浑身上下都写着桀骜嚣张和找打的人握着通讯器开着全息屏聊天，非常平和甚至时不时开点玩笑……楚斯大概会把那人的头拧掉，并且能保证萨厄·杨一定会有同样的反应。

不得不说，时间真是个奇妙的东西。

哦……如果不天天逮住他一个人拿命开玩笑，那就更奇妙了。

警卫队从黑天鹅飞行器里整理出来的东西全部进了勘验室，所有能做的检查都做了一遍，一样也没放过，出来了包括DNA序列数据等一系列结果。

被罗杰又拿去到数据库里搜找匹配信息了。

这期间军部、总领政府来讯说借调过来的兵力警力已经全部准备就绪，指挥权限移交到了安全大厦手里。

之后的时间，楚斯几乎全程都待在指挥中心。

联合会议从救援队出动开始便一直开着，方便三方互通消息和进展。具体的部署和安排依旧由齐尔德·冯和两位副指挥官开口，楚斯全程在玻璃罩后面挂着耳麦当幕后。

指挥中心计时器显示18点的时候，救援队全体离舰。

18点42分左右，所有救援队全部到达第一批落脚点，跟目标星球碎片顺利接驳。每支救援队都带着随身摄录，登录星球碎片后的影像同步直传到了指挥中心，硕大的中央屏幕被分割成一百块小屏，同步跟进着各个碎片的救援进程。

其实路途中耗费的时间并不算多，真正需要花费一些时间的，是落地之后。

救援小队需要先找到龙柱，把附加装置加载上去，接着搜寻整个碎片，把状况很不乐观的人移进救援舱，再把其他醒过来的人们引进地下避难所。

20点28分，那一百个小屏幕上的影像几乎都切换到了地下，避难所长长的通道灯由中心朝外围一盏接一盏亮起。

当时楚斯身处在通道里，作为亲手开启避难所的人，看到是一种感受，此时看着巨大的中心屏幕上从上到下每个影像里都亮起了那样的隧道灯，又是另一种感受。

影像中接二连三地响起避难所大门缓缓打开的轮轴转动声，通明的灯火和人群的欢呼从屏幕一角潮水般蔓延出去，最终一百个屏幕全部亮了起来。

萨厄·杨的第二次通讯踩着点一般，刚好在这个时候发来了。

不论是会议室内还是监控室这边都是一片兴奋，没人会在意小小的通讯器究竟显示着谁的通讯。楚斯点了接受，然后干脆举起通讯器把镜头对着中心屏幕停了一会儿，这才转回来冲萨厄·杨道：“看见没？”

萨厄·杨道：“看见了，长官你心情不错。”

楚斯倚坐在桌台边，长腿交叉，虽然不像其他人那样亢奋，但是确实显出了少有的放松，连表情都多了几分温度。他一直不喜欢跟别人分享他的内心想法和情绪，因为觉得那是非常非常私人的事，跟其他人无关。

但也许是因为他更私人的一面都被萨厄·杨看见过，所以也就不在意这些了。他看了会儿一片光明的屏幕，又收回目光冲萨厄·杨道：“我当初进安全大厦、做执行员、再升任执行长官，只是因为位置越高，接触到的机密就越多，我想要知道的事情就越有得到答案的可能。除此以外，没有什么别的兴致和想法。但是现在，我感觉……还不赖。”

萨厄·杨道：“这说明你脸上的冷都是假的，只是嘴硬而已。”

他顿了顿，又抬了抬下巴道：“这点我早就看明白了。”

不知道是不是错觉，他的语气听起来居然还有一丝隐隐的傲意。

楚斯没忍住弯了一下嘴角。

“长官我看见了，你在偷笑。”萨厄·杨用一种异常讨打的语气说道。

打死也不愿意崩人设的楚长官绷着脸，没什么表情道：“你喝多了吧。”

鉴于人还在指挥中心，救援还在继续，这个通讯并没有持续多久就被两人切断了。中心屏幕上的影像已经又有了变动，救援队员安顿好避难所的人后，便陆续从第一批碎片撤离，旁边的同步星图上，所有被加载过附加装置的星球碎片被打上了一个标记。

21点整，一百支救援队重新开始跃迁，去往第二批目的地。

楚斯正想让旁边的一个监控员帮他再接一杯咖啡，手里握着的通讯器突然“啪嗒”一声掉落在地。

他愣了一下便弯腰想把通讯器捡起来，结果手指抓了两下居然都没能抓紧通讯器，又试了第三下才把通讯器捡起来。他把通讯器扔进兜里，垂着眼看了看自己的手掌，然后突然站起身朝外走。

“长官？”几位监控员疑惑地看向他。

楚斯淡淡道：“回一趟办公室，你们继续盯着。”

HEITIAN

第5章

# 军事医院

从指挥中心到办公室的这一段路，楚斯走得心情复杂，他对即将到来的暴风雨了然于心，但又本能地希望它稍微晚一点来。

不过即便如此，他的脚步也没有放缓丝毫。反应出现的时间远远早于他的预计，很难说是突然间短暂性的紊乱，还是会就此断断续续一直延续到最后一刻。

如果走在半路的时候，反应突然发展到了腿上，那脸可就丢大了。

他一路上都神色如常，甚至在走到办公室门口时，还冲两边的警卫点了点头。

他前脚已经迈进了办公室，又握着门把手后退一步冲警卫交代道："我有一些机要文件需要处理，在杨先生和邵队长回来前，任何人过来都直接挡出去。"

握着门把的左手一阵发麻，楚斯脸色未变，又补充交代道："另外，在我处理完文件出办公室之前，不管发生任何事，杨先生的要求等同于我的要求，对于除安全大厦公务外的一切事物，包括我的人身安全及他自己的人身安全，享有等同于我自己的最高处理权限。"

这些警卫们跟了他好几年，像这样突然闭关交代一堆事项的情况并非第一次，所以警卫们见怪不怪，脚跟一磕应声"是"，便重新回归到板着脸守门的模样。

楚斯动了动手指，掩盖住了动作的凝滞，进屋关上了门。

他在门口蹙着眉尖站了一会儿，才大步走向卧室。对着衣帽间的全身镜撩起衬衫下摆，打开了那块仿真皮肤。

果然……

手指出现的反应并非是正常的提前紊乱，而是倒计时又出现了问题。

00：07：16：39。

楚斯曾经预料到进出蒋期那个公寓，不同的时空区中穿梭来回，会对倒计时产生影响，但没想到影响能那么大，跟以往在拟态环境中测试出来的变化值相比，大得简直不可思议。

他也隐约猜测到黑天鹅飞行器突然空无一人也和时空的交错与混乱有关，但没有想到只是进出探查一下飞行器内的情况，他的倒计时就从12天骤然缩减到了7个小时。

怪不得手指的失控来得那么突然，相较于最后五天就开始紊乱的一般情况，只剩7小时的他还能直着身板站在这里，已经算是一种奇迹了。

不过，这种时候的奇迹往往是经不住感叹的，楚斯脑中刚冒出这种自嘲的想法，一股难以言说的僵硬麻木感就从指尖蔓延上了肩膀。

他感觉机械模拟出来的体温正在迅速消退，随着体温的消失，他对这半边身体的控制权也在迅速减少，就像是满满一把沙子从指缝里头漏出去，能清晰地感觉到那种流逝的空落感。

这种感觉非常容易让人陷入绝望和焦虑里，但楚斯只觉得有种说不上来的不真实感。

也许是因为这并非是正常的生理性的朽化和衰竭，更像是古早星球上那种需要上发条的手表，因为发条松了就突然停止走动。

在左半边身体开始迅速失去知觉的时候，楚斯已经窝在了扶手沙发里。

他不太想躺在床上，那种状态太像是在等死，而他现在这种状态并不是他所想象的那种死亡。

他甚至还保有着平日的那份冷静，像是在出差之前交代工作一般，用还有知觉的右手敲着通讯器。

先是给齐尔德·冯的公用频道发去了一条指令：杨先生和邵队长回来的时候，对他们打开全舰所有区域的通行权限。

接着他调出了自己作为太空监狱首席监察者的A字权限，以及作为执行长官联盟代表的C字权限，将萨厄·杨的黑金远程监控臂环解除锁定。

这两个权限相加占据了监控权的70%，依照星球刑事法律规定，太空监狱内的服刑者刑满释放后（如果有那一天的话），考虑到其超乎于常人的危险性，会酌情保留黑金监控器30%以上的监控权限，直到五年观察期结束才能彻底撤除。

这就是他为什么将三块B字权限交给了齐尔德·冯他们几个副执行官，而自己在保留原有A字权限的前提下，把C字权限留在了手里。

首先，作为唯一醒来的执行长官，他拿得名正言顺。再者，不需要通过别人，他就能将萨厄·杨直接解除控制。

只留下30%的控制权，意味着曾经让军部、总领政府、安全大厦乃至他个人头疼不已的萨厄·杨先生告别了囚犯身份，正式刑满释放。

最后他将自己掌控的所有权限整理一番，公归公私归私地设定第一、第二顺位继承者。

公权好办，安全大厦完整的规定和条例已经替他安排得差不多了，按规定设定就行。

麻烦的是私人的……

这么些年积累下来，他私人的权项财物不算少，就算现在星球分崩成块，最终能存留下来的应该依然可观，但他已经没有家人可以转交了……

这个过程他预演过无数次，当初在训练营的时候每次出任务前几乎都要有这么一个过程。

只不过那时候的他总是想也不想就在私人权项财物第一顺位栏那里填一个“无”。

至于这次……

嗡——

通讯器震动起来的时候，楚斯才发觉自己刚才意识已经有些散了。

他努力集中了一下精神，选了接通。

屏幕那边的人依然是萨厄·杨，接通的瞬间，他张口就道：“我黑金环突然解锁了70%。”

通讯器搁在手边的圆几上，楚斯看向全息屏幕时刚好垂着眼，“嗯，恭喜出狱。”

“为什么突然解锁？”萨厄·杨觉察出了他的不对劲，再度皱起了眉。

这短短几个小时里，他皱眉的次数快赶上楚斯认识他这40多年的总和了。

“公事公办，依照当年的判决你的监禁期限跟星球寿命一样长，虽然这次碰上的显然并非是自然性毁灭，但不可否认，它确实不再是一个完整的星球了。”楚斯说着说着，声音便因为力气的流失低了下去，等他意识到后，又下意识提高了一些。

当初太空监狱的那些囚犯，判处的刑期虽然长得惊人，但都列明了具体数字，最短的也有100年，最长的被判了800年。只有萨厄·杨一个人是令人咋舌的“直到星球寿命尽头”。

没想到星球这么一炸，他反倒成为最先完成刑期的人了。

不过不论是他还是楚斯都心知肚明，在目前这种混乱的末日局面下，没有人愿意把这些危险分子们放出牢笼，免得把局面搅得更乱。

所以楚斯突然解锁一定是有原因的，傻子都看得出来。

“你动一下左手。”萨厄·杨突然道。

楚斯扯了扯嘴角：“恐怕有点困难……”

萨厄·杨脸色瞬间一沉：“提前紊乱还是时间又变了？还剩多少时间？”

“7个小时，不过倒计时结束后还会有最后24小时的缓冲期。”楚斯垂着眼安静了一会儿，像是快要睡着了，他眨眼的动作慢了许多，片刻后才轻声问道：“萨厄，我有点困，你在这之前能顺利回来吗？”

“可以。”萨厄·杨几乎是立刻答道，“我已经找到了地方，现在正站在白鹰军事医院的走廊里，很快就会回来。”

他飞快地眨了一下眼，又沉声补充了一句：“我保证。”

楚斯：“好。”

他最后抬起右手的一根手指，主动切断了通讯，然后切回到先前的界面，把白狼舰内原本专门配备给他的一架私人生活战斗两用飞行器的认证权限移给萨厄·杨。

他所有的私人财物里，也许只有这个能在眼下派得上一些实际用场，空余着有些太浪费了。

也许是他始终在努力凝聚精神，不愿意彻底陷入休眠。左半边智能机械体和正常身体相合的地方依照设定，伸出了四根细针，强制生理休眠的药物注射进身体里，楚斯的意识流失得很快。

在最后的几秒里，散乱的意识让他突然想起曾经蒋期的话。

他突然就有些理解为什么蒋期不喜欢随意利用和操纵时间了。

大概就像他现在一样，在这种非正常态的时间混乱中一步步走向死亡，他甚至感觉不到恐惧和难过。

只是想起萨厄·杨刚才的那句“我保证”时，会有一点遗憾……

相隔一个星区之外的某个星球碎片上，距离救援队的计划救援进程还有两天的地方，白鹰军事医院沉静的坐落在碎片一角。

这里的能源系统已经被人打开来了，顶层智能机械治疗中心走廊上灯火通明，萨厄·杨挂断通讯之后气压低得吓人，邵珩一看那脸色就恨不得离他八米远，直觉告诉他楚长官要出事。

“直接踹门吧！”邵珩刚尝试着解了一半门锁，就选择放弃，换了更为简单粗暴的方式。主要是他怕再不强硬点，这位杨先生就要炸大楼了。

砰——

他所谓的踹当然也不是单纯靠脚，而是直接掏出枪，切换到熔毁模式，对着门锁连轰四下。

“别急别急，星球炸毁前我爸刚好跟我连接着通讯，这是他办公室，我让他直接躺进冷冻胶囊，还有你说的机械治疗仪这里就有，咱们马上就——”

“能回去”三个字还没出口，邵珩就僵住了动作，因为他发现，原本应该躺着他爸冷冻胶囊的那个墙角空空如也……

HEITIAN

第6章

# 驱动

邵珩冷汗当即就下来了！

如果说刚才的各种紧张都来自萨厄·杨，那么看见空空墙角的一瞬间，他就真的紧张得仿佛连心脏都静止了几秒。

“没事，没事，没事……”邵珩自己似乎都不知道自己在说什么，只是反复念叨着这个词，说不清是安慰萨厄·杨，还是安慰他自己，“说不定他只是提前醒了……”

只是这话到最后他自己都快说不下去了，毕竟，有几个人会在醒来之后带着冷冻胶囊到处跑？

这种情况太容易让人联想到糟糕的事情，比如有人快他们一步把邵老爷子连同冷冻胶囊一起带走了。

在这森黑寂静的星球碎片上，在找个活物都难的城市中，会有谁来医院运一个老人家的冷冻胶囊呢？

军部？这是最好的一种猜想了，也许是作为顶尖机械治疗专家提前保护起来了。

但是邵珩并非什么普通散民，他这些天几乎每天都和军部最高层有会议和公务上的接触，太清楚军部现今是怎样的情况了，它们成规模这才几天，就算有这个心，之前也没这个精力。

况且如果真是军部干的，他们早就会把情况跟邵珩沟通清楚，怎么可能一声不吭？

而排除了军部剩下的可能性就一个比一个危险了……

好在他多年跟各种危险打交道，早就被磨练出来了，此时虽然又急又担心，却没有变成剁了头的苍蝇四处乱转。

于是他很快就注意到了墙角的一些痕迹。

“这是……”邵珩快步走过去蹲下身，手指在地上刮了一下——

在墙壁和地面的交界线那边有一条细细的痕迹，像是什么液体不小心溅上去又顺着墙壁流下来一样，因为太细又太薄，在墙上一时看不出颜色。

被邵珩刮下来躺在掌心之后，有了对比，颜色就明显起来。

“肉色……”邵珩捻着手指喃喃道，“仿真……皮肤？”

一簇希望的火芯子瞬间就被煽得燃了起来。

“仿真皮肤！一定是仿真皮肤用剂！”邵珩举着手指转头冲萨厄·杨喊道，“我明白了！这个墙角一直放着冷冻胶囊，怎么会溅上仿真皮肤用剂？会不会是这样，我家老头子醒早了，出于某种安全考虑给自己做了个替身放在胶囊里？你看老头子专职就是干这个的，机械库里那么多坯子，拼个人出来不过是分分钟的事情，再用仿真皮肤用剂一调整……”

匆忙间的联想中有许多空白和跳跃，太不完整了。但他却越说越兴奋，既为了说服自己，也是为了说服萨厄·杨，好像多说一点，这种猜想就成了真。

在这过程中，他的余光突然瞥到了书架，然后他的解释就戛然而止。

他猛地转过头去，盯着书架看了两秒，心脏和手脚瞬间恢复知觉，这次是真的兴奋起来——

他很小的时候曾经沉迷过好一阵子的密码游戏，邵老爷子为了培养他的兴趣，又或者是为了让他不再烦人，把家里的书房搞成了密码窝。

这年代，纸质书已经成了单纯的收藏，邵老爷子尤其偏好这个，所以书房里头依然满满当当全是纸质的读物。他经常把一些信息隐藏在书脊的颜色排列中，一层一层地加密，让邵珩慢慢猜，这样他就能安分好几天不四处捣乱。

渐渐地，这就成了他们父子俩之间独特的密钥。

“老头子给我留了暗号！！”邵珩几乎是叫出来的这句话。

也许是因为有了实质性的证据，不再是胡扯，萨厄·杨的脸色终于有了一些变化，但是邵珩只看了一眼就收了回来。

刚才他自己太紧张，居然没有注意到萨厄·杨的脸色这么可怕。

他指着书架，一个字一个字地念着解码后的结果，“文……化……街……”

文化街33号。

这个地址出口的瞬间，萨厄·杨人已经不在门口了。

邵珩："……天哪！"

短短几分钟的时间里，他的心脏仿佛从星球最高处跳了十次楼，站起身追过去的时候，他才发现自己手脚都有些软了，背后一层冷汗。

还好还好，事情没有到最坏的地步，他爸也不是人间蒸发，否则他不敢想象自己会怎么样，更不敢想象那位杨先生会怎么样。

文化街33号是一家药店，地方并不算大，上下不过两层。

他们很快就翻了个遍，却依然没有看到邵老爷子的身影。邵珩赶在萨厄·杨发飙前，在药柜上再次找到了暗号的痕迹。

这次不再是用书脊摆出来的，而是用药盒侧边带颜色的设计图案。

本质一样。

邵珩带着一身冷汗，再次报出了一个地址。

这次是一家花店，当然鲜花早就烂了，散发着一股难以言喻的味道，让人心情非常糟糕，而更糟糕的是，他们依然扑了个空。

邵珩条件反射般地找起了店内带颜色的东西，这次是用于包装的彩带。

……

两个小时，整整两个小时。

他们辗转换了十二个地方，从那些暗号物到摆放中，他有好几次能感觉到自己的父亲是匆忙转移的。

个中缘由说不清楚，但显然邵老爷子本意并不想弄得这么复杂。

他想给杨先生解释两句，但欲言又止好几次也没敢开口说话，他怕一开口对方就再也压不住火真的炸了。

杨炸，这名字取得真贴切！

四处奔波的过程中，他能感觉到杨先生的目光如芒在背，在这样的目光中，他觉得自己仿佛已经死了好几次了，但对方却始终没有真正爆发，仿佛因为某种事情正在竭力压着脾气。

2小时40分钟。

过程太过煎熬，以至于邵珩简直是数着秒度过的，最终在一家便利店旁的车库里看见自家老头子的时候，他一个一米八出头的糙汉子眼泪都要下来了。

老爷子这么大一把年纪倚坐在墙角里，垂着头没有动静。

邵珩哆嗦着手指去探了一下他的呼吸，又摸了一下他的脉搏，然后长长地吁了一口气：“活着……活着呢……”

然后，杨先生终于说了两个多小时以来的第一个字：“走。”

就这一个字都听得人心惊胆战的，邵珩差点扑通跪下谢不杀之恩。

不过老爷子的状态有些奇怪，不知道是睡得太死还是身体状况太差，叫了好几次也没能叫醒。

邵珩当下立断，背起老爷子就走。

在这里犹豫，不如直接回白狼舰，那里条件设施和安全性都好太多了。

他心脏刚落回到了胸腔里，却因为想起另一件事又提到了嗓子眼，“完了我刚才忘了，那个机械治疗仪搬不走……”

这句话说完的瞬间，他觉得如果杨先生手里有武器，那他的脑袋大概已经被轰了。

“那个仪器看起来只有一张床大小，但构造太复杂，所有的线全都埋在大楼墙壁里直通地下，地下有一个更大的调整库。”

这也正是为什么楚斯每次都要回那个别墅才能调整，他的别墅地上和地下复刻了一整套，而那个装置并不能乱搬。

解释完之后，邵珩觉得自己仿佛站在断头刀下面。

这种问题根本无解，唯一的方式就是——

“要不再回去一趟把长官带过来……”邵珩道。

从之前的通话中，他能感觉到时间对长官来说似乎非常非常紧张，这一来一回，又要浪费一倍的时间在路上了……

可是除此以外还有别的什么方法吗？

没有了。

半个小时后，当邵珩坐在救援用中大型飞行器的驾驶座上，看着驾驶台上方屏幕上显示的三十个同步飞行器信息，已经不知道能说什么了……

他觉得自己低估了杨先生疯的程度。

在确定机械治疗仪不能搬动之后，这位杨先生用十分吓人的方式轰开了地下避难所的大门，用同步驾驶的方式，一个人弄出了三十一台飞行器出来。

他用其中三十台将整个星球碎片围了一圈，保持着接驳状态，然后把它们的驾驶系统跟邵珩这边同步起来。

他自己则开着那台大型战斗飞行器悬浮在星球碎片外。

“开。”杨先生沉沉的声音通过飞行器局域通讯传到驾驶舱。

邵珩啪地一拍跃迁启动键。围绕着整个星球碎片的所有飞行器，同时开启大范围跃迁保护罩，数十个蓝色保护圈瞬间亮起，相互补充交叠，将整个星球碎片笼在其中。

然后……

偌大一个星球碎片，就这么跃迁了八次。

八次！

从跨星区跃迁到图内跃迁，长距离短距离无缝衔接，能少走一步就是一步，能省一秒是一秒。

但是到最后依然有问题。

“杨先生，咱们现在离白狼舰的距离已经没法用跃迁了。这种飞行器帮星球碎片做跃迁还……勉勉强强。”邵珩面上一脸麻木地道：“但真正要拖着这么大的碎片正经航行，就不可能了，拖不动，驱动力还差点。我已经通知了白狼舰朝咱们这边全速前进，咱们就在这里等着，不会很久，大概只用半个小时。”

但是他没有想到杨先生连半个小时都不愿意等。

很快，他就再一次深刻领悟了杨炸这个名字的含义——

你不是驱动不够吗，你不是还差一点点推动力吗？

好，我帮你一把。

两分钟后，茫茫星海里出现了最“灿烂”的一幕——

萨厄·杨驾驶着一架大型战斗飞行器，同步跟着三十架之前用来跃迁的飞行器，同时对着星球碎片的尾巴轰出了最大爆炸当量的炮火。

爆炸形成的巨大推力刚好弥补了差的“那一点”。

邵珩：“……”

HEITIAN

第7章

# 记忆切割

身为安全部队的分遣队长之一，邵珩原本属于负责星球内军部和总领政府间平衡的那支分遣队，这两方之间相互依存又相互牵制，即便有些暗潮汹涌和路线分歧，也不大会明着来，所以邵珩还真没有碰上过什么正经意义上的战争，或是大规模交火。

被三十多个战斗飞行器追在后面轰的感觉，是真火烧屁股。哦不，准确地说是火轰屁股。

这酸爽刺激得有点过头，他感觉自己走的这一趟简直可以称为升天之旅。

在萨厄·杨毫无顾忌的火力轰炸中，在双方面对面全速前进的努力下，半个小时的相遇之路硬是被缩短了将近一半。

十几分钟，听起来似乎没多少，但是对于以秒计时的人来说，已经相当漫长了。

亏得邵珩提前报备了一声，否则白狼舰三万四千个舰载炮筒就该全部对准他了。

但即便有了心理准备，整个指挥中心还是陷入了一片震惊的寂静中，那位刚被提拔上来的代舰长看着屏幕上奔袭而来的巨大阴影，好几次条件反射要下令开火。

看着对方带着“同归于尽”的气势撞过来，还得保持镇定和微笑，这种事情简直不是人干的。

准备停止前进跟白狼舰接驳的时候，邵珩生怕屁股后面轰着的那位没刹住车，扯着嗓子对着通讯收音口连喊几遍：“准备减速！准备减速了啊！杨先生！准备减速！马上要接驳了！你可别再轰过来了！我要停了！我马上就要停了！你刹住！刹住！”

通讯器那头的操作声传了过来，对方什么也没说，只是颇为不耐烦地啧了一声，表示他听见了。

尽管有了表示，邵珩还是绷紧了浑身百万根神经，死死盯着火力监控的显示，直到那个数值条一个跳楼，清空为零，这才长长地松了一口气，冲白狼舰发出了接驳请求。

有了事先的报备，白狼舰这边几乎没多耽搁，请求发出的瞬间，一排接驳口已经伸了出来。

萨厄·杨开着的大型战斗机虽然停了攻击，却并没有减速，而是直接一个急转，擦着土地边缘而过，越过整个星球碎片，气势汹汹地撞上了接驳口。

白狼舰内，齐尔德·冯领着两位副指挥官已经先行等在了那里。

之前在收到楚斯的指令时，齐尔德·冯就意识到可能发生了一些紧急情况，但是当时第二批救援正在关键处，中间出现了一些小范围的混乱，不能没有指挥坐镇，于是他只能按捺住一切，把救援行动继续指挥完毕。

第二批救援行动之后，有一个休息的间隙，他难得变通了一回，找了个借口跟其他两方的代表打了声招呼，匆匆带着人来到了楚斯的办公室。

然后不出意料，被拦在了门外。

跟楚斯共事多年，齐尔德·冯虽然是根老棒槌，但对于一些情况还是很明白的。连他都被拦在了门外，说明情况异常紧急且极为严重。

而楚斯特别交代要开放所有通行权限的杨先生，显而易见就是那个可以解决麻烦的人。

闸口打开，跟白狼舰接驳的大型战斗飞行器舱门被人强行加快了打开速度，接着，那位杨先生便沉着脸出来了。他连舷梯都没有走，直接撑着跨台一跃而下，大步流星进了闸口。

“杨先生。”齐尔德·冯向来没有安全大厦顶层代表人的架子，说话做事依然带着宣传官员的风格和老头子特有的絮絮叨叨，他的目光在杨先生的脸上驻留了片刻，略微愣了一下，“杨先生你的脸怎么有点……”

他想说看起来有一点怪，而且有些苍白，显得气色很差，疲态很重。但是转而想到对方这么匆匆来去，估计是没心情也没工夫说这些，便自己打住了话头，转而又道："长官事前给我打了声招呼，让我保证你在白狼舰内的通行权限全部打开，这是……出了什么紧急情况？"

萨厄·杨根本没有答话，似乎还嫌前面的警卫碍事，直接越过他们，头也不回地将众人甩在了身后。

因为事先打过招呼，这次所开的闸口和接驳处位于办公区，离楚斯的执行长官办公室非常近，还有一条飞行器紧急通道，如果不是那架大型战斗飞行器的炮管和多出端口温度还没降下来，他能直接把飞行器开进来。

好在通往楚斯办公室的那条通道非常短，走到尽头有一个传送坪，直接送到楚斯办公室门外的接待厅。

萨厄·杨一路畅通无阻，进了楚斯的办公室便背手锁上了门。

"长官？"

意料之中，没有人应声。他在一片令人不安的沉寂中穿过玻璃墙，穿过办公室和会客厅，走进了卧室，"长官……"

依然没有应答，他喊了两声的那个人没有躺在床上，而是窝坐在沙发里，左手搁在身前，右手松松地垂搭在扶手边。他闭着眼低着头，眼镜滑到了鼻梁中段。

房间内模拟的自然光在他脚边投下几块光影，如果忽略那过于苍白的肤色，他看起来就像困倦了所以小憩片刻。

萨厄·杨走到他面前，弯下腰伸手碰了碰他的脸侧，低声道："我很快就叫醒你，我保证。"

楼下闸口边，被萨厄·杨撂下的齐尔德·冯并没有丝毫恼怒。左右楚斯办公室进不去，问杨先生又问不出一句回答，他便没有跟着进通道，而是带着两位副指挥官，又迎下了另一架飞行器上下来的邵珩。

只是邵珩身上还背着一个人。

"这是……"

还没待他们看清，走进来的邵珩已经开口道："我父亲。"

"邵老爷子？！"齐尔德·冯和那两位副指挥官同时叫了一声。

邵家接连几代都在军部系统内任职，而邵老爷子作为机械治疗领域的"大牛"本身也有颇高名望，在场的就没有不认识他的，一见这种情况都有些担心。

“这是怎么了？受伤了？”

“外面看不出来，应该是没有，不过不知道为什么一直叫不醒，心跳和脉搏很弱但是很稳定，劳驾来个医疗舱！我得看看他是怎么回事，而且再拖一会儿，我估计杨先生能把咱们所有人搞死。”邵珩很快解释了一句。

他向来嘴上没把门儿，胡说八道起来很是夸张。众人只当他这也是一个夸张说法，没有当真，但也没多耽搁。

“究竟是怎么一回事邵队长？”齐尔德·冯问道。

“不知道，不好说。”邵珩把始终没有醒来的邵老爷子放进找来的医疗舱里，一边匆匆设定检查项目，一边头也不抬地答道，“不过最好现在别多问，我不清楚具体什么情况，只知道不论是长官还是那位杨先生，都非常赶时间，争分夺秒的，多问一句都是添乱。”

白狼舰上存留的两位专家医生已经过来了，帮忙分析邵老爷子的检查结果。

邵珩朝一边退开一步，给医生让位。他有些担心地搓着手看着舱内老头子的脸，冲齐尔德·冯道，“这边有我就行了，指挥官你如果一定想帮点忙，不如去继续指挥好后面的救援，回头有什么情况我再去找你，军部和总领政府那两边还等着的吧？”

他跟谁说话都是这个语气，没有太重的权位高低概念，齐尔德·冯他们早就习惯了，也没在意。

救援期间的休息时间并不长，就是让救援队员以及指挥者短暂地缓一下，在这里耽搁太多也确实不合适。齐尔德·冯又交代了几句，便和那两位副指挥官匆匆回了指挥中心。

邵珩早就适应同时处理几条线的日子，他一边盯着邵老爷子的状况，一边等着杨先生和楚斯的后续动作，一边又从白狼舰内剩余的安全部队人员里抽调了一小拨出来。

星球碎片都拖到大门口了，救援队自然也该上了。

因为不用做超远距离航行，也不用储备多次的备用物资，他抽调出来的这支紧急救援队准备得很快，转眼间就各自背着救援包，通过接驳处，跳上了那块星球碎片。

邵老爷子的检查结果也同样出得很快，医疗舱的电子音报出一堆数据和专业性的检测结果时，邵珩蹙着眉问那两位专业医生，“什么情况？”

一般来说，医疗舱的检测结果他还是能听懂的，但是这次，他有些茫然，一长段描述拆开来每个字都明白，合在一起就不认识了。

专业医生的脸色有些奇怪，不是那种状况太坏的紧张，也不是没事似的松一口气，看得邵珩更有些忐忑。

“简单来说，就是……邵老爷子做了记忆切割，这种记忆切割所要求的技术性很高，也很容易出纰漏，不知道是谁给他做的，看这个手法，我们倾向于邵老爷子自己。现在这个状况，是记忆切割后的后遗症，老爷子技术好，不会有其他蔓延性损伤，医疗舱已经给了预估，5个小时后能醒。”

记忆切割？这东西常用于心理和精神类疾病领域，应对一些有严重的永久性创伤的人，把根源部分的记忆切割掉，能一定程度上让对方情况好转。

但是老头子显然没有什么永久性创伤，好好的给自己做什么记忆切割？

邵珩皱了眉，正有些纳闷呢，传送坪那边下来个人。

准确地说是两个——杨先生，以及……楚长官？

邵珩先是一惊，接着脑门上升起一个大写的“要死”！这该怎么跟杨先生开口说：请再等5个小时？

HEITIAN

第8章

# 苏醒

15分钟后，邵珩对于自己还活在世上表示非常惊奇，但是看了看周围的情况，又觉得没准那位杨先生只是此时找不到空闲时间发脾气，一切留着秋后算账。

他此时所在的地方不是别处，正是白鹰军事医院顶层，他爸那间带有机械治疗仪的办公室。他左手边是他人事不省的亲爸爸邵敦，右手边是同样人事不省的顶头上司楚斯，面前是弯腰查看仪器的杨先生，背后是办公室大门。

杨先生扔给他的最后一句话是："出去。"

语气和快滚没什么区别。

邵珩心说老头子扣在你手里，我能滚吗？当然不能！

于是他硬着头皮倔强地留在了这里，憋了半天，最后说了一句："我见过一次我爸调试仪器，没准我能帮上点忙，是吧？"

在得知老头子还需要5个小时才能醒后，这位看起来非常赶时间的杨先生终于耗尽了最后一点耐心，决定自己上。他轰鸡崽子一样把那两位专业医生轰到了地下的调控室，让他们在下面盯着。

原本邵珩也在其列，不过在杨先生要把医疗舱带回顶层后，他立刻改了主意死乞白赖地跟了上来，然后被漠然无视到了现在。

"我真会一点儿。"邵珩又补了一句。

萨厄·杨终于转头瞥了他一眼，而后朝旁边侧了身，盯着他的眼睛道："你来。"

这两个字说得很沉，怎么听怎么觉得还有半句威胁没出口。

邵珩咳了一声，点点头走到仪器边，抬手悬空对着仪器比划了两下，又突然放下捏了捏手指，"等下，我有点……"

话还没说完，杨先生吃人的眼神就扫过来了，邵珩立刻干笑一声道：“好了，现在好了。”

这个仪器的初步调试跟机械之类的倒是关系不大，更多的是药剂量、探触针深入程度等零碎的设定，这些七七八八加在一起一共有七十多个调试键，虽然有一半的调试键不需要动，默认位置就是最合适的地方，但是还有一半每次都需要重新来一遍。

安全部队出身的人，别的不说，观察力和记忆力绝对远优于一般人，邵珩倒是没有说大话，虽然他只看过一次邵老爷子调试这个仪器，但每个步骤都记得清清楚楚。

原本只是职业病导致的，没想到还有派得上用场的一天。

他凭借着记忆完成了初步调试，连接的全息面板顿时跳了出来，出现了楚斯的人体脉络模拟，错综复杂的血管脉络光是看着就让人觉得异常难办。静脉、动脉、神经网等被标注成了不同的颜色，层层叠加。从左侧肩部开始一直到腿部外侧的这一段则显示为灰色。

“我的天，居然……”邵珩也是第一次看见楚斯实际的机械覆盖面，“这岂不是半边身体都被毁损了？我一直以为只是手臂什么的，感觉他左手捏起来比右手略硬一点。”

萨厄·杨阴沉沉地看了他一眼，显然“毁损程度”这个话题让他的心情变得异常糟糕。

邵珩识相地就此揭过，不再多问，立刻换了个话题，他用手指隔空在全息屏幕上画了一下，“初步调试弄完了，接下来就是重头，最麻烦的部分，首先得排查整个机械体内部亿万埃米级元件的故障问题。听我爸说过，这一块全灰，代表身体对机械体的排异反应非常严重，在排异和适应的过程中，两方对抗的结果就是身体也有一部分损伤，机械体也有一部分损伤，所以排查是第一步，还是最简单的一步，接着……”

他絮絮叨叨地说了好一会儿，把前前后后六七个步骤全都解释了一遍，但他毕竟不是专业医生，就连非机械治疗领域的医生都搞不定的东西，怎么可能被他这三五分钟的解说就剖析清楚。

就算他表达能力出众，萨厄·杨领悟能力非凡，以100%的转化率全部消化了所有内容，但只要动起手来，生疏和外行就会尽显无遗，除非有个人手把手地在旁边同步做参照……

参照？

萨厄·杨盯着仪器看了几秒，突然起身打开了邵老爷子桌上的光脑。

“你干什么？”邵珩吓一跳。

“找东西。”也许是因为他刚才算是帮了个忙，也许是因为他突然想到了一个办法，萨厄·杨这次没再无视他的问话，简单答了一句。

叮——身份验证。

不出意外，工作用的光脑不可能随随便便让外人用。

萨厄·杨却根本不把这当回事，他把休息许久的天眼跟光脑进行智能对接，而后把旁边摸不着头脑的邵珩招了过来，拽着他对着光脑刷了个脸。

在数据还在解析的过程中，利用天眼一方面给光脑的数据解析捣乱散播即时病毒，另一方面把邵珩的面部数据直接往后拉了70年，再稍做微调。

叮——

光脑的进度条终于跑到了头，身份验证显示，相符度78%。

中了毒的光脑下限直接从99.99%跳楼般蹦到了50%，邵珩这个78%显然远远超过半数，光脑大手一挥：“通过。”

邵珩：“……”还能这么玩儿？！

“你怎么不干脆降到0呢，这样你自己刷个脸都能过。”邵珩忍不住吐槽。

萨厄·杨半垂着的眼皮一直盯着屏幕：“防御级数太高。”

邵珩：“……”这是讽刺吧？

叮——

这次变成了天眼的声音：“成功入侵监控数据库，开始搜寻目标。”

光脑屏幕切换到了整个白鹰军事医院的监控数据库，无数被拍下来的场景以及场景中的人飞速切换，蓝色的目标框一直在屏幕中摇摆不定四处乱跳，始终没有在哪个人脸上停留下来。

“你难不成是想把长官来这里接受调试或治疗的影像找出来？”邵珩终于看明白了他的用意。

这里的监控属于全方位环绕型，如果能把当初的影像找出来，照着邵老爷子的手法从头到尾来一次，那就不用担心会出什么纰漏了，总比在这里两眼一抹黑地干耗着好。

叮——

天眼："很遗憾，数据库数据截止于5702，搜寻完毕，未找到目标。"

萨厄·杨眉心一皱："5702……"

"这么巧？"邵珩的眉心也跟着皱了起来，"我没记错的话，5702年可是个特别的年份呢，那一年发生的大事格外多，长官好像就是那年受的伤……"

他嘀咕了两句，又肯定道："没错，就是那年冬天，我记得没多久就看到了萨厄·杨入狱的消息了，全球反复公告了那么多天，我不会记错的，可不就是5702年吗。"

这话刚说完，他发现杨先生又轻描淡写地扫了他一眼。

"哪里说得不对吗？"邵珩一愣。

萨厄·杨面无表情地嗤了一声，没有回答，而是重新输入了一串指令。

叮——

天眼："新指令成功接收，目标重置，搜寻开始。"

楚斯5702年受伤，数据库刚好截止到那之前，放在一起看确实很是蹊跷。但是也存在着一个问题——萨厄·杨这种治疗方式是临时想起来的，谁能早早地预料到他会用这种手段？所以数据库的截止显然不是针对楚斯的这次恢复治疗。

那难不成还真是碰巧？

不过不管是不是巧合，想找到邵老爷子治疗楚斯的画面注定是不可能了，所以萨厄·杨刚才把目标重置成了邵老爷子和机械治疗仪。

很快，天眼挑出了百来个目标结果，萨厄·杨再度细化了一下筛选条件，最终挑出一个同样做过大面积机械替代的人，将那个治疗过程投射到了全息屏幕上。

这一系列事情下来，邵珩发现这位杨先生大概是真的已经争分夺秒到无心发脾气了。他看了看全角度的全息投影，终于转头道："你……长官就拜托给你了，我就在门外，有什么需要叫我就行。"

这种机械治疗所涉及的每一步都太过精细，稍微有点不稳都会导致结果跑偏难以挽回，所以要求医者精神力高度集中。邵老爷子就极为忌讳在这个过程中有人打扰，邵珩深知这一点，所以在杨先生预备动手的时候，退出了办公室。

萨厄·杨抄起遥控器，把整个办公室的灯光调成了最为昏暗的模式，邵老爷子治疗过程的全息投影变得清晰起来，就像是在萨厄·杨旁边又开了一台仪器，跟他同步工作一样。

楚斯苍白的面色在这种暗光映照下，棱角反而柔和了一些，不再那么没有生气。

全息投影中的邵老爷子在初步调试，这一步已经由邵珩代劳了，所以这几分钟的时间便显得很空。萨厄·杨弯着腰撑在仪器边缘，垂着眼盯着楚斯腰间的衬衫出神，沉默片刻后抬了一下手，似乎想把衬衫撩起来，打开那块仿真皮肤再看一眼时间。

不过最终，他的手还是落回到了仪器边缘，然后自我嘲讽似的，弯了弯嘴角。

他活了几十年，从没有真正在意过"时间"这个东西，从头至尾，这个概念对于他和对于其他人来说就是不一样的。

漫长？短暂？所有跟时间相关联的词汇在他这里根本没有意义，他也体会不到，大多数人由此产生的各种情绪和情感，对他而言都像是隔着一层屏幕看戏，无法感同身受，就不可能理解。

所以他从没有想过，有一天，他居然会在另一个人的身上真实地感觉到时间流逝。

原来时间难以扭转的时候，会流得这么快，比他想象得快太多了。

"长官，你让我被倒计时威胁了一天。"萨厄·杨说了一句，最终还是没去看那个倒计时。

不看他也知道还剩多久，因为每一分钟他都数着。

办公室里的光一暗就是很久，邵珩一直在外面等着，借用通讯器跟安全部队救援组们连通着消息。他感觉自己仿佛坐了一个世纪的时候，终于听见里面传来了另一些动静。

他熟悉的咳嗽声，以及一些模糊的说话声。

邵珩愣了两秒，噌一声蹦了起来，敲了两声门后也不待应答就冲进了办公室，就见治疗舱的玻璃罩敞开着，他爸站在自己的全息投影和杨先生之间，一边掩着嘴咳了两声，一边板着脸道：“你的脸色差成这副样子还在这杵着，这个治疗时间很长，换我来！”

“爸？”邵珩下意识看了眼通讯器上的时间，居然已经5个小时了？

邵老爷子看到他的时候只挥了挥手，让他先出去待着，然后继续冲杨先生道：“你要是我儿子，就你这个脸色，我早把你打进医疗舱里锁着了。”

邵珩：“……”

邵老爷子说着，啪地打开了灯，全息投影瞬间黯淡下去，萨厄·杨的脸色在灯光下清晰起来，那副脸色，往台面上一躺比楚斯还像没有心跳的。

“我的天……”邵珩抬手指了指治疗舱，“说真的，杨先生，你去里面躺一会儿吧，怎么突然变成这样了！老实说跃迁的时候我就觉得你不对劲了，不过我自己也挺奇怪的，明明没跃迁几次还累得不行。但也没到你这个程度啊，而且……”

而且你的脸怎么都长得不太一样了啊杨先生？

邵珩蹙着眉尖，刚想再说两句，他家那一干正事就不理儿子的老头又轰了他一回，“你出去待着，这抢时间呢！”

他说着又指了指楚斯，问萨厄·杨：“倒计时清零多久了？”

萨厄·杨沉默了片刻，道：“3小时又7分钟。”

“还好还好。”邵老爷子松了一口气，“来得及，你……你要实在不放心，就在旁边看着，总行了吧？我勉为其难给你破一次例，你不躺治疗舱也行，把接线贴上，聊胜于无。”

邵老爷子刚从治疗舱里出来，除了刚吸进冷气咳了一会儿，气色非常好。他接过萨厄·杨手里的工具后，便低头忙活起来，动作确实熟练得多。

萨厄·杨走到治疗舱边，斜倚着显示仪站着，把那些零零碎碎的外接治疗端往自己身上贴，动作懒散又敷衍。他甚至都没有看一下位置和顺序有没有弄错，目光始终落在楚斯那边。

邵老爷子的手法干脆利落，中间的衔接甚至连停顿都没有，像是做了太多次这样的事情，对于每一样都形成了肌肉记忆和条件反射，熟练得就像是长在身体里了。

这样的治疗又持续了两个半小时，在最后收尾时，一直没打过停顿的邵老爷子突然愣了一下，抬着手站在原地停了好一会儿，那模样，就好像突然记不起来下一步该是什么了。

“怎么了？”萨厄·杨绷直了身体，盯着邵老爷子的脸色看了一会儿。

邵老爷子转头看了他一眼，摇了一下头，接着又摆了摆手道：“没事，没事……不影响。”

他悬空了一会儿的手，终于还是落到了跟楚斯体内机械同步的全息模型上，怕萨厄·杨担心，又安抚似的解释了一句：“突然忘了一点事情，不过换另一种方式也是一样的。”

尽管这么说，萨厄·杨还是拔了身上的各种治疗端，走到了邵老爷子身边。这时候邵老爷子的手已经从全息模型脑后的位置移了出来，显然已经解决了，他对于萨厄·杨的不放心有些无奈，一边收着最后几样一边道：“快了，把这个和……这个合上就……”

随着咔嗒咔嗒好几声轻响，邵老爷子道：“这就行了！”

萨厄·杨看了眼依然毫无生气的楚斯：“确定？可——”

“确定！没醒是正常的，谁心跳没了好几个小时也不可能说睁眼就睁眼，想什么呢？”邵老爷子当年在医院里没少数落楚斯，这会儿碰上萨厄·杨同样也没变得温和。

他收好工具，又颇为糟心地看了眼萨厄·杨的脸，转身去开了门，冲外头的人道：“进来，把这俩给我弄走，看到不拿自己身体当回事的人我就一肚子气！”

邵珩几乎是扑进来的，“好了？长官醒了没？爸你怎么样？”

“我不怎么样，小楚挺好。”邵老爷子摆了摆手道，“旁边就有休息室，把他俩先弄过去歇一会，小楚过会儿应该就能醒了。你……我在这里坐会儿，你把他俩安顿好过来，我问点事情。”

休息间其实是原本一间特护病房改的，专供那些几十个小时连轴转的医生过来睡一会儿，床边还有一架营养机，用于紧急补充一些能量，让那些过度疲劳的医生得以充分的恢复。

邵珩头顶老爷子圣旨，理直气壮地把硬扛着的杨先生轰上了床，反正那床足够大，平日里忙起来挤上四个医生都不成问题，躺两个人更是绰绰有余。

他看了眼杨先生的脸色，想了想还是把营养机拽过来，把带自动注射装置的腕带扣在了对方手腕上，丢下一句“我去找老爷子”便忙不迭跑了。

房间里开的是自然光模式，不过分亮也不会暗得太过空寂。萨厄·杨动了动手腕，有些不太耐烦地啧了一声，不过最终还是没有把那腕带解开。

他很疲惫，非常疲惫，之前情急之下的某些行为让他有些过分透支，大概只要闭上眼，就能立刻睡过去。

但是他却始终维持着一丝清醒。

楚斯感觉自己做了一个冗长的梦，内容很乱，包含着从小到大的许多事，活像是临终前回顾了一下平生，只是他梦里的平生跟他真正生活的肯定不一样。

随便拎一段出来都很荒唐……

比如，他居然梦见自己站在疗养院某一棵大树的树枝上，伸手去够什么东西，结果地面不知道为什么突然震了一下，他脚下一滑直直往地上落。

只是还没落到地，背后就先撞到了一个人胸口，接着少年时期萨厄·杨的声音就在耳边响了起来：“我接住你了。”

少年时期的萨厄·杨大概得生吞一桶耗子药，才会做出这种事情。

因为太过离奇的缘故，楚斯就被那一句话给惊醒了。

他感觉自己先是猛地从梦中抽离，然后意识才慢慢和现实接轨，耳边渐渐有了一点声音，全身的知觉也在慢慢复苏，眼睛还没能睁开，他就试着弯了一下手指。

这刚一动，他就感觉旁边有什么人转过身来，以一种拥抱的姿势将他压住了。

楚斯还没睁眼，便蹙着眉头动了动嘴唇，低声道：“萨厄？”

“嗯……”沉沉的声音贴着他耳边响起，他能感觉到萨厄·杨的下巴在他肩窝里压着，有点微微地硌人，但并不令人难受。

“你太重了。”楚斯依然没睁眼，像是半梦半醒地抱怨，被压住的手指又挣动了一下，“你先让开点。”

萨厄·杨笑了一声，含含混混地道：“不，我太困了……”

话刚说完没几秒，萨厄·杨的呼吸就变得长而均匀起来，居然真的就这么睡着了。

HEITIAN

第9章

# 变脸

被一个那么高的人压着，滋味不会太好受。楚斯感觉自己有些闷，喘了两口气后终于还是在重压之下睁开了眼。

屋内模拟的自然光处于一个相对舒适的亮度，但对长久陷于黑暗的楚斯来说，还是有些微微的刺眼，他眯着眼缓了一会儿视野才渐渐清晰起来。

他先是看到了头顶的天花板，跟白狼舰上金属质地的不一样，而且一片雪白。接着是正对面的墙壁，同样一片雪白，非常照顾洁癖症的感受。墙壁上还挂着几幅色彩干净明媚的水彩画，不密不疏，恰到好处地让人感觉到放松和舒适。

这种布置风格有些眼熟，他反应了一会儿才想起来，似乎是白鹰军事医院特护病房的风格。

当初为了方便时时监测替代肢体的排异反应，他在特护病房里住了很长一段时间，尽管已经过去了很多年，条件反射却依然在他身体里有所残留——看到那些白墙水彩画，就似乎又闻到了消毒液和营养液混合的味道。

但是过了片刻，营养液的味道还是没散，依然在鼻尖萦绕。

楚斯垂下目光，自己下巴抵着的是萨厄·杨的肩膀。

萨厄·杨身材非常结实，但肌肉并不过分虬结，总会显出一种锋利的骁悍来。楚斯微微动了动下巴，就能感觉到他脖颈到肩膀因为动作拉伸而突出的筋骨。

他用自己的分量把楚斯压得微微陷进被子里，使他动弹不得。然而楚斯心里却滋生除了一股微妙的踏实感来。

他活了几十年，头一回觉得自己大概是有点受虐的倾向，要不怎么被压个半死还觉得可以忍受呢，甚至比任何时候都要放松……

就是睡得有点久，又几乎死了一回，浑身上下的骨头都有点酥，被萨厄·杨压得嘎吱作响，听着像是快要断了。

他听着萨厄·杨的呼吸，任他压了一会儿，终于还是试着把右手从重压之下解脱出来，试着拨了拨床边的营养机。

营养机底盘的滑轮转了个圈，露出侧面的显示屏，上面显示着：

持续工作时间：01：37：12。

B1剩余量：22.5%。

睡眠监测：浅睡眠。

说明第一份营养液都还没输完，还有20%多。

以萨厄·杨的性格，会自己主动要求连上营养机吗？想也知道肯定不会，一定是有人强行帮他连上的。楚斯在心里排着数了一轮，能开这个口动这个手的，只有邵珩。

但是就邵珩之前被绑的表现来看，他显然有些忌惮萨厄·杨，不会突然想不开逆着萨厄·杨的意愿来。一般情况下，萨厄·杨如果表现出不乐意或者不屑，他最多嘀咕一句就算了，肯定不会多劝。

他能不顾萨厄·杨愿不愿意，强行连上营养机，只会是一种可能——那就是萨厄·杨的状态实在太差，已经差得他们都看不下去了。

萨厄·杨的状态为什么会差成这样，原因不言而喻。

楚斯沉默了一会儿，微微动了一下脖子，想转头看看压在自己肩上的人。就听萨厄·杨的声音又含含混混地响了起来："别动……"

"你不是睡着了？"楚斯微微偏了偏头。

"你一动我就会醒。"萨厄·杨的嗓音很沉也很低，透着异常疲惫的哑意，但是语气却显得非常放松。他似乎连嘴唇都懒得张，吐字很含糊，显得比平日懒散百倍。

他说完，手掌就掩上了楚斯的眼睛，含混道："再陪我睡一会儿。"

楚斯用挣脱出来的那只手拨了拨他的手指，但也没用力，拨了两下没拨开便也就随萨厄·杨去了。他维持着抓着萨厄·杨手指的姿势，有些纳闷："上一回在基地里，我推你那么久你也没动静，现在怎么又这么容易醒了？"

萨厄·杨累归累，却并不厌烦跟楚斯这样聊天，他动了动脸，拖着调子道："因为破天荒地尝了一回被恐吓的滋味，所以留了一根备用神经。"

楚斯在一片黑暗里听着他近在咫尺的声音，轻轻眨了一下眼："恐吓？"

"嗯。"

"感觉怎么样？"

萨厄·杨似乎是很含混地笑了一声，轻微的震动顺着耳根滑进了楚斯的骨头缝："前所未有的刺激……"

他停了一会儿，又补了一句，"但我不想再碰见第二回了，长官。"

明明是很寻常的一句话，从萨厄·杨嘴里说出来，就总能让人觉得很特别。楚斯抓着萨厄·杨的手慢慢放松下来，而后朝下滑了一些，钩在了萨厄·杨的肩膀上。

这姿势一点儿也不标准，但确实是他们之间的第一个拥抱，不带任何别的意思，只有纯粹的亲近、放松甚至还有点儿微微的依赖。

"不过调试机械的方法我已经记下来了，所以不可能再有第二回了。"萨厄·杨说着，声音又渐渐低了下去，困意又渐渐席卷了上来。

也许是靠得太近的缘故，又或者是因为萨厄·杨低低的嗓音刮着耳膜，令人异常放松舒服，楚斯觉得自己又被他传染了睡意，居然也跟着有些迷糊。

等他再一次睁眼的时候，萨厄·杨盖在他眼睛上的手已经滑了下去。

楚斯摸了摸他手掌的温度，据此判断身体恢复的程度。他转头看了眼营养机，上面的工作时间已经变成了07: 18: 23。

居然又睡了将近六个小时。

楚斯头一回觉得自己居然这么能睡，而萨厄·杨的睡眠监测则从浅睡眠转成了深睡眠，大概是因为终于真的放松下来了。

营养机的输液速度一般根据人的身体状况自动调整，太过虚弱的时候反而不宜太快，渐渐好转了能承受的速度就会快一些。楚斯摸着遥控，给他微调了一下速度，就听病房的门咔嗒一声被打开了。

楚斯转头看过去，就见邵珩朝房里探了个脑袋，跟他目光对上后，便一脸惊喜道："哎哟你可算醒了？杨——"

听那话音，他应该是想问杨先生怎么样了，只是话还没问出口，他就注意到了萨厄·杨的状态，于是后面的话音变成了长长的“呃”。

如果放在以往，楚斯肯定会把萨厄·杨直接掀开。

但是这会儿，他怕动作太大又会把萨厄·杨吵醒，便冲邵珩道：“我刚睁眼——”

“你把我和杨先生移过来的？”

邵珩：“是啊，我移的，我怎么移成了这个结果？”

楚斯嗤了一声：“谁知道呢。”

邵珩又开口道：“这么压着分量不轻啊，你还喘得上气么？我还是把杨先生给移开吧。”

楚斯平静地道：“不用了。”

邵珩：“？”

“你什么时候把我们移过来的？”楚斯冷不丁又问了一句。

邵珩一愣，下意识数了数：“陪我家老头子说了会儿话，刚才又去指挥了两波救援，差不多7个小时了吧。”

楚斯“嗯”了一声：“杨先生之前多久没睡了？”潜台词：萨厄·杨之前的状态究竟有多差你都是看在眼里的，疲惫成那副样子，这会儿动来挪去地再把他给弄醒，你那良心过得去？

很显然，邵珩的良心存在感还是比楚斯要强一点的，这么一问，他就倚着门框连说带比划地说起了书：“多久没睡了？我是不知道他究竟多久没睡了，但是那个脸色……啧啧啧，你是没看见，往棺材里一躺就能直接送去殡仪馆了！你知道的，我家老头子最见不得人强撑硬扛，当即把我轰过来给杨先生强制插上了营养机。”

楚斯冲他压了压手掌，淡淡道：“嗓门小点。”

邵珩收敛了一点嗓音，又道：“说实话，在找我家老头子的时候，杨先生脸色就很不对了，哎，这里头有点蹊跷，我回头跟你说。”

他说到这里迟疑了片刻，又道：“说起我家老头子，我觉得也牵扯到了一些比较麻烦的事情，我有点担心他会惹上什么危险。”

楚斯正打算细问两句，就感觉旁边人突然动了一下，从邵珩的角度也许看不出什么问题，但是楚斯能明显地感觉到萨厄·杨似乎是醒了，而且刚醒就开始不消停地搞事情。

没人看到他究竟做了什么，只看到楚斯搭在床边的手指一动，脸上的表情瞬间绷紧了一下：“……”

邵珩：“嗯？怎么了？”

楚斯面无表情道：“没事，你要不还是来帮我把杨先生掀开吧，我突然有点喘不上来气。”

邵珩：“……”您的反应是有多迟钝啊，在宇宙绕行了三百圈吗？

不过邵珩进屋顺手关上了房门，刚朝里头走了两步，萨厄·杨自己翻身起来了。

他坐起来的时候，一手掩着眼睛，似乎还不太适应房间内的光。手掌的阴影遮挡了大部分脸，单从嘴角的弧度和周身的气场来看，他的表情大概介于“睡足了的懒洋洋”和“被吵醒的不耐烦”之间。

缓了一下后，他按着后脖颈活动了一下筋骨，垂下眼冲楚斯伸出一只手道：“压麻了没？需要我拉你一把吗长官？”

楚斯下意识伸手想跟他借一把力，然而刚抬起手动作就僵住了，他嘴唇动了动：“你的脸……”

然而已经晚了。

邵珩的声音在几步之外响起来，因为过于激动的缘故，听起来都有点破音，“我的天——你是谁？！”

HEITIAN

第10章

# 洗脑

当初进白狼舰之前，楚斯给萨厄脸上做伪装时用的是一次性皮肤塑造剂，这种东西更多时候是用于伤口，偶尔会被楚斯这样的人利用来易容骗人。

因为是用于伤口的，所以皮肤塑造剂的成分带有一点药性，持续时间是24小时左右，偶有误差，但最终的结果都是被创口皮肤吸收掉，没有害处，还能加速伤口愈合。

眼下，经过倒计时骤减，绑架邵队长，找到白鹰军事医院，吓唬邵队长，调试楚斯的机械体，轰走邵队长，又睡了一长觉，亮瞎邵队长等等一系列事情，一次性皮肤塑造剂的持续效果不幸到了终点。

萨厄·杨脸上虽然没什么伤口，但还是非常完美地把伪装给吸收掉了，再加上刚才睡觉没少蹭脸，即便还剩点什么，也被蹭得干干净净了。

总之，现在坐在病床上的萨厄·杨，五官原汁原味，和当初在安全大厦通缉令上刷了十七年屏的那张照片几乎一模一样。

邵珩只在惊诧中呆愣了两秒，就彻底反应过来这人是谁了！

邵珩瞪圆了眼珠子，叫道，“你是——你——你居然！”

嗓音从头破到尾，还没能连贯地吐出一句话，听起来居然让人忍不住心生了一点儿同情。

然而他反应过来也没用，在萨厄·杨这样的人面前，哪怕是0.1秒的呆愣都是致命的。他刚要破着音叫出对方的名字，下一秒，整个人就已经被摁在了床沿，两手被翻折在后。

萨厄·杨这混账玩意儿生来就不知道“缺德”这词怎么写，他扯了手上的营养机腕带，干脆地把邵珩翻折在背后的双手双脚扣在了一起，极韧的质地勒得邵珩手腕完全不得动弹。

就这样还不够，这混账还抓起遥控器，把营养机延伸出来的皮管调整了一下。

那皮管防磨耐割，韧劲堪比登山绳，在萨厄·杨的调控下极速缩短，直接牵着扣在邵珩手脚上的腕带，把他整个儿吊了起来。

邵珩：“我——”

“我”音还没完，萨厄·杨就拉开床头柜，翻了个大小适中的颈部医疗按摩球，直接塞进了邵珩嘴里。

邵珩：“……”

腕带内部的探针监测到人体温度和脉搏，自动探出了好几根，噗呲噗呲扎进了他的手腕和脚踝，接着营养机这倒霉玩意儿还亮起红灯提示了一下——上一包营养剂已经用完了，该换一包了。

萨厄·杨合上了床头柜的抽屉，用遥控器调整了一下，调了第二序列的一排营养包出来，按了下确定，腕带便兢兢业业地给邵珩输起营养剂来。

这一出，真是气得人胸口痛，又莫名有捉弄的意思。

邵珩眼珠子都要瞪得掉出来了，用目光表达着“你是不是有病”的控诉。

萨厄·杨插着兜，欣赏了一番他的姿态，把遥控器朝床边一扔，便在楚斯旁边坐了下来，抱着胳膊伸直了两条长腿，冲邵珩一抬下巴，道：“你先冷静冷静。”

邵珩咆哮：“我特别冷静！”然而出口的是一串憋屈的“呜呜呜呜”。

萨厄·杨用拇指指了指他，转头冲楚斯道：“要不你来吧，长官，这小白脸看到我就一副要厥过去的模样。”

楚斯：“……”

老实说，楚斯现在的表情非常复杂。单看刚才萨厄·杨那一系列举动，在了解他的人诸如楚斯自己看来，已经是手下留情的结果了，不对，手下留情都不足以形容，刚才那一出放在萨厄·杨身上，大概就是“逗你玩”的级别。但是在正常人眼里，这种轻而易举将人制服还顺带玩儿一把的做派，就很有挑衅意味了。

尤其是被萨厄·杨这么一提醒，邵珩终于反应过来，重点不在杨炸先生为什么突然变成了凶名远播的萨厄·杨，而在于楚斯！萨厄·杨这么当场变了个脸，楚斯居然半点儿要把他拿住的意思都没有，听刚才那话的意思，他好像早就知道了！

想起当初他们刚登上白狼舰时，楚斯的那句话："这位杨先生是我同伙。"

还真的是同伙。

邵珩呆若木鸡，感觉自己的三观天崩地裂。

楚斯没好气地拍了拍萨厄·杨，示意他靠边去点，自己则绕过来坐在了正对邵珩的床沿。他看起来并不因为萨厄·杨的身份被揭穿而慌张，甚至在坐下之后，还理了理自己被压皱的衬衫，又把袖口卷上手肘，这才抬眼看向邵珩："我要不重新给你做个介绍吧。"

他手掌朝右边一摊，"这位杨先生，名字是我瞎编的，本身叫萨厄，想必你也认识。"

邵珩：我不认识！谁认识？！我就在通缉令上见过他！

然而……他嘴巴被塞得死死的，憋疯了也喊不出来。

楚斯又冲他压了压手掌："别哼哼了，很显然，情绪激动对你现在的处境没有任何帮助，不如冷静一点，咱们好好聊聊。"

邵珩瞪着眼，朝自己嘴里塞着的按摩球看了一眼，都快聚成斗鸡眼了，形象地表达了自己的情绪和意思：我塞着这玩意儿聊个什么！

楚斯也想起了那个按摩球，话音顿了一下，坦然而平静道："我单方面跟你聊一聊。"

"……"

邵珩血都要吐出来了。

"首先，希望邵队长你对一个前提有所了解。"楚斯道："这位萨厄·杨先生的判决刑期你应该是知道的。"

邵珩翻了个白眼：全球人民都知道！

"所有人都知道，萨厄·杨先生的刑期长度跟星球寿命一样。"楚斯顿了顿，又接着道，"那么，现在星球已经爆裂分崩了，请问萨厄·杨先生的理论刑期还剩多少？"

邵珩："……"

他仿佛顶了一脑门的问号，但是又确实只能得到一个答案——星球炸了，萨厄·杨剩余刑期为0。

“他刑期届满，理论上已经不是太空监狱的囚犯了。”楚斯平静道，“所以杨先生现在的身份，是个平民，普通平民。”

邵珩：什么普通平民，见过能把安全部队分遣队长吊起来打的普通平民吗？啊？！

“别翻白眼，邵队长，尽管这个答案对你来说在心理上可能会有一点冲击力，但是理论上来说就是如此。而按照规定，在发生灾难性事件时，一个普通民众向军部、总领政府或是安全大厦发出庇护请求，应该怎么回答？告诉我。”楚斯淡定道。

邵珩：“……”

“鉴于邵队长你现在不方便说话，那我替你说了——应该无条件通过请求，并在尊重民意的前提下予以最大程度的保护。如果我哪个字说错了，允许你哼一声。”

邵珩：“……”

楚斯挑了挑眉：“所以，身为普通民众的萨厄·杨先生请求白狼舰的庇护，就像正居住在白狼舰生活区的那些民众一样，有问题吗？”

善解人意的楚长官给了邵珩队长两秒钟的思考和反应时间，然后体贴地替他回答：“没有。”

邵珩：“……”

“我知道有时候在处理一些问题时，很难做到完全客观公正不带丝毫主观偏见，毕竟大家都是人，是人就会有喜恶偏好。考虑到你们在看见萨厄·杨先生这张脸时，很难心平气和地依照规定行事，但是又不得不依照规定，这种不甘不愿的情绪也许会影响其他工作的正常进行，所以我给杨先生的容貌做了一点微小的调整，算是照顾一下你们的情绪。”

楚长官说完这一长段话后想了想，又补了一句，“我觉得我的做法可以算得上是体贴了，你说呢？”

邵珩：“……”

他，无话可说。

楚长官非常擅长把一切歪理说得跟真的似的，让人颠来倒去琢磨好几遍，也找不出什么可以反驳的点，只能认命地接受。

就是会……有一点点说不上来的委屈。

邵队长变化的表情，充分地说明了这种心情，然而楚长官依然没有放过他——

“再者，我建议你试着撇开‘萨厄·杨’这个身份，单纯地回想一下这位先生在白狼舰上的表现，如果我没记错的话，你们似乎说过‘杨先生看起来就非常稳重肃正’这样的话。”

邵珩默默闭上了眼睛，觉得往事简直不堪回首：事实上，在这之前，他就已经觉得自己当初很瞎了……

楚长官继续道：“为了给你们减少潜在性的假想性的危险，我甚至把萨厄·杨圈在了自己的办公室里，我认为这也算得上是体贴了。萨厄·杨在白狼舰上做过什么出格的事吗？没有。”

邵珩突然睁开了眼，用控诉中带着点儿委屈的目光瞪着楚斯：“……”

楚斯：“……”

抱着胳膊欣赏了半天的当事人萨厄·杨先生终于在这个适当的时机开了口，提醒楚斯：“哦，绑架这小白脸算吗？”

楚斯瞥了他一眼：“你闭嘴。”

萨厄·杨抬手在嘴巴上打了个叉叉。

邵珩的表情突然又变得有些难以言喻起来，盯着萨厄·杨看了会儿，似乎是没想到传说中的萨厄·杨居然这么听话！

“如果我没猜错的话，你也许在想‘萨厄·杨居然会有被人勒令闭嘴的一天，而他居然没有生气，没有动手’……”楚斯看着邵珩的眼睛，嗤了一声，“那我建议你也可以想一想，萨厄·杨还帮整个救援队弄出了龙柱星图，帮你找到了你父亲邵老医生，被你轰进这屋里来强行套上营养机的时候也没有表现出什么反抗的情绪，当然，他还救了我的命。”

楚斯没有看萨厄·杨，始终正坐着直视邵珩的眼睛，他语速不快，似乎在给邵珩时间回想起这些事情。在看到邵珩的表情终于慢慢缓和下来时，他又道：“我不知道你会怎么想，至少我非常感动。”

他说完了所有，冲邵珩摊了摊手，“好了，现在告诉我你的选择，你是选择多一个同阵营的帮手，还是选择去吓死齐尔德·冯他们那几个老家伙。”

被彻底洗脑的邵队长默然片刻，道："呜呜呜呜呜。"

楚斯："……"

他伸手摘了邵珩嘴里的按摩球，丢到了一边，又挑了挑下巴道："来，重说一遍，刚才没听清。"

听得清就有鬼了！

邵珩心里吐槽了一通，但最终还是带着一脸牙疼的表情道："我勉为其难选前者。"

"很好。"楚斯点了点头，冲萨厄·杨道："把邵队长放下来吧，我去隔壁问老爷子再要一点仿真皮肤塑造剂，那些老家伙们年纪大了，经不起吓，暂时让他们过两天清静日子吧。"

他说着便起身出了门，邵老爷子已经不在办公室里了，也许已经被邵珩转移到了白狼舰上。透过走廊的窗子，可以看见外面逐一亮起的各种灯光，细细密密地形成了一条条指示线，指引着城市各处到地下避难所的路。

这种俯瞰下去灯火漫漫的景色太好，在无尽的黑天里，总能让人产生一丝踏实和平静感，好像希望已经越来越近了。

而如果不是萨厄·杨，他可能要和这些景色永别……

HEITIAN

第11章

# 激将法

楚斯他们回到白狼舰上，已经是一个多小时之后了。

至于这一个多小时究竟花在了哪里，那真是说来话长。

首先是邵珩队长表示他需要一个人静一静，被楚斯抓住狂洗了一波脑，让他想起了当年在军事学院上学，被分管整个作战部的将军兼院长拎去办公室的恐惧。另外，他需要花几分钟回想一下，为什么只是一个进门和出门的工夫，他就莫名其妙被策反成萨厄·杨的同伙，还觉得很有道理无法反驳，不成同伙天理不容。

这个发展太有冲击力，他得消化一下。

更重要的是，他被捆着手脚吊了半天，扭着筋了，得歇一会儿。

但这些其实并不是重点，真正花费了半天时间的，是萨厄·杨先生的那张脸！

邵珩所谓的消化和自省费时不长，也就10分钟，等他终于克服心理阴影重新打开隔壁那扇门的时候，楚斯正在给萨厄·杨捏脸。

邵队长犹犹豫豫刚走到床边，就见楚斯站直身体，拍了拍手指上沾着的一点塑形剂，道："行了吧，差不多了。"他说着朝旁边让开一步，冲邵珩抬了抬下巴，又问道："帮我看看怎么样？"

既然已经入伙了，就要有该有的自觉和操守，邵珩咳了一声，朝萨厄·杨的脸看过去。

"……"

"怎么？"楚斯看见他倏然"瘫"下的脸，"有什么问题？"

邵珩一脸牙疼，"问题大了去了长官，你这样带着他过去，我保证，齐尔德·冯他们会以为你把杨先生给踹了，换了个新同伙。”

楚斯略微蹙了蹙眉：“……不可能吧，差别这么大？”

他作为动手的那个，一个部位一个部位地塑造过来，印象停留在细节上，反而难以看出整体像还是不像。惯来理直气壮的楚长官甚至觉得自己捏得非常完美，跟之前那张脸分毫不差。

“五官拆开看好像还是像的，但是乍一看有点奇怪。”邵珩想了想，一般比划一边道，“颧骨突出一点。”

楚斯闻言，跟着他的描述又稍稍修改了一下。

邵珩：“嗯……腮帮瘦一点。”

楚斯继续。

“鼻梁宽一点。”

“……”

“不不不，还是窄一点吧。”

耐心不算太好的楚长官终于啧了一声，把摇着的瓶子往邵珩手里一塞，“你来。”

邵珩：“……”多棒啊，祸从天上来！谁敢这么伸手在这人脸上戳戳捏捏的？萨厄·杨啊，开什么玩笑！

他跟没什么表情的萨厄·杨对视两秒，默然双手奉上瓶子，转头就要走：“其实就这样已经很好了，要不咱们还是走吧。”万一齐尔德·冯他们瞎呢对不对？

走到门口的时候，他还是忍不住转头问了楚斯一句：“所以长官你当初为什么不用个模具？”

楚斯心说你可真有意思，你们都追到大门口了我才临时起意要伪装，上哪儿找模具去？但是这种不显稳重的事情楚长官会说出来吗？不会。于是他只瞥了邵珩一眼，冲他挥了挥手背，冷冷淡淡道：“行吧，我再改改。”

这一改就改了一个多小时。

到最后萨厄·杨笑了一声，两手撑在身后道：“长官，我发现你其实很热衷于这件事。”他微微抬着下巴，眼睛半眯着，任楚斯的手指沾着塑形剂在他脸上随意糟蹋。

“什么事情？”楚斯拍了拍他的下颌，把他脸扶正，以鼻梁为中线，对比着两边的差别。

萨厄·杨道："致力于把我变丑，你看起来简直有点儿幸灾乐祸。刚才一共抿过三次嘴唇，一副要笑不笑的样子，我全都看见了。"

楚斯手指一顿，没好气地垂着眼皮看他，"我一点儿也不介意被剥夺这种乐趣，要不你自己来？"

"不。"萨厄·杨干脆地拒绝了。

"那就忍着。"楚斯拎着手里的瓶子摇了摇，又喷了一点在指尖，半冷不热地抱怨，"早知道就该把你捏成个胖子，再加两道长疤。这样一来伤疤的存在感会盖过五官，略有点出入还能说你累瘦了，比这省事一百倍。"

萨厄·杨撇了撇嘴："我是无所谓，反正我也不用照镜子，但是长官你受得了吗？"

楚斯的手指在他下巴上按着，随口应了一声："我为什么受不了？"

"因为你的喜恶偏好本质上取决于长相。"萨厄·杨拖着调子道，"食物、衣服、人都是如此，长得丑的没食欲吃，全部推到了我面前，不好看的衣服穿得不情不愿，在白狼舰安顿下来的第一件事就是换了它，至于人——"

他说到这里笑了一下，看着楚斯意味深长地留了个白。

楚斯撩起眼皮，对上他的目光："你在拐弯抹角诱导我夸你好看吗萨厄·杨先生？"

"你在拐弯抹角地承认我很好看吗楚长官？"

楚斯看了他一会儿，笑了一声，又继续把手里的那点塑造剂用完，"你如果一定要把自己和食物、衣服放在一个层级上比较的话……是啊，比起糊了的鳕鱼、焦了的虾，你还是比较讨人喜欢的。"

他后退一步整体欣赏了一下自己花了一个多小时弄出来的杰作，又在房间里找了一个便携式的医疗箱，把他多拿的几瓶塑造剂一起放了进去，道："不过我还是想纠正一下，我们相熟且相互挑衅了四十多年，你在我眼里早就没有长相了萨厄·杨先生，你的脸是圆是扁，是通缉令上的那张，还是两道疤的胖子，跟我都不太相干。"

他把收拾好的医疗箱拎到靠近门口的柜子上，刚握住门把手，就听身后萨厄·杨又漫不经心地开了口，"我觉得还是很相干的，比如，对着一个有两道刀疤的胖子，很多事你肯定就下不了手了。"

楚斯："……"

他动作顿了一下，又坦然自若地打开了病房门，接着转身走回到萨厄·杨面前，面色平静地开口道："一般而言，'肯定不会'这种句式只对天生反骨的人有激将效果，比如你。对理性的成年人来说并不会有什么触动，比如我。不过，看在之前我还说过'感动'这个词的分上——"

"——勉为其难配合你一回吧。"楚斯说。

隔壁的邵珩逮住这一个多小时的空闲，敞着门睡了会儿觉，这会儿刚醒，听见楚斯这边的动静便走了出来，正看见楚斯直起身来对萨厄·杨说："动一动你的腿，准备走了。"说完便转身朝门外走去。

没走两步萨厄·杨懒洋洋地跟了上来，在楚斯身后说了一句："长官你今天异常温顺。"

邵珩正伸着懒腰活动脖颈，刚伸到一半，就隐约听见这么一句，肩膀当即"嘎嘣"一声，心说这对温顺是有多大的误解？

萨厄·杨又问道："能继续保持吗？"

楚斯拎上医疗箱走出房门，头也不回地道："不。"

萨厄·杨弯着眼睛笑了起来。

邵珩刚巧看见这个笑，左脚差点儿踩在右脚上，踉跄了一下才迈正了步子。

"你这是喝了酒？"楚斯瞥了他一眼。

"不，我只是没睡醒。"邵珩一脸麻木地道。

三人被传送坪送回楼下，依次钻进了来时的飞行器里。

楚斯看了眼远处还在闪着的工作信号灯，问邵珩："救援队还没收？"

"换作别的碎片早该收队了，但是这块比较特殊嘛。毕竟军事医院还有一些零散的军事机构在这里，所以在救援之外又仔细清查了一遍。"邵珩在飞行器舱内找了个位置摊下，拎了个枕头靠在背后，道："开自动驾驶吧，反正也不远，我困劲上来了有点散不掉——"

之前在寻找邵老爷子的途中，他其实断断续续睡了不少回，反倒是萨厄·杨一直醒着。这大概就是萨厄·杨跃迁后显得比他还要疲惫的原因？邵珩心里这么猜着。

之前紧急的事情太多，加上见到邵老爷子有些亢奋，便一直没睡，这会儿跃迁后的那种疲惫感又占了上风，整个人都有点恹恹的。

他打了个哈欠，眯着眼窝在座位上。

楚斯道："对了，你之前说邵老爷子碰到了麻烦？"

一说起这件事，邵珩又精神了一些，他正了正脸色道："找到我家老头子的时候，他的状态就不对，你猜医疗舱的判断是什么？说他做了记忆切割！"

"记忆切割？"

"对，很奇怪是吧？后来我试着问他了，他说因为有些事情留着容易被人利用，不如彻底清除掉。但是已经做了切割，所以具体是什么事情老头子自己也说不出了。"

邵珩道："但是有人在找他，这点我可以肯定，而且那些人不怀好意，老头子自己心里也清楚，不然不会给自己做那么多层掩护。我觉得他一定知道对方是谁，有什么目的，但是我刚才拐弯抹角直接间接地问了好几回，他也不肯告诉我，非说要再等等！哎——愁死我了！"邵珩抹了把脸，冲楚斯道，"你说他再等等是等什么呢？某个时机？某个人？要不长官你过会儿帮我去给老头子也洗个脑？"

"……"楚斯瞥了他一眼，但是心下却有些想法。

直觉告诉他，邵老爷子知道的那些东西非常关键。

HEITIAN

第12章

# 旧友

回到白狼舰后，楚斯让萨厄·杨去自己的办公室，借用光脑和天眼继续破解蒋期公寓得来的那份研究草稿，自己则回到了指挥中心。

邵珩之前回来了一趟，给齐尔德·冯他们的解释是之前过度跃迁导致楚斯心肺功能出现了问题，又波及了机械肢体，所以需要去白鹰军事医院借治疗仪调试，虽然紧急但不算非常严重。

再加上楚斯又好好地出现了，所以齐尔德·冯他们虽然有过诸多猜测，但最终还是选择信了邵珩的解释。

因为救援人员总数有限，每登录一批星球碎片，就会有一部分救援队员留下帮忙把碎片上的应急设施启动起来，安顿好醒来的人，另外还会对避难所等重要地点的核心设施做相应的检测和修缮，再把避难所里面各个功能区域的使用方法教给那些民众。这才算完成了一个完整的救援单元。

这样一个救援单元耗时少算也要5个小时，如果碰上应急设备故障需要修缮，则会更久。

为了不尽量把效率提升到最高，在这部分救援队员进行工作的时候，剩余的救援队员会继续前进，登录下一批星球碎片，还有一批救援队员需要把一些情况紧急不适合留在避难所的民众送回白狼舰。

当所有救援队员都处于工作中的时候，救援行动就会出现一个节点。

在这个节点上，没有新的航行，所有救援队都在已登录的星球碎片上进行着安顿事宜。目前的救援行动就到了节点，作为第一天救援行动的尾声。

指挥中心发出指令，所有救援队员在完成手中救援单元后，休息4个小时，缓一缓多次跃迁和体力消耗带来的生理不适，补充营养处理伤口。

军部、总领政府和安全大厦三方联合会议也得以有一个暂停。

白狼舰上的人比之前明显多了一些，有些是来去匆匆的救援队员，有些是从别的星球碎片上带回来的情况比较特殊的民众，生活区那边的医疗急救中心人员进进出出，医疗舱成排成排地被运送着。

楚斯让连续指挥了很久的齐尔德·冯他们去暂睡一会儿，自己则带着警卫去生活区全程盯着急救工作，直到确认所有接回来的民众都被安排进了特护级别的医疗舱，有专业医师照看后，这才往邵老爷子住下的地方走去。

原本邵珩要跟过来的，但是半路被医疗人员拦下了，说他有明显的过度跃迁后遗症征兆。

“虽然感觉是有那么点儿像，但是怎么可能呢！”邵珩有着许多人包括萨厄·杨、楚斯都有的一点毛病，就是小病小痛都喜欢死扛着，不到快死了都拒不承认，好像承认一句不舒服就能要他的命一样，也不知是哪来的毛病。

“我总共也没跃迁多少回，还不如那些救援队员跃迁的次数多呢，人家都还直挺着呢，我怎么可能有事！我除了打哈欠一点儿问题都没有。”

邵珩抗议了好一会儿，甚至到最后都快把附近的安全部队队员招过来给自己的体格作证了，依然没能逃过医疗人员的利爪，被关进了医疗中心。

于是最终去见邵老爷子的就只有楚斯。

带过来的警卫在门口站值，一共十人，五人一班岗，两班轮换，是专门用来保护邵老爷子安全的。

原本邵珩其实想让老爷子跟他住在一起，经过之前的事情，他有点不放心老爷子的精神状态，毕竟年纪大了，如果真在躲着什么人或者什么事，还是放在自己身边比较踏实。而且邵珩心里还打着小九九，想借着住在一起的时间连哄带骗，把老爷子藏着掩着的东西给挖出来。

但也许是亲父子的关系，邵珩那点心思应该是被邵老爷子给瞧出来了，老爷子一万个不乐意跟他住一屋。两方拉锯好半天，最终的结果就是各退一步，邵老爷子最终被安顿在了邵珩的隔壁。

楚斯进门的时候，老爷子朝门外的警卫瞥了一眼，板着脸不满道："浪费！我一个黄土快埋到脖子的老头，要什么警卫？真把我当古董啦？我不要，你过会儿走的时候把他们带回去。"

“我这刚进屋，您就开始算着我走了？”楚斯避开警卫这事不提，跟邵老爷子开了个玩笑。

楚长官平日里瞎话说得太多，都快成为一种生理本能了，但是有那么几个人，在面对他们的时候，楚斯能稍微收敛点。一个是养父蒋期，一个就是邵老医生。

前者不用说了，后者主要是因为住院那段时间带来的后遗症。

当初身体毁损住在白鹰军事医院的时候，他还没脱离特殊训练营，常年都在和各种任务打交道，过惯了那种日子的人，突然跟半瘫一样被绑在医院，着实难以忍受。于是楚斯刚开始也没少说瞎话，意图把医护人员统统洗一遍脑，以求早点出院。

无奈碰上的主治医生是邵敦，老爷子油盐不进，对于楚长官这种仗着脸好看成天胡说八道的病人，向来实行“三不一统”政策——

不许逞能、不给好脸、不让叨叨，以及统统驳回。

那阵子，楚斯的生活基本处于一个死循环中——

顶着一张能唬人的斯文高冷脸一本正经地给所有医护人员洗一遍脑——成功——眼看着能忽悠到出院批条了——被邵老爷子虎着脸堵回来，一顿训——严加看管。

假装没事一样再度洗脑——成功——被老爷子堵回来，一顿训——严加看管。

……

最后的结果就是，楚斯非但没能提前出院，还被邵老爷子强留下来，多住了一个月，弄得楚斯哭笑不得，都快没脾气了。

反正自那以后，只要看见邵老爷子，他那说瞎话的毛病就自动切换到了关闭状态。

所以，邵珩指望楚斯给老爷子洗一波脑，那真是指望错了人。不过楚斯还是打算来试试，就算不能说服这死倔的老爷子，找点蛛丝马迹也是好的。

老爷子的行李没有多少，都是邵珩帮他在白鹰军事医院的办公室里收拾来的。之前在回白狼舰的路上听邵珩说了一些，他帮老爷子拿的都是些换洗衣物和必备医疗箱，倒是老爷子自己走之前，把书柜上随意放着的一个电子动态相册带上了。

“那相册倒是没什么金贵的，大多都是我妈的照片，还有老头子年轻时候的毕业照，以及……屈指可数的几张我的照片。”邵珩介绍这个相册的时候颇有些不满，说到最后掰着手指头叹气，“哎——我每次看到这相册都觉得自己不是亲生的。”

楚斯在客厅沙发里坐下的时候，看见茶几上正摊着一本电子相册，想必就是邵珩叨叨过的那一本。

相册摊开着，老爷子刚翻到一半，照片上储存的一段动态影像还在相册上方自动播放——

一群穿着学位袍的年轻人正对着镜头理着衣帽，然后在排列好的椅子上坐下，只是坐下的瞬间，第二排的人商量好了似的，齐齐伸手，把前排的椅子朝后一拉，于是第一排的人集体坐了个空，在地上滚着，笑骂成了一团。

楚斯大大方方地看了会儿，笑了笑冲邵老爷子道：“这是您当年的毕业照？”

老爷子点了点头，看着影像也跟着笑了一声，“嗯，白鹰军械工程学院改名为白鹰军事学院的第一届毕业生。”

“那很早了，老实说，我扫了一遍都没找到您是哪个。”楚斯道，“您这专业人数不多啊。”

邵老爷子感叹道：“年轻嘛，那会儿也才刚成年，喏——我在这儿呢。”

楚斯刚才其实也只是大致扫了一眼，没细看那些人的五官，注意力都被那个恶作剧给吸引了。老爷子指了一下第二排靠中间的一个年轻人，楚斯目光跟着他的手指看过去，道：“跟邵珩有点像。”

“怎么说话，是那臭小子像我。”邵老爷子虎着脸说了一句。“不过这个照片不是我们医学院的合照，是一个社团的合照。专业人还是不少的，在前面那张里。”

说话间，那段影像又开始重新播放，那二十来个年轻人整理着衣帽陆陆续续进了镜头，年轻的邵医生脸上没什么表情，理帽子的时候还皱了下眉，倒是跟现在更像一些。

“您还玩社团？什么社团？”楚斯看着那影像随口问道。

影像上，邵医生在自己的位置上站定，另一个年轻男生似乎是迟到了，一路说着借过笑着走到了邵医生旁边才停下。他背对着镜头跟邵医生说了两句话，楚斯的目光下意识便从邵医生脸上挪开，看向了那个年轻人。

等那年轻人转过身来站在位置上面对镜头的时候，楚斯便愣住了。

那张脸，赫然就是蒋期！

年轻的邵医生和年轻的蒋期低声说了几句，然后跟着周围的人一起站直了看向镜头，在摄影师说“准备——”的时候，浅笑着把手伸向了前排的椅子。

轰——

第一排的人摔成一团，第二排的人全都笑了，就连邵医生也不例外，有几个爱闹的甚至还吹起了口哨。

被蒋期拉走椅子的年轻人帽子都歪了，遮了半边脸看不清长相，他笑着爬起来就去拽蒋期和邵医生的袍子，被那两人躲开了。

二十多个人闹成一团，蒋期在笑闹的人群里回了头，刚好看向镜头的时候，影像放到了尾巴，就此定格在了那里。

楚斯愣了许久，直到影像再一次自动播放起来，才看向邵老爷子，“站在你旁边的……”

“嗯——”邵老爷子应了一声，叹了口气道，“一直忘了告诉你，大学时候，我跟你养父蒋期是朋友。”

HEITIAN

第13章

# 往事

老实说，这一层关系是楚斯从没想到过的。

当初他身体毁损成那样，救活的希望其实非常小，在那种情况下其实没什么人愿意接他这个烫手山芋，一来他身份有些特殊，涉及的事务也有些特殊，死在谁手里都得跟着程序被查一遍，非常麻烦。

所以他醒来之后，得知最终给他负责的居然是邵老爷子，还是有些诧异的。毕竟邵老爷子过了一百四十岁后，就不再接新的病人了，只做一些指导，平日里更多时候是在顶层的研究中心里，动手的活大多是他那个亲弟子兼助手米勒包办，签名敲章也都是米勒的名字。

他一直以为邵老爷子之所以会亲自接手，是训练营那边出面施压的结果。他当时还有些纳闷，觉得以邵老爷子的家庭背景和地位，单是训练营那边出面，恐怕起不到什么施压的效果。

现在想来，大概就是因为蒋期这层关系在里面。

可是……

他实在很难把邵老爷子、蒋期跟“同学”这样的字眼联系在一起，毕竟蒋期在他心里的模样始终停留在数十年前，他本就生得年轻，中年的时候看起来和盛年相差并不大，岁月在他身上所留下的痕迹都被包裹在了周身的气质里……

而邵老爷子……大约是脾气不大好又格外严肃的缘故，老爷子眉心的褶皱非常明显，法令纹也格外深重，最重要的是，他头发是灰白色的，比黑发人更容易显出老态来。

这样的两个人……居然是同学？

楚斯头一回没能控制住讶异的表情，他愣了好一会儿，张了张口道：“我记得……如果我没记错的话，邵老您——”

邵老爷子脸一板：“我什么？我看着比他老？”

楚斯：“……”

“行了，别虚，我确实比他大。要不然你们张口一个老爷子，闭口一个老医生的，我受得了？”邵老爷子冲那重新开始播放的影像抬了抬下巴，“这照片里的大多数人都比他大，还大不少，只不过那个年纪看不太出来差距，他个子又高，就更看不出来了。”

楚斯一愣：“为什么？不是毕业照吗？”

“那小子跳级啊，从小跳到大，就没一个阶段是老老实实上下来的，3年能蹦两回。”邵老爷子没好气地指了指蒋期，又指了指下面那个被他拽了椅子的，“这俩都是跳级上来的，那时候所有人都把他俩当弟弟那么看，由着他们闹。”

在楚斯眼里，蒋期始终是长辈的模样，虽然有时候说话没个正行，但他周身的气质是沉的，哪怕他再怎么开玩笑，那种打磨过后的气质也不会变得浮躁。

所以此时冷不丁听见邵老爷子用这种语气来形容蒋期，楚斯有些不大习惯，又有些新奇。

邵老爷子只在病房里开口比较多，工作之余不是个爱说话的人，平日里也不见他跟谁闲聊，更不会提什么往事，否则楚斯也不可能一直不知道他和蒋期还有这层关系。

从楚斯的角度看，他是一个德高望重的医生，严肃专业但是略有些古板。加上邵珩平日里的描述，老爷子还是个说一不二、积威深重的父亲，即便是面对儿子，他也很少会提年轻时候的回忆。

眼下的邵老爷子似乎突然有些感性，不知被什么勾起了回顾往事的欲望，而恰好，楚斯是故人的养子，跟他所回忆的过去之间有一丝丝浅淡的联系，所以老爷子忍不住对着楚斯开了话匣子——

“其实也不能说是‘他们’吧，真正一肚子坏水儿的就蒋期那小子一个。”邵老爷子笑了一声，指了指被拽椅子的那位，“这个比较老实，胆子小，一逗就吱哇乱叫的。科研水平一流，生活上就不予评价了。蒋期那小子有时候喜欢恶作剧，撮火找事看热闹，有时候又显得特别老成。”

邵老爷子瞥了眼楚斯：“你是不是挺不能想象他找抽的样子？”

楚斯笑了一下，心说我还是能想象的，毕竟也没少见。结果话还没出口，就见邵老爷子指着影像上滚成一团的第一排同学，道：“抽椅子这主意就是他起的头，一帮人都由着他，一说就好好好，这照片拍完之后，第二排的除了他都被打了一顿，当然，不是真打，他那小子就坐在树上看热闹。”

“……”楚斯下意识道，“你们可真惯着他。”

当年蒋期瞎逗他的时候，他个小崽子还能反击呢，这帮大他一圈的反而被逗得团团转，也是稀奇。

“谁让他占了年纪的便宜，我们可拉不下脸以大欺小。”邵老爷子说这话的时候，语气很是嫌弃，但神情却透着一丝怀念。

这段影像跟正常的毕业影像有些区别，上面没有标注人名。第一排中有几个还没来得及抬头看镜头，就被抽了椅子，之后笑闹着滚成一团，看不大清楚全脸。除了他们几个以外，其他人都有过正面镜头，楚斯看了几遍后，在里头发现了好几个略微有些眼熟的人。

“这几个……”楚斯伸手指了指其中几位的脸。

“嗯，都是总领政府和军部露过脸的。”邵老爷子道，“最高位的就是这个，军部三大上将之一梅拉德，不过老家伙快退了。这几个在总领政府，这个原先跟你一样在安全大厦，不过碰上大混乱的尾巴，在一次谈判中碰上事故去世了。这位姑娘，非常厉害，你之前待过的那个特殊训练营，她是最初的创办者。”

楚斯看向那个深棕色长卷发的漂亮姑娘，这也是他觉得眼熟的几人之一，不过怎么也没想起来在哪见过。经邵老爷子这么一说，他猜测或许是在训练营的某个历史文件里？或者别的什么地方。

他又看了会儿影像，这才发现蒋期在后来闹成一团的时候也跟她说过话，似乎是提醒她后面有偷袭，那姑娘眸色清亮，弯着眼睛笑得非常开心，非但没躲，反而转身把偷袭的同学拧着胳膊按在了地上，被按的那个捂着脸也笑得不行。

“艾琳娜出色地完成过很多任务，可是后来在一次5S级任务中失踪了，再没出现过……”

邵老爷子沉默了一会儿，又把手指移到蒋期和他拽了椅子的那个人身上，“这两个同样很出众，当然了这是废话，否则他们也不可能频繁跳级。他们还没毕业的时候，就参与过军方的工程设计，你可能听说过，有一批飞行器叫作黑天鹅，总设计就是他，费格斯、蒋期也参与过，当然，对外公布的设计师资料并不是这样的，毕竟他们太年轻了。不过很可惜，黑天鹅号因为一些问题被封存了，所以你大概只能在一些历史资料上看到它……”

邵老爷子刚到白狼舰没多久，应该还不知道楚斯他们捆了一只黑天鹅号的事，不然也不会这样毫无警惕性地提到它。后来楚斯试探着多问两句黑天鹅的事，就让他升起了一丝防备心，再多的信息就不愿意说了，都以一句“更多的那都是顶级军事机密了，哪是我一个医生能接触到的”打发掉。

防备心一旦起来了，就很难再摁回去，于是在楚斯问老爷子究竟在躲着什么人时，老爷子的回答和邵珩所说的如出一辙：“再等等，现在还用不着你们这帮年轻的插手，再等等。”

后来的聊天，楚斯始终有些心不在焉，直到他收到萨厄·杨的讯息，回到自己办公室的时候，心思还绕在黑天鹅的身上。

啪——

萨厄·杨伸手在他眼前打了个响指，把他的注意力吸引回来，“聊得怎么样？洗脑成功了吗？”

楚斯摇了摇头：“不怎么样，老爷子很多事情不愿意说，总说要再等等，我打算明天再去一趟。”

他揉了揉眉心，又接着道：“估计是个攻坚战，但是有几句话让我很在意，其中一句是他拒绝告知被谁追踪的时候说的，他说‘用不着你们这帮年轻的插手’，为什么会提到‘年轻的’这样的修饰词？”

萨厄·杨随口道：“因为他们老了吧，羡慕嫉妒。”

楚斯：“……少臭美了。”

胡说八道的杨先生撇着嘴耸了耸肩。

“另外，还有一件事完全在我意料之外。”楚斯道。

“什么？”

“邵老先生说，蒋期参与过黑天鹅的设计。”楚斯蹙起眉来，“怎么会……那么巧呢？我可能需要再多一点黑天鹅的信息，你有办法找到吗？”

萨厄·杨百忙之中腾出一只手，在自己眉边一碰，懒懒道：“保证完成任务，长官。”

他行完这个流氓的礼，伸手指了指光脑道：“来，看它一眼。”

楚斯这才又走了两步，站在办公桌边，撑着边沿俯下身来，“看哪里？扫描镜头？你又在搞什么名堂？”

“那份草稿破解到中段的时候，弹出来一个面部认证。”萨厄·杨弓着身站在光脑前，撑着桌子的手指在桌面上有节奏地敲击着，一边等光脑的进度条一边道：“所以老规矩，降低门槛，借长官你的脸用一用。”

楚斯皱了眉，用一种看傻子的目光看向萨厄·杨：“我是不是该好心提醒你一下，聪明的杨先生，我跟蒋期是养父子，没有血缘关系，你用我的脸来替代他的……你吃什么馊东西了？”

萨厄·杨：“……”

他垂下头“噢”了一声，道：“忘了。”

楚斯干脆侧了身倚靠在桌边，居高临下地看着办公椅里的萨厄·杨，没好气道：“你告诉我，究竟是什么逻辑驱使你干出这样的蠢事？”

“谁知道呢，脑动力不足吧，缺点刺激。”萨厄·杨说着，弯起眼睛坏笑了一下，刚要开口说什么，楚斯却突然捏住了他的下巴，一脸严肃道：“刚才那个笑，再来一下？”

萨厄·杨：“？”

HEITIAN

第14章

# 童年记忆

对于楚斯这种真话假话掺着说，说起假话来比真话还真的人，有时候真的很难分辨他究竟是想干什么。

比如现在。

按理说他那副表情应该是在说什么正经事情，但是话语内容实在太不正经，以至于就连萨厄·杨这种跟他打惯了交道的人一时间都有些拿不准。

他那双透明的眸子微微睁大了一些，看着楚斯怔愣了一秒，道："长官，你这是出于理性的挑逗，还是出于感性的勾引？"

两句都不是什么好话，让人根本没法选。

楚斯盯着他的眼睛看了片刻，这才反应过来这动作有点容易引人误会，不知道的大概以为他在端着架子耍流氓，典型的衣冠禽兽相。

但是这时候再缩回手吧，又显得有点落下风。于是楚斯调整了一下姿势，捏着萨厄·杨下巴的拇指动了动，道："整张脸都是我捏出来的，多捏一下下巴不犯法。"

说完，他平静地给了萨厄·杨这惯来流氓的东西一个警告处分："你那脑子消停点，跟你说正事，再像刚才那样笑一下。"

气势上做足了，他才就坡下驴地松开了手，垂下眼皮佯装正经地理了理自己的衬衫袖口。

"别装了长官，你那袖口有什么可理的，一天摸三回。"萨厄·杨毫不留情地揭穿他，嘴角还带着一点笑。

真不是个东西。

楚斯理着袖口的手指一顿，干脆也不装了，两手撑着桌沿倚坐着，眯着眼冲萨厄·杨抬了抬下巴，“你就说你笑不笑吧。”

萨厄·杨懒洋洋地说：“也没什么可高兴的事我怎么笑得出来，我也不是你那帮小傻子们。”他说着，居然真的一脸百无聊赖地拨弄起了手里的通讯器。

这是回白狼舰之后，楚斯依照承诺给他配的新家伙，原本是属于楚斯名下供其备用的，里头各种东西的登录权限都默认为楚斯自己，许多身份信息也都是自动关联的。

刚给他的时候，楚斯就对着通讯器全面解锁了一遍，而后解除了所有公务方面的关联，其他依然是默认的，也没那个时间慢慢改。全改成萨厄·杨的信息，被白狼舰的监测网摸到很容易暴露身份。

萨厄·杨破解草稿的时候，借助的是天眼和通讯器的一些功能，所以此时通讯器一侧的指示灯始终一闪一闪地亮着，活像个盯着人的监控仪或是记录仪。

楚斯瞥了通讯器一眼，没好气地提醒道：“小傻子们没多久也要登舰了，建议你注意一点言行。我总不能开着全舰广播给所有人洗一遍脑，真有那个能耐，我怎么不去创个什么邪教组织呢？”

这句话也不知道戳到了萨厄·杨哪个奇怪的笑点，他弯起眼睛看着楚斯笑了起来，不是那种畅快的大笑，也不是什么礼节性的微笑，就是无声的，从嘴角到眼角都缓缓漾开的那种笑意。这种笑总有股难以形容的奇异的吸引力，就像是他格外清透的眼睛一样，明亮但又深不可测。

“别动。”楚斯看着他的眼睛，凑近了一些，“就是这个笑……”

这样的举动反而让萨厄·杨的笑意停不下来，眼睛弯得更厉害，清亮的颜色就从弯着的眼眸里透出来，他被楚斯弄得一头雾水，但也并不打算反抗一下或是问个明白，而是趁着楚斯凑近了看他的眼睛时，挠了挠楚斯的下巴，逗猫似的。

楚斯：“……”

“对，别动，就是这个样子。”萨厄·杨故意学着楚斯刚才的语气。

他要凑过来的时候，楚斯没什么表情地抬手挡住他。

楚斯的目光从眼角瞥过去，用一种“不知道该说你什么好”的眼神看了萨厄·杨一会儿，道：“很抱歉，能不能稍微尊重一下我的办公室？”

幸亏这间办公室只对来往信号有实时监测，没装什么监视器，否则乐子就大了。

“一般而言，招猫逗狗都要承担后果，更何况逗人呢。”萨厄·杨道，“你拿我的脸玩了半天了，总得给点好处吧？”

“你够了吧？”楚斯上身微微朝后仰了一点，看着萨厄·杨的眼睛，突然问道：“萨厄，你认识一个叫艾琳娜的人吗？”

之前在邵老爷子相册里看到那个姑娘时，他就觉得有些眼熟，但是怎么也想不起来为什么眼熟，加上他的注意力又被黑天鹅之类的事情分散了，一时间也没个答案。

这会儿突然看到萨厄·杨的笑，他终于想起来那种熟悉是来自哪了。

眼睛。

那双眼睛弯起来含着笑意的样子，和萨厄·杨非常像。但是又不完全一样，也许是眼睛颜色略有些区别？也许是萨厄·杨从来没有像艾琳娜那样大笑过。

萨厄·杨被他问得愣了一下，却连想都没有想就道：“不认识。”

大概是他回答得太快，楚斯下意识问了句：“你确定？”

“老实说，能让我记住名字的人不太多，很容易就想完了。”萨厄·杨抬手点了点自己的太阳穴，耸肩道：“不过既然连名字都没记住，那也谈不上认识吧。”

他回答的时候，楚斯也觉得自己那句纯属多问。在看到萨厄·杨的眼睛时，他其实有点怀疑艾琳娜和萨厄·杨有非常亲近的血缘上的关系，比如……母子。

但是，谁会连自己母亲的名字都记不住还得再想想。

“也对。”楚斯点了点头，觉得自己没准是有点神经过敏了，好像那张毕业照上随便拎个谁出来都跟谁有关系似的。

不过既然提到了这个……

楚斯看着萨厄·杨犹豫了一会儿，张口问道：“你过去是什么样的？我是指小时候。”

说完又补充了一句：“当然，我只是想起来了随口一问，不想提也没事。”

其实上一回在去往翡翠港的飞行器里，看见萨厄·杨坐在舷窗边俯瞰着漆黑的城市时，他就想问这么一句。但那次只是一瞬间的探究欲，还不足以让他真的张口说出来。

但是现在，很多事情都已经不一样了。

萨厄·杨的目光吊在眼角，就那么似笑非笑地看着楚斯道：“长官别装了，你只有好奇到实在憋不住了才会问出来。”

楚斯再度发挥了自己身为明君的胸襟，不跟这种热衷于拆台的混账玩意儿一般见识，平静道：“我想你对我有一点误会，我其实是个非常开明好说话的人。”

“我觉得你可以试试去小白脸或者小傻子们面前把刚才那句话重复一遍，他们的表情一定非常精彩。”萨厄杨道。

“跟他们有什么关系，现在是我跟你之间的谈话，也许可以称之为闲聊？总之，你不想提也没关系，我完全可以理解。”楚明君觉得自己这话发自内心，没有任何问题。

萨厄·杨“噢”了一声，道：“那好吧，我不想提。”

楚明君：“……”

“非常开明好说话的楚长官，你的脸色有一点点绿。”

“……”

萨厄·杨哪壶不开提哪壶地说完，沉声笑了起来。他重新抬起脸的时候，眼眸里还有笑意，“逗你的。看在长官你这么讨人喜欢的分上，跟你说实话吧。”

楚斯睨着他。

“不是我不想提，而是我不记得了。”萨厄·杨道，“五岁以前的事我不记得了，也或许是六岁？随便吧，那时候看不见东西，只能靠声音分辨，有点弄不清时间了。”

这么短短一句话，信息量就多得让楚斯无法消化，“什么叫……看不见的东西？”

“字面意思。”萨厄·杨曲起两根手指，指了指自己的眼睛，“瞎的。”

楚斯有些茫然地看着他，像是一时间没听明白那个词的意思。他下意识伸手握住了萨厄·杨指着眼睛的那只手突出的腕骨，蹙起眉问道：“怎么会？”

“不过我猜测应该不是先天性失明。”萨厄·杨说这些的时候，语气和平日别无二致，像是在说别人的事情，“因为那时候通过声音分辨出一些东西时，我脑中会有那些东西的大致轮廓，这应该属于一种记忆残留下来的本能反应。说明在那之前，我是能看见东西的。”

“我那时候大多数时间应该都被罩在某种仪器里，身上应该还联通了许多端口。”萨厄·杨眯着眼回忆道，“有药剂通过那些端口从各个地方输送进我的身体，我猜想应该是针对肌肉或是反射神经的药剂，因为我能感觉到四肢，却无法控制它们，所以动弹不得。我猜那之中应该还有营养剂一类的东西，因为很长一段时间里，没有人给我安排过任何进食，我却始终精力充沛。”

“当然，那时候的精力充沛对我来说毫无用处，也就是长时间清醒地待在黑暗里，重复地听着那些滴管和端口中药剂流过的声音。”萨厄·杨蹙了蹙眉，又渐渐恢复成没有表情的样子，道：“非常……非常无趣。”

HEITIAN
第15章

# 过去

偶尔的黑暗会让人不由自主地跟着静下来，但是长久的望不到头的黑暗只会让人变得焦虑、烦躁、愤怒、癫狂，一切负面的东西像潮水一样从四面八方漫过来，顺着头顶、脚下、手指像斩不断的藤条一样缠绕上来，直到把整个人捆束、笼罩，拉扯进更深的黑暗里

他能听见仪器外嘀嘀的指示音，隔着某种封罩显得有些远，像是另一个世界传过来的某种计时，夹杂着一些他那时候根本不懂的实验数据提醒，枯燥又乏味。

每隔一阵子，他会被传送进另一个实验舱里，每次实验启动的机械音冷冰冰地响起，就会有两股力量加载在他身周，也许是能量场也许是别的什么，那时候的他不太明白。

他只能感觉到有一股吸力将他往一处拖拽，像是突然拔了橡皮塞的水池，巨大的漩涡以不可挣脱的力道捆束着他，力量大得身体几乎都被挤压变了形，那架势似乎不是将他拽往空间上的某一点，而是直接拽去另一个世界。

而另一股力量却企图将他固定在原地。

每当这个时候，对四肢的控制力就会有一瞬间的苏醒，好像突然退回到药剂还不曾注入身体没有生效的时候。

然而这种知觉的苏醒就像他长时间充足的精神力一样毫无用处，只是在被拉扯的过程中，更加清晰地感觉到自己的身体徘徊在撕裂的边缘而已。

有时候他甚至都能闻见自己身上传来的血腥味——浓郁、刺鼻，让他因为过度疼痛而混沌的意识又复归清醒。

每当这种味道出现的时候，加载在他身上的两股拉力就会被撤离。他会被送

回原本的容器里，接受最精心细致的疗养。

没错，精心细致。

即便他对那些电子音播报的监测和疗养数据半懂不懂，他也知道那程序一道接一道的调养究竟有多么复杂。

于是，他总能很快恢复健康，再投入下一个轮回里。

这样的过程不知循环了多少遍，那一阵子他一直在做一个梦，梦见他站在一片深黑如墨的夜幕里，低头看着自己身上大朵大朵晕染开的血，铁锈般的腥甜味道激发着他体内的条件反射，使他的精神亢奋并清醒着。他正要笑起来，突然有一只手从后面摸了摸他的头，问他："疼不疼？"

然后他就不那么想笑了。

他在一次又一次的重复中渐渐适应了疼痛，再大再深的伤口对他来说都无关痛痒，反正最后总是会好的。他不知道那些实验的最初目的是什么，但是一次次的失败无心插柳地赋予了他另一种机能，他的生理愈合能力已经远远超出了"正常人"的范畴。

等他模模糊糊地明白实验目的的时候，实验终于成功了——

他终于如人所愿地在一定程度上摆脱了时间对个体的束缚，填补了那些人口中所谓的"人仅有的不完美"，在一次次的"濒死——回溯——重来一次"的折磨中由被动触发变成了自主控制，然后渐渐麻木成了一个怪物。

"我在他们庆祝实验成功的时候逃了出来，我猜他们所有事情应该都是秘密进行的，那天有人查到了他们所在的地方，一片混乱，给了我一个机会。"萨厄·杨耸了耸肩，"当然，一个看不见的小傻子是摸索不了多远的。我在那过程中撞上了一队流浪者，又被他们带上了飞行器。"

他说得非常简洁，所有的冲突和交火在寥寥几句话里就说完了："他们有些倒霉，在某个星区跟另一队人起了冲突，也许是流浪者，也许是某个星球的军队，然后——砰！炸成了烟花，飞行器的紧急自救装置把我塞进了某个逃生舱，在太空漂了几天后被人打捞起来。"

说到这里，他笑了一声："打捞的人想必你也能猜到了，就是倒霉催的流浪者之王卡洛斯·布莱克阁下。很遗憾，他出现的时机不太合适，我那时候受实验影响，有点容易激动。总之我在卡洛斯·布莱克手下的飞行器上待了几天，双方都不是很愉快，这奠定了后来我和他们几次打交道的情绪基调。再后来他们刚巧和军部有个交易，我回到了地面。军部在我身上找到了一些实验信息——”

萨厄·杨偏了偏头，点着自己的颈侧，“好像是这里吧，据我所知后来某个军部中将带人去把整个实验连窝端了，里头似乎还有几个小鬼。”

楚斯突然想起蒋期公寓前出现过又消失的那个孩子，也是颈侧有数字标记，“所以上次碰见的那个……”

“啊——那个小崽子。”萨厄·杨道，“我当时确实在想会不会跟那个实验室有关。那里最初的看管应该不像后来那么严。也许他们认为四五岁的孩子什么也做不了吧，我想那时候逃跑的难度不算很高，逃过好几个小崽子。我后来逃走的时候，隐约听见一个追来的人说那是我第二次脱离控制了，当然，对于第一次我已经全无印象了。毕竟你不能指望一个连自己长什么样都不记得的人去记一次失败的逃跑。”

“后来呢？”楚斯问道，语气有着连他自己都没有觉察的轻低。

“后来花了几年的时间治疗，眼睛恢复了，然后军部把我安排进了疗养院，再后来就被你甩了一脸血。”萨厄·杨说完笑了一声，“一个非常无聊而没有新意的故事。”

其实在曾经的很长一段时间里，楚斯一直在想一个问题。萨厄·杨那样一身反骨的人为什么会愿意待在疗养院里，甚至在最初的两年里会愿意接受训练营的约束，乃至于出去做任务。

他翻来覆去想了很久，除了找刺激没能想到别的理由，于是便给萨厄·杨身上扣了个别有居心的帽子，算是某种程度上的以己度人，因为他自己就是带着目的去做的。

但是现在，他却觉得也许那之外还掺杂了一些别的，不那么疯狂和逆反的原因。

“你喜欢疗养院和训练营吗？”楚斯问道，“我是说，撇开被我找茬和找我茬的那些事。”

萨厄·杨挑起眉尖，语气带了一丝嫌弃的味道，“你觉得呢？当然非常非常讨厌，每次看到那些幼稚的束手束脚的规矩我都很想干点什么来毁掉它们，它们总让我想到一些不那么舒服的东西。不得不说，被你找茬和找你的茬大概是那些年里少有的，不令人厌烦的事情了。”

他说到这里又笑了一下，似乎也觉得当年水火不容的两个少年有点幼稚得过分。

楚斯也弯了一下嘴角：“那为什么还待了那么久？”

“看在他们抄了实验室又治好了我眼睛的份上……”萨厄·杨道，“勉强忍了几年。”

不论是在疗养院的那些年，还是在训练营，不论是少年时候，还是刚成年，萨厄·杨每一回出现在楚斯的视野里，总是一个人，哪怕周围有再多的人做背景，他身上那股和任何人都没有牵连的气质总会浓重地凸显出来。

以前他觉得那是过于自负导致的傲慢和蔑视，现在却明白了缘由。

如果一个人记忆的起点就是一片割裂的黑暗，一个封闭的容器，跟世界的牵连除了浑身上下的无数端口和输液管再无其他，甚至连人声都听不见……他大概就不可能再习惯这个有诸多牵系的世界了。

所以即便是现在，即便是萨厄·杨已经有了明显转变的现在，他也依然透着一股独来独往的气质，他可以跟唐他们说话，却并没有因此变得熟悉起来，他可以跟邵珩开一些玩笑，却依然没有多么亲近。

正常人之间的往来在他身上呈现出一个非常极端的结果——他和周围所有的牵连全部都是通过楚斯。

这种心理某种程度上和刚开始有情感的孩子一样，就好像漫长的时间又回到了起点，没有那些错综复杂的关系网和旁枝。

他只有两只手，所以只能专心握紧一个人。

楚斯看着萨厄·杨的眼睛，弯着的眸子里还含着一点笑。他的眸子是那种清亮的浅灰，近乎透明，总给人一种冷漠又深不可测的感觉，好像再怎么笑都含着一种旷久的寂静。

“萨厄……”

“嗯？”

楚斯看了他一会儿，然后伸手抱了过去。

“也许……这样做晚了一点。”

晚吗？

萨厄·杨的下巴压在他的肩窝里，很轻地眨了两下眼。浅色的眸子掩在半垂的睫毛阴影里，屋内的拟自然光透过缝隙在上面洒了几星细碎的光点，漂亮得完全看不出曾经瞎过好几年。

当初眼睛恢复后，有很长一段日子他都适应不过来。

有时候，他会突然看见周围还是一片漆黑，像完全独立于世界之外的一座孤岛。有时候会突然听见有几声模糊的电子音，报着一些时间、能量相关的数据，像是开始幻听的精神病人，还有时候他会觉得自己身上始终残留有一丝血味，浓重而甜腥，挥散不去……

但是无所谓。

看，有人毫不介意地抱住他了……

HEITIAN

第16章

# 归巢

人都说：大难不死必有后福。

多夸张的福倒是没有，但是楚斯确实感觉一切事情都在往某个不错的轨道上走，不论是他和萨厄·杨的关系，还是有序进行的救援计划。

活了这么多年，楚斯很少有称得上心情愉悦的时候，大多情况下都是“我很忙”“糟心事太多”“下属又干了傻事”“蒋期的事情依然没有眉目”之类的心情寄语。像他这种强迫症一般把自己逼成工作狂，而实际又没有那么真爱工作的人，情绪起伏总是不大，偶尔有一点动静也是死水微澜。

他一度以为，自己大概很难有机会体会“期待一件事尘埃落定”的感觉，因为麻烦事总是一件接一件，从没有尘埃落定过。

可没想到现在居然体会到了，在看着待救援的碎片越来越少，已救援的标记已经覆盖了大半星图的时候，他难得地生出了一丝期待来。

他也一度以为，尽管他对工作并非真爱，但鉴于他对人更不容易有兴致和情感，所以他绝对不具备做昏君的条件，大概一辈子都会是个冷静理智的明君。

可没想到，当萨厄·杨在办公室抱着他不愿意松手，而手里的通讯器又震得跟叫魂一样提醒他去指挥中心时，他脑中生出的第一反应居然是把那鬼叫的通讯器扔了算了，毕竟听萨厄·杨这种性格的人提一回过去不容易。

可见，昏君这种潜质，开发开发说不定就有了。

不过楚斯最终也没当成昏君，他拍了拍萨厄·杨的背，最终还是抓着不讨喜的通讯器带着警卫去了指挥中心。

第二天的救援中间出现了一点小瑕疵，以至于中间的休息时间，被楚斯用来跟齐尔德·冯他们临时重新商定了一套方案，以保证第三天的救援效率能更高。

所以楚斯在这指挥中心一待就是近40个小时，中间那次补充营养素的时间被他用来给邵老爷子洗了第二波脑，而短暂的小憩时间，他在接训练营小队那边传来的报告。

唐说邵珩安排的亲信队已经到达了巴尼堡，准备把它全面保护起来，他们几个清理一下就能回白狼舰，只是因为不小心在地下搭了个临时基地，所以清理比较费时。

总之四十多个小时精神高度集中的连轴转有点伤人，指挥中心里众人的疲态有目共睹，楚斯这种平日里说话不太爱费力气的人嗓子都有些喑哑，齐尔德·冯那种动辄提高音量的大嗓门早就熄火了，靠不断地灌润喉水过活。

“我算过了，再有两批登陆，所有的星球碎片就都纳入救援区了。”另一名副指挥官搁在桌面上的手指敲了敲。

只剩两批了，事实上倒数第二批已经出发了，离最后一批登陆也就是几个小时的事情。这个提醒无疑让整个指挥中心里的人都振奋了一下。

楚斯依然没有直接去会议桌，全程在玻璃屏外挂着耳麦远程遥控，偶尔跟萨厄·杨来回发几条讯息。

生理上疲惫至极，心理却称得上愉悦。

先前萨厄·杨难得犯了回蠢，用楚斯的脸替代蒋期的脸去解锁，结果不言而喻——触到了加密系统里的警戒线，于是整个加密程序自动更新，前面破解的那些成了白做工，得等满24个小时才能重新破解。

不过有了这个教训，萨厄·杨自然不会再犯同样的错。整个破解过程对他来说也并不难，只是得再耗费一点时间而已。所以他在等满24个小时后就轻轻松松地开始了第二次。

到现在已经进程过半了。

萨厄·杨把进度同步传送到楚斯的通讯器上时，进度条还剩42%，照这个速度，明天也差不多了。

明天还真是个不错的日子。

楚斯跟萨厄·杨说了几句，隔着玻璃屏的三方联合会议却出了点新的动静。军部那边碰上了白银之城的舰队。

虽说在现今人手不足的情况下，三方属于联合执政把控整体的事态发展，但实际上还是有所分工的，因为军部那边的军械武器资源相对丰富，实战经验也是三方最高，所以军部那边主要负责安全区域封锁。

换句话说，就是军部负责竭尽所能将各种可能的威胁杜绝在救援区域之外，安全大厦这边因为有龙柱星图，所以负责整体救援部署和指挥，而总领政府那边则负责救援后各个星球碎片的安全和生活问题，也就是后期建设、驻扎之类和生存相关的琐碎事项。

后两项不提，让楚斯始终比较在意的是军部负责的那些。

从星球崩裂起，到现在救援行动接近尾声，楚斯一直在担心他星势力过来趁乱搅个浑水，发一笔灾难财，或是干脆联合起来把天鹰γ星上能够利用的资源瓜分掉。

这种事情不是没发生过，当年流浪者们的母星因为不可逆转的问题变成“弃星”，其他星球可没少伸爪子，光是“遗产”就够一些小星球吃个百来年了。

白银之城更是强盗派头地搂回去一大批资源，使得本就领先于其他星球的白银之城更上一层楼，飞速发展到了后来的层级。

现在天鹰γ星出了事，就算保护机制再怎么强悍，再怎么阻隔消息，以白银之城的实力也该查探得差不多了，怎么可能还迟迟不出手？

就白银之城那种星际海盗似的统领策略和发展风格，怎么可能一声不吭友好安静地围观？

之前一直没有动静的时候，楚斯只觉得事出反常必有妖。这会儿白银之城终于开始有了动作，楚斯反而心里安定了些，能看得到的动作总比阴恻恻的暗招好。

显然有这个想法的并非楚斯一人，军部那边的临时消息一出，指挥中心这边一片议论：“该来的总是要来。”

相比齐尔德·冯他们几个，总领政府那边则要淡定一些。

但三方显然都很在意，白银之城不是什么小星球也不是什么流浪者队伍，正面起冲突损失太大，以他们目前的兵力，只能尽量采取迂回的方式，兜圈子也好谈判也罢，一切能用上的手段都得尝试，能拖一拖最好。

现在每天每时每刻都有新的人醒来，起码得等到能凑齐一支最小单元的太空作战军，而那样的日子算来也应该不会太远。

楚斯正借着耳麦给齐尔德·冯下指令，救援部队撤回之后，原本白狼舰上负责安全的这批兵力就可以全部按战时装备集结，随时准备借调到军部那边，如果军部碰上的是躲不了的麻烦，那么提前就绪的情况下，支援起来能省许多时间。

21：12：42。

根据实时同步到三方联会上的消息，军部紧急潜行小队在α星区第四象限11救援区外围发出干扰信号，将第三象限的白银之城军队引了过去。

半个小时后，三方联会再度收到消息，第二支潜行小队发出干扰信号，引走了白银之城军队的第二支队。

又四十分钟后，军部六支潜行小队分别发出十二次干扰信号，引走了白银之城剩余军力。

23：34：19。

军部负责指挥的中将回到了三方联合会议的全息屏幕前，同时带回来一个好消息，军队信息部成功模拟了荒土星的军事信号，分散了白银之城军队的注意力，让他们暂时相信之前的干扰信号和荒土星脱不开干系。

“咱们这边出事之前，荒土星就和白银之城纠缠不清了，荒土星光脚的不怕穿鞋的，骚扰白银之城星际巡逻军不止一两回了，边界冲突也没断过。老债还没清算完，牵来当替罪羊不过分。”中将这么解释道。

接近0时的时候，最后一波救援队伍终于在剩余的星球碎片上登陆。已经完成救援任务的其他单元小队将一部分民众送到白狼舰后，马不停蹄地赶到了最后那批碎片上，增添人手。

02：17：25。

军部消息再次更新：白银之城的军队已经被成功引往β星区。即便他们发现不对劲，调整航行方向，再重新定位回到α星区并准确地接近救援区，最少也需要三天时间。

“3天——”贺修文中将竖起三根手指，板着脸严肃地道：“如果最后一批救援在预计时间内顺利完成，启动龙柱附加引力装置第一进程只需要3个小时，3个小时后，所有带有龙柱的星球碎片就会朝战略定位的中心靠拢，整个救援区会因此收缩。”

他手指屈握成拳，“这就意味着，尽管我们脚下的土地已经分崩成块，散落在不同的地方，尽管每一块碎片中都隔着茫茫星海，但我们是一个整体。”

这就意味着一张无形的蛛网将所有星球碎片牵扯在了一起，形成了一个特殊的碎片群。整个碎片群在龙柱的强大作用力之下，可以根据战略需要，调整中心，达到整体迁移。

这会使得他们在遇上任何一支他星军队时，不会再那样被动。

如果有3天的喘息时间，那真是再好不过。

计时器上的数字跳到3点整时，最后一批救援队伍同步回来的影像终于跳回到了飞行器中，所有救援人员都冲着镜头比了个“完成任务”的手势，三方会议室里一片庆祝声。

救援队带着一部分民众踏上了返航之路，战略路线图上，无数的飞行器小点像是一条璀璨的星带，浩浩荡荡地朝白狼舰飞来。

所有星球碎片的龙柱都被添加了附加引力拟态装置，任何龙柱功能的启动都需要军部、总领政府、安全大厦三方一起。最高代表人各掌有一部分权限。

“准备启动龙柱装置吧。”楚斯按住耳麦提醒齐尔德·冯。

冯老头同步传译到了会议中，军部那边两位中将离开座位，应该是去了分属军部的启动装置那里，总领政府也同样。

楚斯已经先一步站上了指挥中心的内部传送坪，带着警卫到达了下一层，接着齐尔德·冯和两位副指挥官以及舰长陆续跟了下来。

底下这层的空间并不大，金属墙壁包裹中，地面中心缓缓打开，推出启动仪。

楚斯挽了袖口，走过去，将拇指按在启动仪上。

扫描光在他身上来回扫过，电子提示音叮咚响起：认证为安全大厦最高统领权限，通过筛选。

03：05：18。

耳麦里响起军部、总领政府两方代表人的声音。

“准备。”

“准备就绪。”

“启动。”

楚斯的声音有点微微的哑，没有全息屏幕的情况下，所有人嗓音都哑得不像本音了，在这种时刻另两方也没人反应过来是他在开口说话。

因为龙柱附加装置同步启动的提示已经响了起来。

千千万万散落在星海中的碎片同时响起了一阵嗡鸣，如果此时有一片足够大的屏幕能容纳所有碎片的具体俯瞰图，就会看到，每一块星球碎片都在龙柱的自我调整下，微微朝某一边倾斜，然后在巨大的聚拢力作用下，缓缓朝预定的战略中心移动。

就像是飞行了太久的倦鸟，终于在夜幕下纷纷归巢。

04：46：17。

所有归来的救援队伍顺利登舰，白狼舰一百多处闸口终于缓缓合上。忙碌的军人和临时医务人员以及官员在白狼舰上来来回回走动。

这大概是楚斯睁眼以来看到的最为热闹的场景。

等到把所有需要安顿的民众和救援队伍安顿下来，各个岗位轮调一番，连轴转了50多个小时的人们才得以休息。

两位副指挥官回办公室的时候，脚步都有些打飘了。齐尔德·冯在离楚斯最近的那个办公室门口站定，扶着门蔫了吧唧地冲楚斯打了个招呼，也不那么讲究礼仪了，开了门就滚进去补觉了。

白狼舰暂时由轮岗休息过的舰长、安全部队分遣队长邵珩以及警卫总队长罗杰把控航行。

楚斯进办公室的时候，萨厄·杨还坐在光脑前，不过他之前应该睡过一会儿，看起来精神很好，没有丝毫的疲惫感，和一直揉着眉心的楚斯形成了鲜明的对比。

“我以为来了个幽灵。”萨厄·杨站起身走过来，微微低头道：“你确定还能走回到卧室么？我看你脚步是浮的。”

楚斯没好气地瞥了他一眼，又揉了揉眉心，企图让自己再清醒一点：“你如果不在我眼前挡道的话，我应该能支撑到卧室。”

他说着，颇为嫌弃地扯开领带道，有些不耐烦地抱怨：“50多个小时没洗澡，我没法忍受这样躺上床。”

“……”萨厄·杨道：“恕我直言长官，你这样躺进浴缸，和自杀没什么区别，进去了就别想再出来。”

楚斯异常固执：“那就看看我死不死得了吧。”

萨厄·杨挑起眉，看着他强撑着精神走回卧室的背影，道：“好吧，那我只好勉强帮你一把了。”

楚斯此时的精神是彻底放松的，有些迷糊，反应也迟钝。他听了萨厄·杨的话，只是头也不回地摆了摆手，就进了浴间，一直到他一脸茫然地看着萨厄·杨也跟了进来，并且体贴地关上了门，才终于反应过来刚才那话究竟是什么意思。

楚斯：“……”

HEITIAN

第17章

# 遗产表

“别拿这种茫然的眼神看我。”萨厄·杨举了举双手，一副吊儿郎当的投降样。

楚斯低下头又用曲着的食指关节顶着眉心揉了揉，然后用力眨了两下眼睛，企图让自己的脑子警惕起来。然而抬起头来重新看向萨厄·杨时，神情依然有些空白。

这使得他看起来有一点无辜，也有点呆。

这种情形在楚斯身上大概是百年难得一见了。

他自己心里也有些气恼的意思，以前都不需要强打精神，只要看见萨厄·杨出现在方圆一百米以内，哪怕三天三夜没睡觉他也会下意识绷紧神经，高速运转的大脑绝对一点儿也不敢放慢节奏。

但现在却不同了，萨厄·杨出现在身边，他非但不会绷紧神经，反而下意识地放松下来。过度疲劳的情况下，一旦松懈下来，再想重新打起精神就不容易了。

楚斯自我挣扎了好几下，未果，只好盯着萨厄·杨看了会，慢半拍地道：“你原地转身，握住门把手，打开门往前走一步，再顺手把门关上。”

说完，他顿了好一会儿，才想起来什么般补了一句：“劳驾，谢谢。”

语气一如既往地带有讥讽的意味，但是因为疲劳过度带了点类似感冒的鼻音，再加上有点呆的表情，硬是拗出了另一种风味。

“你在撒娇吗长官？”萨厄·杨没转身，也没握住门把手打开门，只执行了一项——往前走一步。

“……”这辈子不知道撒娇这个词怎么写的楚斯愣了一下，没好气地道：“你要不去医疗室看看吧？”

萨厄·杨笑了起来："好吧不逗你了，尽管现在的你逗起来很有意思。"

他顿了一下，用那双漂亮的眼睛看着楚斯认真道："其实我只是单纯帮把手，你现在的状态实在让人很难放心。"

楚斯心说你就是眼睛再好看也没用，这话留着哄鬼去吧。

然而几分钟后，他就成了鬼。

不得不说，人在过度疲劳的时候为了早点坐下或躺下，大概什么事情都愿意答应。楚斯大脑跟身体背道而驰，心里想的都是——

你怎么还站在这里？

这话也就骗骗傻子。

我想怎么洗就怎么洗，你管得着吗？

冷笑。

……

然而事实上他已经坐靠在了浴缸里，老老实实让萨厄·杨帮着忙。因为太过放松又太过舒服的缘故，楚斯居然就那么倚坐在浴缸里睡着了。

他其实不记得自己是什么时候睡过去的，但是睁眼的时候人已经躺在床上了，卧室里的拟自然光被调成了夜晚，天花板上散着一点点细碎的星光，半梦半醒间这么一看，有种自己正睡在旷野中的感觉，非常奇妙。

弄醒他的不是萨厄·杨，而是床头边的一个电子屏。

白狼舰每一个房间都有这样的一块电子屏，显示着一些必要的信息，诸如航行情况、是否顺利、最近有没有需要注意的事项，等等。这时候的电子屏上正闪着一个消息，嘀嘀的提示音并不刺耳，却很容易让楚斯这样的人醒过来。

他对这种提示音太敏感了。

楚斯伸出手试着调出全息屏看个完全。

电子屏的全息屏幕被调了出来，上面显示的消息清晰地映在楚斯眼里。龙柱启动的3个小时已经顺利过去，过渡到了第一段进程里。

除此以外是一些生活区医疗区的情况简示，没有任何麻烦，一片安宁。

他看着那个全息屏上的微光，卧室里平静的呼吸声，恍然生出一瞬间的不真实感来，好像他还住在城市，睡在距离安全大厦并不远的班克街5号，门外有随时待命的警卫，每隔半年他会抽空去远在黑雪松林的别墅里休养一周，一次在盛夏，一次在隆冬。而之前所经历的那些，诸如末日，诸如死亡，诸如混乱的时间，都只是一个长长的梦。

但是梦里又有些别的东西，让他有些遗憾醒来……

然而那抹没有来由的遗憾刚浮上头，他半睁的眼睛眨了两下正要继续睡过去，背后的人却突然动了一下。

"醒了？"楚斯清醒了两分。

"我根本没睡。"萨厄·杨拢了一下手臂。

楚斯愣了愣，又看了一眼时间，纳闷道："为什么不睡？"

萨厄·杨没有回答，却开口提了另一件事："长官。"

"嗯？"

"我在你给我的通讯器里看见了一个私人指令，应该是跟你那边同步的。"

"什么指令？"楚斯说话的声音有些哑，透着一股懒意，像是午后趴在窗台上眯着眼晒太阳的猫。之前被驱散的困倦在这会儿又慢慢席卷上来，他闭着眼，听着萨厄·杨的声音往耳窝里钻。

"一份私人遗产划分表。"萨厄·杨道："很像当初训练营出任务时要签的那套。"

楚斯似乎是听见了，也似乎是没听见，没有应声。

"那份表上空了许多地方，从头到尾只出现过一个名字。"萨厄·杨沉声问道，"我是不是可以理解为，我对于你来说是最特别的那个，区别于其他任何人，就像你对于我来说一样。"

楚斯的呼吸已经轻了下来，平缓而绵长。就在萨厄·杨以为他已经再度睡着的时候，他之前一直抓着枕头的手指动了动，懒懒地抬起来碰了碰萨厄·杨的下巴，"嗯。"

事实证明，楚长官的睡眠是个谜。

之前做机械治疗后，他并没有多累，却被萨厄·杨压着前前后后睡了近10个小时。这次50多个小时连轴转，明明先前困得不行，他实质上却并没有睡多久。

加上萨厄·杨胡闹前的那3个小时，总共也不到6个小时。

醒过来的时候，萨厄·杨正站在床边穿衣服。

他见楚斯睁了眼，俯身过来碰了一下楚斯的嘴角，"不睡了？才过去2个多小时。”

楚斯半睁着眼，没什么表情地看了他一会儿，道：“不觉得这话从你嘴里问出来非常虚伪吗，萨厄·杨先生？”

他撑着床坐起来，顺手调亮了卧室里的光。只是腰直到一半的时候，他的表情微微僵硬了一秒，又碍于面子瞬间恢复了正常：“你怎么又挑了一件背心？”

“你的那些衬衫西裤穿在我身上不太合身。”萨厄·杨道。

楚斯：“……”

他一米八几的身高不算矮了，但无奈萨厄·杨比他还要高上一截，肩背肌肉也更结实一点。确实不论衬衫还是西裤，穿起来都不会很舒服。

“你要去生活区那边再挑几身吗？”楚斯道，“大多数的贮存物资都在那边，昨天看见还有些民众非常有先见之明地带了些过来。”

“再说吧。”萨厄·杨在衣柜里拿了一套衣服给楚斯，“我算过时间，那份草稿这时候应该快要破解完了，去看看。”

HEITIAN

第18章

# 鬼神

楚斯简单洗漱收拾了一番，到了对外的办公室里。光脑上显示的进度条果然已经到了99%，只剩最后一层薄薄的皮就能到顶。

他出门跟外面的警卫问了几句大致的情况，得知齐尔德·冯他们几个都还在休息后，又回到了办公室。

萨厄·杨却还在卧室里没出来。

“你在干什么？”楚斯在消毒柜里拿了两个玻璃杯出来，接了水往卧室走，想看看萨厄·杨究竟在磨蹭什么。

结果就见对方正站在家用药剂柜面前，手里拿着两盒药翻看说明。

对于萨厄·杨这种常年不用药的人来说，家用药剂柜一打开，那就是满眼天书。花花绿绿没一个熟悉的，他挑着眉毛在里面翻翻捡捡，从上到下硬是把说明都看了个遍，才勉强选出一个来。

“找药？”楚斯原本倚在门边，看到这情景直起身走过去，“你又出现什么反常情况了？”

“没事，挑好了。”萨厄·杨拍了拍手里的药盒，把柜门关上。

楚斯垂目看了眼，他拿着的那盒药属于户户必备的基础品，用于简单的伤痛炎症感冒发烧，有些免疫力不强的人在流行疾病高发期也会吃点这个用于预防，总的来说，算是包容性极强的基础万能药，但对付不了大毛病。

萨厄·杨一般有点什么反常，都不会是简单的伤痛炎症，吃这个有用？

楚斯有点不放心，“这药效力不强。”

“不用很强的药力。”萨厄·杨说着，当即拆了药盒，从里面掰出一小片来，丢进了楚斯手中的水杯里。

药片迅速溶开，散发出一点淡淡的清苦味。然后……萨厄·杨伸手把没放药片的那杯拿走了。

楚斯：“？”

萨厄·杨冲他举了举杯，喝了一口道，“长官你突然这么体贴，我有些受宠若惊。”

你那表情可一点儿都看不出来受宠若惊，楚斯心说。但他更不解的是留在自己手里的这杯药剂水，“你把放了药片的给我做什么？”

“喝了它。”萨厄·杨指着那杯水道：“之前感觉你身体很烫，感觉像是要发烧了。”

楚斯：“……”

有那么一瞬间，他差点儿没绷住脸上的表情，手里的杯子蠢蠢欲动叫嚣着要泼萨厄·杨一脸水让他清醒清醒。楚斯逼视了他好几秒，脸色白了绿绿了白好几回，终于还是恢复如常，用一种近乎破罐子破摔的平静语气道：“我建议你下回把注意力放在自己身上，就会发现你比我还烫。你要不要把这杯药喝了冷静一下脑子再说话？”

“是吗……”萨厄·杨随口应了一句，干脆低头用手背贴了贴楚斯的额头，然后站直身体道：“可现在我的体温很正常，你却还是有点偏高。”

楚斯闻着那股苦味，面无表情道：“那是你的错觉，我不需要，我不喝这东西。”

“你最近休息太少，万一发烧了会来势汹汹，那会非常难受。”萨厄·杨作为“拒不承认生病协会”首席会员，劝起别人来倒是很起劲，“万一又哭了呢。”

你才哭了！

“那明明是——”楚斯用了毕生教养压制才没有骂出来，但是话出口一半他又顿住了。

萨厄·杨歪歪斜斜地倚着药柜，转着手里的玻璃杯等他把话说完，那表情一看就是故意的，“是什么？”

楚斯跟他对峙了好几秒才收回视线，收拾好表情，用一种公事公办的刻板语气道：“——是睡醒后正常的生理反应。”说完，他喝掉了药剂，面无表情地把空杯子往萨厄·杨手里一塞。

萨厄·杨非常满意地笑了起来。

楚斯转身就走，已经走到门口了又回头冲他道："不得不说，你的幼稚让我叹为观止。"

"谢谢夸奖。"萨厄·杨又冲他举了举杯。

这一来二去便过了10来分钟，等萨厄·杨站在办公桌边时，光脑的进度条刚好跳成了100%，紧接着被解密的程序自动转化了格式，跳出来两份文件。

楚斯直接拉了全息大屏出来，两份文件分列左右，一个在他面前，一个在萨厄·杨面前。

他面前的这份应该就是所谓的研究草稿，萨厄·杨面前的那份则是一段音频。

草稿被打开来后，楚斯抬手划了两下，大致扫了一眼，而后皱起眉来，"我感觉这份草稿并不完整。"

跟他想象的不同，这份草稿里并没有太多复杂的看不懂的结构图示或是军械设计图示，里面涉及的图纸只有两处，更多的是文字叙述，似乎是在讲某个实验项目。

楚斯之所以觉得它并不完整，是因为它非但没有标题，连开头第一句都并非完整的句子，到有点像日。

"去了红枫基地，初步的设备筹备已经完成，效率高得令人满意。但非常遗憾的是，实验成功的概率依然停留在0.0037%，这还仅仅是理论数据。我们对上一次失败进行了总结，在此基础上对这一批实验舱做了一些修改，主要针对管内埃米级微缩调节器的某些功能，以及实验舱在能量转换方面的可承受值……"

楚斯动着嘴唇，轻声念着这段开头，原本注意力在音频文件上的萨厄·杨突然转过头来，"你在念什么？"

"草稿的开头。"楚斯道。

那一瞬间，萨厄·杨脸上的表情有些难以形容，他看了眼草稿的文字开头，又迅速往下拉了几段，直到看见了第一份图示。

那份图示画的是某种实验舱的设计图，外形上有点像给楚斯治疗用的机械治疗仪，但内里的构造要复杂得多，而且牵连出来的端口大概是治疗仪的三倍。

萨厄·杨表情和眼神的细微变化都被楚斯看在眼里，他心里突然生出了一丝不大好的预感——

这份草稿引导的方向跟他之前所想的有些出入，反而在向另一个他没有预料到的方向牵拉。

当初之所以想到要复制这份草稿，是因为他觉得蒋期的公寓区出现时间回溯，被人拉回到那么多年前，一定有它的目的。

在星球爆炸前，楚斯任安全大厦第5办公室的执行长官已经5年多了，单就这个职位来说，他在任的时间已经算是相当长的了。但放眼整个安全大厦执行长官联盟来说，他应该是资历最浅的一位，也是最年轻的一位。

5年，在平均寿命两百岁的现今世界上，不过是一个起步的时间，够他在这个职位上坐稳坐定，却不够他深入某些隐秘性极高的政治风暴，尤其是经过漫长时间发酵，根深蒂固，查都不知从何查起的那些。

他一度觉得，之所以他的时间产生混乱，看起来在被某些暗中的势力针对，是因为他在无意间触碰到了一些陈年老垢般的风暴边缘，又或许被某些势力当成了转移视线的靶子。

一般而言那种根深蒂固时间长久的政治风暴，都是军部和总领政府之间，以及内部的一些问题。所以楚斯醒来之后始终有些提防那两方。

哪怕目前他们看起来是站在一条战线上的。

所以，他猜测那份草稿里可能会牵涉到军部，可能会牵涉到总领政府，甚至可能会间接牵涉到他。

但是眼下，这草稿牵涉到的怎么看怎么是萨厄·杨。

红枫基地、实验舱……还有一眼扫下来大段大段跟“时间”相关的字眼，太容易让楚斯联想到先前萨厄·杨说的那些。

楚斯定了定神，仔细看着上面大段大段关于实验的叙述，每看一段，萨厄·杨那些轻描淡写的过去就被披上一层血淋淋的皮。

草稿中所谓的实验项目，就是利用当年还存留在理论阶段的拟六维以上时空技术，让人摆脱现有维度下时间的束缚，在不产生悖论的前提下，在某个独立个体身上实现时间回溯。

这当中最需要攻克的问题就是能量波动和由此引发的重重效应。

他们在找到理论支持的情况下，开始将实验引到活的生物体上。一步步推进，最早期的起步技术来源于白银之城，后来鉴于政治原因中断了联系，开始发展独立的技术，这中间经历了将近五十年。

直到草稿著成前，实验终于由动物引导到人身上。

为了尽量减少能量波动和种种效应，他们选择的实验体全部都是幼年期的孤儿，并在实验期间尽量斩断那些孩子跟世间的联系，使他们成为孤立的毫无牵系的个体。

但独立个体并非是他们的最终目的，草稿中提到，他们的最终目标，是能从个体扩散至某个区域，乃至整个星球。甚至还附了一张初步设想的图示。

但不论是楚斯还是萨厄·杨都没那心情细细研究图示，因为图示下面，就提到了已有的实验成果。

"尽管0.0037%的可能性看起来极其渺茫，但是我们已经有过一名成功的实验体71105，还有十二名半成体，分别编号为……"

"可惜的是，由于军部旧派势力干扰，翡翠港的实验基地被毁，71105于当夜失踪，在转移基地的过程中，半成体丢失过半……"

楚斯下意识看了眼萨厄·杨的颈侧，萨厄自己也摸了一下。

就这段内容来看，萨厄·杨应该就是那名成功的实验体71105。

草稿的最后一段提到了实验体即71105最具进步意义的一点在于，时间回溯在他身上由被动触发进展到了自主控制，借由濒死产生的能量波动和连带效应，触发管内控制器，由此拉缩时间进度。

某种意义上来说，可以称为不死。

"我想将这份新的实验计划代号改为魔鬼。"

文件看到最后，楚斯和萨厄·杨的脸色都不大好看。他们对视片刻，然后打开了并行的那份音频文件。

在长达30秒的空白之后，音频文件里有个古怪的声音出现了，像是用了某种变音器，他反复说的只有一句话——

"永生成就魔鬼，死亡成就神。"

第三卷

# 人间

HEITIAN

第19章

# 坦白

这真的是蒋期的研究草稿?

如果这份草稿真的出自蒋期之手，那么那个关于时间的实验就跟蒋期脱不了干系，甚至萨厄·杨的身世也和蒋期有着千丝万缕的联系。

这就好像不小心张口吞下了一大块硬质的冰，噎在喉管中不上不下，每融化一点，都有冰凉的水顺着喉管留下来，冻得人五脏六腑一阵阵发冷。

如鲠在喉，却又不知该不该咽。

楚斯从没想到一份研究草稿会看出这样的心情，他站在全息屏幕前，微微仰着脸，目光停驻在某一行文字间，却连一个标点符号都没有看进去。

他就这样站了好一会儿，突然抓住了萨厄·杨垂在身侧的手，低声道："萨厄……"

萨厄·杨看过来的时候，神情已经不像先前那样了。他对各种事情的接受度总是很高，似乎没有什么能让他维持长久的讶异，哪怕是跟他自己紧密相关的。

他晃了晃被楚斯抓着的手，把楚斯的目光牵到了自己身上："怎么了？"

"你……"楚斯转头看着他，"之前跟我说那些实验的时候，是不是刻意筛掉了一些东西？"

比如红枫基地，比如他的养父蒋期。

有时候，他们之间的对话从来不用讲得很明白，对方就能清楚准确地知道潜台词。

"其实也并不是刻意筛掉什么。"萨厄·杨狡黠地笑了一下，好像这份草稿上的内容于他来说已经看完即忘了，"我只是在说的时候挑选了一下，想着说些什么比较容易让你软化一下，至于其他对此没有作用的事情，当然能省则省。"

这句话有几分是出于真实，几分是出于萨厄·杨式的安抚，很难分得清。但是楚斯听着的时候，心里不由自主地更软了一些。软化的同时，那种说不上来的梗硌感也就变得更明显了。

萨厄·杨似乎是回忆了片刻，道："受那个实验结果的影响，我其实是个没有时间概念的人，同样的，时间的有限和紧迫所带给人的那些情绪……或者说情感？我也有点理解不了。有时候情绪对于我来说是个工具，我可以任意模拟表象，来换取一些我需要的信息，但是实际上，我对很多事情都无所谓。这使得我做事全凭一时兴起，不会在意早或是晚。"

他不是个喜欢跟人说这些事情的人，也不是个有耐心的人。但是每次楚斯问，他都会毫不在意地说出来。

"所以在疗养院的那些年，我确实没有抱什么目的，一定要说一个的话……我那时候对军部非常好奇，任务、武器，还有一些机密。"萨厄·杨接着道，"也因此学会了一些不那么顺应条规的手段，比如你现在常看到的那些信息破解方式。我那时候闲极无聊会去试着钻一钻疗养院的数据库，后来就发现运气好了能顺着摸进军部的一些资料信息库里。然后我就看到了关于那个实验组的一些零星信息，得知军部虽然抄了那个实验组的老窝，却并没有能清除完全，准确地说，他们虽然转移得有些匆忙，但实际是有效的，保住了大部分的根基。"

听到这里，楚斯的手指抽动了一下。因为萨厄·杨这几句话说明了一个问题——那个实验组跟军部的人有牵连，也许得到了一些消息，所以最终的转移算得上及时。

否则以军部的效率和办事风格，不可能在追到老窝的情况下，还让对方跑了大半。

军部内部始终存在着派系争斗，事实上整个政权阶层的人在行为模式和思想导向上都有派系倾向，或保守或激进，这是不可避免的也是大众一直都知道的，只是在大方向之下，依然有一些暗地里的派系分割，不过它们始终披了层皮，没有到明目张胆到泾渭分明昭告天下的地步。

这份草稿中提到的"旧派"并不属于楚斯所知的任何一种，很可能是这些参与实验的人根据某种性质所划分出来的派系。

刚才他看到这个派系的时候没有衍生想下去，现在却触到了一点深意。

不论是从逻辑上来说，还是从心理上来说，某个人对另外一群人进行分类，多少都是有主观因素在里头的，划分依据总是逃不过一点——友好度。

跟自己有某种关联的人为一派，没关联的为另一派。或者亲近的一派，疏远的一派。或者支持的一派，反对的一派……

这就再一次验证了上面的猜测，军部中有一部分人跟这个实验组站在一边。

萨厄·杨顿了片刻又嗤笑了一声道："当然，我说过，我以前对时间并没有什么概念，所以知道那个实验组依然存在后，并没有急切地想要做点什么的欲望，因为线索断了，而我那阵子又有些心不在焉。"

他说到心不在焉时，看了眼楚斯的眼睛，又继续道："更多的关于那个实验组的事情，都是在训练营出任务的阶段接触到的，比如红枫基地。我当时所得到的资料显示，那个实验组绝大部分的东西都在红枫基地里了。有一天出任务的时候刚巧需要经过那里，我就顺手让它从内部毁了个彻底。"

楚斯听到这话愣了一下，"内部毁了个彻底？"

"用了游离式灭失弹，把整个红枫基地所有的实验设备和数据以及关联的数据信息资料库全部销毁，只剩了一层铁皮，永久性灭失，无法恢复。当然，除非他们还有第二个老巢。"萨厄·杨说着，突然想起什么般笑了起来，"哦——我差点儿忘了，你后来看到的罪证确认书跟通缉令上的一致，说我直接炸掉了整个红枫基地？还有一份失联名册，大概有一百来人？"

楚斯曾经对这件事疑虑颇多，甚至试图去查过。不过等他升任到执行长官的时候，萨厄·杨已经定罪很多年了，有些东西不是他想翻就能翻出个结果的。更何况在他所能查到的所有卷宗信息里，程序链证据链都是齐全的，甚至连那份失联名册他都查询过，每个人在数据库中都有完善的背景资料。

最重要的是，有萨厄·杨的签名，而他早在初任执行长官的时候，就跟萨厄·杨确认过，那份签名确实是他亲笔。

"所以事实呢？"楚斯问道。

他甚至没有问当时萨厄·杨为什么没把真相说出来，因为不用问也知道答案。以萨厄·杨那时候的性格，根本懒得跟人多说一句自己的想法，毕竟那时候他们两个并没有什么关系，顶多算是有过瓜葛的外人。

"事实是有人跟在我身后多此一举地扔了一些炮弹，也许他们觉得那才是符合我性格的做法，毕竟我看起来似乎不那么像一个好人。"萨厄·杨耸了耸肩，"不过我也确实不是。但他们忘了一点，对于正常人来说，死亡似乎是一件很可怕的事情，所以在大多数人眼里是一种极端的惩罚。而我却体会不到这一点，对于那时候的我来说，死亡没有什么特殊意义，就像开灯关灯一样引发不了什么感慨。你会用关灯来惩罚人吗？显然不会。”

“我对别人的命没什么兴趣，相比而言，让他们眼睁睁地看着自己绞尽脑汁研究出来的东西在眼皮子底下一点点灭失，阻止不了，暂停不了，也没有挽回的余地。我认为这更刺激一些。至于跟在我后面帮我增添罪名的人是谁……我想也很容易判断，哪一方最急着要给我定罪扔进太空监狱流放出去，就来自哪一方。”

“不过那时候，红枫基地里所占的只是大部分，还有一小部分依然像顽垢一样存留在世。况且那时候我还没有腻味陆地，所以并没有进监狱的打算。”萨厄·杨轻描淡写地道。

“那后来怎么又改主意了？”

“因为发生了一件非常巧的事情。我后来查到了一些跟实验组密切相关的人，有一些是军部的，有一些是总领政府的，当然，也不乏安全大厦的。很巧的是，那些人中的大部分都死了，分别死在几次恶性事件中，杀死他们的人都在太空监狱。其中最精准的一次，就是那个‘金乌鸦事件’。”

楚斯一愣，他和萨厄·杨以及大小拖把进入太空监狱时，被困在笼子里的那位就是“金乌鸦”。

萨厄·杨竖起几根手指数道：“一位上将，四名长老院高官，不下二十个中层官员，无一例外都在我的名单上。我觉得这大概不仅仅是巧合。”

他数完后盯着手指看了一会儿，又撩起眼皮将目光重新投注在了楚斯身上，“再加上我听闻你在任务里受了伤，而那两年的追缉格外疯，我怀疑如果我依然逍遥在外，你可能要被挖出来带着伤找我，没准儿还会限定个日期。反正我本也打算去太空监狱里看看，就干脆顺了他们的心……但是，你怎么会伤得那么严重？”

楚斯听了前半段心情有些复杂，“运气不好而已，那次任务并不麻烦，只是返程出了点故障坠毁在了雪山上，有个孩子差点儿掉出舱门，我拽了一把就被变形的金属压到了左边身体。你在太空监狱查到什么了？”

“太空监狱中有几个我可以肯定，曾经也是实验体。”萨厄·杨道，“尤其是金乌鸦，不过以前我不知道该怎么定义他。现在看了这份草稿，我觉得他应该就是所谓的半成品之一。”

楚斯沉吟片刻，又道：“那我的养父蒋期……”

“我确实看见过他的名字，在我所查到的资料里，他也确实跟这个实验组有一些关联。”萨厄·杨道，“我在红枫基地的用户组里看见过他的名字，也在一些关联数据库里看见过他的简要信息。”

他摊了摊手道：“就这些了。”

楚斯有些怔愣，在听见萨厄·杨的证实时依旧有些难以相信。

蒋期曾经跟他说过的话还清晰如昨，那些认真的提醒和告诫他每一个字都记得清清楚楚。能说出那些告诫的蒋期，怎么会牵扯进这样的实验？

萨厄·杨的手指碰了碰他的脸侧，把他的思绪拉了回来：“不过，在见过他之后，我想我应该是站在你那边的。毕竟你的养父看起来并不疯，跟他比起来，实验组那帮人疯起来的程度大概是你我这种程度的。”

楚斯：“……”

好，一句话的工夫，办公室里凝重的氛围登时被驱散得干干净净。

这边话音刚落，那边楚斯搁在桌上的通讯器就震了起来。

楚斯的心情被萨厄·杨搅得起起伏伏两个来回后，彻底摊了个平整。他本来也不是感性优柔的人，与其坐着瞎猜自己吓自己，不如干脆把事情查个透。他略微调整了一下表情，接通了通讯。

通讯那头是唐，他似乎碰到了什么事，张口就是一句：“报告长官——”

楚斯条件反射手指一抽，下意识把通讯给切断了。

“怎么？”萨厄·杨问了一句。

楚斯握着通讯器，面无表情地看着他，眼神颇有些说不出来的糟心和麻木……

萨厄·杨愣了一下后突然想起什么般意味深长地笑起来，“长官你后遗症有点多啊，这可怎么是好，每天都有人对你说报告长官，你不能因为——”

楚斯动了动嘴唇，警告他：“你闭嘴。”

说完他冻着一张冰山脸接了唐发来的第二次通讯请求。

“报——”

唐刚说了一个字，就被楚斯打断："不用废话，直接说事。"

他捏了捏眉心，一脸糟心地瞥了眼噙着笑的萨厄·杨，觉得以后的日子基本是没法过了。

HEITIAN

第20章

# 不明信号

唐“哦”了一声，道：“巴尼堡出现了不明信号。”

这话说得非常简洁，有点简洁得过头了，不知道是不是受刚才楚斯那语气的影响。

“不明信号？什么意思？来源？去向？”楚斯啧了一声，“说清楚点。”

“是这样的长官，之前跟您联系的时候，我们不是在做最后的收拾吗？本来是不需要再监测什么的，为了防止一些不必要的麻烦和数据泄露，巴尼堡这边的设备也都在其他人抵达这里前关闭了。”唐解释道，“但是……职业病嘛你懂的，我们跟邵队长派来的巡卫队交接完，出来登飞行器时顺手测了一下周边，刚巧探查到了两道讯号，加密程度比较高，但是怎么说呢……加密风格比较奇怪。”

“什么意思？”

“这该怎么形容，就是……就是手法比较古早。”唐纠结了半天才憋出这么个形容，最后破罐子破摔道，“反正就是那个意思吧，这倒不是重点，重点是信号来源就在巴尼堡内，去向我们只捕捉到了一个，你猜去哪儿的？”

楚斯没好气道：“直接说！”

“白狼舰！”唐答道。

楚斯一愣：“白狼舰？你确定不是巡卫队那些人的通讯器发出来的？”

“那两道信号就是夹在一堆安全部队的通讯信号里的，要不是我多长了一个心眼可能就那么给漏过去了。”唐语气还颇有些得意。

楚斯问道：“加密内容解出来了？”

“正在解，虽然有点麻烦，但是应该快了。”唐那边敲击按键的声音没有听过，听起来应该是正忙的破解密码。

“那另一道信号呢？给我一个大致的范围估计。”楚斯沉声说道。

唐身边传来了盖伊的声音：“哎——金！兄弟！你要去哪儿，不忙的话来帮我一把……按住这里，对。”

楚斯正想问那边在干什么，盖伊突然说了一句：“好嘞，这就成了！唐！跟长官说另一道范围大致确定了，我们刚才在那个范围里寻找了一下可能对象，找到了两架军部飞行器，还有一艘星际巡航舰，没估计错的话应该来自白银之城。”

军部飞行器？白银之城的星际巡航舰？

按照之前军部所传来的捷报，白银之城的巡航舰应该已经被引去了β星区，军部的潜行小队按理来说也该返航了。怎么会又出现在一个范围里。

是星际巡航舰在这么短的时间里已经回头了，还是潜行小队没有离开？又或者……军部之前的捷报和实际情况有所出入？

楚斯手指在办公桌上敲击了几下，沉吟片刻道：“唐，你们那边分一下工，让盖伊他们继续在巴尼堡那边配合巡卫队盯着，你过来一趟，我让萨厄把白狼舰这边所有隐藏和未隐藏的信号捉出来，你筛选确认一遍。”

唐那边“是”了一声，立刻又奇怪地嘀咕了一句：“萨厄？”

楚斯平静地道：“有什么问题吗？”

多年的训练让唐条件反射来了一句：“报告长官，没有。”

楚斯眼角一抽，直接截断了通讯。

萨厄·杨笑得更明显了，楚斯捏着通讯器，凉飕飕地冲他道，“萨厄·杨先生我劝你最好不要得寸进尺，白狼舰上目前我说了算，你再这么莫名其妙，我不介意送你一筐小鞋穿。”

“我更喜欢听你叫我萨厄。”那流氓玩意儿权当没听见威胁，这么回答道。

楚斯理都没理，转头就朝办公室门口走，手都准备握上门把了，又回头冲他道：“别笑了，跟我去趟指挥中心。”

萨厄·杨没动：“叫我一声？”

楚斯：“……”

“你走不走？”楚斯面无表情地问。

萨厄·杨懒洋洋地抓了一下头发，要笑不笑地迈步走了过来：“好吧好吧，走。”

萨厄·杨步子没停，一直走到极近处。然后他直接绕过楚斯握住门把手，把办公室门打开来了。

楚斯则顶着他那张惯来冷漠得有些不近人情的脸走出了办公室。

警卫一路“长官”地叫过去，听得他脸色更冻人了。

等他到了指挥中心的时候，坐在会议室里的邵珩、罗杰和舰长就感觉一整个南极洲在朝自己走来。

“长官。”几个人站起来打了声招呼。

南极洲的冰山直接冻裂了。

“杨先生。”会议室里其他人冲萨厄·杨也打了招呼。

邵珩裂了。

楚斯冲几人简单问了几句情况，就把指挥中心负责信号监察的那块调给了萨厄·杨。

萨厄·杨在椅子上坐下的时候，楚斯按着他肩膀弯腰低声说了句，“指挥中心这边的权限自然广于办公室的个人光脑，你看能不能把军部那边的战略星图给捕捉过来，我怀疑之前三方会议的时候，他们发过来公示的战略星图跟实际的有些出入。”

“等着。”萨厄·杨靠在椅背上拍了拍他的手，这么答道。

“这是怎么了？”邵珩他们明显看得出这是临时出了状况。

其实他们这时候的心情总体是放松的，因为在他们看来，龙柱一旦启动，进入第一进程，至少可以安心一大半。有时候人的心理总是这样，出事的时候，一旦把所有人都聚集起来，就会有种“什么麻烦都算不上麻烦”的感觉，好像顿时就金甲护身战无不胜了。

你看，即便是小队聚居的流浪者们，日子过得也不算差不是？更何况一整个星球的人都在一起呢。

在场的所有人，心里多少都会有点这种想法。

在他们好不容易放松下来的时候，听见任何状况，都会有点儿提不起紧张的劲。

楚斯站直身体抱着胳膊干脆倚靠在了一边，眼睛盯着屏幕，嘴上却没有立刻回答他们问题，而是先问了邵珩一句："你派了几队人去巴尼堡？"

邵珩愣了一下，"五组，抽出来的精英队，全部都是我原本的人。"

楚斯点了点头，"再加两组，去把巴尼堡从上到下清查一遍。刚才我留在那边的人发来消息，在巴尼堡发现了不明信号，其中一道的去向就是白狼舰，信号混淆度很高，我让杨先生来排查一遍。"

他又冲罗杰道："过会儿开放一道闸口，有几个人要过来。"

罗杰点了点头，走到一边去给负责守闸口的警卫下指令去了。

楚斯又转向舰长，"龙柱监测组的第一进程报告出来了吗？"

"刚出来，正说着呢。"舰长让监测组那边的人把报告重新放出来，送到了这边的屏幕一角，道："三万多个龙柱点，总体运行没有问题，个别出现了一点自我调节方面的滞后，大概是受近处别的龙柱的影响，但是自我修复程序启动很及时，所以现在已经全部正常了。"

楚斯看了眼上面的各项检测数值报告，又看了眼最底下的结论，指着其中一行关于磁场对生物体机能影响的分析结果道："所以这意思是未来72小时内，从冷冻胶囊里醒来的人数会达到峰值？"

冷冻胶囊当初的设计是综合多方面因素考虑的，如果直接设定一个固定的工作时间，让所有人都在某一个时间点醒来，那会变成一场豪赌。因为没有人能完全预料某一天启用冷冻胶囊时，他们所面临的灾难究竟会持续多久，是一天两天，还是一年两年，甚至更久……

没人能预测那个时间点，所以没人敢拍板确定下冷冻胶囊的设定时间。

当初为这个研究所吵了无数场，最后差点要把隔壁龙柱的总设计师蒙德·霍利斯的棺材抬上来压场，最终敲定了一个相对灵活的方案——按照生物体各项机能的数值波动情况来，同时与龙柱相勾连。

换句话说，就是在环境影响和生物体自身之间找了个平衡点，以至于各人醒来的时间都不同，但总体都是在环境发生巨大扭转之后才会醒。

在设定初始参数的时候，各个政府军队组织人员的参数就比民众要低一些，也就是他们总体醒得要比民众们早一些。

像楚斯这种不知哪里被动了手脚的，实在属于例外。

舰长之前已经听过了监测组的具体报告，此时报给楚斯的时候就明确得多："没错，很可能大部分人都会在这72小时里陆续醒来，咱们的人和民众之间的时间差也估计出来了，大概是20个小时。"

这就意味着，他们要在这个时间差里安顿好新一批醒来的安全大厦工作人员或是安全部队队员，给他们做好充分的生理检测，并保证他们能及时各就各位，然后全力引导后面陆续醒来的民众。

"醒得有点早。"楚斯看着屏幕皱了皱眉。

"早吗？"舰长一愣，"不早了，咱们正缺人呢。"

"我不是指咱们的人。"楚斯道。

那就是指民众了？舰长有些不解："这个时间点醒来其实非常合适，因为龙柱第二进程就是碎片接驳，不算太难熬，而且只有醒过来才能早日开始生活不是吗？"

"接驳毕竟是临时的。"楚斯道，"况且……"

况且他总觉得有些东西蓄势待发，山雨欲来。

趁着萨厄·杨办事的空隙里，楚斯冲邵珩道："邵老爷子还在休息吗？如果醒着的话，帮我把他请过来？"

邵珩低声道："还没洗脑成功啊？"

楚斯没好气道："你的父亲你不知道什么脾气？"

"哎——醒着呢醒着呢，刚才还在指挥中心这块转悠，想进来看看情况，老爷子操的是全世界的心，虽然嘴巴紧不愿意说事，但是问了我不少情况。"邵珩道，"我这就去——欸！巧了！"

他说到一半瞥见门口一个身影，冲楚斯打了声招呼便大步流星朝大门走过去："老头子被权限挡在外面了。"

邵老爷子正被邵珩带进门，接受门口的安全验证，楚斯这边收到了盖伊的讯息——

唐已经在路上了，第一道信息解密出来了，只有两个字：龙柱。

HEITIAN

第21章

# 附属礼物

龙柱?

楚斯捏了捏眉心，觉得这日子越过越扯淡了。半个小时前，他和萨厄·杨在办公室里研究的还是时间实验的问题，正愁着怎么解呢，又有人盯上龙柱了?

这东一榔头西一棒子的情况任谁碰到都会发蒙，不知所以。

巴尼堡的那道不明信号不用说，一定是有人藏匿在人群中，或是藏匿在巴尼堡的某一处角落，偷偷跟白狼舰上的某个人联络着。“龙柱”这两个字的信息代表了什么意思?需要打探龙柱的运行情况?还是需要干扰龙柱的工作?

其他关于龙柱的更为光明的目的不需要这样暗中进行，所以这条信息的意思也无非就是这二者之一了，也或许两者兼有。

楚斯下意识朝脚下看了一眼,龙柱的启动和运行装置就在指挥中心的地下……

有那么一瞬间，他觉得自己也有些弄不懂这个发展了。

原本摆在他面前的有两条线，一是关于他自己的——明明不在政治斗争风暴中心，却遭到了种种针对。二是关于萨厄·杨的——准确地说是他背后牵扯到的整个时间实验。

可是现在又突然来了一股不明势力开始打龙柱的主意?两条线本来都还没理清呢，又来第三条?

他不是没见过多事之秋，但是所谓的多事从来都是有因果关联的。完全独立的小概率事件同时爆发，几率小到可以忽略不计，换句话说就是不可能。

所以之前只有两条线的时候，他还对那两条线的关联程度持保留态度，现在来了第三条线，他反而可以确定，这三条线一定是相牵连的，关联程度也许比他想象的还要紧密。

邵珩和邵老爷子还没进来，罗杰还在安排警卫，舰长因为楚斯之前的话开始重新研究那份龙柱运行监测报告。

楚斯身边相对空了下来，他拍了拍萨厄·杨的肩膀，道：“我突然觉得整件事比我想象的要麻烦。”

萨厄·杨“啪”地敲完一段按键，捏了捏手指关节：“哦？我有个建议——”他往椅背上一靠，在等大屏幕数据刷出来的时候，曲着食指抵着下巴冲楚斯说道。

楚斯原本还想分析分析，一听他这就有建议了便挑起了眉毛，一手撑着他的椅背，一手撑着操作台，弯下腰等着听：“什么建议？说。”

“既然麻烦就干脆别想了。我没记错的话，你那遗产分配表里有个专门配给你的飞行器？作战生活两用的那种，就在白狼舰上是吗？我们去把它弄出来，开着一走了之，当个流浪者也挺不错，不受拘束。”萨厄·杨非常随意地说道。

楚斯：“……”

他怎么会相信这混账东西有正经的建议？他根本就是来明君身边祸国殃民的。

楚斯一巴掌不轻不重地拍在他后背上，拍得他笑着朝前倾了身，不再是那么懒洋洋的一副随时能撂挑子的模样。楚斯指了指操作台，“别做梦了，没有偷懒的机会，干你的活去。”

萨厄·杨“唔”了一声，点着头又敲起了按键，看起来非常听话。

其实他确实没有被捆在白狼舰帮忙的责任，他是一个连“报复”都报得顺手又漫不经心的人，没有什么能强行牵住他，愿意安安分分地留在这里是因为什么根本无需多言。

但是他们两个人之间如果扯上“谢谢”之类的东西就变味了，也根本不是那个性格的人。所以楚斯看了一会儿，又拍了拍他的肩膀，补充道：“等这些事解决完了，飞行器去哪儿随你决定。”

“你可真会骗人，长官。”萨厄·杨拖着调子道。

爱信不信吧。

楚斯没好气道：“撇开以后的不谈，单论眼下。给你一根线，把我、你、实验组、龙柱串联起来，你会怎么串？”

在问出这句话的时候，楚斯把堆在一起发生的所有事情都简略化了，只留下了这么几个词。

身处安全大厦首脑层位，就算有分权分工，每位执行长官每天需要处理的事情依然斗量筲计，事实上这种一声招呼不打，所有事情就全部堆叠过来的情况才是最为常见的，麻烦从来不会排好队依次上门。

但是这种毫无方向毫无专业建议的情况，对楚斯来说却并不多见。

这归因于执行长官联盟背后智囊团的存在，他们会把所有东西用专业的知识技能分析透彻，最后将提炼出来的本质呈现出来，提供方案和建议，以供上层决策。

身为顶层的执行长官，楚斯看到的大多是经过条缕分析提炼后的东西，但现在正处于特殊情况，智囊团凑不成行。前期的那些工作，便得由楚斯亲力亲为。

他手里没有专业的模型，没有足够的样本数据，没有智囊团该有的那些东西。事实上，即便有也来不及去扯那些，眼下的情况连花时间做分析都是一种奢侈，只能纯靠自己的大脑来定一个正确的大方向。

于是他干脆利落地把旁枝末节全都斩了，只剩下了这么几个词——

他自己、萨厄·杨、实验、龙柱。

萨厄·杨敲着按键的手没停，了然道："你那帮小傻子们给你回音了？怎么？扯上了龙柱？"

"嗯。"楚斯应道。

萨厄·杨嘴角翘了一下，"那还需要问我？你都已经把核心词都挑出来了，已经有答案了吧？不过我建议你把我先划掉，或者跟实验组那个词合并。"

这个建议和楚斯最初的分析其实是一致的，萨厄·杨本就代表着他背后牵连的整个实验组。

如果把他划掉，那么剩下来的核心就只有三个——楚斯、时间实验、龙柱。

楚斯沉吟片刻，"有人依然不死心地企图继续时间实验，甚至于他们的实验始终没有完全被截断，一直在进行中。我无意间对这件事造成了阻碍，所以被针对。龙柱同样是个关键因素，所以他们现在企图做点什么来破坏龙柱的运行。这是我觉得可能性最大的逻辑关联。"

"很巧，我也这么觉得。"萨厄·杨道。

"这样一来就有三个问题。"楚斯竖起一根手指，"对方是谁。"如果能知道对方是谁，那么那些莫名出现的黑天鹅号，突然失控的太空监狱，冒充他的人究竟是谁，甚至包括蒋期在里头扮演的究竟是什么角色，等等旁枝末节的问题都会得到解释。

他又竖起第二根手指："我做了什么对他们产生了阻碍。"一旦这点弄明白，他身上所出现的时间混乱，被人冒充的原因也都会变得清晰起来。

接着，楚斯竖起了第三根手指，道："那个实验究竟进行到了什么程度……"

这才是最令人担心的一点。

"长官。"警卫队长罗杰走了过来，冲楚斯抬手示意了一下，"安排好了，17号闸口准备就绪，会亮指示灯，让人从那边进吧。"

楚斯点了点头，给唐发了一条讯息，标明了17号闸口接驳。

唐很快回复过来，说自己马上就要到了。

"老头子，别盘弄你那通讯器了，米勒他们还没醒，醒了我们就立刻把他们接过来，毕竟白狼舰上正缺医务人员呢。"邵珩在楚斯给唐发讯息的时候，把邵老爷子领进了会议室。

邵老爷子因为白鹰军事医院的关系，身份实际隶属于军部，所以在隶属于安全大厦的白狼舰上权限有限，像指挥中心这种权限门槛极高的地方，没人带是根本进不来的。

老爷子听了邵珩的话，板着脸收起了手里的通讯器，冲楚斯和萨厄·杨他们这边点了点头。

萨厄·杨回头瞥了他一眼，极为难得地也点了点头算是回应。他的目光从邵老爷子手里的通讯器上划过，波澜不惊地又收了回来，继续干着自己的事。

同时在干两件事，他的效率依然很高。整个白狼舰48小时内的收发信号都被他抓取了出来，铺在左半边屏幕上，而右半边屏幕上，绿莹莹的代码依然在滚动不息。

楚斯按了下萨厄·杨的肩，示意他继续，自己则抬脚走到了会议室那边，冲老爷子道："怎么？老爷子担心米勒医生？"

邵珩道："是啊，一整天都在拨弄通讯器，给米勒发了好几回讯息。"

"放心，米勒医生既是老爷子您的得力助手，也是我的私人医生。他如果醒了就再好不过了，生活区那边的医疗中心一定非常欢迎他过去。"楚斯道。

说话间，楚斯的通讯器又震了一下。

他以为又是唐的讯息，结果低头一看，发件人上赫然显示着自己的备用通讯器短号。

是萨厄·杨？

楚斯撩起眼皮看了眼几步远之外某人的背影，心说这是吃错药了吧，这么近的距离发讯息？

但他点开讯息内容后，面色便起了一点微妙的变化。

邵珩："怎么了？"

楚斯的面色已经恢复如常，他两指松松地捏着通讯器在桌面上转了两圈，道："没什么，唐在跟我说巴尼堡的事。"他转头看向邵老爷子，平静道："老爷子，弯子就不绕了，我觉得我们需要开诚布公地谈一次。"

邵珩冲邵老爷子道："老头子你……保重，坦白从宽抗拒从严，争取立功。"他似乎有点担心自己父亲脾气太倔，在这种情况下有些不合时宜，可能会引起楚斯的不满，于是变着法儿地缓和了一下氛围。

收到老爷子的瞪视后，他又冲楚斯道："长官你也别一直这么站着，你坐呗。"

楚斯都要点头了，又突然想起什么般顿住了步子，道："不了，我站着就行。"

邵珩："？"

"给老爷子加点压力。"楚斯顺势开了句玩笑，把刚才一瞬间的尴尬揭了过去。

老爷子的面色略有些犹豫，似乎不像先前那样坚定了。或者说，他会主动来楚斯面前，应该就是已经有些动摇了。至少看起来是这样。

不过就在两人简单来往了几句试着套话的时候，萨厄·杨突然喊了楚斯一句："长官，战略星图到手了，另外，我还带了点附属小礼物回来，是两样非常有意思的东西，你一定会有兴趣，而且我猜这里有兴趣的不止你一个，建议你来看一眼。"

HEITIAN

第22章

# 秘密邮件

楚斯想了想，没有过去，而是直接拿起会议桌上的遥控器，把周围的玻璃封罩调整了一下，从透明调整成了不透明的全封闭式空间。

空间里只剩下楚斯、邵珩、罗杰，以及邵老爷子几个人，再加上被楚斯叫进来的萨厄·杨，形成了一个完全秘密的会议中心。

萨厄·杨把截获的成果用全息投影投射到了到了圆桌中心。

最先投射出来的，就是军部的实际战略星图。正如楚斯所预料的，这幅战略星图跟之前军部拿出来共享的并不一样，甚至可以说天差地别。

楚斯看到星图的瞬间，脸色沉了下来，原本就有些冷肃的气质变得更加突出，较之平时，还少了一层斯文的皮，透出一股冷硬感来。他的目光从整个星图上扫过，又落在桌边围站着的人脸上，将他们的神情一一看在眼里。

“这是——军部的实际战略星图，我让杨先生截取的，手段比较灰色，不再赘述。你们可以对比着军部共享出来的那张图看一看，看看有什么区别。”楚斯站在主位，两手撑着桌沿。他说话的时候，语气依然平静，但是话语内容却让邵珩、罗杰乃至邵老爷子的脸色都跟着一变。

楚斯抬了抬下巴，萨厄·杨把军部共享的星图也放了出来，两张图并列在一起，显得无比讽刺。

在那张共享出来的星图中，代表着白银之城星际军队的十多个白色圆点已经到了β星区内，处于整个战略星图的边缘地带，远在警戒线之外，成尖刀队形一路朝前，再继续往星图西北方位去一些，就直接离开战略区了。那就意味着对救援区以内的星球碎片造不成实际的威胁，一旦有动作，这边完全来得及应对。

这张共享出来的星图完全应和了军部之前所说的——潜行队已经把白银之

城的军队势力成功引走了。

但是在萨厄·杨所截获的实际战略星图里，白银之城的军队却比想象得多得多。

一个圆点代表一个作战单元，单元是指一支平均火力级别的突袭队或是一艘中型星际战舰，整个星图上大约有上百个这样的作战单元。

这些圆点也并非成尖刀队形，而是三个聚成一组，分成了几十组。每隔一段距离一组，在整个救援区之外围成了一圈。

“他们还非常体贴地避开了警戒线。”楚斯嘲讽地笑了一声。

警戒线并非是太空中既有的标识，是战略星图上根据救援区——也就是目前星球碎片聚集区域往外延伸一个空间距离，画出来的警戒范围，一道内警戒线，一道外警戒线。

一般而言，正常的星际航行中默认的星图范围就止于外警戒线。一旦有不明飞行体越过外警戒线，就会在常用星图内显现出来，然后触发警报，不过这时候给予反应或是回避都还来得及，等到越过内警戒线的时候，就有些紧急了。

在这张战略星图上，白银之城的军队几乎精准地贴着外警戒线的边沿。

“如果不是有清楚的阵营标识，我甚至要怀疑那些军队是咱们的军部伪装的了。”楚斯言语中的讽刺意味愈发浓重，显得更冷了，“如果我没记错的话，外警戒线是归咱们的军部画，而不是对方画，是吗？”

会议室里的氛围有些凝重，就连惯来喜欢跑火车的邵珩一时间都没出声，脸色同样很糟糕。

空气凝滞了几秒后，邵珩开了口：“军部想干什么？”

是的，军部。

这种星图一看就能知道，这绝不仅仅是白银之城有什么企图，最大的问题是军部的立场和目的。白银之城怎么可能那样精准地判断出警戒线位置？还是在有龙柱自我保护和隐匿的基础下。

能这样精准围住整个救援区，只有一种可能，就是军部里面有人给他们提供了这样的战略星图。再综合之前三方会议时军部的表现，勾连白银之城的人很可能就是军部的顶层人物之一。

“怎么可能？乔伊斯和贺修文两位中将众所周知见面就撮火，能和平地坐在一起就不错了，如果其中一个人有问题，另一个会睁一只眼闭一只眼？”警卫总队长罗杰下意识说了一句。

但是说完，他就发觉了不对劲，脸色倏然一僵，嘀咕道：“不会吧……难道……”

楚斯瞥了他一眼，替他把话说了出来，“我倾向于他们两个都不干净。”

说完，他抬手按响了警卫铃，对着收音端口道：“把齐尔德·冯、亚当斯、贝尔三位副指挥官请来指挥中心，开紧急会议。”

齐尔德·冯他们来得很快，在看到会议桌中心的星图后，表情也满是凝重。

这是一个非常糟糕的境况，不论是太平情况下的军部还是现在特殊时期的军部，始终坐拥着最大的战斗力，他们是天鹰γ星的刀，如今刀尖却调转方向朝着自己。

偏偏是在这种时候，偏偏目前执掌军部的两位中将都是不干净的。这就将局面拖入了一个死地——

如果安全大厦这边无动于衷，那么军部和白银之城不论有什么目的都会得逞。

如果安全大厦和军部撕破脸，那么即便和总领政府联合起来，军部和白银之城也依然会胜，兵力上根本不是一个级别的。

星图一出来，楚斯之前所说的三个疑问，第一个便开始有了答案的轮廓——他不认为军部与白银之城之间的勾连与那个时间实验毫无干系，相反，正是因为扯上了白银之城，他才觉得一切的指向更清晰了。

毕竟那份草稿上说过，时间实验最初使用的就是白银之城那边流入的技术，后来因为政治原因才断开了关系。可是如果断得不干净呢……

如果整个时间实验的背后站着军部，而军部背后又牵着白银之城，那么一切都好理解得多，包括蒋期为什么会被牵连在其中，也变得不那么古怪了，不过这是理性上的推论。

感性上来说，楚斯依然很难相信蒋期会参与其中。

就在会议室的氛围陷入死寂的时候，萨厄·杨突然开口道：“别忙着开追悼会，还有两样东西我建议你们看一下，看完——也许心情会更糟一点。”

这话说完，会议室里众人一时间都不知道该回以什么表情。

“还有什么更糟的东西？！”齐尔德·冯叫道。

楚斯叩了叩桌面，示意萨厄·杨：“放出来。”

如果时间实验真的牵扯上了军部和白银之城，那么就绝不仅仅是他个人或者萨厄·杨个人需要有个答案了，而是在场的所有人都需要知道这个答案。

“这是我在军部最高权限通道的使用痕迹里找到的，是他们最近从远久的资料库里调出来查看的东西。一是一封秘密邮件，二是一段视频。”萨厄·杨道，“先看邮件吧。”

随着他的操作，全息屏幕上出现了一封邮件的内容，从上面的特殊格式来看，这封邮件最初是经过多重加密的，萨厄·杨截获过来的时候，邮件是被解密后的状态。

邮件开口没有对收件人的任何称呼，直接就是内容——

“我考虑了3天，仍然决定坚持原本的计划，感谢你的劝阻和担忧，我知道那很冒险，但确实不失为一个不错的办法。况且目前来说，也只有这个办法了不是吗？这个庞大的团体并非我所能控制的，过于碍眼只怕会被彻底阻绝在门外，那就是真正的失控了。受蛊惑的人太多，我怀疑我们都无法善终，就像可怜的艾琳娜一样，但依然祝福你能过得好一些。

如果……我是说如果真的能等到一切回到正轨的那天，我们可以去蒙卡明菲享用一顿最惬意的晚餐，我太喜欢那里了，当然，除了你没人知道这点。它其实还有另一个名字，只是太长了，我怀疑没人知道，你肯定也不知道，如果有机会，我带你去看。

最后，见鬼的永生实验。（你笑了对吗，我知道你看到这句一定会笑，然后怀疑我是不是喝多了。）”

邮件的末尾同样也没有署名。

会议室中的众人看得有些蒙，“永生实验？”

齐尔德·冯搓着一边脸颊，皱着眉道：“永生实验没听说过，但是说起永生……如果我没记错的话，很多年前，你们几个年纪小一些的大概还没出生，白银之城的星球第二研究所曾经闹过这个笑话？说是找到了理论支持准备开始实验了，最后以失败告终，据说差点儿酿成不可挽回的后果，不过最后不知道怎么又挽回了，总之看着像一场闹剧。后来就再也没在明面上听说过了，不知道跟这个永生实验有没有关系。”

萨厄·杨没跟其他人说什么，而是在楚斯手边敲了一下，提醒道：“那个所谓魔鬼计划的前身。”

不过他说完之后，楚斯的目光依然钉在邮件中的某一处，只是意思性地“嗯”了一声，算是回应，听起来非常心不在焉。

“你在看什么？”萨厄·杨顺着他的目光看过去。

楚斯道：“蒙卡明菲，这个名字有点眼熟。”

说完，他又摇了摇头收回目光道：“算了这不是重点，这封邮件的收件人和寄件人你找到了吗？”

萨厄·杨道：“我刚才试着查了一下，这封用的是反事实量子通信，你明白的，特工间谍专用，捕捉不到中间轨迹。至于寄件人……看过会儿的视频就知道了。”

他边说话，还边不太讲究地摸出通讯器拨弄了一会儿。两秒后，楚斯兜里的通讯器贴着腿轻轻震了一下。

“咳——”楚斯咳了一声，借此掩饰通讯器的震动，同时在萨厄·杨操作着调视频的时候，面色如常地把通讯器拿出来看了眼讯息内容。

HEITIAN

第23章

# 老旧视频

楚斯看完讯息内容，顺手在屏幕上按了几下，接着拇指按在某一处停顿了片刻，这才松开手抬眼看向全息屏幕。

在他处理讯息的这段时间里，萨厄·杨已经把那段视频放了出来。

先是一段大约几秒钟的黑屏，只能听见窸窸窣窣的声音中夹杂着几句人声，片刻后镜头前倏然一亮，画面一花，变成了正常的影像。

刚才那段看起来，就像是有人开好了摄影，扫开了衣服布料的遮挡，最终成功偷拍到了接下来的镜头。

镜头中的地方像一个会议室和实验室的杂糅品，有个椭圆形的会议桌，但是没有人规规矩矩地绕着桌子坐下，而是三三两两地坐在了桌子一边，有的人坐在桌面上，有的倚靠在桌沿，有的坐在椅子上，夹在那些人之间。

乍一看，氛围更像是某种随意的闲谈杂会。

但是那些人目光集中之处，有庞大的仪器，外形上有点像楚斯曾经躺过的机械治疗仪，但是实际的端口又比治疗仪多得多。

看着视频的楚斯眉心一皱，他知道这是什么了——这是那份草稿图示中所画的东西，也就是那些时间实验会用到的实验舱。

视频中的实验舱罩子高抬，还没有启动，在那块像床一样的金属平台，有一个女人正坐在上面。

准确地说并不是自愿地坐，她的双腿被好几道金属扣固定在平台上，双手手腕也同样被扣死，上半身虽然坐直着，但是同样有几道金属箍在她身上绕了几圈，最顶上的一圈在脖颈。

深棕色的长卷发有些凌乱，但并不妨碍她身上独特的气质。她的双眼大而明亮，在灯光映照下，像是蒙了一层无机质的玻璃，净透极了。这使得她看起来非常纯粹，目光落在某个人身上的时候，会让人生出一种瑟缩感。

她就这么静静地看了一圈屋子里的人，可以明显地发现，被她看着的人目光都会有一瞬间的回避。

她身边站着一个看起来是主持这次“闲谈杂会”的人，那是一个瘦高的男人，略有些年纪，头发银灰，嘴角的法令纹深重，板着脸时显得十分严肃古板，微笑的时候又透出一丝精明气。

他冲那个女人微笑了一下，开口道：“埃斯特·卡贝尔小姐——”

那个男人的语气非常有礼，乍一听仿佛他们身处的地方是某个餐会现场。他说完这个称呼后，转身面向了众人，又道：“这位埃斯特·卡贝尔小姐想必大家都知道，也就不用我再多介绍了。”

指挥中心的会议室里，齐尔德·冯他们听见这个名字后，表情皆是一阵微愕。

“埃斯特·卡贝尔？！”邵珩重复了一遍这个名字，“这不是那位传奇科研专家吗？军部作战小组出身，在特殊训练营经受过几年训练，身手了得，后来因为在智能机械方面和维度技术方面能力突出被转调到研究所，年纪轻轻就因为一次实验失误导致全身脏器粉碎性毁损，不幸身亡……她设计的一些东西后来还作为不可替代的根基，被运用在许多政府组织高端智能系统上，比如太空监狱后来附加的升级系统、高端传送坪、机械治疗仪等等。”

他作为一个军事机械武器迷，对这方面的专家总是有无限好感，这位埃斯特·卡贝尔刚好在他欣赏崇拜的专家名单里。

楚斯曾经就听他惋惜过这位专家的早逝。

不过即便不是机械武器迷，在场的所有人作为政府组织高层人员，对于这样的专家依然有认知——很显然所有人都听说过埃斯特·卡贝尔的名字，也知道一些关于她的事迹以及最终令人惋惜的英年早逝。

但是视频里的情景看起来和他们听说的并不一样。

“卡贝尔小姐之前被发现玩了一些不太忠于实验组的小把戏，好在挽回及时，没能对现有成果造成什么实质的影响。”那个灰白头发的男人继续说道，“我想卡贝尔小姐一定明白，如今的成果是多少人耗费了多少年才换来的，这当中投人的人力物力大到无可比拟。任何一点破坏性的手段，都应当受到良心的拷问。”

坐在金属台上的埃斯特·卡贝尔哼笑了一下，表情流露出一股难以言说的轻蔑和嘲讽。这样的表情让她的面容陡然变得生动起来，有种说不出的漂亮。但是这样的笑，却换来脖颈金属圈上陡然通过的一股电流。

埃斯特·卡贝尔垂下眼咬了一下牙，嗓子里的声音一下子就消失了。

因为那个男人的话，围观的人脸上有些愤然和鄙夷，但在看到她痛苦的瞬间，又有一点儿微微的不忍。

“我们在做的是一项伟大的事业，关乎星球乃至星际。生而为人是一件无上光荣的事情，人类拥有一切上天赐予的美德和后天练就的技术，将世界改造成如今繁荣的模样，说是奇迹也不为过，唯一的缺憾就是始终无法突破时间的限制。”灰白头发的男人顿了一下，继续道，“试想一下，当你一不小心犯了些错误，只要往回退一步，就能改正所有。那么世间的一切都将是无限趋近于完美的。我们可以不用再那么小心翼翼，生怕某一个决策某一项发展会引发不可挽回的后果，甚至导致整个星球走向终结。流浪者们的前车之鉴还在那里，谁愿意去步那个后尘？没有人。”

“如果我们拥有一个橡皮擦，那么一切就都变得轻松和简单了。我们可以更大胆一些，一切堪称奇迹的发明创造都起源于某个大胆的想法，我们可以有更多尝试的机会，有更多完善的余地，那些出色的伟大的人，可以长久地存留于世，那些普通的市民，也可以尽情地享受无尽乐趣，不用惴惴不安地等待不知何日会来的死亡。那将是最具颠覆性又最具诱惑力的革命，会成为最壮阔的史诗。”

“这样的可能现在就握在我们的手里，只差几步，为什么不坚定一些呢？”那男人说着，看向了埃斯特·卡贝尔，用一种不能理解的目光将她上下打量了一遍，又叹了口气，用一种透着疲惫的嗓音说道：“我们从没有想到，背叛理想的人里居然会有你。真的……我从来没有想到过，居然会有你。你去过流浪者们曾经居住的弃星，也曾经看见过白银之城西南部大片地方因为过度辐射不可逆转地废弃化，还有荒土星肉眼可见越来越少的可生存面积。这个世界太浩渺了，星海太大了，宜居之地却又那样少，我们走得那么小心翼翼，却依然会犯一些错，真的就不可原谅吗？如果能重来，为什么不呢？你告诉我，有什么理由说不。”

埃斯特·卡贝尔下意识张嘴说了句话，却没能发出声音。所以刚说半句就愣了一下，又蹙着眉垂眼向下看了一眼，似乎是想看看自己的脖颈。

接着她无所谓似的一笑，摇了摇头，像是懒得再说什么般闭上了眼睛。

“她刚才说的是什么?”齐尔德·冯冷不丁问了一句。

在座的人里有几个都受过特殊训练，对唇语极为敏感。楚斯甚至想都没有想就答道:“她说，‘如果时间不再有意义’。”

楚斯这句话音落下后，会议室里又是一片寂静。视频中也一样，静默了几秒后，那个灰白色头发的男人吸了一口气，垂下眼道:“一切颠覆性的进步，总是伴随着流血和牺牲，这是悲哀，是沉痛，也是不可避免的基石。实验进行到现在的阶段，总要有一个人先迈出那一步。卡贝尔小姐，对于你之前所做的那些，我们选择原谅，也希望你能原谅我们将要做的那些。老实说，你是个非常非常出色的姑娘，身为你曾经的研究组组长，我真的为你而骄傲。所以……祝你好运。”

埃斯特·卡贝尔低着头，似乎已经屏蔽了所有人和所有声音。

灰白头发的男人抬手按下实验舱的启动钮，就听嗡的一声响，埃斯特·卡贝尔身上的金属圈受磁力吸引，将她整个吸到了金属台上。她平躺在那里，没有出声也没有动，透明的封罩降下来，在锵然的声响中紧紧合上，像是一口早已准备好的棺木，终于封上了盖。

各种端口自动链接到她的身体上，在透明封罩里织出一片蛛网。

另外两个实验助手在旁边调节好仪器各项参数，围观人的神色纷纷变得紧张起来，凝神屏息，似乎在期待实验会出现期待的结果。

实验舱在众人的凝视中骤然开出能量场，整个仪器都开始微微震颤。

几秒之后，实验舱发出一声古怪的故障音，透明封罩上突然溅上了一大片血迹，震颤戛然而止。

灰白头发的男人闭上了眼，低声道:“实验失败。”

在血液溅出来的时候，指挥中心会议室中的几人也下意识阖了一下眼，楚斯撑着桌子弓起肩膀低下头，片刻之后抬头看了萨厄·杨一眼。

这是埃斯特·卡贝尔曾经经历过的，也是萨厄·杨曾经经历过的。

视频中有人突然发现了偷偷摄录者，于是实验失败后，视频也在一片嘈杂和摇晃中倏然一黑，应该是被人强行关闭了录制。

“我的……天……”邵珩抹了把脸，低着头缓了一会儿。他动了动嘴唇，似乎想说什么，却又什么都没能说出来。

萨厄·杨却把视频重新往回退了一点，退到埃斯特·卡贝尔被磁力强行拉成平躺之前，灰白头发的男人按下启动键的瞬间，道："这里，注意看，她在说话。"

众人被他一提醒，又倏然抬起了头，紧盯着画面。

画面被萨厄·杨刻意放慢了数倍，于是众人可以清晰地看见，埃斯特·卡贝尔的嘴角微微翘了一下，似乎是露出了一个笑，接着嘴唇动了几下，确实说了什么。

但是因为她低着头，角度问题致使唇语识别起来障碍重重。

"能分辨出来她在说什么吗？"副指挥官们问道。

"我想这一句话，很有可能就是军部把它重新翻找出来的原因，另外如果没弄错的话，前面那封邮件的寄件人也应该是她。"萨厄·杨将那个过程来回放了十多遍。

众人依然一筹莫展。楚斯却并没有继续忙着猜那一句话，而是转头看向了邵老爷子，问道："老爷子，看完这些，你有什么想说的？你确定还要再等等吗？"

HEITIAN

第24章

# 追击队

所有人的目光顿时唰地一下落在了邵老爷子身上，邵珩有一瞬间的惊愕，又才转瞬明白了楚斯话语中的意思。

刚才在收到萨厄·杨讯息之后，他就一直在用余光注意着老爷子的动静，在看到邮件的时候，他反应倒是还不算太大，在看到视频后，有一瞬间脸色变得非常非常难看。

但是因为变化得太快，楚斯没能来得及分辨里面所含的情绪。

老爷子目光还落在视频上，直到最后一秒放尽才垂下眼来。他坐在桌边，搁在桌上的手虚握成拳，拇指无意识地摸索着食指的关节，磨了好一会儿，才突然开口道："埃斯特·卡贝尔……在这个姑娘出事之前，我其实都不知道平静无澜的表层之下，发生了那么多事情。毕竟军部下面医疗部分、作战部分乃至研究所部分并不是一条线。"

众人面面相觑，沉默着听了下去。

"那是……5654年的夏天吧，因为卡贝尔的死，军部出现了一次内乱，当时牵连在那个实验中的有好几位中将，后来实验被紧急叫停，参与人员被秘密处理，牵连的几位中将也陆续下马，后来重新提拔了一批年轻一些的上去。这件事因为涉及的人过多过杂，始终没有被放到明面上来，但内部清洗的力度确实很大。冯指挥官也许对那次的大面积调职还有些印象。"邵老爷子低声道。

齐尔德·冯怔愣着"啊——"了一声，点了点头又摇了摇头，"军部保密机制太高，我们也不可能跨组织接触到太深的东西……没想到居然是这样……"

"所以那次之后我们都以为差不多就是结束了，当然，也有一些人不信，始终坚持清洗并不彻底。我当时对军部仍旧抱有盲目的信任，所以不在其列。"邵老爷子接着道，“没想到不到5年之后，再一次听到了那个实验组的消息，于是军部一名中将带着突击队去抄了他们的老巢。这是第二次……也正是这一次，让我们意识到，这个实验牵连的人也许比我们之前以为的还要多，权位还要高。”

“权位还要高？”邵珩迅速抓住了重点，“之前牵连的就已经到中将层面了，再高……”

邵老爷子静了片刻，点点头，“所以这是一场几乎没有胜算的仗，埃斯特·卡贝尔最初的建议是对的，硬碰硬不会有理想的结果，只有迂回着留一条后路。”

“所以她成功了吗？”

“我们最初以为她没能成功。”邵老爷子抬起眼道，“但是后来在她一个学生手里发现了一点东西。”

“什么东西？”楚斯问道。

邵老爷子垂着眼叹了口气，道：“我留了副本，回房间拿过来。”

邵珩恍然大悟：“所以你之前一直在躲人，就是因为你留了东西？”

老爷子略微顿了一下，点了点头。

“那我跟你一起去拿过来吧。”邵珩说。

老爷子按住他的手腕，肃然道：“等着。”

邵珩下意识就点了头。

他虽然成天老头子长老头子短的，但实际上骨子里还是有点儿怕邵老爷子。其实也不能说怕，归根究底是因为小时候没少被邵老爷子罚，老爷子壮年时候气场很盛，板起脸来谁都有点怵。邵珩从会走路起就被鞭策着凡事能自己解决的都自己解决，不要指望有人帮忙，活像生活在军营。

经年累月下来，老爷子积威甚重，导致现在突然严肃起来，邵珩还有点条件反射。

等他回过神来想说“不对哎等等”的时候，老爷子已经出了指挥中心的大门。

通讯器震动的声音再度响了起来，楚斯低头看了眼手里的屏幕，唐发来讯息说正要准备接驳，17号闸口可以准备开了。楚斯冲萨厄·杨叩了一下桌面。

“那我先走一步。”萨厄·杨冲楚斯眨了一下眼，随意地冲在场的人摆了一下手便也出了指挥中心。

“杨先生干什么去？”

“去帮我试飞一下飞行器。”楚斯说着，冲罗杰道，“安排一下我那架个人飞行器停驻库最近的11号闸口，过会儿杨先生不管带什么出去都不要阻拦，也不要惊动其他人。另外17号闸口可以准备接驳了，我的人过来了。”

说完，他又冲邵珩道：“现在调派一支一百人的追缉队，同样不要惊动其他人，过会儿接到指令就从17号闸口出。”

邵珩一愣：“怎么回事？”

楚斯拍了拍他的肩：“照办，等会儿追缉队出去了你就知道了，太早告诉你怕你下不去手。”

邵珩：“……？”

齐尔德·冯作为一个临近退休的人，平日里身处的环境相对和谐得多，长年累月下来，还有点儿不习惯军部这些弯弯绕绕，一时间有点反应不过来。他坐着思索了一会儿，抬头问楚斯：“所以这是怎么个情况，长官？”

楚斯想起他们还没看过那份草稿，对有些事情还不清楚，便略微解释了一下：“我们之前截获了一点资料表明，在星际百年大混乱期间，军部辖下的研究团队因为某种原因引进了白银之城的时间拉缩技术，开始研究时间实验，明面上的口号是要创造一个不受时间限制的世界。前身就是那封邮件里所说的永生计划，后来更名为魔鬼计划。整个时间实验背后牵涉众多军部高层将领，当然，我怀疑总领政府包括咱们安全大厦也不是完全干净，再深一点，直接牵涉白银之城。”

他讥嘲着扯了扯嘴角：“牵扯上白银之城会有什么好事？更何况这个实验所采用的手段非常极端，刚才视频里的埃斯特·卡贝尔小姐应该是这个实验组曾经的反对者，至于是在参与实验过程中意识到了问题中途反水，还是作为卧底进的实验组，目前不得而知，但不管是哪一种，最终得到视频中那样的结局实在令人心寒。另外，这个团队中后期所有实验几乎直接应用在幼儿身上，理论上的成功率是0.0037%，而截止到邵老爷子刚才说的二次抄家，他们弄出了一个所谓的成功品和十二个半成品。你们可以顺便计算一下，在这些成功品和半成品背后，会有多少死在实验舱的人铺了路。”

“且不说这种方式的时间实验会引发多少难以估量的后果。”他停了一下，叩了叩桌面沉声道：“就看眼下军部和白银之城的表现，实验的目的恐怕根本不止这一点。”

“所以最近那些怪事，比如黑天鹅号突然出现什么的……都是跟这个时间实验有关？”邵珩咕哝着，“我就说那时候的东西怎么可能在这种时候出现。”

罗杰也跟着道：“难怪黑天鹅舱内那么怪。”

邵珩咕哝着那句话的时候，楚斯心里没来由地闪过一点……异样感，总觉得自己似乎漏过了某个很重要的信息，但是一时间又怎么都想不起来。

他蹙了蹙眉，又很快恢复正常。

“那军部和白银之城……”齐尔德·冯他们一脸愁容。

“这确实是个难以忽略的问题，不过我认为他们的姿态其实并不像是准备即刻攻击。”楚斯重新调出星图，抬手虚空圈了一下，“不觉得更像是圈围起来在等什么吗？”

“等什么？”

“都有可能。”楚斯猜测着，“某个人、某件事，或者某个时机。但不管什么都很古怪，在我们星球崩裂的时候，白银之城居然没有即刻扑上来，反而在耐心等待？你们仔细看这战略星图，他们在圈围着我们整个救援区的同时，也把其他星球的干扰屏蔽在了警戒线之外。”

难怪他们始终没有遭遇过其他星球的趁火打劫，也没有遇上过白银之城的袭击。楚斯越说越觉得之前碰见的各种反常都在这个假设中有了解释。

但是白银之城在耐着性子等待什么呢……

“时间实验？”邵珩出声道，“我是说他们所等的东西应该也跟时间实验有关，比如等待某个实验结果？或是等待某个实验过程？”

楚斯点了点头，“所以有一个至关重要的问题——所谓的时间实验究竟进行到哪一个阶段了。眼下这种情形——”他指了一下星图，又继续道，“恐怕答案不会多么令人愉快，要做好最坏的打算。”

“所以我们现在——”

“正在追缉答案。”楚斯冷静道，“先找到答案再对症下药，紧急不代表要乱投医。”

他拎起遥控器，把会议室的玻璃屏罩重新调节了一下变成透明的，站在里面可以直接看到巨大的监控屏幕。他让监控员把监控聚焦在两处——11号闸口和17

号闸口。

时间巧得很，刚切过去，那边唐的飞行器已经在闸口一端跟白狼舰顺利接驳，因为需要待一阵子，闸口处的警卫忙着把唐的飞行器从接驳处转移进白狼舰里，同时楚斯派去的人正引领着唐往指挥中心这边来。整个17号闸口因为人多的关系，显得有些杂乱。

就在这时，一个人影从监控角落里一晃而过，不刻意注意根本看不到。

楚斯了然地拿起通讯器，再度给萨厄·杨去了一条讯息。讯息刚发送成功，11号闸口处出现了隶属楚斯个人的飞行器，不用说，驾驶舱里面就是萨厄·杨，非常古怪的是，在楚斯的专属飞行器身后，还同步拴接了另一个飞行器。

“那是……黑天鹅号？”罗杰诧异道，“咱们清查过的那架黑天鹅？”

“对。”楚斯点了点头。

萨厄·杨一人同步驾驶着两架飞行器从11号闸口悄无声息地滑了出去，畅通无阻，一出闸口就立刻开启了楚斯个人飞行器上最高端的隐形罩和反雷达装置。

11号闸口在他身后缓缓关闭，监控视频突然跳转，被切到了一个飞行器的内部，萨厄·杨坐在驾驶舱内，随意地冲镜头比了个吊儿郎当的“OK”手势。

在场的众人有点蒙，“杨先生这是去干什么？”

楚斯道：“我说了，去追缉答案。”

他拨弄了一下手里的通讯器，屏幕停留在跟萨厄·杨的讯息来往界面，最顶上两条内容是之前萨厄·杨传给他的话。

第一条——

不用你那小傻子来盯了，信号接收人我帮你找到了——小白脸他爸。进指挥中心大门的时候，正在给人传讯息。

第二条——

截获了那位老爷子的讯息内容：17号闸口，等。

接着是楚斯回过去的一个句号，表示知道了。

萨厄·杨回了两个字：奖励。

楚斯忙着安排各人配合行动，倒是没来得及回复。

不过不管怎么样，有一点非常清楚——邵老爷子就是接收巴尼堡信号的人，也许之前负责在白狼舰上盯着龙柱的运行进程。这会儿正跟他背后的人联系，想要汇合。

这时候汇合其实并不是一个明智之举，与其让老爷子冒着被发现的危险跟人汇合，肯定不如让老爷子继续在白狼舰待着好。这么冒险要来接邵老爷子，很可能他们有些事情必须要邵老爷子亲自参与。

邵老爷子擅长的无非是他专业领域的那些，生物医疗，或者智能机械治疗……这样的内容很容易让人联想到那个时间实验。

不管邵老爷子他们那一方是善意还是恶意，或是究竟和谁站在一边，只要盯住他们，很可能会得知时间实验的最新进展，那就是楚斯现今需要的答案了。

萨厄·杨比完“OK”之后，又伸直了他那双长腿换了个姿势，转过头来朝监控屏幕瞥了一眼，提醒楚斯：“长官，这一趟成功的话我要奖励。”

楚斯让监控切换到双向对话模式，道：“可以，有看中的职位吗？”

他当然明白萨厄·杨所谓的奖励究竟都是些什么乌七八糟的东西，但是他冷静地绕开了。

萨厄·杨一本正经地皱着眉抿嘴想了片刻，配合道：“副指挥官怎么样？”

齐尔德·冯等三位副指挥官：“……”

楚斯笑了一下：“我要给你看一眼其他人的表情吗？”

萨厄·杨嗤了一声：“小气，安全部队总队长怎么样，比小白脸高一级。”

邵珩：“……”

楚斯居然真的抱着胳膊转头看邵珩：“反对吗？”

邵珩：“……”我能当着萨厄·杨先生的面说我反对吗！

楚斯又转回去道：“我反对。”

萨厄·杨挑了一下眉。

邵珩：“……”不知道为什么，莫名觉得要更倒霉了。

说话间，楚斯又看向了17号闸口的监控，“这画面持续了有一分钟了吧？”

“什么？怎么回事？！”罗杰一愣，“监控出问题了？”

邵珩也跟着一惊，“怎么了？还有人在咱们眼皮子底下冒险乱来？！”

监控员惶急试着切了一下镜头角度，这才发现居然被人在不知不觉中替换了画面，一派正常的景象都是做出来的。等到监控员再连忙排除问题，重新定位到17号闸口的时候，整个闸口已经看不出异样了，拉走唐那架飞行器的警卫重新在闸口列好队。

楚斯冲邵珩道："让你调的追击队呢？从17号闸口正面追。"

邵珩一边呼叫百人追击队即刻出发，一边转头问楚斯："我有点不太好的预感，追的是谁？"

楚斯冷静道："你爸爸。"

"什么？！"邵珩差点儿一口气没上来。

楚斯道："你没发现他去拿东西一直没回来吗？"

百人追击队当即从17号闸口火速出发，全部罩上了隐形罩。监控视频再度切换，整个大屏幕被四个景象占据——萨厄·杨驾驶的飞行器内部，飞行器外部镜头，追击队队长所驾驶的飞行器内部，以及外部镜头。

萨厄·杨率先开口道："锁定了，猜得不错，一共近百架黑天鹅号，你的飞行器系统改造起来真不错，效率出奇地高。我准备把我带着的那只黑天鹅放出来，混到那个队伍里去，你说怎么样？"

楚斯道："别太招摇，把你的坐标同步给追击队。"

"近百架黑天鹅号？！"齐尔德·冯道，"邵老爷子究竟要干什么？这是……难不成……不可能吧？！而且对方是谁啊？为什么会把黑天鹅号给挖出来用？"

"邵老爷子的立场暂时不好说，我希望是正面的，至于接应他的人……谁知道呢，等追到了看看真容。"楚斯顺口答道。

但是说完这句话，他突然顿了一下。那种诡异的感觉又来了——他还是觉得自己似乎漏掉了什么关键信息，也许是某个动作，也许是某句话。他觉得自己应该是记得的，仿佛已经到了嘴边了，却仿佛跟他较着劲似的，怎么都抓不住。

究竟是什么呢？

HEITIAN

第25章

# 掉马

萨厄·杨利用改造后的追踪系统投射出来的敌方定位星图也被同步传到了指挥中心，在巨大的屏幕上占据了一块地方。

楚斯在努力回想被遗漏的信息时，邵珩一直在顶着星图上那近百架黑天鹅号的航行路线和队形，一方面担心他爸邵老爷子，一方面又迫切地希望萨厄·杨能早点把这些黑天鹅统统捞回来。

“这些黑天鹅号的队形和航行路线非常专业。”邵珩道，“每一架飞行器之间的距离都控制得恰到好处，一旦出现什么问题，不论是联合反击还是及时分道，都很有优势，典型的军部战斗部队风格。”

从邵珩这些话里可以得知，这批黑天鹅号的指挥者，一定是一个有军部背景的人。

他兀自想了一圈，道：“总不会是梅拉德上将吧？老头子跟他曾经是校友，还是一个社团的，不过他们这些同学间的私交并不多，我有时候都怀疑他们是不是关系不怎么样，只有职责相关的大事才会联系。”

不过还没等其他人开口，他又自己摇着头反驳了：“哦不不不，瞧我这脑子，一急之下差点儿忘了，军部三位上将都还没醒，要不然也不会是贺修文他们两位中将当家。”

直到这时，他才真正意义上地反应过来，目前被追缉的人里有他的父亲。

邵珩抹了一把脸，皱着眉冲楚斯道：“长官，我能——我联系一下我家老头子，别的不说，我相信他绝对不可能站在咱们的对立面。”

身为最高权位的人，楚斯不可能把话说得同样满，他只点了点头，补充道：“就在这里联系，只允许语音公放通话，如果能接通那再好不过——”

他说着，拍了拍邵珩的肩。

邵珩站在一旁一遍一遍地尝试着接通老爷子的通讯频道，公用的私用的，试了好多遍，每一次都被拒绝了。

会议室里气氛正一片凝重的时候，指挥中心的门被指引人打开，唐在门口接受了一系列安全验证，在楚斯派过去的人的带领下进来了。

“长官。”唐一进会议室先是一并脚跟行了个礼，接着轮番冲邵珩、齐尔德·冯他们也行了礼。

照级别职务来说，这些全部都是他的顶头上司，一个也惹不起。但还好，他最熟的那位是权位最高的。

楚斯点了点头，又道：“就你一个？”

唐道：“勒庞他们都还在盯着巴尼堡，原本我打算把金和小丫头带过来，毕竟白狼舰上的条件要好一点，比较适合他们两个，但是金说白狼舰上总归不缺人，倒是巴尼堡那边巡卫队的人还是有点少，他们几个帮忙盯着能减轻一点负担。本来我还想坚持一下，但是巡卫队有两个兄弟的飞行器出了点故障，金正在帮他们检修。”

楚斯沉吟了片刻，因为开着双向通话的缘故，屏幕那端的萨厄·杨听见了唐的话，突然偏头出声问了一句：“巴尼堡的信号发射点是预设的？”

唐吓了一跳，左右张望了一下，这才在大屏幕上看见了伸着长腿坐在驾驶座上的萨厄·杨侧影，“杨先生，啊对，刚才进门前盖伊还给我发了讯息，说巴尼堡的信号发射点是经过处理的，预设在好几处，混淆了真实地点，很难查。能在咱们眼皮子底下潜进巴尼堡并且做到这一点，得是个‘大牛’。”

楚斯看着他，动了一下嘴唇，还没出声，唐就立刻补充道：“应该不是金，我一直跟金在一起，刚才离开前，还叮嘱了勒庞，全程不要让金落单。”

听了这话，楚斯又疑惑起来——

如果不是金，能在唐他们眼皮子底下动这种高端手脚的，还能有谁呢……

“星图范围内又搜寻到了一批黑天鹅号。”萨厄·杨突然道，“正从另一个方向过来，应该是跟这一批汇合。”

他修正的星图上，一批数十个代表黑天鹅号的圆点正朝大部队赶过来，很快融合成了一支更大的队伍。只是紧接着，这近百架黑天鹅号突然开始有秩序地变幻起了队形，五个一组迅速分散开。

邵珩一边试图连接着邵老爷子的通讯频道，一边依然盯着星图，一看到这个变化，便忍不住张口提醒了一句："萨……杨先生！"

萨厄·杨头也不回地摆了摆手，"我知道。队形变幻很容易看出有没有混迹在其中的'外人'，对方不止专业，警惕性也高得很，我本来打算直接跟到目的地，再让你的追击队过来包抄，但是现在恐怕不行，把追击队的直接指挥权移交给我。"

邵珩略微迟疑了一下，还是照办。毕竟萨厄·杨直接指挥能省去中间传话耽搁的时间，于情于理都更合适。

他移交完指挥权后，又试着向邵老爷子的通讯频道发出请求，那边却依然没有丝毫回应，邵珩一时间有些烦躁，如果不是在会议室，周围又有这么多人，他恐怕已经一脚踹到墙上去了。

他抓了抓头发，冲楚斯道："联系不上。"

这点楚斯倒是并不意外，他点了点头，"放心，在问清楚立场之前，就算追缉到了，也不会对老爷子采取什么攻击性措施。"

更何况现在追击队看起来也不占上风。

萨厄·杨在这短短时间里已经在星图上标示出了几个跃迁点，冲百人追击队发下指令："5秒内，跃迁到我标出来的位置。"

黑天鹅号的队形第一次变化即将完成，萨厄·杨的位置正要暴露出来，追击队已然跃迁到了他标注出来的跃迁点。

那些跃迁点距离黑天鹅号有些远，而且一百架飞行器相互之间还有相当大的防守死角，即便这时候收缩阵形打围困战，也会有很大可能让对方钻空子逃散，基本上是守不住的。

然而……

萨厄·杨一手扣上耳麦，一手拉着操纵杆懒洋洋地下令："武器调到星际长远距离反物质放射炮，开火。"

说完，他操纵杆一转，就地拐了个弯，让自己带着用来伪装的黑天鹅号跟着变幻队形的黑天鹅大队走了个位，深入到中心位置。

长远距离反物质放射炮爆炸当量惊人，打出来的效果堪称黑夜里最绚烂的烟火——能生成覆盖面积最大，冲击能量最强的火墙。原本一百架飞行器之间的防守空隙，全部被大面积的火墙覆盖填补，一个连着一个，绵延不断。

萨厄·杨定的跃迁点，刚好是追击队最短时间内能到达的地方，预判极佳，刚好分布在黑天鹅大队上、下、左、右、前、后，相当于一暴露在敌方面前就直接用气势恢宏的火墙将黑天鹅大队直接闷在了其中。

刚许诺过不会攻击的楚斯："……"

感觉快要窒息的邵珩："……"

"放心小白脸，有余留距离，轰不到那些黑天鹅身上，除非它们傻到自己往火力上面撞。"萨厄·杨在暴露之前利用快攻引起的混乱将自己重新掩藏进了大部队中。

他似乎很享受这种陡然而上再急转直下的扭转，笑了一声道："长官，这种时候唯一的撤离方式是什么？"

楚斯："跃迁。"

"没错，攻击压近，迫在眉睫，连临时选定跃迁点都来不及，这种匆忙时机下跃迁的落点往往是事先设定好的某一处。我猜离目的地不会多远。"

他话音刚落，黑天鹅大队果然瞬间罩起了防护屏。

"好快！"罗杰忍不住道。

这群黑天鹅的防护罩开启速度比寻常飞行器快得多，几乎没有等待时间，消除了各种阻力，一瞬间就已经准备完毕。

"这些黑天鹅在短期内受人指导改进过一些东西，跟我带过来的这只不大一样。"萨厄·杨一把抓索直接钩上了最近的一架黑天鹅号，幸亏他预判准确提前开了防护罩，不然根本跟不上这些黑天鹅的速度。

紧接着他们就发现，这些黑天鹅号不止开防护罩速度快，跃迁的速度也惊人。那过程太平滑了，简直不像是在星际中强行跨越，就好像只是很正常地往前航行了一段似的。

跃迁开启的瞬间，整个黑天鹅号大部队就直接从原地消失了。别说5秒，连1秒都不用。

再次庆幸萨厄·杨钩住了一只黑天鹅，将自己挤进了它的跃迁圈里。如果利用自己的跃迁系统，应该已经追丢了。

“这么变态的跃迁能力在作战中明明是个极大的优势，放在现在都可以作为顶级飞行器服役了，为什么当年会直接退役？就算高度有点不适应，也不至于直接退役吧？”警卫队长罗杰觉得简直不能理解。

齐尔德·冯道：“听说生产中发现了一些问题，以至于无法直接投入作战，所以才灰溜溜地退役。”

他比邵老爷子还略小几岁，当年黑天鹅号生产又退役的时候，他还在上着学，所知的内容也就是从一些媒体渠道里漏下来的，信息实在有限。

跃迁之后，萨厄·杨的屏幕出现了花屏。追击队队长那边则完全没能追上黑天鹅大队，他们收了火力攻击后原地待命，没敢胡乱跃迁移动。

就在指挥中心和萨厄·杨断开通讯的这段时间里，邵珩接到了白狼舰数据库验证组的消息——

“什么意思？太空监狱确认灭失？”

楚斯转头看过去，如果不是数据库验证组突然上报，他差点儿都忘了太空监狱的事了。最初登上白狼舰的时候，邵珩就说过，跟太空监狱之间的联系出现了问题，始终联系不上，所以数据库也有一定的毁损。之后邵珩就一直在让数据库那边尝试恢复和链接，没想到在这个时候突然出了这个结果。

鉴于别墅以及一干属下还在太空监狱那里，楚斯还是希望越快恢复联系越好，正好搞清楚太空监狱里是不是也有跟时间实验有关联的人……

事实上这都不用查，这样的人肯定存在，只是“究竟是谁，究竟有多少人”还需要再弄清楚，否则始终是个隐患。

因为邵老爷子的关系，邵珩现在的状况比较特殊，接到语音汇报的时候直接开了公放，数据库验证组那边回答道：“对，98%的可能性，基本可以确定为灭失，不仅仅是联络出现问题，而是根本探查不到太空监狱的存在。剩余2%的可能……也许长官们可以用黑金环的定位装置试一下囚犯们的位置。”

“探查不到太空监狱的存在？”邵珩蹙起了眉，看向楚斯。

也许是因为被时间实验弄得神经过敏的缘故，在场的人一听到这个结果，第一反应就是时间实验导致的后遗症——也许在他们不注意的地方，时空已经开始出现了更大程度的混乱。

“长官，就算2%也得试一下嘛，我们追踪一下？”齐尔德·冯等三位副指挥官问了楚斯一句。

楚斯点了点头："嗯。"

三位副指挥官的权限加在一起一共有30%，足够开启黑金环的自动定位和全宇宙追踪。齐尔德·冯他们得到楚斯的应答后，便敲着屏幕放出了指令。

指令放出的瞬间，指挥中心大屏幕上，萨厄·杨的那块花屏终于恢复了通讯。

他那张经过伪装的脸在屏幕上显现的瞬间，楚斯突然想起什么般，转头冲三位副指挥官道："等等——"

三位副指挥官有些茫然地看向他："怎么了长官？有什么问题？"

楚斯："……"问题？问题大了去了。

邵珩看了萨厄·杨一眼，也突然反应过来，猛地瞪大了眼睛看了看楚斯，又看了看齐尔德·冯他们，一副活见了鬼的模样，"追踪指令发出去了？"

齐尔德·冯他们有些不明所以："是啊。"

邵珩默默抹了把脸。

楚斯想了想，绷住了一脸平静，提议道："我建议你们先去吃一颗救心丸冷静一下。"

屏幕上，萨厄·杨错过了最关键的几句话，偏头瞥了他们一眼，道："跃迁完毕了，他们暂时没发现有混入的，或者说没来得及发现，应该快要接近目的地了，我来看看现在在哪个星区——你们这是什么表情？给谁开追悼会呢长官？"

他说最后一句的时候，还嗤笑了一声，似乎觉得他们的表情挺有意思。

然而下一秒他就愣了一下，因为他手臂上的黑金环突然亮起一圈荧蓝色的光，嗡的一声，即便有外套也遮挡不住那道亮色和那个动静。

萨厄·杨："……"

紧接着，会议室里三位副指挥官同时收到了定位结果——

金乌鸦等囚犯名字后面跟着的结果都是"定位失败"，唯有最顶上的那个名字后面闪着绿莹莹的感叹号，写着"定位确认"。

光是看到那个名字，三位副指挥官都觉得眼要瞎，头要疼。

齐尔德·冯下意识点了一下"定位确认"四个字，大屏幕上，杨先生的驾驶舱里顿时传来了他们非常熟悉的警报声。而定位同时反馈到了指挥中心的星图上，代表囚犯萨厄·杨黑金环的红色圆点，和杨先生刚发来的位置信息刚好重合，一毫米都不差。

邵珩："……"天，多么刺激的一幕。

楚斯直接咳了一声，撑着桌沿垂下了目光——真会挑时候暴露。

HEITIAN

第 26 章

# 遗漏信息

咣当一声——

中老年人齐尔德·冯受不起惊吓，手里的通讯器一个没拿稳，直接砸在了会议桌上，意料之外又是意料之中，但因为动静过大，还是惊得邵珩和楚斯都闭了下眼。

而另两位副指挥官则一脸茫然地看着楚斯,那表情让人不忍心再看第二遍。

至于罗杰……罗杰先是张大了嘴瞪着屏幕上的萨厄·杨看了好半天，看得下巴都快脱臼了，这才揪着自己的头发憋出一句：“什么——”

“杨先生？！萨厄·杨？！”罗杰指着大屏幕依然在垂死挣扎，“怎么可能？！别瞎开玩笑了！萨厄·杨什么时候长这样了？”

他话刚说完，萨厄·杨挑了挑眉——既然都暴露成这样了，那也没必要在继续委屈自己顶着一张被丑化的脸了。

虽然那张脸放在人群之中仍然算帅的，毕竟骨相在那里，但是对比他原本的脸来说妥妥就是丑化没得跑了，如果捏脸的不是楚斯，大概是没什么好下场的。

于是萨厄·杨偏头冲楚斯举了下手，“长官，这脸能撕了吗——”

楚斯指了指他，一脸“你闭嘴别添乱”的表情，转而又摆了摆手，“算了，随你，撕了吧。”

得到亲爱的长官的允许，他二话不说就沿着脸侧摸了一圈，邵老爷子用的那种仿真皮肤塑造剂可不是一次性的，不会被吸收，而是慢慢凝成手感类似皮肤的混合性胶状物，这么一扯，就像是一整张人皮面具一样被扯了下来。

这人骨子里有点“唯恐天下不乱”的因子。

罗杰沉浸在三观被炸的悲愤里，连刚才的对话都没听见，还在叫着："通缉令上的那张脸我可是印象深刻！绝对！绝对！不——"

萨厄·杨转过那张英俊至极的脸，将手里拎着的面具凑近镜头晃了晃，一看就是故意来刺激人的。

"——长这样……"罗杰看着屏幕，彻底漏了气。

他们忍不住回想起了萨厄·杨刚登舰时自己曾经说过的话——

"难不成长官还能带个DNA属于太空监狱数据库的人回来吗？"

啪！

"不可能不可能，当然不可能！"

啪啪！

"杨先生一看就特别肃正干练。"

啪啪啪！

巴掌扇得太狠，让人根本回不过神。

好好一间会议室，一堆安全大厦权位层级在顶层的人，愣是被这混账玩意儿弄得跟被锤了脑子一样，木痴木痴地杵在原地。

楚长官头疼。

邵珩默默看看萨厄·杨，又看看剩下的一帮石雕，突然觉得自己当初的反应多么给自己长脸，至少没傻成这样。但是这么多人呢，这得怎么洗脑才好……

他把目光投向楚斯，用夸张的口型道："怎么办——"

楚斯撑着桌沿，烟蓝色的衬衫刚好能绷出肩背和腰线轮廓，倒是挺赏心悦目的。萨厄·杨在跟着黑天鹅大队航行的过程中偏头看了一会儿，又漫不经心地转回头去，好像身份暴露对他来说根本不算什么事。

"这样吧，把手里的通讯器放在会议桌上。"楚斯屈起手指叩了叩桌面。

齐尔德·冯他们正傻着呢，基本上是一令一动，顶头长官这么说，他们就条件反射地照办了，办完了还没反应过来长官究竟要干什么。

"邵珩，把通讯器都拿过来。"楚斯又道。

邵珩点了点头，绕着会议桌走了一圈，把三位副指挥官以及一位警卫总队长的通讯器都抓在了手里，全部放在了楚斯面前。

"行了。"楚斯拿起遥控器，把会议中心的门给锁死，又把遥控器扔回桌面，没什么表情地开了口，“重新介绍一下，杨先生，本名萨厄·杨，星球崩裂之前是太空监狱的一名囚犯，依照判决书的理论刑期，星球崩裂后服刑完毕，我依照法律给他解了70%的限制，目前的身份是一位合法公民，在观察期内只受黑金环定位系统的监控，没有任何人身自由限制。”

众人：“……”

已经被洗过一波脑的邵珩默默抹了把脸。

楚斯扫了一眼众人反应，又一脸淡定地继续说道：“鉴于之前获取的一些资料来看，当初将这位萨厄·杨先生送进太空监狱的‘红枫基地一案’存在着诸多问题，有很大可能性是错判，等弄清原委后，没准咱们还得代表太空监狱给他一定的司法赔偿。”

众人：“……”

这回连邵珩都是蒙的。

甚至萨厄·杨都忍不住回头又看了他一眼。

楚斯拨弄着自己面前的几个通讯器，一边将它们一字排齐，一边道：“这件事邵队长比你们先知道一些。”

几位副指挥官和罗杰几乎是条件反射地看向邵珩，然而脸上的表情依然是惊吓过度后的茫然。

邵珩：“……”长官你不要一言不合把我扔下水好吗！

“该说的我上次都跟他说过，这次就不多言了，也不想费那么多口舌。你们事后如果再有什么想法，可以找邵队长交流一下。”楚斯抬眼看向众人，“今天我打算不那么民主，强硬一点，偶尔也独裁一下。你们现在的所有身份权限认证和指挥权都在我这里，给你们1分钟时间自己想，是要在这种时候继续纠缠杨先生的身份问题，还是让他继续把任务进行完。想通了告诉我，什么时候给我一个令人满意的答案，什么时候把指挥权领回去。”

他把手里最后一个排齐的通讯器搁在桌上，发出“硌嗒”一声响，而后站直了身体，比了个“请”的手势，“想吧。”

众人：“……”

会议室陷入了一阵死一般的寂静。楚斯怀疑这时候如果让人准备几根绳子，他们真能在自己面前吊一排。

不过对于这种氛围，他向来适应得很好。即便开执行长官联盟会议的时候，他也经常一脸淡定地把某些冥顽不化的人堵成这样，早就习惯了。要不然也不至于留下什么“斯文败类”之类的美名。

不过现在的境况还略有些不同，在他一本正经说瞎话的时候，还有另一位混账在帮他吓唬人。

萨厄·杨隔着屏幕感受了一下会议室里的氛围，开口加了一句话。

他说：“1分钟可能有点儿长，半分钟差不多了。半分钟内，你们给个准话，如果点头，我就继续追踪，争取给对方开个追悼会。如果摇头，那我可以给你们开个追悼会。”

众人：“……”

这有摇头的余地吗？

没有！

说着，萨厄·杨还当真摸出一个金属制硬盘模样的东西，连接在了操作台接口上。

在叮的一声电子音后，懒洋洋地给出了一条指令：“天眼？帮我数个倒计时，你不是最爱数这东西吗，来，倒数计时30秒。”

叮——

天眼：“好久没透气，憋死我了，收到指令，倒数计时30——29——28——27——”

众人：“……”

两位曾经隶属1号办公室的副指挥官显然非常懂得“识时务者为俊杰”这个道理，当即点头道：“大事当前，一切都是虚的，先把正事顺利办完要紧。”

楚斯挑了挑眉，将两个通讯器还给了他们。

这种事情就是得有人开个头，一旦有了第一个，后面都好说。更何况齐尔德·冯这位中老年人只是反应慢一点，性格棒槌一点，并不是真的要造反。

至于罗杰，身为常年跟着楚斯的警卫队长，他已经……习惯了。

不过，即便所有人都点了头，肯定了萨厄·杨作为自由公民的身份，但脸上依然是一副如丧考妣的模样，半天恢复不过来。

不说别的，对于萨厄·杨这个人，他们是真的有点怕啊……

鉴于他们太识相，天眼刚数到19就失去了利用价值，当即被萨厄·杨从操作台上摘了下来。

拔线前，它还尖叫道：“我这么重要，怎么能不用完就扔——”

萨厄·杨把它重新收起来，想了想又蹙着眉冲楚斯道：“我怎么觉得这东西又偷偷升级了？”

楚斯也有这种感觉，但是有些想不通它都是在哪儿升的，怎么升的。

不过萨厄·杨也只是随口嘀咕这么一句，本身的注意力依然在黑天鹅大队的航行路线上，他把自己所在的星图位置重新细化了一下，又根据目前的角度速度等等预判了一下后续航线，最终在星图上亮出一个点。

指挥中心大屏幕上的星图跟着同步刷新了一下，那个点的位置比萨厄·杨驾驶舱内的小星图更为细致。

“没猜错的话，目的地应该在这附近。”萨厄·杨说道。

楚斯看了一秒，让指挥中心的操作员把之前的龙柱星图调出来，跟这个星图二合一。

在一旁装了半天不存在的唐终于开口道：“长官你看，离那个疑似目的地最近的龙柱点就是巴尼堡啊，难不成绕了半天，他们最终想去的地方还是巴尼堡？”

楚斯道：“邵珩，让巴尼堡的巡卫队即刻进入战时警备。”

邵珩立刻应下，当即下了指令，让巡卫队立刻到达巴尼堡地界各个战略瞭望点，盯住一切靠近巴尼堡的飞行物，必要时可采取电磁网捕获，不到逼不得已不要开火。

与此同时，原地待命的追击队也接到了萨厄·杨新划定的目标跃迁点，当即开了隐形罩和防护罩跃迁过去，准备来一个四面包抄。

黑天鹅大队的航行路线居然真的跟萨厄·杨预判的完全一致，如果照这样下去，捕捉简直是易如反掌。

越是这种看似顺利的事情，越容易让人起疑心。

会议室的众人心里都有些说不出来的不安，总觉得事情似乎没这么简单，之前黑天鹅大队的一切表现都显得谨慎又专业，快到目的地了反而直愣愣的不要心眼了？

是他们的指挥者突然掉以轻心了，还是接近目的地了有些得意忘形？又或者是他们笃信在接近目的地的这段时间里，不可能会杀出程咬金坏了他们的计划？

事实究竟是这两者中的哪一种，得看对方的指挥究竟是个什么样的人。一个有着军部背景，又和黑天鹅号相关联的人……

电光石火间，之前拥堵的信息在紧急之下陡然被疏通，楚斯脑中一个激灵，突然想起了之前被他漏掉的信息究竟是什么了。

那是一段对话，在蒋期公寓楼下的对话。

当时整个公寓区正在震动崩塌，代表着那个被强拉的时空正在回归原位。蒋期站在那里笑着冲他说了一句话："我曾经跟我儿子开玩笑说他长得太慢了，想把时间拉到几十年后看看他成年的样子。"

那时候的楚斯满心都沉浸在跟蒋期告别的复杂心绪里，没有多余的心思去细想，所以忽略了一个关键的时间问题。

当年蒋期跟他说这句话的时候是个秋天，距离巴尼堡事件爆发只有不到一年的时间。那一年是5666年，楚斯十三岁。

而他们拿到草稿的那个时空，应该是5662年，楚斯九岁。

5662年的蒋期，怎么可能对楚斯说四年后才该说的一句话，还用的是过去时……

除非……那个出差中途回来拿研究草稿的蒋期，在沙发边站了很久说"儿子我先走了"的蒋期，在公寓楼下听着他告诫"67年11月14号那天别出门"的蒋期……根本不是5662年的那个。

"萨厄。"楚斯出声的时候，声音滚在喉咙底。他抬起头蹙着眉看向屏幕，"我大概猜到对方是谁了，蒋期可能……还活着。"

HEITIAN 第27章

# 小拖把

一个有着军部背景、曾经在战斗部待过的人，和黑天鹅号之间关联颇深，和时间实验又能扯上关系，同时还跟邵老爷子有交集。

这些点，蒋期完全符合。

黑天鹅大队里的指挥者很有可能是蒋期，蒋期还活着。

这个念头冒出来的一瞬间，楚斯是茫然的，甚至在对萨厄·杨说完那句话后，他都意识不到自己正在开口说话。紧接着是一阵没来由地紧张和亢奋，心心念念期待了几十年的事情一下子成了真，毫无预料地当头砸在他面前，即便他理智上还反应不过来，情感上已经先行有了反应。

不过理智的迟缓只是一瞬间，只不过几秒的工夫，他就由此想起了许多问题。

“蒋期还活着”究竟是指哪种意义上的活着？

如果蒋期没有在巴尼堡事件中死亡，而是一直在暗处活到了现在，那应该也是接近退休的年纪了，不说别的，至少在样貌上会有明显的体现。可他在公寓见到的蒋期，依然是记忆中衣冠楚楚的模样，就好像一直被封存在当年的时光里。

这绝不是一直活着会有的样子。

楚斯再一次想到了当初在红枫基地看到的复活计划名单，脑中衍生出一种可能性——

会不会所谓的复活计划也是跟时间实验有关，也许是有人在已故的人身上做了尝试，就像是那段视频里对埃斯特·卡贝尔所做的一样。谁知机缘巧合之下居然真的将人又重新拉了回来。

照蒋期的容貌来看，要么复活成功是最近的事情，所以他还没来得及老去。

要么……所谓的复活并非真正意义上的复活，所以他一直停留在那个年纪。

但不管哪一种都说明，当初的蒋期确实在爆炸中死了。

如果是这样就说得通了。

5662年的蒋期并没有在出差中途回来，出现在公寓中的，是现今复活后的蒋期。也许那份草稿中还隐藏着一些重要信息，当年的他没有发现，现在他想起来了，所以回到那个时空去拿。

楚斯当时以为自己带走的只是一份扫描复件，真正的文件安然无恙地留在蒋期手里，他以为自己已经改变了过去的轨迹。但事实上并没有变——5662年的蒋期之所以会丢失那份草稿并且再没能找到，就是因为被未来的他自己带走了。

这就好像在一个闭合的圆环上绕了一段长长的路，最终又回到了原点。

当时围在公寓时空区周围的那些黑天鹅号并没有无功而返，他们等的就是蒋期，时空区崩塌的时候，楚斯和萨厄·杨离开公寓区，蒋期也在那时候回到了黑天鹅里，所以他们才毫不恋战，在被唐他们包围的时候甚至没有反击，而是直接跃迁离开。

楚斯也终于明白，当时在公寓楼下，蒋期听到他说“67年11月14号那天别出门”的时候，为什么会沉默着露出那样温和却又让人难过的笑。

因为即便听到了他也改变不了什么，因为他是复活后的存在，67年11月14号那天对他来说已经是过去时了，该发生的早就已经发生。

研究所还是会发生爆炸，他还是会离世，楚斯也还是会独自一人过上好几十年……

在指挥中心众人与黑天鹅大队相纠缠的时候，巴尼堡围墙边的一架飞行器旁，勒庞正坐在舷梯台阶上一边用通讯器跟远在白狼舰上的唐交流着情况，一边用余光瞥着靠近飞船的两个人影。

那两人一个满头金发，在脑后扎着一个随意的辫子，一个身材有些精瘦，个头不算高。

那是金和刘。

“修理好了？”勒庞手指拨着通讯器转了一圈，冲那两人抬了一下下巴。

金笑了，举着手冲她比了个夸张的“OK”：“两架军用飞行器而已，最经典的系统和款式，没有过于标新立异的技术，修理起来那还不是小意思！”

刘在旁边难得附和着夸了一句：“他很厉害。”

勒庞挑了眉：“哦？真的吗？那我有点后悔没跟着去旁观一下了。”

金嘿嘿一笑，指着他们自己的飞行器道：“要不把这个搞点故障出来，我修给你看！”

勒庞嗤笑一声，指了指自己的鼻子，飞了个白眼：“我傻吗？”

“不过你们也太夸张了，我好歹也是专门研究飞行器的，修理箱这种东西就是随身工具。虽然我看起来没那么多肌肉，但手臂力量还是很可观的，不至于一个箱子都拎不动，何必让刘特地跟着我跑一趟。”金叨叨咕咕地走到近处，也跟着活动了一下筋骨，就地坐在了最底下的一层台阶上。

“那你有本事别一回来就瘫坐在地一副再也不想动的样子啊。”勒庞笑着堵了回去，同时越过金的背影，跟刘对视了一眼，刘不动声色地轻轻摇了摇头。

其实他们哪里是去帮他打下手拎箱子，这么跟着他不过是因为他的身份始终有些令人怀疑。

楚斯特地叮嘱过别让他落单，勒庞他们便照办，仅此而已。

但是这么长时间观察下来，他还真的没有过什么异动。

老实说，这一路走来，他其实并没有派上过什么大用场，不是在受惊的路上，就是在被救的路上。也幸亏他遇对了人，不论是曾经出身训练营的楚斯还是依然归属训练营的勒庞他们，都对营救一类的任务习惯极了，所以不会嫌他碍事。如果他碰见的是别的什么人，保不齐会被嫌弃一句“废物点心”。

但是自打在巴尼堡这边暂时安顿下来，他便渐渐收了那颗老鼠胆子，显露出一些讨喜的品性来——他的身体素质比不上这些训练营出身的小队成员，每天的日常就是听勒庞他们聊一聊白狼舰这边的消息，听到楚斯他们一切都挺顺利后，便颠颠去给其他人帮帮忙，有什么帮什么，从来不会抱怨。

而他在飞行器这类东西上的技术能力也开始有了用武之地。

他给流浪者们老旧的飞行器统统升了级，扩大了防御范围，提高了同步攻击的火力装置数量，还将某些古董级别的飞行器跃迁速度改善了一番。

被邵珩派来巴尼堡的巡卫队刚落地就有两架飞行器出了点故障，怎么也排查不出源头，也是他给修理好的。

勒庞之前一直在翡翠港城市里忙着组织救援，盯他的次数不多，偶尔看到的几次，他都已经搞定了手头的事，正从飞行器顶上或是底下出来。

他看起来高而瘦，皮肤苍白，因为总是咋咋呼呼一惊一乍的缘故，显得年纪不是很大，总带着点儿倒霉孩子的气息。但他在正经工作的时候脸上没什么多余的表情，总显得很认真，那股认真之中又透着股说不出来的感觉，跟唐或是盖伊他们偶尔透露的认真感全然不同。

起初勒庞形容不来那种感觉，后来有一次，训练营小队的几个人互相挤对，金在一旁看着直乐的时候，她突然捕捉到了那种区别——金在极偶尔的瞬间流露出的某些眼神有点……长辈的意味。

这是非常奇怪的感觉，“长辈”这种词，跟平日里揣着老鼠胆子的金实在扯不上半点关系。

所以第一次升起这种感觉的勒庞觉得自己一定是脑子进了水。

但偏偏这种感觉不止一次地浮出来，勒庞便突然对金起了浓重的好奇心，不仅仅是因为楚斯的指令。

“巡卫队他们去战略瞭望点了？”勒庞问道。

刘点了点头，“刚收到的指令，咱们要不要也去转一圈帮个忙？”

勒庞摇了摇头，掂着手里的通讯器道：“刚才问了唐，唐说长官让咱们继续在巴尼堡中心位置盯着。”

说这话的时候，她的目光又一次落在金身上，就见他正半仰着头，远远地看着天边，那一瞬间又一次让勒庞有了那种感觉。

她终于忍不住用脚尖轻轻碰了一下他的背，找着借口问了一句：“你这两天心情似乎不错，碰上什么好事了？”

金有点怕痒，被她踢得缩了下腰，摸了摸脸颊讪讪道：“这都能看出来？我明明表现得非常内敛。”

“看来还真有好事？”

金笑了一下，“这两天联系上了一个老朋友。”

“你才多大，朋友能有多老。”勒庞开了个玩笑。

“能当爸的人了。”金干笑一声，又解释道：“朋友是上学时候就认识的，很久了。”

勒庞一想小拖把，心说：还真是当爸的人了。

她露出了一点儿羡慕的神情，晃了晃脚："学校里的朋友能联系至今，挺不错的。我们几个就没法跟那些同学朋友联系，时间一长就断了。你们是同学？合住？"

金摇摇头，"我年纪比同级的学生小一点儿，他也一样，我们有一些共同的爱好，还一起做了些项目，又在一个社团，挺难得的，所以关系很好。"

勒庞嘴角一抽，头一天认识他似的："年纪小一点？跳级生啊？"

金装模作样地谦虚了一下："哎——没有，就随便跳跳。"

勒庞："……"

看出勒庞一脸想打他的神情，他笑着用手护了一下脸，"动手可以，别打脸。"可见经验之丰富，估计上学时候没少因为嘚瑟被抽。

"你跟朋友都说了些什么？没把涉密内容说出去吧？"勒庞提醒道。

金又转回头去，继续撑着台阶望着天边，说："很久以前我们打过一次赌，我输得比较惨，所以答应他，以后万一他英年早逝过劳死，我得帮他照看全家。"

勒庞："……恕我不太能理解你们这些人的乐趣。"打赌还要带上"英年早逝过劳死"？跟自己多大仇啊？

"好在他全家也就一个孩子，我就替他好好看着了，虽然我比较废，没能做什么。"金道，"不过联系上的第一件事当然是告诉他一切都挺好的，孩子长大了不少，跟他越来越像了……"

这话的信息量勒庞一时没反应过来，只下意识地问了一句："所以你家那个小丫头是你朋友的孩子？"

金摆了摆手，"不是，他的是个儿子。"

旁边的刘终于慢吞吞地开口说了第一闲聊感言："不是说等他英年早逝过劳死才替他看孩子吗？所以你联系的是人是鬼？"

金鹌鹑似的"呃——"了一声，"内情比较曲折复杂，以后再慢慢聊吧，如果……有机会的话。欸——我女儿呢？"

"刚才有点犯困，先回飞行器上睡觉了。"勒庞道。

说起来，小拖把倒是比金看上去靠谱多了，也许是因为不说话的缘故。

"你家小丫头嗓子是怎么受的伤？"勒庞想了想又建议道，"这里的医疗设备用起来毕竟不如白狼舰上方便，要不我们还是找个时间送你跟你家丫头去白狼舰吧，试着修复一下她的嗓子。”

金没点头也没摇头，道：“刚捡到她的时候就这样了，一般医疗舱是没法修复的，我带她查过。她当初受的伤很多，头部还有内创，很多事情都不记得了，我耗费了很久才让她不揍我这个爸。”

勒庞笑起来，“她确实不太理人，但好像特别黏长官。”

“她就对那种长相气质的男人有好感。”金一脸糟心道。

正说着话呢，一个小小的身影突然从巴尼堡一堵围墙后面转过来，一声不吭地走到了飞行器这边。

勒庞和刘：“……”

“宝贝儿，你不是应该在飞行器上睡觉吗？”勒庞转头看了眼飞行器舱内，之前盖伊明明说了先送她回舱的啊！

这几人还没吃惊完，落后了一段距离的盖伊也从墙角那边拐了过来，小跑了几步，“差点儿以为你丢了呢。”

小拖把没吭声，只是看了他一眼，就站上了舷梯仰头看着远处的天边。

有那么一瞬间，她乌黑的眼睛里映着一点细碎的星光，极为透彻，又有种沉静的深邃感。勒庞从没有在一个孩子脸上看见过这样的眼神，看得人陡然生出一种莫名的复杂感来。

让人怀疑她在那一瞬是不是想起了一些被遗忘的事，又或者隔着茫茫星海和奔流的时间，在想念什么人。

就在众人对她的举动有些摸不着头脑的时候，她望向的天际突然发生了一点微妙的变化。

勒庞看着她深棕色的发顶，陡然想起了一件事——巴尼堡上众人的一举一动，他们确实都盯着了，所以想在他们眼皮子底下做一些小动作难于登天，他们对所有人都高度警惕，除了小拖把。

HEITIAN

第 28 章

# 备战

指挥中心里，楚斯手中的通讯器倏然一震。

有时候，在某个关键的时间点，人的直觉总是会变得异常奇妙而准确，几乎是在动静出现的一瞬间，就会产生某种强烈的不可忽视的预感。

还没看讯息内容的时候，楚斯就预料到，他们一直在探究的一些事情正在一个接一个地揭开幕布。

勒庞的讯息非常谨慎，依然用的是猜测的语气，但是楚斯隔着屏幕都能感觉到她发讯息时内心的震惊和难以置信。

“长官，我们忘了一个人——尽管听起来有些扯——如果错了，就当我是在说胡话吧。你怀疑过金的女儿吗？我突然想起来，我们甚至至今不知道她的名字。

“我刚才在她脸上看到了某种完全不符合她年纪的神情，同样给我这种感觉的还有这两天的金。会不会，我是说也许有某种可能，他们也和时间实验有关？”

有些看起来非常扯淡的事情，其实早就有过一些蛛丝马迹，只是缺少一个明确的提示。

勒庞的这条讯息，就是那个“明确的提示”。

在一目十行地扫过讯息内容的同时，楚斯脑中已然冒出了猜测结果——

尽管他一直习惯性地在心里称金和他女儿为大小拖把，因为当初的第一印象太过深刻。但是金其实是告诉过他全名的。在萨厄·杨被天眼扔出太空监狱的那晚，他说过一次：“我有名字的，金·费格斯。”

费格斯……

一切就这样理所当然地从记忆深处牵连而起，邵老爷子的毕业照上，那个被蒋期拽了椅子跌倒在地却始终没有露过正脸的人，老爷子形容他“比较老实，胆子小，一逗就吱哇乱叫”，还说过“黑天鹅的总设计就是他，费格斯”。

同样的姓氏，同样的性格，同样跟飞行器打交道，还莫名出现在了楚斯身边。

要说这是巧合，那真是鬼都不信。

如果金就是那个跟蒋期一起跳级的费格斯，那真的不能怪楚斯一直联想不到，而是金最初伪装得太好了，就像一个真正的陌生人一样。唯一露馅的，就是那句“每年冬天会去黑雪松林露营”。

至于金的女儿小拖把……

正如勒庞讯息中所说的，他们甚至一直不知道那个小姑娘的名字。

睁眼后碰到的事情一件接一件，喘息的时间都少得可怜，他们居然一直没有顾得上多问几句那个小姑娘的情况，也许是因为只把她当一个需要保护的孩子。

以至于楚斯在回忆起那个小姑娘的信息时，只想得到寥寥几点，诸如她说不出话，因为嗓子受过伤，诸如她的头发似乎是深棕色的，眼睛黑白分明清晰又明亮。

他最初下意识联想到的一个人是艾琳娜，那个同样出现在毕业照上的姑娘。这种潜意识的倾向也许是因为他总觉得艾琳娜跟萨厄·杨有些关系，而他希望萨厄·杨跟这世界的联系能更多一些。

但是转瞬，他又有了一个可能性更大的猜测。

如果勒庞的想法是对的，巴尼堡那些探查不到源头的信息都出自被忽略的小拖把之手，那么这个姑娘一定是这个方面的高手。艾琳娜在这方面擅不擅长他不清楚，但他知道有一个人一定很厉害。同样深棕色的头发，同样清晰又明亮的大眼睛，甚至同样嗓子受过伤无法出声——那个曾经在视频中出现的研究专家埃斯特·卡贝尔。

仔细一想，尽管成年和幼年时期的骨骼皮相变化有点大，但还是能看出一点相似的影子……

这些人的身份一个接一个浮出水面时，楚斯终于明白了当初邵老爷子的那句话，“再等等，现在还轮不到你们这帮年轻的插手”。

如果是跟这些人相比，楚斯他们确实是年轻一辈。

而正是因为又想起了邵老爷子这句话，他心里隐约燃起了一些希望，也许这些人跟他们立场并不对立，甚至，他们可能是在为年轻一辈解决某些麻烦。

这个麻烦毫无疑问，跟时间实验有关。

尽管这只是一个没被证实的希望，但楚斯还是希望把一切可能出现的情况跟萨厄·杨说清楚，毕竟他是正在追缉黑天鹅的人。

“萨厄——”就在楚斯开口的瞬间，萨厄·杨的屏幕里突然出现了一阵雪花纹，那边的声音变得断断续续。

隐约可以听见驾驶舱里响起了警报：“……时空区……障……警告……安全……”

“怎么回事？！”齐尔德·冯他们一见到这种情况，就生出了无限担忧。

所有跟时空相关的事情，总会牵连出难以预料的麻烦。

楚斯猛地蹙起眉来，立刻下令让监控组加强信号链接，然而断断续续的状况依然没有好转。

他们只能在卡顿的屏幕中，看见萨厄·杨转过头来，张口说了几个字——“时空区错……我……”

而另一个屏幕上，萨厄·杨那架飞行器的外接摄像中，景象同样定格在了古怪的一幕上：在即将接近巴尼堡区域的瞬间，近百架黑天鹅号同时开启了某种屏罩，浅淡的光圈像是湖水中陡然扩散开的水纹一般，以黑天鹅大队为中心，在茫茫星海中形成了一圈涟漪。

涟漪后的星球碎片影像扭曲而模糊，就像隔了一层气流或是热浪。

这样的卡顿只持续了不到两秒，接着便是骤然一黑，萨厄·杨驾驶舱内以及飞行器外的影像同时断了。

那一瞬间，整个指挥中心似乎被拉成了慢镜头——

监控组的组员按着耳麦发出了紧急呼叫，屏幕上的战略星图同步刷新，代表着萨厄·杨以及那近百架黑天鹅号的圆点倏然消失。

与此同时，楚斯的通讯器上出现了标注了紧急的讯息，内容直接跳在屏幕上——

“长官！刚才盖伊跟丢过金的女儿，紧接着我们又监控到了一条发往军部的讯息，内容是：准备起床，给你30分钟的梳洗时间。

“另，巴尼堡前方星域不知道发生了什么，连带着整个星球碎片都出现了长约3秒的震动。”

准备起床……

这样的说话风格，还真是和邮件中偶尔活泼的埃斯特·卡贝尔十分吻合。

如果在几分钟之前，楚斯看到这条发往军部的讯息内容，也许会毫无头绪。但是眼下，在周围各种人的身份都浮出水面后的现在，他在看见讯息内容的瞬间便猜到了军部那个接收人的身份。

军部某中型星际舰的核心舱内，少将及以上级别未苏醒将领的冷冻胶囊整整齐齐地安置在其中，低低的运转声显得舱内更加安静。

嗡——

一声突兀的通讯器震动声打破了那种安静，但因为被罩在安全胶囊之内的缘故，声音显得有些闷，外面的守卫士兵隔着厚重的金属门，没能注意到那个动静。

在众多运转着的冷冻胶囊正中，某一个冷冻胶囊不知在什么时候悄然改变了运行模式，从极低温冷冻，转变成了持续性供氧。

作为军部三大元首之一的梅德拉上将在玻璃罩下睁开了眼睛，他拿起握在手中的通讯器静静地看了一眼，而后悄无声息地传了一道新的讯息出去。

而在他的冷冻胶囊旁边，本该躺着莫顿和肖两位上将的冷冻胶囊已经空空如也。

半秒钟后，军部白鹰舰的会议桌边，贺修文的通讯器屏幕微微一亮。他趁着其他人注意力都在战略星图上的时候，不动声色地看了眼屏幕，新的讯息静静地显示在上面——

辛苦了，30分钟备战，准备捉贼。

贺修文小拇指轻轻一擦，屏幕重新黑了下来，而后他的目光重新落到了战略星图上。

与此同时，白狼舰内，楚斯正一条一条下着指令。

“监控组，继续搜寻杨先生的通讯信号！”

“邵珩，追击组立即包围巴尼堡区域。”

“冯，你们去联系军部，别露馅，打听一下那边有没有什么异动。”

“罗杰，全舰流动警卫集中到生活区，开启战时预警。”

“唐，让勒庞他们就地限制金和他女儿的行动。”

他皱着眉盯着萨厄·杨黑掉的两块屏幕，就在他打算紧急调遣一支特遣队，亲自带队直奔巴尼堡的时候，其中一块黑掉的屏幕突然闪了一下，重新亮了起来。

影像晃动了一阵，像是微型摄像装置被人从固定位置解了下来，重新换了地方。

“萨厄！”楚斯立刻接通了双向通话。

晃动的影像中出现了萨厄·杨的脸——准确地说，是出现了一个带着某种保护面罩的脸，但是楚斯依然在瞬间认出了护目镜下的那双眼睛。

萨厄·杨没有回答，只竖起一根食指在嘴唇前碰了碰。

嘘——

他刚收起手势，影像里就出现了许多跟他装扮类似的人。他们似乎正在沿着金属轨道往某个地方走去。

楚斯毫不迟疑，立刻切断了双向通话。

看到他安然无恙地重新出现在镜头前，楚斯理智瞬间回笼，改了原本的主意。他冲唐道：“让勒庞他们把金和他女儿带过来，立刻。”

HEITIAN

第29章

# 秘密空间

被萨厄·杨藏在身上的微型摄像装置角度略微变动了一番，被他拨得直直朝前，楚斯能通过镜头看见走在他前面的数十个人影，他们身上全都套着防护服，脸上戴着面罩和护目镜，从头到尾裹得严严实实，只看得出身高和大致的体型，想要靠背影来分辨哪个是邵老爷子，哪个是蒋期着实有些难度。

他们所在的地方是一条看起来有些年头的轨道，应该埋在某片地下，金属墙壁上每隔一段路便嵌着一枚照明灯。

萨厄·杨借着轨道中重重叠叠脚步声的遮掩，手指在靠近耳塞的地方有节奏地敲击着。因为隔着面罩的缘故，他又敲得很轻，听起来似有似无，但只要凝神还是能听得清。

监控室直接把这段的同步录音截取出来，消噪放大，做了两次清晰化处理后，得到了一串类似摩斯密码的节奏。

楚斯受过正规军事院校的教育，又是训练营出身，不用指挥中心的专门人员转译，他也能知道那句话的内容——

“巴尼堡附近有个人造时空曲道，终点就在我现在所在的地方，我怀疑是巴尼堡地下的地下。”

“人造时空曲道？”众人听见这个名词就愣了一会儿。

唐诧异道：“是我理解中的人造时空曲道吗？那不是仅存于理论中的吗？”

人造时空曲道是近百年前有一阵子的研究热点，但是很快就被搁置了。

这种曲道的研究最初是针对某些高机密工程的，人们想把一些保密性极高的东西掩藏在地表之下的某个地方，为了尽可能不被闲杂人或星际间谍探知，不设任何通道或实体大门，而是直接在时空中的某一点做一个像空气一样无形的入口。再打造一条看不见的专属时空曲道，直通地底的秘密空间。

整个过程有点类似于太空中的跃迁，瞬时转移到另一个时空点。

这种方式的保密性确实极高，但最终没能从理论转化到现实，就是因为对工具的技术要求始终没能突破。

一般的飞行器或是跃迁舱，根本没法通过那个时空曲道，速度不够，阻力太大，体积质量等等都难以达标，问题很多，结果只有一个——刚进时空曲道就会被绞成渣，人机俱亡。

邵珩却突然开口道："怪不得……我终于知道他们为什么会把直接退役的黑天鹅号翻出来用了。"

他指着屏幕转过头来冲楚斯道："还记得吗？黑天鹅的缺陷是整个机身过于狭薄，跟其他飞行器相比，它长得就像是一把薄刀。人在里面待着非常不舒服，但是另一方面，它在时空中所受的阻力前所未有地小，看看之前的跃迁速度。"

确实，这么看来，黑天鹅号简直完美契合时空曲道。

"但是既然这么契合，当初为什么还会直接退役？"齐尔德·冯一边跟另两位副指挥官整理着准备跟军部套话的说辞，一边道，"即便不适合战斗用，也可以作为特型飞行器，专用于时空曲道，这样当年火了一阵子的研究也不会就那么搁浅了。而且我始终记得是生产中发现了一些问题。"

旁观者清，有时候作为第三人旁听某些对话的时候，比作为话题参与者更容易发现其中的重点。

楚斯在这两人的对话中，抓住了几个关键词，整合出了另一种猜测。他抱着胳膊看着萨厄·杨那块屏幕，道："既然现在所发现的一切蹊跷都是绕着时间实验来的，那不妨把黑天鹅号也跟它牵上关系。也许最初的制造意图是为了时间实验，而实际生产的时候发现它在某些方面没能满足这个初衷，所以直接退役。"

"这些猜测错或对无关紧要。"楚斯提醒道，"勒庞已经在加急赶来的路上，如果猜测没错的话，黑天鹅号曾经的总设计师费格斯就在她的飞行器上，还有谁会比设计师更清楚内情？"

会议室出现了一瞬间的寂静，尽管之前楚斯用三言两语给他们简单说明了一下目前的状况，他们还是会觉得有一点儿不可思议。并非理性上的，单纯感性上觉得太惊讶了。

紧接着邵珩感叹了一句："是啊——设计师被我们捆回来了啊！"

楚斯纠正着他的用词："请。"

"噢，请回来。"

唐更是一脸梦幻："我还是不太能想象金和那个小姑娘居然……"

楚斯没理他们，用目光催促了一番齐尔德·冯他们，便重新看向了萨厄·杨的屏幕。

如果他们突然从星图上消失，走的是时空曲道，倒是可以理解为什么人人都穿着防护服，即便黑天鹅号比其他飞行器有优势，不会在时空曲道中被绞成渣，也还是有可能会造成人体损伤。

不过——

楚斯皱起眉重新按开了双向通话，压低了声音冲萨厄·杨道："你不是在我的飞行器上吗？没受伤？"

萨厄·杨去追缉黑天鹅大队的时候，开的是楚斯名下的专属飞行器，只不过拽上了一只黑天鹅做幌子和伪装。那架专属飞行器防御和攻击方面都属顶级，但绝对没有黑天鹅的优势啊，只要一进时空曲道，肯定会碎。

那么他是怎么安然无恙地跟着黑天鹅里的那帮人一起抵达目的地的？

毕竟黑天鹅大队进入时空曲道的举动十分突然，没人预料到这一点。萨厄·杨再厉害也没有读心术和预言术，总不会刚好在进入时空曲道前紧急转移进了黑天鹅吧？

也许是他绷着的声音里透出了一丝担忧，萨厄·杨闷在面罩下很轻地笑了一声，手指又轻敲了一串回答——

"放心，你忘了成品的特性？"

成品的特性……

那份研究草稿上说，萨厄·杨作为当时唯一的成品，是可以拉缩时间的。楚斯知道萨厄·杨本意在于提醒他自己不会死这一点，但是在回想草稿内容的时候，楚斯的注意力却在另一点上——

草稿中说过，他们曾经预期中的当前阶段成品是具有拉缩时间的能力，方式是被动。只不过萨厄·杨超出了他们的预期，又衍生出了自主控制的一面，甚至还附加上了超常的伤口愈合力。

里头没提被动和主动的具体区别，但是在触发方式上说过一句得是濒死状态。

当时楚斯没细想触发方式和不死之间的关联，现在突然直白地理解了所谓“不会死”的含义，因为一到濒死状态，就会自动触发瞬时回溯，回到最危险的选择点，也许他改一个选择，就能避免后续的危险，而他如果强行不改，就相当于被困在濒死的那个点上，成为时间牢笼里永久的囚犯。

所以实验强行加给他的能力，他不用也得用。

在萨厄·杨轻描淡写的一句话里，楚斯能想象他在之前的那段黑屏时间里经历过什么——乘着普通飞行器进入时空曲道，然后被绞碎，人机俱亡，在死亡的瞬间，时间自动回溯到进入时空曲道之前，一切又要重来一回。

重来一回，他就能即刻意识到应该换飞行器吗？

恐怕不能……

出现在镜头前的他，跟所有黑天鹅号上的人装扮无异，这样的结果，是他重来了多少回达到的，楚斯几乎不敢细想。

就算时间能回溯，死亡过程中的痛苦他依然得一遍遍真实地体会着。

而在他数十年的人生中，这样的体会恐怕一点儿也不少……

楚斯甚至开始怀疑，之前他倒计时清零的时候，萨厄·杨之所以能在那么短的时间内，在数以万计的星球碎片中找到白鹰军事医院所在的那一块，会不会……也用了回溯？

在不断的回溯中剔除错误的，最终确定下正确的那块时，乍一看好像只跃迁了寥寥几次，而实际上……

屏幕那头的萨厄·杨自然不知道楚斯在这短短的瞬间都想了些什么，只在停顿了一下后，又继续敲了一句话——

“你的飞行器悬停在时空曲道入口外，开启了暂时性全机静默，追击队跟过来的话把它拉回去，时空曲道就别乱闯了。”

客观来说，就凭萨厄·杨的机能特殊性，他也是追缉者的不二人选，除了他换谁来都是机毁人亡的结果。

但是楚斯依然觉得后悔。

他斟酌了一会儿，最终还是低声冲萨厄·杨道：“你……小心点，情况不对就直接撤回来。”

说完，他再度切断了双向通话。

齐尔德·冯他们已经联系上了军部，正在以时时监控龙柱运行状态和星球碎片聚拢进程为由，拐弯抹角地套着军部的情况。

楚斯一边扣着耳麦，注意着军部那边的动静，一边看着屏幕上摄录的地下影像。

萨厄·杨的个头很高，所以影像的角度也同样很高，能越过前面的许多人，看到轨道尽头的一角——从那里左拐应该就是他们要去的空间，在这个距离和角度，能看见一些大型金属仪器的一角。

一个中等身材的男人从萨厄·杨身边经过的时候，突然想起什么般，回头冲后面的某个人问了一句：“警告放出去没？”

后面有人应了一句：“放了，这么重要的事怎么可能忘。”

警告？什么警告？

就在楚斯他们有些纳闷的时候，屏幕另一角属于追击队队长的那边传来了新的机外影像。

“报告，追击队全员到达指定跃迁目的地，在巴尼堡附近X-112区域内。”追击队队长说完之后，停顿了一下，他往驾驶舱前倾了一下身体，而后迟疑道：“长官，邵队，我们收到了危险预警，提醒前方有时空曲道，危险级别5S，不要妄自前进？”

这下，指挥中心的众人皆是一愣！

这年头还有这么好心的敌方？碰见危险还预警啊？

众人对视了一眼，邵珩最先出声，他一个安全部队出身的，自然也能听明白之前萨厄·杨敲回来的信息。于是他给追击队队长下指令道：“把那块时间曲道入口围上，别妄动。另外长官的专属飞行器在那边，开了暂时静默，星图这边不显示，过会儿等静默状态消失，把飞行器收了。”

“收到！”

追击队长即便觉得敌方有点奇怪，也不会乱发疑问，还是照指令行事。但指挥中心的邵珩他们就不同了。

“长官，我不是偏向我家老头子，但是我真心觉得没有哪个真正的敌对势力会提醒追缉他们的人，前方危险小心行事，这绝对不是对立的人能做出来的事。”

其实不仅是他，其他人也有一样的想法，包括楚斯。

但是……看到一星半点儿示好的举动，就立刻放下所有戒备，全然把对方当成自己人，这绝对不是处于决策层的人能干出来的事。即便从私人角度倾向于信任对方，公事上依然不能轻举妄动。

对话间，萨厄·杨这边一群人已经走到了轨道尽头，站在了一片冷白色的空间里。

影像体贴地转了几个角度，足以让楚斯他们看清整个空间内部的构造。这里大约有一个足球场大，各种高精仪器裹着银色的金属外壳矗立在其中，墙面、地板、头顶，到处都能看到数据屏幕和各种手动开关。而在整个空间的正中心，有个从顶连接着底的巨大金属圆柱，圆柱底下延伸出数不清的端口接线，连接着圆柱周围一圈坐式单人舱。

楚斯大致估了一下，单人舱的数量有百来个。

那群人在那个圆柱不远处的一片空地上站定，嗡嗡的低语声响了起来，有许多人原地环顾了一圈，似乎也是头一回见。

也许是直觉，又或是别的什么。楚斯的目光从中间的几个人身上扫过时，其中一个抬手摘下了自己的面罩。露出来的那张脸带着一股经过沉淀的斯文气质，但是嘴角抿着的弧度又带着点天生的戏谑。

那种成熟干练中混杂着温和，但又有点没正行的气质，对楚斯来说再熟悉不过。

他之前的猜测没有错……

真的是蒋期。

HEITIAN

第30章

# 解释

和上次见面相比，他没什么变化。只是相较于在家里，他在外的时候，身上的气质总是更有棱角一些。

“是不是没想过还会来这里？”蒋期摘下面罩后，语气随意地对身边一个人说了一句。

那人也扒着边缘把面罩摘了下来，一边理着头发一边感慨道：“也不能这么说，当初偷偷建这里的时候，还是想过会在这里把事情终结掉，但是谁让咱们都那么点背都被炸死了呢！只能指望后来人继承遗志了，没想到居然还有重新站在这里的一天。”

那是个棕红色头发的小个子男人，长了一副精明相，鼻子上洒着一片雀斑。他冲蒋期挑了挑一边嘴角，做了个无奈又自嘲的假笑。

“什么玩意儿？”唐掏了掏耳朵，觉得自己大概产生了幻听，“被什么？炸死？”

楚斯却没有露出吃惊的表情，而是蹙起了眉，将目光从蒋期身上挪开，落在了那个雀斑男人的脸上。作为受过特殊训练的人，楚斯对于人脸的记忆还是很不错的。

这张带着雀斑的面孔对他来说非常眼熟。只花了不到一秒的时间，他就想起在哪儿见过了——

“巴尼堡事件……”楚斯道。

唐的年纪比楚斯要小许多，巴尼堡事件发生的时候他大概刚出生。

邵珩倒是跟楚斯一般年纪，听他这么一说便也跟着皱起了眉，“他是巴尼堡事件里牵扯到的人？”

5667年的巴尼堡事件牵连出了一大片军部和总领政府勾结他星的反叛分子，在整个大清洗的过程中，死去的人多达四百多名，其中包括反叛分子、镇压军、无辜被牵连人士等等……那是星球行35年内伤亡规模最大的一次事件。

因为蒋期就死于这场事件，所以楚斯在很长一段时间内，都对巴尼堡事件相关的资料格外上心。有些宗卷更是翻了不知多少遍。所以这张脸他绝不会记错，就在巴尼堡事件的死亡名册上。

“没办法，谁让对方眼睛毒呢，咱们都装得那么不熟了。”一个淡金色头发的高挑女士在旁边也接了句腔。

楚斯对她眼角的痣有印象——这位同样在巴尼堡事件的死亡名册上。

他突然生出了某种预感……

影像中的那群人有大半都揭开了面罩，楚斯一个一个地看过去……

邵珩看了眼他的脸色，也意识到了什么，张口问道：“难道——有很多巴尼堡事件里的人？”

楚斯点了点头，“保守估计五十个以上，都在巴尼堡事件中离世了。”

这当中有军部的，有总领政府的，有安全大厦的，有年迈一些白发苍苍的，还有几个年轻人，乍一看大概跟楚斯邵珩相仿，但实际上是因为他们都定格在了50年前的年纪里。

“我看见老头子了！”邵珩指了指屏幕另一角，邵老爷子正用手指耙梳着被防护面罩压乱的头发，他在这群人之中，显得要比平日里放松一些，没有那么严肃。

蒋期转过身来的时候，目光刚好和他相会，两人的表情一瞬间变得复杂起来，似乎有着诸多感慨。

他们上一次见面的时候，蒋期还踩着盛年的尾巴，邵老爷子刚迈进中年的头，这一次再重逢，蒋期依然踩着盛年的尾巴，邵老爷子却已经发色灰白了。

那群人中有几个的面孔，依稀能和邵老爷子那张毕业照上的重合起来，只是气质有了很大变化，成熟多了也沉稳多了，不再会像照片上那样一个玩笑就闹成一团了。

从刚才寥寥几句对话里能听得出来，他们这些人在那段岁月里相互之间来往并不热切，在诸多顾忌和伪装之下，可能比陌生人还像陌生人，但站在这个秘密的地下空间里，他们都是朋友。

“如果——”邵珩说，“如果他们这些人跟咱们是站在一边的，我有个很可怕的猜想。”

他不说，楚斯也知道那个猜想是什么，因为他也在想这个问题——

所谓的巴尼堡事件，会不会根本就是个幌子。整个事件的目的，也许就是为了将这群人一网打尽。所谓的牵连，也许根本就不是误伤，而是精准打击。

如果真的是这样，那情况也许比他想象的还要糟糕一点。因为当初的巴尼堡事件里，甚至死了一位军部上将。而在那位上将死后，原本是中将的默顿因为清扫叛乱有功，被提到上将位置，成为军部三大元首之一。

那时候，毕业照上的梅德拉还跟蒋期同级别，也是中将。直到5707年，一位上将因为年纪原因从位置上退下来，梅德拉才被提为上将。

在那之后的第二年，楚斯升为安全大厦最年轻的执行长官。

也就是说，梅德拉上将的根基稳固程度，很可能跟楚斯在安全大厦的根基稳固程度相差不了多少。

“来吧，别浪费时间，把这些仪器都调试一下。”蒋期抬了抬手指，示意所有人听好，“先把一切通讯设备关一会儿，好不容易到了这一步，别出点岔子把这里炸了，那咱们大概只能回棺材里哭去了。”

说完，他拍了拍邵老爷子的肩膀，带着他往深处走去。

那些人还真一脸严肃地摸出各种通讯装置和联络仪统统关了机。萨厄·杨简短地在耳边敲了一句——

“稍等。”

接着，影像和通讯同时被切断。

巧得很，这边通讯刚断，那边勒庞就发来讯息，说正在准备接驳，楚斯立刻让罗杰把事先准备好的闸口打开。

他们一行人走的是最为迅捷的通道，所以仅仅两三分钟的工夫，训练营小队就带着人进了指挥中心。

不论是金还是小拖把，脸上都既没有惊慌也没有疑惑，似乎对即将到来的种种交谈都了然于心。

“既然已经到这里了，我也不用再加什么开场白了。”楚斯示意他们都可以坐下，自己则倚在操作台边，抱着胳膊平静道，“不知道勒庞小姐有没有跟你们提过我的猜测，如果没有的话，那我就再确认一下——”

他的目光落在金的身上，道：“你认识我的养父蒋期吗，费格斯先生。”

金坐在椅子上眼巴巴地看着他，干笑了一声，“我就知道，总有一天会露馅……”

楚斯又将目光转到小拖把身上，“我是不是该称呼您为卡贝尔女士？”

埃斯特·卡贝尔睁着乌黑的大眼睛盯着楚斯看了许久，而后露出了一个少见的温和而明亮的笑，用手指灵活地在座椅扶手上敲了一串回答：“当然可以，如果对着我这个模样不觉得别扭的话。”

邵珩在旁边非常诚实地道：“老实说，非常别扭。”

卡贝尔转头静静地看他。

邵珩举起双手：“好，不别扭，请继续。我其实只是想说，我从小就非常欣赏您。”

卡贝尔又敲了几下：“谢谢。”

这一幕其实非常诡异，训练营小队个个都看傻了。因为在埃斯特·卡贝尔还是记忆缺损的小拖把时，她根本就不理人，连笑都极为罕见。冷不丁生动起来，所有人都有些难以适应。

就连金都一言难尽地道：“刚知道你是卡贝尔的时候简直吓死我了。”

卡贝尔面无表情地看向他。

金摇了摇手：“当我没说。”

楚斯看了他们片刻，开口道：“好，既然我的猜测没出错，那么现在能告诉我究竟是怎么回事吗？即便存在着私人关系，我依然需要确认你们的立场和威胁性，我得对这里的所有人负责。”

金有过一瞬间的迟疑，楚斯看准了他的眼神又补充了一句，“我们的追击队被挡在时空曲道外面，事实上你们现在不论跟我说什么，都对曲道那头的人产生不了任何影响。他们继续做他们的事情，我阻止不了，但如果我们的立场一致，我相信总有我能做的……我希望我们的立场一致。”

这段话里不知哪一句戳对了金的点，令他有些出神，似乎在回想什么事情。他沉默了片刻之后，又跟卡贝尔对视一眼，而后深吸了一口气，又吐出来：“好吧，好吧……你虽然不是蒋的亲儿子，但某些时候跟他的神色语气还真是相像。”

“我想你应该也获取了一点儿资料，关于时间实验的。我想想该怎么说……我跟你爸爸最初接触到时间实验的时候，还在学校里，噢，就是黑天鹅号的那次设计项目。当然，那时候我们并不知道时间实验的存在，只是在设计过程中接触到了一些蛛丝马迹。比如设计要求里着重提到减少时间流动阻碍等等，但那个项目毕竟是军部主持的，所以我们最初没有怀疑什么。但是在项目不断深入之后，我们看到了一些自我观念无法包容的东西……”

“比如？”楚斯问。

“黑天鹅第一批半成品做拟态实验的时候，实验参与人是一群二到四岁不等的孩子。我比较极端，在我眼里，一切语焉不详骗小鬼们来做实验品的都不是什么好东西。”金说，“最初讨论黑天鹅高度的时候，我说过，那个高度不适合实际战斗，弊端太多，需要修改，但是被项目主持者驳回了，说那不是大问题。当时我不明白，看到那群孩子的时候，我有了一个不太美妙的猜测——我怀疑黑天鹅号的针对主体可能就是孩子。”

“那时候直觉太过强烈，我跟蒋私下探讨过，觉得那个项目如果顺利进行下去，可能会往某些难以控制的方向发展，所以在最后敲定成品模板的时候，我们做了一点微小的改动，结果嘛……你们应该知道的。”

结果就是黑天鹅号直接退役。

“这件事算是最初的引子吧。后来好几年直到毕业，我们都再没接触过与此相关的事情，我留在白鹰军事学院带研究项目，蒋去了军部的作战部，在那里认识了两个关系非常好的姑娘，一位就是你眼前的卡贝尔，另一位是艾琳娜。后来军部需要成立一个专门培养特别人才的机构，艾琳娜就被调了过去，创立了特殊训练营。而卡贝尔则被转调去了军部的研究院……”

这两位情同姐妹的姑娘先后牵出了整件事情的开端。

先是埃斯特·卡贝尔开始频繁地跟亲朋失联，因为需要参与一些高保密性的研究。接着开始频繁失联的是艾琳娜，因为一些机密任务。

后来在某一次偶然的闲聊中，通过一些并不相干的信息，她们隐约觉察到，自己和对方所做的一些事情似乎是有冲突的。

卡贝尔的研究和艾琳娜的任务同属军部，却存在着一些难以忽视的矛盾。

再后来，蒋期在卡贝尔的暗示下也转入了研究院，原本是想多一个商量的人，谁知道两人参与的项目并不一样，差着十万八千里。

“还好我们都长了心眼，要是当初在军部研究院的是费格斯，那恐怕能活两年就不错了。”幼年化的卡贝尔在扶手上敲了一串。

金没脾气地点了点头，道：“最初明确告诉我们时间实验情况的就是这位长了心眼的卡贝尔小姐，那是她的主研究项目。在她真正能接触到核心内容后，她觉得实验的走向和发展很可怕。”

“而让我们意识到那不仅仅是一个简单的研究，不可能随便叫停的，是艾琳娜。她在一次机密任务中发现时间实验背后牵扯的比我们想象的复杂得多，白银之城是它最大的技术和资金支撑，同时牵扯到的还有军部高权位层级中过半的人，以及总领政府和安全大厦的一部分。”

“这让我们私下相互联系，成了一个不太像样的团队。起初我们也想过打直拳，但是艾琳娜在一次去往白银之城的任务中失踪了，直到一年后我们才最终确认她已经……不久之后，她在白银之城的上线也死了，接着是她在军部的直系上司被调职，几个月后猝死在办公室里。这些事情使我们不得不寻求更为稳妥迂回的方式……”

埃斯特·卡贝尔提出了一个冒险的想法——既然没法直接从外部把时间实验撬翻，就在内部挖一条回头路。结果后来就发生了视频中的事情。

最初，所有人都以为卡贝尔还没能来得及做什么。直到某一天，蒋期想尽办法跟卡贝尔的一位学生秘密联系上，得到了一份研究草稿，从里头的加密信息中，他得知卡贝尔其实已经有了成果。

她设计了一套能远程衔接时间实验的“格盘”方案。

于是，蒋期一边保持着跟时间实验有接触但不深入的状态，以便了解最新进度和消息，一边接手了卡贝尔的方案，悄悄在巴尼堡底下打造了秘密实验室，用来实现卡贝尔的设计。

结果在完成80%左右的时候，碰上了巴尼堡事件。

“而在那段时间里，我们也查到了时间实验背后隐藏得更深的一个目的。”

HEITIAN

第31章

# 龙柱

“什么目的？你们是怎么发现的？”楚斯问。

“基本上靠这位功臣。”金拍了拍身边小姑娘的肩膀，自从他知道这是埃斯特·卡贝尔后，言行举止都收敛了许多，不再把她当成一个真小鬼那样揉脑袋逗趣，也不会小公主长宝贝女儿短地乱喊了，只会在卡贝尔看不见的地方偶尔占两句辈分上的便宜。

他说：“卡贝尔实际上所做的比我们想象的更多，她把智能机械方面的系统设计输出到了各种关键地方，比如监狱，比如医院，比如军部、总领政府、安全大厦的一些安全装置。这些设计片段隐藏在完整的系统中，在接触某些关键数据时，会自动抓取备份，甚至升级，我们在后来的很长一段时间，通过这些得到了许多信息。”

“时间实验的目的就是在这样的信息汇集之下显露出来的……”

早在新公历纪年伊始，随着十多颗宜居星球的发现，星际移民技术的不断发展，原本在天鹰γ星上的一批资本集团开始朝他星转移，在后来数千年不曾间断过的冲突、妥协以及大大小小无数混战中，白银之城逐渐反超作为母星的天鹰γ星，成为鳌头，科技水平远超其他任何星球，在太空中乍然一看，整个星球大半都闪着高新合金的银色光辉，白得耀眼，所以才有了“白银之城”这个别称。

然而势头太盛路途太顺容易让人产生一种无所不能的错觉。于是白银之城各种匪夷所思的探索研究层出不穷，这本身不算坏事，发生得多了，不论哪个星球的民众都已经见怪不怪了。

但其中有些研究在实施初始就罔顾一切后果，过程疯狂可怕，造成的影响指数级增长，等到上层反应过来紧急叫停的时候，已经刹不住车了，毁坏性的结果无可挽回。

几次三番下来，白银之城鲜亮的皮壳之下，早就已经百孔千疮。整个星球正在以八百里加急般的速度走向衰亡。

表面还停留在巅峰，内里已经直接跳了崖。

于是……时间实验酝酿而出。

他们想要创造后悔药，想要获得无数次重新来过的机会，想要消除后果的限制，让他们能毫无顾忌地去尝试一切。

他们想要否定时间的意义，解除时间的束缚。

但是白银之城当时的状况并不足以让他们敞开怀来疯，矛盾不断凸显的结果，就是白银之城直接挑头，引发了长达百年的星际大混乱，借由整个星际间的战争转移矛盾消耗产能，同时借着混乱，把时间实验悄悄引入其他星球，又在各星球遍插人手。

“你知道的，这就像是以白银之城为源头，在其他宜居星球挖支流。”金说话的时候，还不断用手比划着，说到这里时，苍白的脸色有点发红，语调也不自觉提高了。“我们这些星球被当成了培养皿，在各种不同的大环境下，等着时间实验发酵。而咱们星球底子最厚，又因为曾经是母星，所以跟白银之城的政权集团和资本集团瓜葛千丝万缕，对他们而言就是一个绝好的反应容器。”

“这些时间实验基地，跟白银之城那个巨大的时间实验区是相互联动的。白银之城在实验中引发的所有能量波动和紊乱等一系列后果，都会通过这些引到其他星球，尤其是咱们这边。不知道你还有没有印象，有几年一直有报道说白银之城的星球衰竭趋势正在以一定的速率往回扭转，紧接着胡扯了一堆乱七八糟的数据和正经实验，其实就是时间实验几次尝试的结果！而且所谓的扭转只是表象，造成的能量紊乱和效应却大得无法消弭！”

就像是怀揣着一个爆炸当量无可比拟的炸弹，遮遮掩掩又千方百计地想找个冤大头送出去。

“那时候，咱们这些人中的绝大部分都已经不在了，要么是像卡贝尔、艾琳娜一样被秘密处理，要么是像你爸一样，折在了巴尼堡事件里。那次的打击真的太大了，阴影持续了几十年，我还有梅德拉他们只能更加谨慎，如果再多冒几次险，大概就要全军覆没了。这种憋闷的日子一直过到了5685年红枫基地被毁，那真是——”金斟酌了一下用词，“振奋人心。”

邵珩、罗杰他们：“……”

就连楚斯也一时间不知道该摆出什么表情来，他想了想，头一回在半途插了话，“这话让萨厄·杨听见都会愣一下。”

埃斯特·卡贝尔抬起手啪啪拍了两下，以示鼓励，顺便也表达了对金那个用词的赞同。

众人：“……”

金笑了起来，道：“哪怕是让梅德拉过来，他也会赞同这个词的。”

楚斯默默想了一下梅德拉上将常年不苟言笑的脸，实在想象不出他听见这话会有什么样的“赞同”反应。

“我们那时候其实每个人都被无数双眼睛盯着，不能有太过明显的倾向和举动。但我还是想说，萨厄·杨先生之所以能逍遥法外17年，一方面他确实厉害极了，另一方面，也有梅德拉他们的功劳。”

红枫基地被毁，正如萨厄·杨所说的，其实是毁了基地内所有跟时间实验相关联的设备装置包括能量池，事实上并没有牵连到任何一条人命。紧随其后的爆炸其实是军部这边的手笔，一方面为的是把萨厄·杨的罪名加重落实，一方面是为了打掩护。

那份所谓的失联名单，实际上是时间实验的参与者名单。

军部和一部分总领政府、安全大厦的同派势力借由“失联”这个幌子，将那些人全部转移。

遗憾的是，萨厄·杨虽然毁掉了天鹰γ星上“时间实验”那群人最大的老巢，但是只要真正的根基白银之城还在，实验设备数据重新建立恢复不过是迟早的事情。

“我那时候有点掉以轻心，后来干了件对不起脑子的事，非常傻。”金一脸懊恼地道，“我后来借着研究项目的幌子试着去探了一次他们的新窝，结果被出了故障的实验舱狠狠坑了一回。”

众人盯着他那张年轻的面孔，生怕他也来一句：于是我也死了。

“别用这种扫墓一样的眼神看我。”金摆了摆手，“我没死，但是作为个体的时间出现了紊乱，导致我被回溯到了年轻时候的样子。”

“体质体能呢？”

“也回到了那个时候。”

“那总比死了好。”邵珩道。

卡贝尔再次用手指在扶手上敲出类似摩斯密码一样的节奏，转换一下就是：“但他的生理寿命缩短了一大截。”

楚斯皱了眉：“能恢复吗？”

金不是很在意地摇了摇头，“我这就是个意外，哪还能自由选择前进倒退啊，活着就不错了。”

他顿了一下，又补了一句：“相比那些老朋友们，我已经是……最幸运的人之一了。”

“不过也许是为了补偿我被缩掉的寿命，第二年冬天我就在医院捡到了卡贝尔。”金停了一下，又道，“同时还看到了被邵敦勒令不准提前出院的你。”

“医院？”楚斯一愣。

他在医院，还被邵老爷子勒令不准出院……总共也就那么一回，就是半边身体毁损的那次。

那时候埃斯特·卡贝尔也在医院？

“所以你是……”楚斯看向卡贝尔。

对方冲他眯着眼睛笑了一下，手指敲着节奏回答：“谢谢你抓住我。”

楚斯微愣，“你是那个差点滑下去的孩子？”

卡贝尔敲着解释道：“当初被关进实验舱后，应该是必死无疑的，因为实验还没出现过哪怕一个半成品。但是事实上等我睁眼醒来的时候，就已经是在你负责护送的那个实验团队里了。”

金替她说：“我们猜测，应该是实验舱极低的成功率在卡贝尔身上留下了一点痕迹，引起了一部分的时空混乱，于是她所处的大环境时间被拉到了以后，而她作为个体的时间被拽回了以前，也就是两三岁的时候，记忆全无，就像一个普通的受了重创的孩子。也许这当中形成了某种微妙的平衡，所以她现在还活着。”

卡贝尔又敲着补充；“当然，这毕竟是意外，以后还活不活就说不准了。”

众人：“……”

金想了想又冲楚斯道：“哎——我就是因为被实验舱坑了一回，大半年没能出门，再转眼你就血淋淋地躺进了医院，这要让你爸知道，我们的友谊大概就走到尽头了。我当时得跟邵敦装不认识，没有直接接触的机会，所以辗转联系上了梅德拉，那之后他稍微运作了一下，把你平级调动，移进了相对平稳很多的安全大厦。我们不太希望把你们这辈再牵扯进这些麻烦里，但是依然得做好打算，万一我们这些人全军覆没了，好歹还有你们能撑一撑，活着就很好。”

楚斯听了这话，心里泛起一阵复杂的滋味来——

他本以为陌生的毫无关联的人，都在以关切的心祝福他，那些死去或活着的父辈朋友们，都在他看不见的角落默默照看他……

金没注意到他眼神的变化，还在继续把最后一点说完：“总之那几年大概是最不错的几年了，后来梅德拉当了上将，也培养了一些看似跟对方一伙的卧底，尽管从人数上相比，咱们依然处于完完全全的下风，但是总算有了点儿不错的发展。我们其实一直有猜测，如果白银之城那边继续疯，引起的能量和时空紊乱越来越压不住，总要找个方式解决的，堵不如疏的道理他们不可能不懂。而最有可能被用来转移问题的，就是咱们星球。可是我们始终没能发现时间实验规模扩大的痕迹，单纯一个小小的基地，还不足以消化那么大的问题。”

“在这点上我们还是慢了一步，等到隐约反应过来的时候，白银之城那边出现了一次前所未有的毁灭级别的实验失误。”金抓了抓头发，把他脑后的辫子都抓得乱糟糟的，“我接到消息的时候是5713年12月27日下午，那时候我正带着卡贝尔在黑雪松林，就是掐准了你休养的时间去看看你。那消息是从梅德拉那里来的，而他探到消息是那天中午。之后的事情你知道的，我们完全来不及有所反应，整个星球就被拉入了这场噩梦。”

5713年12月27日傍晚，全球警报拉响，所有人在那3分钟内慌不择路地找到就近的冷冻胶囊躺下，之后就是漫长到几乎望不到头的黑天。

“所以白银之城最终还是找到了后果转移的方法……”楚斯道。

“是啊。”金点了点头，“我跟卡贝尔从冷冻胶囊醒来后，发现了黑雪松林的这批冷冻胶囊被修改过设定，躺在里头的人会比其他人醒得晚，我想也许是我跟卡贝尔在不知不觉中暴露了，对方摸准了我们每年来黑雪松林的规律，动了点手脚。但巧得很，我们本身的个体时间就是紊乱的，时空实验引发的全球能量瞬间紊乱和相冲导致了星球崩裂，而在那个过程中，我们两个也影响到了这块星球碎片的时间，于是……就有了那么混乱的时间结果。”

金耸了耸肩，“我们猜测也正是这场巨大的紊乱和崩裂，影响到了巴尼堡事件里的那些人——当初那些疯子一样的实验团队本着不浪费的态度，把那些人全都塞进了实验舱，大概是在给那微小得可怜的成功率做分母——没想到居然有了结果，歪打正着地醒了过来，只不过他们现在的状态既不是活着，也不是死了，而是被定格在了某一个点上。”

醒过来的金试着联系了其他人，只有寥寥几个回音。他怀疑大家的冷冻胶囊可能都被动了点手脚，所以不管醒没醒都给他们发了提示讯息。

直到他收到了来自蒋期的信号。

这个死伤惨重的团队在星球分崩后，踏着不同的时间点重新聚在了一起。

“蒋在卡贝尔学生死前交给他的一份草稿中重新发现了新的隐藏线索，就是这个线索，让我们找到了真正打开潘多拉魔盒的那个工具。”金说。

“草稿？”楚斯当即把自己的通讯器连上指挥中心的操作台，直接调出了当初他和萨厄·杨解密出来的那份文件。研究草稿和音频文件并排显示在屏幕上。

“是这份吗？”

“好像还真是。”金敲了两下按键，音频文件播放起来，那个古怪的声音重复着上次楚斯听过的话：“永生成就魔鬼，死亡成就神。”

“你们时间比我们紧，所以可能没发现，你把音频文件这样处理一下——”金咬着舌尖盯着屏幕飞快地敲着按键，那模样是之前的相处中，楚斯从没见过的。

他将整个音频分解后倒放了一遍，就成了一个一个单音节。

“再根据贝内密码，哦对你们不知道贝内密码，这是我们当初内部用的一套。”金依照所谓的贝内密码的密钥将那些单音节解码，最终得到了一句话：“它们创造了魔鬼，我准备了神。”

所谓的“神”，想必就是卡贝尔给他们留下的“格盘”设计，最终被蒋期好好安放在了巴尼堡地下。

金指着屏幕说：“我们当初以为只有这一重信息，但其实还有第二重。”

他又将“它们创造了魔鬼，我准备了神”这句话再度切割，分解成了一串字母，接着换了一种密钥，将这一串字母转化成了几组数字。

楚斯一看就明白，每一组数字都代表着“第X行第Y个”。

所以他二话不说照着那几组数字，在那份日记一样的草稿中找出了答案，那个答案拼出了一个名字——蒙德·霍利斯。

整个指挥中心的人，在看到这个名字的瞬间便陷入了死一般的寂静。

当初冷冻胶囊的设计过程中，每当发生分歧和争吵，总有人吼着“是不是得把蒙德·霍利斯教授的棺材抬过来镇着你们这帮蠢货才能消停？！”

这个名字在日常生活中很少出现，但每次出现，永远跟另一个词捆在一起——龙柱。

蒙德·霍利斯是龙柱的总设计师和掌舵人。

金指着这个名字，冲已经开始冒冷汗的众人道：“蒙德·霍利斯是时间实验隐藏得最好的一位参与者，现在你们该知道白银之城是怎么把毁灭性的后果转移到咱们星球的了，通过遍布全星球每一个角落的龙柱，很可怕是不是？”

HEITIAN

第 32 章

# 面对面

确实可怕……

看看在场众人的脸色就知道了。

“所以你的意思是……整个时间实验就是一场由白银之城在背后支撑而起的阴谋，他们将咱们星球作为实验场地之一，研究该如何挣脱时间的束缚，同时借由遍布全球的龙柱系统，把白银之城乱搞实验产生的各种毁灭性后果直接转移到我们这边？！”

邵珩整个人都是茫然的，说到最后一句话的时候音调不可控制地扬了起来，嗓音都劈了。

“对。”

“所以咱们星球炸成这样，就是白银之城转移损害的结果？？？”

“恐怕没错。你想象一下，如果有这么一个气球——”金两只手比了个圈，“极度紊乱的能量不断冲突波动，同时时空趋于崩溃和混乱的边缘，这一块要往前推进，而这一块可能还在向后拉扯。因为效应来得太快，没有任何磨合适应的时间，互不妥协的结果是什么？”

他双手朝两边一张，拟声道：“砰！”

星球就在这样的情况下分崩离析。

怪不得当初说地心能量反应进程因不明原因突然加速，脱离控制，膨胀速率远超过上限值。任何正常发展下的星球都不可能陡然出现这种变化，果然是受到了人为的强行干扰。

先前他们看到军部的战略星图时，还疑惑过白银之城的军队为什么会以那样的形式包围在警戒线外层，像是在保护救援区不受其他星球势力的干扰，又像在别有深意地等待着什么。

他们那时候不能理解这种诡异的状态究竟是什么，现在明白了——那就像是一群鬼鬼祟祟的违规实验者，正围着培养皿，观察记录着实验进展和结果。

没准还会想着再加点试剂，看看会不会有更多变化。

真是疯狂又恶心。

“但如果是龙柱，这该怎么办？！”罗杰又开始揪起了自己的头发，这次的问题比上次令人头疼一万倍。

相当于敌方把破坏直接搞到了你的心脏，不处理，全身血液都跟着一起变质，或者说已经变质了，还会越来越严重。但如果处理……那就得把心脏摘了，血液全换。

可是心脏坏了还能换，龙柱可就无可替代了。

当初龙柱项目做了那么多年，针对的就是全球性灾难后人类的生存延续。整个系统涉及各个方面，基本上只要龙柱开启灾难模式，就能维持人类生存所需要的基本环境状态。可以说，各个星球碎片上醒来的人之所以能活着站在地面上，全部依赖于龙柱系统的保护。

一旦强行关闭龙柱，那么那些漂浮的星球碎片就会毫无遮挡地暴露在茫茫太空中，重力、旋转、引力、辐射、大气、温度等等一切问题都会相应而生，结果就是必死无疑！

“我们这两天在做的就是这种事。”金倒是不着急，他解释道：“最初我们其实是设定了一套自主系统，悄悄跟废弃的巴尼堡连接，打算的是如果真出了什么灾难性的情况，只要我们把指令发给巴尼堡，它就能自主启动地下那套装置，然后开始格盘。当时设置了一些身份验证，主要是我们几个的。后来为了以防万一，又添加了你们这一代的。”

楚斯冷不丁想到了当初他们进巴尼堡地界的时候，巴尼堡的系统自动启动，一直在检测一个S001指令源，当时还弄得他们一头雾水。

原来所谓的S001指令源就是他们搞出来的？

他突然能理解为什么好好的巴尼堡会被彻底封禁了，也许就是当初的敌对势力觉察到他们可能在巴尼堡动了点手脚，借着查叛乱人员的名头把巴尼堡清查了一遍，却没能查出隐藏在其中的问题，于是本着宁可错杀一千也不放过一个的态度，直接封掉了巴尼堡。

“不过我们没料到龙柱也有问题，所以原本的自主程序就不能用了，得重新进入地下，把之前的设定改动一番。”金继续说着，“我跟卡贝尔有身份掩护，可以光明正大地待在巴尼堡，所以我负责远程给他们优化黑天鹅飞行器，卡贝尔有天然优势，负责在大家的眼皮子底下联络大家，不断同步最新的进展消息，并在适当时候开启隐藏的时空曲道，方便其他人进入巴尼堡地下。”

“现在在地下的那帮人中，有生物科技领域的，有智能机械领域的，有高精仪器方面的，还有曾经参与过龙柱前期设计的。那套装置原本捆绑的是时间实验基地的系统，现在需要附加上龙柱系统，通过远程格盘，把白银之城和咱们星球之间的联结彻底截断，并再在独立情况下恢复初始设置，也就是说，龙柱设计人后期悄悄隐藏进去的联结程序都会被清除，只剩下最初设计的纯粹服务于人类基本生存的环境模拟程序。”

“过程中可能发生的危险？”出于习惯，楚斯在听到一切解决方案的时候，都会先让对方列出可能出现的一切隐患，再决定是否使用这个方案。

当然，现在的境况他们大概是别无选择，只有这一种恢复方式，否则将会永远处于被动位置，任由白银之城鱼肉。一次毁灭性后果的转移就造成了星球分崩离析成现今这样，如果再来呢？如果对方索性把这里当成垃圾场，今后的一切后果都毫无顾忌地往这里丢呢？

这一批时间实验的支持者能做出这么多疯狂的事，从本质上来说就是自私的，他们根本不在乎这个星球的命运，也不在乎星球上其他人的命运。他们就像是当初冲着更多利益而迁徙的某些资本集团一样，如果所在的星球依然有利可图，他们会选择继续经营，一旦无可利用，那就会毫不犹豫地放弃这里，转换阵地。

但即便别无选择，楚斯还是希望清楚地知道这个方案中可能发生的变故。

金正还没来得及说什么就顿住了动作。楚斯顺着他和埃斯特·卡贝尔的目光转过头去，就见原本黑掉的大屏幕已经在不知不觉中重新亮了起来。

一个声音从屏幕中传过来，冷静而和缓地回答着楚斯刚才的问题：“预计耗费时间一个小时，准确地说整个格盘程序的耗时是58分12秒，成功率是97.12%，影响因素是我们这些因为时空混乱而复活的‘意外’，我们身上混乱的时间也许会影响到这个进程，或是被这个进程所影响，但是托老邵的福，这里的单人座舱都经过了调试，在进程开始后，我们会进入这个座舱，有一定程度的隔离作用。另外——在进程中，也许会出现一定短暂性时空乱序的情况，这是时间的自我调节，等到进程结束，会完善到最稳定的状态。”

说话的是蒋期。

他正站在影像中，冲着屏幕的方向说着这些话，表情温和，双眼明亮，一如不久之前离别时的模样。

楚斯身体瞬间僵硬，说不上是紧张还是别的什么，他动了动嘴唇，似乎是想叫对方一声。

他小时候就没有当面叫过几次蒋期“爸”，平日里说话永远是直接开腔，不用特地称呼。而后来的十数年，蒋期不在，他也无人可喊。所以这个称呼对于楚斯来说，生涩得有点难以开口。

尝试了数秒后，他最终还是略过称呼，“你……能看见这边？”

蒋期笑了一声，那种复杂又温和的表情变得浅淡了一些，倒是更像当年总没个正行四处撒火的他，“看不见我对着空气说吗？”

萨厄·杨没有出现在影像中，但是声音却是最为清晰的，可见摄像装置依然在他身上，“我觉得你们应该面对面说上两句，所以主动暴露了。刚才影像没有调节好，声音先传了过来，看来刑讯逼供很顺利？”

楚斯不知道该在说些什么，“嗯”了一声，“差不多。”

金之前应该跟蒋期有过联系，所以隔着屏幕再见，比楚斯的反应要自然得多。他朝楚斯这边凑了凑，像是要挤进镜头一样晃了晃手，道：“蒋，我胆子向来不大，你知道的。你儿子又比较能唬人，你也知道的，所以……我就坦白从宽了。”

蒋期：“真是毫不意外。”

金又道，“看在我帮你盯了这么多年儿子的分上，再看在我照顾了几年卡贝尔小姐的分上——尽管最初我根本不知道她是谁——希望我们伟大的友谊依旧坚固。”

“你这就好比在一个流浪汉面前说‘看在我替你吃了许多年大餐的分上，你猜会有什么结果？”蒋期淡定地说。

金：“……”

他想了想还是缩回了座位，把镜头留给楚斯，比了个请的姿势：“你继续，我跟你爸聊不下去了。”

楚斯：“……”

有那么一瞬间，他有点反应不过来——什么叫“看在我照顾了几年卡贝尔小姐的分上”？

他下意识朝埃斯特·卡贝尔那边看过去，却见小姑娘已经远远地挪到了好几个座位之外的地方，杜绝了自己误入镜头的可能。

她撞见楚斯的目光，抬手在一旁的操作台上敲了一组节奏，翻译过来就是这么一句话：我不过去，比起现在这种幼年小女孩儿的形象，我还是希望他们记得我原本的模样。

这样的节奏密码，对于指挥中心以及屏幕那端的许多人来说都不难破译，于是屏幕那边的蒋期愣了一下，楚斯甚至能看见许多人从屏幕边缘冒出了一个脑袋又很快缩回去，低语声此起彼伏——

“是卡贝尔吗？”

“好久不见卡贝尔。”

“幼年也没关系，老实说我们还没见过你小时候的模样呢。”

蒋期似乎想说什么，但还没来得及开口，金已经扭头冲埃斯特·卡贝尔道：“别挣扎了卡贝尔小姐，现在不见，过会儿到了那边还是得见，躲不掉的。”

卡贝尔面无表情地敲了一串回答：“总得挣扎一下。”

她尽管是在一本正经地开着玩笑，但确实没有要挪步的意思，大概是打定了主意抗争到底。

不过……

“‘过会儿到了那边’是什么意思？”楚斯蹙眉问道。

“年轻人别总皱着眉。”蒋期的声音立刻从那边传来，这话听得楚斯一愣。

他小时候就总能听见类似的话，隔三差五蒋期就会冲他说：“你才多大，皱什么眉啊。”他没想过自己还有机会再听到这句话，只不过眨了眨眼，就过去了四十多年。

一辈子总共也不过几个四十多年。

蒋期说完这句，又冲他解释了一下：“埃斯特他们也需要过来，跟我们一样，他们也是意外的一部分。我们不可能找齐所有影响因素一个不落，但是影响尽量小一点总是有好处的。”

金补充道：“原本我们打算找个机会溜到巴尼堡地界的边缘，等他们中的谁开一架黑天鹅接应一下，但是现在既然已经说开了，就劳驾你们送一程吧。”

那边萨厄·杨道：“正巧，我出来跟你们接个头，把黑天鹅换给你们。”

HEITIAN

第33章

# 父辈

“我家老头子呢？”邵珩终于逮住一个空隙问了一句。

邵老爷子一如既往绷着他那张不苟言笑的脸，隔着屏幕冲邵珩道：“我需要在这边看着这些座舱，以免中途出现问题。”

“你一个人成吗？”邵珩不太能想象所谓的格盘程序正式启动后，会有什么变化，那边的人几乎都会进入座舱，真正在外的只有邵老爷子一个，他有点放不下心，“我带一队人过去？”

老爷子摇了摇头，“这次你好好待着。”

邵珩还很小的时候，老爷子就总以一个军人的标准来教育他，教他学会承担一切该承担的责任，甚至有时候也要主动去承担原本不属于他的责任。听起来有些“圣母”，但这就是军人。

邵珩早就习惯了这一点，所以他每每主动提出要担什么事的时候，哪怕会冒许多危险，邵老爷子也不会阻止他，只会叮嘱一句：“小心谨慎。”

这是老爷子头一回换词。

他说：“暂时用不着你们年轻的一辈来插手。”

他说：“好好待着。”

这些或板正严肃，或风趣幽默的长辈们，在那些平静岁月里扮演着各种角色——引路者、监督人、朋友、师长，正面的、反面的，讨人喜欢的、令人畏惧的，但总有那么些时候，他们会褪下所有附属身份，去当一个能拦下所有风雨的纯粹的父亲。

邵珩静了片刻，又道：“那你们通讯器能重新开机吗？”

既然萨厄·杨重新开了影像，应该是可以的。

“刚才怕信号磁场之类影响这边装置的调试，现在可以开了，能开到启动之前。”邵老爷子道。

“那开着吧，万一有什么事——呸！”话说一半，邵珩先不轻不重地打了一下自己的嘴，“总之开着吧，我也能放心一点。”

隔着一层屏幕的群体对话没能继续多久，就被切断了。

因为卡贝尔和金离开了白狼舰，由训练营小队送往时空曲道。而萨厄·杨也该从那块地下空间离开了。

尽管那些父辈们始终把事情都揽在自己怀里，不让年轻一辈插手，但是屏幕一黑，楚斯和邵珩转头就把“不用插手”的叮嘱扔进了太空！

傻子才真不插手！

齐尔德·冯被楚斯招了出来，留那两位副指挥官继续在三方联会中装傻充愣打太极，他颠颠跑出来，冲楚斯邀功：“长官我跟你说！刚才我有意无意地提了一次‘30分钟’，放心！话题非常正常，只有懂的人会对这个词格外敏感。然后您知道吗，贺修文中将和乔伊斯中将同时看了我一眼！这意味着什么您明白的！”

楚斯当然明白。

知道“30分钟备战时间”的，只可能是蒋期他们的人。金提到过，梅德拉上将在对方阵营中埋了卧底，结合之前和现在的表现来看，几乎可以确定，贺修文和乔伊斯应该就是梅德拉安插的人。

只是现今的军部就是贺修文和乔伊斯当家，照一般情况来说，他们完全可以不用继续憋屈着假装跟对方一个阵营，完全可以直接掀掉面罩把整个军部拉到蒋期这边。

既然他们依然在刻意隐藏，那就只能说明一件事——军部事实上的掌权者另有其人。

比他们更高级别的，除了梅德拉，就只有默顿和肖两位上将了。

楚斯立刻意识到，默顿和肖很可能早就醒了，只是出于某种原因，一直没有直接在军部露面。但他们始终在盯着贺修文和乔伊斯的一言一行。

在这种局面下，谁掌控的可支配兵力多，谁就能占上风。

但是默顿和肖有天然优势——白银之城的大部队都跟他们一边，正虎视眈眈地绕在救援区外层。一旦情况有变，他们绝对不会袖手旁观。

所以哪怕军部醒来的所有士兵都被贺修文和乔伊斯握在手里，他们也依然处于下风。

在这种情况下，谁会拒绝来自友军的支援？

不会的。

楚斯看了眼指挥中心的计时器，离三十分钟备战时间还剩7分钟。

“邵珩。”

“在。”

“安全部队配备的飞行器能同步驾驶的极限是多少架？”楚斯问。

邵珩算了一下，“五十架，再多很难兼顾，反而容易出岔子。”

“那咱们还不算太弱势。”楚斯道，“一个人同步驾驶五十架单人作战飞行器，两千多人就是十万架，能凑一支可以装象的大军了。”

“对啊！”邵珩的眼睛立刻亮了起来，“还能这么玩儿！”

如果是两千人的作战队伍，开出去都不一定能让对方多瞥一眼，说是支援队伍着实有点脸大，就好比杯水车薪。

但是十万就不同了！

楚斯点了点头，冲齐尔德·冯道：“所有警卫队留在白狼舰上负责安全，舰内调遣权转交给你。”

齐尔德·冯一愣：“长官您呢？”

“出去唬人。”楚斯拍了拍他的肩膀，“身强力壮正当年的人不上，难道让发福的中老年人扛火炮吗？老老实实干到退休吧。”

说完，他又转头冲邵珩道：“安全部队全体集合。”

“是！”

“罗杰，全舰所有闸门准备。”

“是！”

2分钟后，他套上黑色防护手套，钻进了作战飞行器，在他身后，由他同步驾驶的数十架飞行器已经排成了尖刀队列，在同步操作系统的牵带下，发出启动后的嗡嗡声响。

飞行器内部通讯网络已经开启，楚斯的声音冷静地响在公共频道内：“开隐形罩，各个跃迁点已经标注，B大区扔给军部，那些地方他们应该还是顾得过来的，我们去封A和C。”

不管军部贺修文和乔伊斯能拉住多少兵力，安全大厦这边打算独揽两块。三面封锁，光是火力墙应该就能抵挡一段时间。

楚斯并没有异想天开地要在战斗上赢过对方，毕竟他们再怎么硬凑，也不过十万大军，对方可是白银之城。

他们在绝对劣势的情况下跳出来，只是为了给格盘程序尽可能地争取时间。对他们来说，只要坚持58分12秒，就是胜利。

还剩4分钟。

“出发！”

一声令下，白狼舰百余道闸口同时开启，乌压压的战斗飞行器如云如雾一般流泻而出，带着嗡然成雷的声响，像是米拉岛最恢宏的海潮。

十万大军在流入星海的瞬间又拢进了隐形罩里，轰然而现，悄然而消，像是茫茫星海中行进的幽灵。

楚斯和邵珩各领五万飞行器直奔两个封守战区。

一边不断互通着位置和行进状态，一边盯着流沙般不断减少的剩余时间。

楚斯带着浩荡的队伍连续跃迁两次，到达A区。盯着战略星图的同时，他的余光瞥到了侧边舷窗外的星海。

浩荡无边的太空并不总是黑的，有无数或远或近的星球散着或明亮或黯淡的光，偶尔还能看见一些更为奇异的光景，但因为太过旷大的缘故，人不论在停浮在哪一处，都会有种本能的寂寥感。

大概是因为他们曾经背靠着的母星已经几近消亡了。

如果背后有片随时能回去的土地，也许在看着这片星海的时候，会变成更为纯粹的惊艳和感叹。

剩余时间1分钟。

楚斯垂下眼，摸出了通讯器，拨了那个曾经无比熟悉的通讯频道。

上一次在林间的临时基地里发出试探信号的时候，怀着的是怎样的心情，他已经有些记不清了，只记得自己坐在屏幕前等了很久很久……

但这次，几乎是在通讯请求发过去的一瞬间，对方就已经接通了，开的还是全息屏幕。

楚斯将通讯器搁在手边的台子上，坐在驾驶座中，一边活动着手指，一边看向屏幕里的蒋期。他想了想，说："上一次发的信号没能有回应，我只是突然想再试一试。"

屏幕那头，蒋期已经坐在了单人舱内，身边依稀还有其他单人舱的人影。

他冲着屏幕笑了笑，惯来不大正经的神色里带了一丝少有的感慨和不舍，就像当初在公寓重逢时一样。

"儿子，时间不多了……"

"嗯。"

剩余时间32秒。

"有句话我上次似乎跟你说过，不过那次没能这么叫你，我觉得有点可惜。"蒋期隔着屏幕，将楚斯从头到脚看了一遍，笑着道，"当初那个踩着我的脸落地的小鬼，不知不觉长这么大了，有点儿不可思议，时间过得可真快……能看见你现在的样子，我很高兴。"

当初孤儿院墙外的那条横杆抓起来有多凉多滑，巷子里的照明灯是暖色还是冷色，楚斯还记得清清楚楚。

好像就那么落了地，再站起来，就已经过去了好几十年。

而蒋期却依然没有任何变化，一如当年穿着大衣裹着萧瑟寒气站在巷子里的模样。

好像他笑得再戏谑一点，就会再说一次当年的话："你是不是该跟我说一声谢谢？"

剩余时间13秒。

楚斯："当初踩你脸的时候，你让我跟你说谢谢，我还欠着呢。"

蒋期嗤笑一声："你可真会掐头去尾。父子之间说什么谢，你不如再喊我一声，我倒是很久很久没听见了。"

"我本来也没喊过你几次。"

"没剩几秒了，别害羞了儿子。"

楚斯"嗯"地应了一声，"爸。"

蒋期挑着眉笑了。

剩余时间2秒。

屏幕开始变得断断续续。

在最后的间隙里，楚斯看见蒋期冲他说了句话，又转头看向他身边的人，也温和地笑了一下。

那句话的声音没能传过来，被冲散在了遥远的光年之间，但是楚斯能辨别口型。

蒋期说："再见，儿子。"

HEITIAN

第34章

# 友谊

剩余时间清零。

那一瞬，军部白鹰星际战舰跟白银之城军部之间的联络信号全面切断，双方之间共通的战略星图突然闪屏，释放出病毒数据，在眨眼间蔓延开来。

白银之城军部指挥战反应迅速，当即将病毒全面圈禁，然而即便如此，指挥中心的大片数据也遭到了一定程度的毁坏。

自主修复时间1分钟。

1分钟很短，但够做的事情很多。

比如挟持一位隐在幕后把控大局的上将……

比如将白鹰舰半边闸口全部强行打开……

比如带着数以万计的战斗飞行器融于星海……

战斗飞行器之中经过伪装的指挥飞行器上，贺修文和乔伊斯一边一个，用微型灭失手炮顶着默顿上将，只要轻轻一扣扳机，默顿上将整个人就会在灭失弹聚拢成团的烟雾中直接消散，连骨头渣子都不会剩下一粒。

贺修文将默顿上将丢给乔伊斯，任他捆绑，自己则按下了飞行器内部通讯的一枚按键，通讯频道内嘀地响了一声，显示对方已接受。

他看着那个绿色的小点，隔着遥遥星海，抬起手指碰了一下眉峰，“报告，装了数十年反派的中级将领贺修文，带领一千三百八十二名忠诚的战士，归队！”

眼角带着一道旧伤的乔伊斯将默顿上将“请”进了临时拘禁室，一边往驾驶舱走，一边也碰了一下眉峰，“报告，跟老贺装了数十年死对头的中级将领乔伊斯，带领六万九千余架战斗飞行器，归队！”

频道的另一头，中型星际舰上所有士兵毫无疑问地被收拢于舰内唯一高级统领梅德拉上将麾下，经过两次紧急跃迁，将中型星际舰停落在了白鹰军事基地所在的星球碎片上。

贺修文和乔伊斯的通讯发过来时，梅德拉正利用他还未被封禁的权限，给中型星际舰上愿意效忠的战士们更换装备。

他也抬手碰了一下眉峰，沉着声音回道：“辛苦了，被限制了数十年军权的将领梅德拉，带领五百一十七名战士及一万重型火力飞行器，与你们汇合！”

与此同时，楚斯干脆地连接了军部内网，在梅德拉他们的公共频道内说道：“安全大厦执行长官楚斯，带领全体安全部队成员，携十万战斗飞行器，给予全线支援！”

嗡——

巴尼堡的地下空间里，巨型装置在全新的S001指令下正式启动，恢宏的声音像是有呼啸的海风从封闭的空间内扫荡而过。

数以百计的单人座舱内腾起冰雾，瞬间将所有人淹没在其中。

邵敦坐在全封闭的保护舱里，目光一转不转地看着舱内用于实时监控所有仪器数据的显示屏。

屏幕底端，一条长长的进度条正一点一点地有了颜色——

格盘进程已完成1%。

……

尽管军部争取到了一分钟的先机，但白银之城依然迅速反应过来。

圈围于警戒线外的所有军队瞬间从静待状态脱离，直接进入战斗模式，像是倏然露出獠牙的猛兽。

数十万来自不同组织的战斗飞行器同时开火，三大战略区联动，形成了最为耀眼的炮火长城，将数以万计的星球碎片保护在了救援区内。

他们面朝数量成倍的敌方，背靠分崩离析的故土，蹈锋饮血。

那大概是百年以来，星海间最恢宏绚烂的一幕。

13分19秒。

格盘进程已完成16%。

十数万战斗军铸就的火力墙固若金汤，在这段时间里，愣是没让白银之城前进一分一毫。

同时，从巴尼堡地界赶回来的萨厄·杨同步操控着数量惊人的黑天鹅号大队加入战局，他在公共频道内笑了一声道："长官，给我挪块地方。"

楚斯听见他的声音，莫名松了口气，"好。"

"天呐！他一个人同步控制了一百架！"邵珩疯狂吼着。

萨厄·杨嗤道："再来一百也一样。"

这位从来都不能以普通人的标准来衡量和要求。

他充分利用了黑天鹅的特性，跃迁快穿梭也快，在汇入大部队之前先犹如诡谲的幽灵一般沿着ABC三大战区兜了一圈，开着反物质星际电光炮和降维打击弹，就那么一路轰了过去。

朝救援区全面逼近的白银大军，愣是被他这神出鬼没完全不受指挥的意外突袭队消去了一圈兵力。

如果在星际间能有俯拍镜头，就会清晰地看到外层乌泱泱的大军犹如退潮一般，直接消退了一截。

直到对方终于适应了他流星飒沓一般的穿梭把戏，他才领着黑天鹅正式归入楚斯那块战区。

"为什么去A区！我这边也急缺火力啊！"邵珩吼道。

"别乱报军情，我看着你那边的火力总量呢。"楚斯冷冷淡淡地拆穿他。

18分22秒。

格盘进程已完成31%。

白银之城派出的攻坚战主力部队抵达战场，保守估计数量达到了百万级。

十倍以上的兵力压制实在令人头疼，对方毫不顾忌一副要以人头开路的架势，他们在围城战的同时，将多余兵力全部调至一处，犹如强围之下刺出的一根钢针，开始强行突破。

"报告，B-13支队就要被——"

发来报告的支队成员话还没说完，公共频道就响起了那边飞行器被炸的惊天巨响，话音戛然而止，变成了突然断线的机械提示音，冷冰冰地提醒众人，火力墙可能要支撑不住了。

由于一个人同步驾驶着五十架飞行器，一旦真正的驾驶者被击毁，其他飞行器也会因为同步驾驶中断而废弃。

战略星图上看起来最为直观，一旦一个圆点黑了，就会连带着它身后数十个圆点黑成一片。

这一黑就有种多米诺骨牌的架势，于是维持了10多分钟的僵局就此被打破，强火力防守终于被对方毫无顾忌的疯狂进攻撕开了一点缝隙。

楚斯看见那陡然黑成片的战区，眉心猛地一蹙。

说实话他们这边虽然说起来是数十万飞行器大军，但实质不过是披了一张虎皮，真正的作战人数其实不过几千而已。刚开始敌方可能还会被唬一唬，但这样成片成片地掉飞行器，要不了多久就会被对方看出名堂。

正在他有此顾虑的时候，原本成片熄灭的圆点在2分钟后突然重新亮了起来。

“四百六十二架C182战斗飞行器归入战略星图内网。”频道内，作战系统机械的电子音毫无预兆地响了起来。

楚斯一愣，接着就听见分管B区的邵珩激动得快要上吊了：“杨先生干得漂亮！”

他闻言立刻切入B区影像，调出刚才的战斗瞬间看了一眼，就见萨厄·杨领着的黑天鹅大队再一次悄无声息地从A区跃进B区，接着萨厄·杨同步驾驶的近百架黑天鹅每一架又二次同步了那些无主的飞行器。

四百六十二架！

加上原本的一百架黑天鹅，萨厄·杨一个人同时操控了将近六百架战斗飞行器！

说不诧异是假的，但是楚斯绝对不会像邵珩那样在公共频道嘶吼，他另外单独联通了萨厄·杨驾驶舱的一对一通讯，道：“你总能让我惊讶到不知该说点什么。”

萨厄·杨也切到了私频，直接开了全息屏。他眯着眼拖着调子懒洋洋地说，“不用说什么，长官，留着等打完这一场再好好表达。”

楚斯：“……”

25分46秒。

格盘进程已完成43%。

三方联军这边的局势却不容乐观。包围成圈的防守，一层一层被冲破，无数飞行器在星海中化作白得刺眼的烟花。军部作为尖刀军团，伤亡最为惨重。

梅德拉上将没有给予自己任何特殊待遇，一人同步驾驶着二十架重型火力战斗飞行器悍然顶在最前线。

与此同时，格盘进程临近一半，蒋期所说的可能引起的暂时性效应终于显现出来。巴尼堡地界陡然出现了剧烈震颤，抖动频率影响到了中心龙柱的能量场。就像是有无数团疯了一样的能量球相互冲撞，来回穿梭，引发了以巴尼堡为中心的时间混乱。

地下的独立空间内，单人座舱已经结满冰霜，乍一看坐在里头的人都隔绝在战火之外。

只有始终盯着生物数据的邵老爷子，知道那当中的人都在经历什么样的痛苦——他们作为影响因素，会干扰到格盘程序的进行和时间秩序的恢复，反过来，格盘每行进一步，时间秩序每调整一次，都会反作用于他们身上。

邵老爷子盯着屏幕，时不时会伸手将每一个跑偏的数值拉回正轨。他在令人惊惧的震颤中不动如山，安守着这处角落。

他其实始终不能理解那些疯了一般执着于挣脱时间的人。

你看，时间多奇妙啊。当年在毕业照上笑闹成一团，意气风发的年轻人，后来各奔东西，活成了千差万别的模样——他们之中，有人曾经装过中立，也有人扮过敌手，有人效忠于军部，也有人供职于总领政府，有人当过英雄，也有人被划为叛党，有人活着，也有人死了……

现今一部分正坐在他不远处的单人座舱里，一部分正在对抗白银之城的战线中，在不同的位置共同出生入死。

这之间仿佛只是一闭眼又一睁眼的工夫，近百年就这么过去了。

他们曾经那个社团，原本只是因为一时兴起，甚至连名字都没有好好取，只有一个玩笑般毫无实质意义的标语——友谊天长地久。

这个根本看不出社团性质类别的标语被他们自我调侃过很长一段时间，没想到多年后的今天重新记起，邵敦居然想不到比这更合适的标语了。

看，时间作证，友谊天长地久。

HEITIAN

第35章

# 程序中止

然而这些无形无价的东西，有人视若珍宝，有人却不屑一顾。

贺修文和乔伊斯人手有限，只来得及挟持两位上将之一的默顿，另一位上将肖则依然把控着军部的白鹰舰。在战略星图中，白鹰舰在肖的指挥下已经掉转了阵营，矛头直指楚斯他们，全然不顾共事数十年的老伙伴默顿死活，将全舰数千个炮击点全部打开，对着三方联合的抵抗军，毫无顾忌地开了火。

他打出的旗号是追缉叛党，也是贼喊捉贼的一把好手。

在这种层级的争斗上，有些事哪怕心知肚明也不能说开，即便留在白鹰舰上的人在围观过战局后，大半心里都有了些猜测，但在没有确凿证明的情况下，他们就依然会在两派之间摇摆不定。

人总是趋于安稳的，在摇摆不定的时候，更多人总是会选择安于现状，心想着：再看看吧，再观察观察。

这时候，只要决策层说“我们依然是正义的一方”，那么倾向于安于现状的人就不会出现大规模倒戈一击的情况，因为万一错了，有决策层负责。

肖就这样，一边利用着这种心理在白鹰舰上继续摆出一副雷厉风行的正派模样，一边则通过加密通道在给白银之城那边提供信息。

病毒清除之后的白银之城很快监测到了时间实验中的异动。原本他们的进攻只是纯粹的压制和征服，所以包围成圈，像是要将人逼到退无可退的地步。但是自从肖的信息成功传过去后，那边显然根据已有信息分析出了大致的始末。

转眼间，白银之城压境的大军就有了新的变化。

“怎么兵力都开始往A-18战区集中了？！”邵珩的声音伴着不曾间断的炮火轰击声响在指挥频道里。

自打白银之城一步步压到救援区警戒线内线，他的声量就没能低下来过，每一步指令都是用吼的，这么长时间下来，嗓子已经变得粗哑。

楚斯这边也在迅速调整各个小队位置，硬扛着不让对方攻破A-18战区，但是对方百万级别的兵力可不是开玩笑的。他一边要顾着调兵遣将地指挥，一边还要把控着自己所带领飞行器的防守和攻击。

他把对方位处刀尖的一支先行军诱到了警戒线边缘以内，又故意操纵杆一丢，让所有飞行器伪装成失控下落的样子。

那支先行军见到此情景，大约以为最后一波阻挡的队伍也丢了头领，顿觉威胁全无，气势汹汹要碾过来直入救援区。

楚斯看准了对方碾压过来的时机，以极快的速度开启了同步跃迁罩。

一旦跃迁开始，就不能中途反悔，否则头过去了，尾还留在原地，结果可想而知——会被进行中的跃迁进程直接拦腰切断。

荧蓝色的微光在五十架飞行器之间形成了一个网兜，先行军刹车不及，撞进了跃迁罩里，被迫开始同步跃迁。就在跃迁进程开始的一瞬间，楚斯半途强行截断了其他四十九架无人飞行器的跃迁程序，而后立刻断了同步驾驶。

他自己这架飞行器读秒完毕，顺利跃迁。而中断的四十九架飞行器，则连带着被兜进去的敌方先行军，一起被绞碎在了星空里。

一时间，近三千架敌方飞行器在被绞碎的瞬间同步爆炸，引起的宇宙物质波动和冲击直接把紧跟在他们后面的飞行器掀飞出去。

俯瞰起来，就像是荡起了一圈涟漪，将跟随而上准备突破的白银之城大军朝后推了回去。

“你怎么一个人去了β星区？！”邵珩都蒙了。

“战略性跃迁。”楚斯冷静地道。

说完他立刻切到公共频道，一边开启往回的跃迁，一边指挥着剩余支队重新把那个差点儿崩溃的缺口顶上。

36分10秒。

格盘进程已完成63%。

过半的进度条着实有些令人振奋，邵珩直接在公共频道慷慨激昂地吼着：“快了——！我们只需要坚持58分钟——！现在已经36分了！只差22分钟！22分钟而已！

眨个眼就过去了！”

贺修文的声音紧随其后，“这么多年都忍过去了，还顶不住这区区22分钟？”

再接着是楚斯的声音：“白银之城应该分析到了根源在巴尼堡，现在火力全部集中在A-18战区，一旦突破，离巴尼堡地界就不远了。”

“好一盆冷水！”邵珩歇了口气，嗓子哑得不行，“我刚打完气你就来扎洞啊长官？”

梅德拉的声音跟他的人一样刻板沉稳：“靠近了也仍旧能拖一会，毕竟他们找不到时间曲道，反应也需要时间。”

“嗯，但他们可以直接轰掉整个星球碎片，反应20分钟，轰击只需要1秒。”楚斯一针见血地说道。

到时候整个巴尼堡地上地下都会不复存在。

“但那是最后的选择。”贺修文道，“我跟他们打了数十年交道了，这方面太了解他们了，如果知道咱们做成了时间曲道这种东西，他们不看一眼是不会轻易毁掉的，不过一旦看完了，毁起来会毫无顾忌，这方面他们确实疯得可以。”

39分51秒。

白银之城的军队凭着数量上的优势，以人头铺地，强行打开了A-18战区的口子。

梅德拉率领的军部损耗过半，总领政府那边的战斗力本就不如其他两方，伤亡率高达73%，楚斯这边也同样不容乐观，十万架飞行器乍一看亮着的圆点依然可观，但并不实在——

时间自我调节的波动扩散到救援区边缘的时候，萨厄·杨正在捞回无人操纵的飞行器，这已经数不清是第几次了。只知道在他那架领航的黑天鹅后面，缀着九十多架同步驾驶的无人黑天鹅，而在这九十多架无人黑天鹅后头，又缀了无数密密麻麻的无人飞行器。

他就像一株在茫茫星海中嚣张生长的树，枝繁叶茂，华盖成云。

刚开始邵珩还在不住地惊叹，到后面除了吸气已经无话可说了，这人的承受力仿佛根本没有限制。

“还能——”楚斯跟萨厄·杨通话的时候，一枚超远距离电磁炮正轰向他的飞行器。楚斯应迅敏，当即操纵杆一转，飞行器在纷杂的炮火边沿画了一个圈，走位风骚躲开攻击的同时，还捞了数十架正在掉落的飞行器。

不过即便这样，电磁炮的尾风还是扫到了他飞行器的一侧，将飞行器掀得连翻了好几个跟头。

即便驾驶座椅上有安全装置能将人固定住，但在这样剧烈的摇晃中，人还是会引起强烈的生理不适。

楚斯一把撑住台面稳了一下重心，这才继续把话说完："——还能再捆上多少？"

这话刚说完，又有三枚超远距离电磁炮直轰过来，楚斯瞳孔骤缩——这次飞行器刚翻了跟头的惯性还没消，就算他操作再神，也没法躲开这三处夹击的电磁炮。

轰——

巨大的爆炸声在浩然星海中骤然响起，引起的过亮光芒透过舷窗映照进来，让楚斯直接眯了眼睛。

他能感觉到飞行器的紧急救援装置在那一瞬间已经开启，正要将他连同驾驶座位全部兜住，抛进太空时，一列浩浩荡荡的万人军长剑一般从侧面直梭而过，愣是将炮火挡在了军队之外。

与此同时，萨厄·杨的声音从频道里响起："我这辈子所有的心跳加速都是你引起的，亲爱的长官，你可真能给我找刺激。"

"我很荣幸，但我不是故意的。"楚斯抓住机会，立刻拉着操纵杆将整个飞行器拨转到安全地带。

"就是故意的，别狡辩了。"萨厄·杨那支飞行器大军拖着的尾巴浩浩荡荡，半天也没个尽头，看起来格外气势恢宏。

"你还没说你能捆上多少。"楚斯又问道。

萨厄·杨一哂："你给我画一个战后的奖励大饼，我能一个人给你开一个星际军团。"

星际军团，起步数量就是五万。

"好。"

45分23秒。

格盘进程已完成77%。

刷着安全部队徽章标志的战斗飞行器数量似乎稳在了一个点，不论减少多少，黑掉的圆点总会在10多秒后重新亮起来。

萨厄·杨那边的战斗系统电子音一声接一声——

“C12-11号战斗飞行器已加入同步内网！”

“C12-81号战斗飞行器已加入同步内网！”

“C12-192号战斗飞行器已加入同步内网！”

“C12-261号战斗飞行器已加入同步内网！”

……

他说到做到，楚斯从白鹰舰内紧急调出五万无人战斗飞行器，全部被他纳入了自己的驾驶网络内，硬是凭一己之力，在A-18战区横了一道城墙！

然而两分钟后，白银之城仗着兵力充足，在百万大军跟三方联军对峙的同时，悄然派了一列幽灵军，从C-03战区贴边滑进，他们用的战斗飞行器是白鹰战舰内的，刷着伪装度十足的标志，悄然闯进了救援区。

楚斯他们反身想拦，已经来不及了。

49分16秒。

伪装军悍然切入靠近巴尼堡的区域。

“我有个办法！”萨厄·杨道。

楚斯：“时空曲道？”

萨厄·杨笑了一声，“看来咱们想到一起去了。”

“什么？”其他人的声音吼在指挥频道。

萨厄·杨提示道：“忘了吗？除了黑天鹅，一般飞行器一进时空曲道入口就是人机俱亡。”

众人立刻明白了他们两个的意思——他们想既然拦不住，就干脆把白银之城的人全部引去时空曲道。

“但是该怎么把他们引到那一个点，还不让他们起疑心？”邵珩问道。

49分25秒。

楚斯在通讯器上接通了一个频道。

卡洛斯·布莱克的影像在全息屏幕上显现出来：“怎么了？”

楚斯单刀直入：“朋友，来帮个忙。”

这一次他没有再真真假假地谈什么合作谈什么共赢，也没有再抛出某些诱人的物资利益来做诱饵，更没有叫上大军用武力给对方施加压力。

就是简简单单——朋友，来帮个忙。

曾经的流浪者之王并不是什么三岁孩子，随便给颗糖就能让他赴汤蹈火在所不辞，但是楚斯这句话却刚好戳中了他的某根神经。

人这一辈子总会遇到一些稀奇的缘分，卡洛斯·布莱克也不例外。他年轻一些的时候，虽然号称流浪者之王，也并不是战无不胜的，也碰到过一些几乎难以脱身的埋伏和险境。最要命的一次，就是在α星区边缘。那次他因事落单，被另外三伙受雇于人的流浪者大队围攻，偏巧路过了一支不知归属哪里的散军。

年轻气盛的流浪者之王是个敢于冒险的，于是他流氓似的切入那支散军的通讯频道，喊了一句话——朋友，帮个忙！

原本只是碰个运气，却没想到对方居然真的来帮了一把手，驱逐了那三伙流浪者，在救了他一命之后没吭一声，便潇洒而去。

只能说楚斯运气太好，卡洛斯·布莱克在听见这句类似的话时，便想起了自己曾经的这场奇遇。

于是这位已经步入暮年的流浪者之王仿佛再度找回了当年的意气，他笑了一声，听完楚斯的帮忙内容后，转头冲他的兄弟们一招手：“走！出去浪一圈！”

50分整。

卡洛斯·布莱克带领的流浪者队伍照着楚斯的安排，守在了巴尼堡时空曲道附近，有模有样地来回巡逻，乍一看好像是从很久之前就已经这样戒备着一样。

白银之城的军队远远探测到了这一幕，当即弄清了巴尼堡的关窍所在，毫不犹豫直奔那处。

与此同时，楚斯直接带领的一支无人机队伍从左侧绕行过来，萨厄·杨带着自己的五万无人飞行器，从右侧绕行。

50分22秒。

白银之城的军队在接近时空曲道时突然由领头分了岔，朝两边散去，似乎要兵分三路。

萨厄·杨和楚斯当即左右夹击，将快要分散的军队重新逼到了一起。

50分32秒。

纠缠不清的三方队伍直冲时空曲道，原本假装着镇守那处的流浪者队伍倏然散开，将时空曲道的入口露了出来。

就像是死神露出了微笑。

全息屏幕上，萨厄·杨也跟着露出了笑，他冲楚斯道："长官，准备，3——"

2——

1——

"跳！"

巨大的时空曲道入口在飞行器撞上的瞬间，发出了莹亮的光芒，像是陡然撒开的巨型蛛网，布在星海中央。

楚斯转头，看见跟他并行的白银之城军队已然撞上了那层网，火光和爆炸就在那一瞬间轰然流泻。

这种速度下的飞行器想要紧急调转方向，根本不可能，包括楚斯自己。

在飞行器被绞碎的那一刹那，早就准备好的应急胶囊将他和驾驶座裹在了一起，从驾驶舱内倏然弹出，掉入了黑色的星空里。

然而他还没来得及多看两眼触手可及的黑色幕布，一架从底下而过的黑天鹅号飞行器就已经打开了舱门，及时将他兜了进去。

在舱门合上的瞬间，黑天鹅飞行器便在巨大的吸力下，轰然撞进了时空曲道。

在他们看不见的身后，数以万计的白银之城大军在时空曲道入口处被碾成了碎渣，由此引发的爆炸一场接一场，火光迸溅，烟雾四散。

像是星海中最盛大恢宏的一场烟花。

这样的动静没人能忽略，不论是三方联军还是白银之城，全都在那样惊天动地的爆炸中被震得忘了轰击。战争在那一瞬间几乎被按了静止键。

而与此同时，时空曲道的另一端，邵老爷子面前的屏幕上，格盘进程的进度条突然闪了两下——

51分02秒。

格盘进程已完成87%。

就在它快要跳到88%的瞬间，一行红色的警告陡然跳了出来——

"意外因素不稳定，格盘进程中止！"

邵老爷子心跳猛地一落，还没来得及有所动作，由时间自我调整带来的能量波动和时空波动便倏然扩散而开，老爷子在陡然而来的巨震中陷入休克。

紧接着，时空曲道入口处蛛网一般的亮光乍泄，像是突如其来的海潮，在短短半秒之内倏然荡开，浅淡的光直接覆盖了整个星区，乃至整个星际。

在时空曲道中的数十架黑天鹅同样没能幸免，领头的那架里，萨厄·杨和应急胶囊中的楚斯也在巨大的冲击中陷入了生理休克。

……

楚斯感觉自己睡了很久，断断续续做了许多场梦。

光怪陆离的，贴近现实的、静的、动的、走的、跑的，甚至还梦见自己被时空曲道碾遍了全身。

以至于临到睁眼时，他感觉自己周身骨骼都像是重组过的，酸疼僵硬，就连身下的驾驶座也变得很不舒服，一点儿也不像是人造软皮，倒像是磕磕巴巴的树皮。

他眯了眯眼，又试着动了一下脖子……直到感觉有白茫茫的亮光透过薄薄的眼皮，他才在瞬间清醒过来，倏然睁开了眼。

瞳孔在亮光之下骤缩，又在缓慢的适应中微微张开。

在眼前景象逐渐清晰后，楚斯的表情出现了少有的茫然——他有点怀疑自己是在梦游，不然……

怎么会看见阳光和树阴？

他下意识一动，这才发现自己所坐的地方既不是休克前的驾驶座，也不是什么白狼舰办公室的沙发……

他半梦半醒间的触觉丝毫没出错——真的是磕磕巴巴的树皮。

只是休克了一会而已，他就莫名其妙坐在了一株大树的树杈上。

最丢人的是，刚睡醒后肢体僵硬，反应又有点慢，刚才那一动，直接让他失去了平衡，等他反应过来的时候，他已经在“从树杈掉落的半空中”了。

安全大厦史上最年轻有为的执行长官，即将因为从树上掉下磕着后脑勺而英年早逝，这大概会占据星球报的头条——娱乐版。

就在楚斯试图用僵硬的胳膊护住后脑的时候，预期中的坚硬地面却并没有到来——

他后背撞进了一个温热的怀抱里，某个陌生又熟悉的声音在他耳边笑了一下，道：“我接住你了。”

HEITIAN

第36章

# 青春易过

“萨厄？”

楚斯猛地转过头去，还真是萨厄·杨——少年时候嗓音还略微有些沙哑的萨厄·杨。

他盯着对方几近透明的眸子愣了好半天，突然摇头失笑：“果然是做着梦呢。”现实生活中的少年萨厄·杨就算生吞一桶耗子药也不可能用这种眼神看他，不挑衅就不错了。

楚斯借着他手臂的力道站稳身体，却没有立刻拿开手，而是挑着眉捏了捏他手腕，嘀咕道：“触感还挺真实的。”

说着，他又低头扫量了一眼自己，体格身材也透着少年特有的清瘦感，绝不是成年后的模样。

就在他准备冲梦里的少年萨厄·杨说两句的时候，对方突然翘起一边嘴角笑了一下，而后拉起他的手，低头在他手上咬了一下。

楚斯：“？”

这混账玩意儿是真的咬，力道不算轻。

楚斯“嘶——”的一声蹙起了眉，正想说这都是什么乌七八糟的梦？！就见萨厄·杨抬起头，眯着眸子问道：“疼吗？小长官？”

“废话，你试试？”楚斯没好气地回了一句。

萨厄·杨了然地耸了耸肩，“那看来就不是在做梦。”

楚斯：“？”

萨厄·杨没等他反应过来，又偏头靠过来，带着股安抚性的意味，弯着嘴角低声道：“抱歉，刚才有点用力。”

少年时代的萨厄·杨，少年时代的楚斯，还有曾经熟悉的树阴，以及久违的顺着枝叶缝隙洒漏下来的阳光。这实在是容易迷乱人心的一个场景——好像曾经湮没在时光里的一点儿遗憾又浮了起来。

给人一种似乎在补偿过往的错觉。

等楚斯反应过来的时候，他的背已经抵靠在了粗糙的树干上，一如少年时。

“这一幕有点似曾相识。”楚斯说，“包括你接住我的那一幕，似乎曾经在哪里见过。”

萨厄·杨笑了一下，“但是又觉得不可能，所以怀疑自己在梦游？”

“是啊……白鹰疗养院前期的你，怎么可能做得出这种事。”

“老实说，我也有类似的感觉。以前觉得有点儿……不可思议，现在明白了。”萨厄·杨道，“会觉得似曾相识，是因为曾经真的发生过。而之所以会发生这件事，是因为我们两个正站在这里。”

楚斯突然想起来之前蒋期的话，他说格盘进程中会有暂时性的时空紊乱，那是被白银之城弄乱的时空自我调节磨合的过程。

“所以真的出现了暂时性时空混乱？我们回到了……”楚斯转头扫量四周，

“40年前的白鹰疗养院。”萨厄·杨道。

四十多年后的5714年，关系已经很好的两个人在格盘进程的影响下回到了少年时期，这一幕又在年少的记忆中留下了一点印记，以至于40多年后，不论是楚斯在黑雪松林的别墅露台掉下去的瞬间，还是在梦里梦见这一幕，都会觉得有点儿似曾相识……

又因为这是时空紊乱导致的某个插曲，所以记忆会格外模糊。

但是不管怎么说，自我调整的时间在不知不觉中再度形成了一个圆。

“这是不是说明，早在十七八岁的时候，你就已经跟我混在一块儿了？”萨厄·杨让开了一些，半垂着眼皮似笑非笑地看他。

楚斯嗤笑了一声，拍了拍他的脸侧，“真正十七八岁的你听见这话恐怕要给你一枪。”

“那我就管不着了，听过那句诗吗？”萨厄·杨冲楚斯眨了眨，半开玩笑地说：“二十丽姝，请来吻我，枯草衰杨，青春易过。”

楚斯：“青春过了两轮的萨厄·杨先生，你可真不要脸。”

尽管他嘴上不饶人，但心里依然觉得此情此景有点儿说不上来的新奇。他身后这株树浓荫华盖，生长了许多许多年，而他们周围是疗养院熟悉的植物园，再往里走一段路就是曾经唯一能引起萨厄·杨兴趣的武器军械库。

这条路他曾经来来回回走过无数遍，但是冷不丁再以少年人的模样和萨厄·杨并肩站在这时，却觉得感慨万千。

不过……

“我们不会要在这里重来一遍吧？”楚斯蹙了蹙眉。

“这主意不赖。”萨厄·杨扫了眼四周围，“不过应该没这么好的事。”

如果真的要从这个点重新来过，一年一年地生活下去，那所引起的变化将是不可预估的。

“整个格盘进程的完成时间是58分钟多一点儿，如果这真的只是进程中短暂的时空混乱，那么持续时间最多到格盘进程完成。”萨厄·杨道，“别忘了，咱们来撞进时空曲道的时候已经是51分多了。”

经他这么一提醒，楚斯立刻明白了——如果真的只是所谓的短暂混乱，最多持续7分钟，一切就会恢复正常。

从他们在这里睁眼到现在，已经远不止7分钟了。

这说明，时空的错乱并非是短暂性的，而是被拉长了。换句话说，格盘进程一定出现了某些问题，以至于进度条停在了出现时空错乱的点上，始终没能继续前进。

所以究竟出了什么问题呢？

“傻站在白鹰疗养院的植物园里，应该无法凭空想象出千里之外的巴尼堡地下究竟发生了什么事。”

一般而言，当路越走越乱辨不清方向的时候，可以试试回到最开始的地方。

他们醒来之后莫名回到了疗养院，境况一片模糊，那不如再回到他们休克前的地方去看看。

“所以回到巴尼堡地下的时空曲道，需要准备点儿什么？”萨厄·杨。

楚斯道：“不如看看我们现在有什么。”

他说着拍了拍自己身上，“空空如也。”

萨厄·杨也跟着拍了拍，“一贫如洗。”

“……”

多棒啊，两个穷光蛋。

穷光蛋大眼瞪小眼地对视了片刻，楚斯无奈道：“别的随意，黑天鹅肯定不能少。”否则去了时空曲道也是找死的命。

“那么问题来了，这时候的黑天鹅在哪里？”

“不好说，谁知道出了疗养院的门会不会进入另一个时空区。”

楚斯想了想道：“邵珩提过，黑天鹅退役后封进了生产区的报废仓库，就算后来费格斯他们暗地里用过它们，也不可能明目张胆地停在别的地方惹人耳目。”

所以，黑天鹅有极大的可能性还在仓库里。

“那种飞行器的军工生产制造基地大多是在西西城和韦斯城之间交界的工业园区，距离我们目前所在的白鹰疗养院——”萨厄·杨顿了一下，一耸肩道：“反正不是徒步能到的地方。”

“所以呢？”楚斯眯起眼睛看他。

“你还记得当初疗养院出过的一件怪事儿吗？”他挑起一边嘴角懒洋洋地笑了起来，冲楚斯眨了一下右眼道，“那位特别讨人厌的坎贝尔先生无故丢了一辆飞梭车，4年后那辆车凭空出现在了3771大道附近的某处郊外。”

楚斯面无表情地看着他：“你让未来的安全大厦执行长官陪你偷车。”

“连飞行器都抢过了，现在这说话是不是有点儿晚？”萨厄·杨笑了。

楚斯：“……”

少年时候的楚斯比成年后还要冷一些，他就顶着一张“冷眼旁观绝不插手”的脸，被萨厄·杨拖拖拽拽地牵到了停车场，然后……

在萨厄·杨对着停车位旁的自动电子锁动手脚时，非常坦然地抱着胳膊倚着柱子望起了风。

五分钟后，他们开着那辆哑光黑的飞梭车蹿出疗养院时，因为单面玻璃看不见里头的缘故，被太阳晒得昏昏欲睡的大门警卫人员在验证了车上的通行卡后居然没有过多询问，就这么让他们出了疗养院的地界。

一切都顺利得不可思议，但是记忆中残存的一点儿印象证明，这结果也是意料之中。

楚斯坐在副驾驶上，一手支着下巴，一手在车内通行卡坎贝尔的照片上弹了弹，一本正经地道：“我谨代表安全大厦，向坎贝尔先生致以最诚挚的歉意，这票干完，给你点儿补偿。”

正在设置自动驾驶参数和路线的萨厄·杨瞥了他一眼，笑了起来，“十七八岁时候的我怎么没发现长官你居然这么有意思呢？”

“因为瞎。”楚斯没好气地回道。

萨厄·杨挑了挑眉道：“彼此彼此。”

楚斯看着窗外也笑了起来。

HEITIAN

第37章

# 蒙卡明菲

偶尔有个机会重新体验一回青春是件挺奇妙的事，但有些时候就显得不那么方便了。

比如偶尔碰上某个大道入口设闸拦车抽查的时候，他们两个就只能暂且找个地方停着等一等，因为不论是谁看到车里只有两个十七八岁的人，肯定都要盘问一番的，更何况他们手里还没有行车资格证。

一般而言这种抽查会持续半天左右，一来二去就把时间拉长了。休息倒是好说，设置好智能驾驶，就能在车里将就着睡一觉，各个路口的通行费用也不用愁，会通过车牌自动计到车主头上，年终计算交通费时，由倒霉催的坎贝尔先生统一缴纳。

唯一比较成问题的是……食物。

为什么呢？因为两位少年穷光蛋没钱。

其实也不是完全没钱，这年头所有的资产都捆绑在个人身份账户之下，花钱只需要刷指纹就行，只要账户上资金够用，就能正常付账。

但是楚斯和萨厄·杨刚出疗养院没多久就遭到了偷车的报应——正如蒋期所预估的，时间在自我调节的过程中，出现了不同时空相连接的情况，很可能站着的地方是某一年夏天，往前走两步就到了四年后的春天。

他们路过的地方变幻过几次时空，有5650年的莱恩城，有5528年战乱中的麦斯郡，甚至还有5419年的古典玫瑰郡等等，丰富极了！但是……

没有一处是他们能刷指纹用钱的地方！因为在这些年代里他俩根本没有出生，更别提指纹账户了。

在行驶了将近18个小时后，黑色飞梭车穿过了蝴蝶岛南区，正朝北区去时，车子突然颠簸了一下。

裹着毯子靠在副驾驶上晒太阳的楚斯懒懒道，“又进入新的时空区了。”

萨厄·杨“嗯”了一声，支起头来将目光投向车内的智能计时器，“我看看这是哪一年了。”

楚斯刚睡醒，还有点懒，话音里带着点儿笑，“生了没？”

萨厄·杨也跟着笑了一声，道：“恭喜，咱俩应该都出生了。”

饿了18个小时的楚长官已经管不了太多了，一听指纹账户能派上用场了，当即来了精神，调直座椅朝窗外看过去。

蝴蝶岛其实离他曾经住的翡翠港不算远，印象里蒋期带他来过许多次，但每次都是匆匆来去，活像是把这里当成了一个中转站，只路过，不停留。

至于为什么非要从这里路过，大概只能解释为蒋期对这个安逸小镇挺有好感的。

巧得很，飞梭车行驶的这条街正是他们以前经常来去路过的那条——星夜大道。

楚斯对街道两边爬满的满天星印象很深，就在他找寻街道的泊车位时，目光扫过了一家餐厅。

他看着那家餐厅的名字愣了一下，立刻拍了拍萨厄·杨的手，“萨厄，那家店！”

“什么？”

“蒙卡明菲。”楚斯指着那家路边的餐厅道。

萨厄·杨愣了一下便很快记了起来，“埃斯特·卡贝尔那封邮件里提到的餐厅？”

“嗯。”楚斯点了点头，从萨厄·杨身上越过去调节着智能驾驶的设置，“记得吗，我当时说这名字有点儿眼熟，我以前经常跟着蒋期从这里路过，不过没有进去过。”

萨厄·杨拍了拍他，手指撩猫似的挠了他两下，“改成手动，我来停车。”

楚斯差点儿一手肘杵他脸上，还好萨厄·杨反应快，了然地一偏头，准确地避了开来，哼笑了一声，“正常人都是膝跳反应，小长官你天赋异禀，还有个肘跳反应？”

"你玩上瘾了是不是?"楚斯简直要气笑了。自打之前被萨厄·杨发现他腰侧偏后的地方有一处特别怕痒,一碰反应就特别大之后,就开始没完没了了。

这段时间里,萨厄·杨但凡逮住机会便手贱一下,防不胜防。

幸亏这车大多数时候都是智能驾驶自己控制,否则早撞树撞墙八百来回了。

改为手动驾驶后,萨厄·杨倒是出奇地安分,正正经经地把车停到了泊车位上,又在自动切换成生活模式的后车厢洗漱了一番,便跟楚斯一起下了车,进了那家名为"蒙卡明菲"的餐厅。

这家餐厅并不算大,里头的布置非常……具有学术气息——落地灯也好,各类装饰也好,都用的是各种星系模型,天花板刷成了黑蓝色,上面嵌着的灯非常细碎,而且切割成了钻面,即便是白天也在阳光映衬下闪着细碎的光,乍一看有点像银河。

楚斯:"……"

萨厄·杨:"……"

确实像是那帮搞研究的人有可能会喜欢的地方。

不过设计者安排得不错,再加上这些装饰的颜色大多干净分明,配上店里的音乐和落地窗外的阳光,倒是有种别样的说不出来的安逸感,如果是晚上,那些象征着繁星的灯都亮起来,也许还会多一分灿烂。

埃斯特·卡贝尔曾经的那封邮件里写过——"如果真的能等到一切回到正轨的那天,我们可以去蒙卡明菲享用一顿最惬意的晚餐,我太喜欢那里了,当然,除了你没人知道这点。它其实还有另一个名字,只是太长了,我怀疑没人知道,你肯定也不知道,如果有机会,我带你去看。"

也许是对这段话印象挺深,楚斯从进门起就琢磨,"这家店如果还有一个名字,可能会是什么?"

"谁知道呢,回头问一问老板。"萨厄·杨回答道。

他们来的这个时间点,店里人还不多,不过最后面靠窗的位置已经有人坐了,他们便挑了前一个位置,同样靠着落地窗。两个位置之间有镂空的隔层半遮半掩地挡着,从楚斯的角度,越过对面的萨厄·杨再透过镂空隔层,只能隐约看见后面那人的后脑勺,也算是互不干扰。

他们两人都觉得埃斯特·卡贝尔之所以喜欢这里,很大程度上应该是因为这里的布置，至于这里的口味……他们并没有抱太多期望。

好在这里的菜单并没有像这里的布置一样学术，老老实实地写着菜名。

“柑曼怡甜酒佐虾、烟熏鳗鱼配红菜、油酥果馅饼……”

楚斯也没在这里用过餐，便随意点了几样。生生饿了18个小时，现在只要是个吃的，他基本都能下得了口。至于萨厄·杨就更无所谓了，毕竟他连煎煳的鳕鱼都能下肚。

也许是人不多的缘故，餐厅上菜挺快，没让他们等多久。

这家店的口味出乎预料地好，两人吃得很快，一直到只剩下最后一块馅饼时，饥饿感才慢慢消弭。过程中一直有一搭没一搭地随意聊着，话题主要还是绕着格盘程序转，不过鉴于后面的位置上还有人，他们说得很隐晦。

楚斯把最后一块馅饼分了一半给萨厄·杨，正用叉子叉过去的时候，突然想起一件事：“等等，你刚才看到现在是哪一年？”

“嗯？”萨厄·杨疑问了一声，想了想回道：“5655年吧。”刚说完，他也意识到了什么。

楚斯：“……”

萨厄·杨：“……”

“5655年，我两岁，没弄错的话你顶多两岁半。”楚斯面无表情地问道，“亲爱的杨先生你告诉我，你两岁半的时候账户下有多少存款？反正我一分没有。”

萨厄·杨用手抵着鼻尖咳了一声，“理论上跟你相差不多。”

“好的，所以你也一分没有。”楚斯抱着胳膊倚到沙发靠背上。

太棒了，依然是两个少年穷光蛋……不小心吃了霸王餐的那种。

“现在该怎么办。”

萨厄·杨也干脆靠在了沙发靠背上，似笑非笑地道：“要不跟老板商量一下留个借条？署名就写未来的安全大厦执行长官？就说再等五十几年，我们一定还。”

生平头一回吃霸王餐的楚长官动了动嘴唇：“……我发现碰见你以后我就没走过正路。”

“我很荣幸。”

“……”

两人发愁的时候，在后面那桌用餐的人按了铃，接着便站起了身。

透过隔板隐约可以看见那是一个黑色头发的高个儿男人，穿着简单的枪烟蓝色衬衣和长裤。他背对着这边原地站了会儿，微微抬着头，似乎在看他对面墙上的装饰又或者是画。

直到服务生走到他座位旁，他才低头跟服务生说了两句话，然后按着指纹付了账。

他说话的声音很低，带着一丝隐约的疲惫，也或许是阳光太好店里太安逸，所以有点懒的缘故。楚斯正愁着怎么结账，所以没太在意，也没听清他在说什么。

没多会儿，那个高个儿男人从靠近他座位的餐厅后门出去了。而给他结账的服务生却走到了楚斯他们这桌来，温声说道："刚才那位先生替两位结了账，所以过会儿二位如果用餐完毕，记得带好随身物品就可以。"

楚斯一愣，"为什么？"

"他说不小心听见了你们两句聊天内容，觉得很抱歉，所以结了账算赔礼。"服务生答道。

楚斯和萨厄·杨对视一眼，想起刚才说要打欠条的时候，萨厄·杨靠在了沙发靠背上，离那人挺近，大概被听到了。对方不仅好心替他们付了账，还贴心地给了这么个理由。

"你在这等下，我去签张纸条。"楚斯冲萨厄·杨说了一句，便顺着后门追了出去。

然而还是晚了一点，他只看见那人走到拐角那边，便消失在了这一块时空的尽头。但是……那背影……

楚斯蹙起了眉，转身回到餐厅里。

"怎么这副表情？"萨厄·杨瞥见他的神情，问道。

"我怎么觉得那人的背影有点像……"楚斯迟疑了一下，转头问那服务生："刚才那人结账的时候，身份信息显示他姓什么？"

一般而言，付款时指纹仪上会显示一下身份，只不过会对信息进行适当的模糊处理，仅显示姓。

服务生都没看手里的指纹仪，笑了一下道："姓蒋，蒋先生是店里的常客，这半年几乎每天会来这里用餐，一直都坐那个位置，不过刚才蒋先生说以后可能来不了了。”

听见这姓，萨厄·杨也愣了一下：“这么巧？”

但是想想服务生的话，又觉得也不算巧了，毕竟对方几乎每天都来。

楚斯突然明白埃斯特·卡贝尔那封邮件的收件人是谁了，就是他的养父蒋期。5655年，是埃斯特·卡贝尔死后军部进行大清洗的年份，这时候军部正乱，时间实验的那帮人正自顾不暇，应该顾不上来盯邮件中提到的一间小小餐厅。

而蒋期之所以说以后可能都来不了了，是因为大清洗快要结束了，他如果继续来，很可能会接着暴露一连串相关的人。

在楚斯静默着的时候，萨厄·杨突然开口问服务生：“蒙卡明菲是什么意思？听说这餐厅还有另一个名字？”

“另一个名字？”服务生愣了一下，又想起什么般笑了笑，介绍道：“我们餐厅的许多装饰是根据客人的设计加上的，有一位女士选择加了一句话，后来老板觉得很有意思，便把那句话注释在了店名后面。”

他说着伸手比了个请，带着楚斯和萨厄·杨来到最后面那个位置上，指着刚才蒋期看了很久的那面墙：“写在这里，说来挺巧的，那位女士以前也总爱坐在这个位置，不过已经很久没再来过了。”

楚斯看向那面墙，墙上的布置和天花板一样，有切割成钻面的细碎小灯，即便没开，在阳光映照下，也灿烂得像夏夜的星河。在那上面，是餐厅的名字蒙卡明菲。

服务生解释说：“这是蝴蝶岛以前的古语，翻译过来就是永恒的意思。”

而在永恒下面，是一行小一些的字，格外温和的手写体——

星河璀璨，阳光干净，在人间所有美好的存在里，不论是活着或者死去，我总是最爱你。

HEITIAN

第38章

# 跟踪

从蒙卡明菲离开后，楚斯和萨厄·杨一路上的运气突然转了好，仿佛那个意味着永恒的餐厅以及里面盛满的星河和阳光给他们加了一层祝福似的。

之后的一路顺利得有些出人意料，路过的每个时空区对他们来说都适宜极了，不愁钱不愁食物，飞梭车能源充足，甚至连大道的关卡都没碰见过几回。两人到达西西城和韦斯城交界区域时，进入的时空区是5662年。

5662年，深秋，傍晚。

工业园区所在的地方很偏，所以这里的秋风卷扫起来肆无忌惮，他们眼睁睁地看着一株略微细瘦点的树被秋风执行了惨无人道的腰斩。

车内依然穿着夏装的楚斯和萨厄·杨："……"

天还透着亮色，这时候贸然闯入工业园区基本就是找死的份，毕竟他们两个现在没什么趁手的武器。他们倒是想去弄点儿，然而顶着这十七八岁的模样，就算有钱也得费一番波折，得走黑市，甚至去找流浪者。

那就得绕一个大弯，倒不如在工业园区这边绑俩倒霉警卫来得干脆。

"所以为什么一直维持着这种模样……"楚斯支着下巴，语气不无抱怨。

他的鼻梁上扣着中途买来的莫斯眼镜，集护目防弹和望远显微为一体，但是乍一看跟普通眼镜没什么区别。眼镜调成了望远模式，从车子隐蔽的地方，可以清晰了然地看到工业园区西侧门警卫的头发丝。

"谁知道呢，老天就爱这么开玩笑。"萨厄·杨支也支着下巴，不过看警卫的时间少，看楚斯的时间多。

以至于楚斯隔一会儿就得捏着他的下巴把他的脸转开，"军校课学的潜伏内容都喂了狗吗，谁教你的一心二用？"

萨厄·杨逗他玩儿似的，任他摆布，乖乖转开没多久就又看回来，懒懒散散的像一只卧在旁边的大猫。

“你不干正经事也就算了，不要干扰仅有的干正事的人。”楚斯道。

萨厄·杨哂笑，“其实也不用一直这么盯着，这片工业园晚上8点左右会换一批警卫，换下的警卫会从那边绕回园内警卫基地，路程大约5分钟，在那期间下手捉两个就行。”

楚斯：“……”

他沉默片刻，面无表情地转过头来：“你怎么知道？”

“刚出训练营接的第一个任务就在这附近，我记忆力还不错。”萨厄·杨道。

“请问你为什么不早说？”

“因为觉得长官你戴着眼镜一脸冷漠地盯梢非常有吸引力，打算欣赏一会儿再说。”

“我现在还可以一脸冷漠地把眼镜扔你脸上，你要欣赏吗？”楚斯没好气地道。

两人正有一搭没一搭地斗着嘴，原本一片平静的工业园大门那边突然多了几个人。楚斯重新转头看过去，略微调节了一下眼镜片的参数，原本略有些模糊的人影很快清晰起来——

那是一位上了年纪的男人，灰蓝眼睛鹰钩鼻，法令纹深重。他一头银灰色的中短发一丝不苟地梳向脑后，铁灰色的条纹衬衣和长裤，外面罩着工业园区常见的研究员白大褂，一侧胸口夹着名牌。

那是……

“蒙德·霍利斯。”楚斯拍了拍身边的人，伸手指着大门的方向，“萨厄，龙柱设计人蒙德·霍利斯。”

其实蒙德·霍利斯在这个工业园区出现并不奇怪，毕竟他本就是军工方面的重要研究设计人员，这片工业园区又专门用于制造技术最为高精的军工器械，在这里看见他太正常了。如果刚好在负责军工项目的话，连着几年泡在这里都很有可能。

但是人总是这样，一旦得知谁牵扯进了阴谋，就会下意识觉得他一举一动都带着别样的动机。

楚斯自认不是个脱离世俗的人，所以现在看这位曾经跺个脚业内都抖三抖的大牛，怎么看怎么觉得他在谋划点什么。

萨厄·杨摘了楚斯的眼镜借来看了两眼，低头就开始发动飞梭车。

“怎么？”

“老头一副要出门的架势，反正现在离八点换班还有3个多小时，跟上看看。”萨厄·杨答道。

楚斯闻言重新架上眼镜，果不其然，就见蒙德·霍利斯跟门口的警卫说了几句话，一辆代步车便无声无息地滑到了大门前，他冲警卫摆了摆手，便钻进了车里，车子很快便顺着工业园区前面的大道疾驰而去。

“他还说什么了？”萨厄·杨很快调整好驾驶参数，飞梭车同样无声无息地滑了出去，很快便提到高速挡，顺着这条跟园区大道基本平行的路行驶起来。

楚斯刚才读了霍利斯的唇语，“他说去隔壁的西西城兰花中心广场买束秋海棠，妻子忌日。”

萨厄·杨了然，当即把车速调得几乎要起飞。他没有从前面的汇合路口追霍利斯的车，而是在地图上选择了另一条路直奔西西城。

像蒙德·霍利斯这种隐藏了多年都没被发现本质的人，行事一定非常谨慎，就算他真的想借出工业园区的机会做点什么，也会披着一层掩人耳目的皮，所以只要他说了要去兰花中心广场，那就一定会去。

西西城的兰花中心广场虽然带了“中心”两个字，实际的地理位置却非常偏，位处西西城北面边界，是工业园区的人非常爱去的地方，所以蒙德·霍利斯来这里非常正常。

萨厄·杨用开星际舰的方式开陆地飞梭车，愣是在绕了另一条道的情况下，比蒙德·霍利斯先到西西城。他把车停在兰花中心广场2区地上停车场，挑了个最边上的位置。

在这里，楚斯戴着那副眼镜既能看见西西城的入城大道，至于中心广场入口处的往来人群，那更是不戴眼镜都能看见。

对于他们这种经过训练的人来说，在陌生地方快速找到视角最好的位置几乎已经成了本能。

在车里等了不到三分钟，楚斯冲着入城大道的方向挑了挑下巴，“来了。”

蒙德·霍利斯那辆银灰色的飞梭车很快入了城，也如他们所预期的一样朝兰花中心广场入口拐过去。

“走。”楚斯把眼镜重新调了一下更适应的距离参数，催着萨厄·杨下了车。

5662年的时候，楚斯已经跟养父蒋期一起生活了，他知道蒋期定时会给他的个人指纹账户里转入充足的钱，但实际上他很少单独出门，所以花钱的地方不多，甚至没有注意过自己的账户里究竟有多少余额。

但不管多少，肯定是够他和萨厄·杨在这广场里晃荡一小圈的。

楚斯跟萨厄·杨在一家热饮店前站定，随便点了两杯热巧克力。余光里，蒙德·霍利斯正在两名随身警卫的陪同下往不远处的一家鲜花店走去。

一般而言，跟星球古早时候一样，十四岁左右是少年人生长最快的一段时间，到十七八岁的时候，模样身高离成年只差一步，之后长达十多年的时间里，变化其实非常细微，更多是心理和气质上的，只有嗓音变得会慢一些。

像楚斯和萨厄·杨这种模样上带着一丝少年气，气质里却又融合了常年磨砺出来的从容和镇静的，就格外赏心悦目了。所以尽管他们站在热饮店借着等热巧的时间一直在盯人，吧台后面算账结账的姑娘却丝毫没发现这两人的举动有什么异常，因为她的注意力全程都在这俩人的脸上。

“我还发现了一个有意思的人。”萨厄·杨冲花店隔壁一家咖啡店的露台座位区抬了抬下巴，低声提醒楚斯。

楚斯戴着眼镜，能看得异常清楚——露台座位区有一个中年男人始终看着花店，在蒙德·霍利斯进店后，那个男人才短暂地收回了目光，转着自己手里的咖啡杯。

但这并不令他意外，令他意外的是那个中年男人他认识。

他蹙了蹙眉，似乎终于想明白了什么事，冲萨厄·杨道：“……我可以确定，他俩是一伙的。”

“嗯？”

“我认识他，他是西西城城立孤儿院的副院长，专替院长办事，是个称职的狗腿。”楚斯想起自己曾经待过的孤儿院，面色就有些冷淡，还透着一丝浅淡的嫌恶。

当初他入职安全大厦后，提起过对西西城城立孤儿院的调查，不过因为职权划分不同，调查最终进入总领政府的管辖权区，最终给他的结论是城立孤儿院涉及侵吞援助款等几项指控，同时还有虐待幼儿方面的问题，最后该收押的收押，该罚的罚，清理过一番后孤儿院才继续开下去。

那时候他根本不知道时间实验之类的事情，所以对那个结果并没有过多质疑。

但是现在重新回想起来，又觉得没那么简单，或者说现今看来太明显了——孤儿院也跟时间实验有牵连。

楚斯和萨厄·杨拿着热巧克力继续装着路人，借着视角方便和那副眼镜，楚斯能清楚地看见店里的蒙德·霍利斯挑了一束秋海棠，让店员包好，而后伸手从店员手里接了过来，又面色坦然地带着两名随身警卫出了店，朝停车的地方走。

没多会儿，那辆银灰色的飞梭车便拐上了入城大道，原路返回了，看起来似乎真的只是出来买束花。

“追吗？”萨厄·杨问道。

“你说呢？”楚斯冲咖啡店那坐着的孤儿院副院长不动声色地一抬下巴。

意料之中，副院长又小坐了片刻，喝完最后一口咖啡后，理了理衣服，面色从容地走进了那家花店。

“我猜刚才那位老头有东西给他。”萨厄·杨说道。

楚斯想了想，冲他招了招手，“走，进去看看。”

“就这么进去？”萨厄·杨挑了挑眉。

“买东西，有什么问题？”楚斯说着，又拍了一下萨厄·杨的脸颊，道：“过会儿劳驾配合一下，把脸拉成驴那么长，最好能发点小脾气。”

数秒之后，花店的店员正给中年发福的副院长先生挑着花，抬头就见两个身高腿长的英俊少年进了店——走在前面的那个看起来斯文中透着股天生的冷淡，落后半步的那个则蹙着眉一脸不爽，瞥人一眼，都透着一股夹杂着不耐烦的傲慢感。

正是楚斯和被迫摆臭脸的萨厄·杨。

店员一愣，飞快地瞥了副院长一眼，冲新客人笑了笑：“有什么需要的吗？”

“嗯？”楚斯应了那店员一声，一边扫着店里摆放的花花草草，一边冲店员道：“你们这儿有类似猫薄荷那样的花草么？一舔就服软不闹脾气的。”

他的语气里明显带着股没好气的挤对意味，店员听得有点蒙，下意识道：“喂猫吗？”

楚斯不咸不淡地瞥了萨厄·杨一眼，冲店员说：“不，喂朋友。”

HEITIAN

第39章

# 搞事

店员："……"

副院长："……"

萨厄·杨："……"

三人蒙成了一个梯队。

有那么一瞬间，萨厄·杨的表情明显没绷住，然后……他索性就不绷了。

这人仗着自己肩宽腿长个子高，背对着店员和副院长，冲楚斯迅速眨了一下右眼，甚至还笑了一声，似乎生怕不暴露。

楚斯："……"

不过笑完之后，他又转回头扫了眼蒙圈的店员和副院长，他的目光从楚斯脸上收回来的瞬间就变得又轻又薄，从这两人身上滑过时像是根本没把他们看进眼里，嘴角依然噙着点笑意，只是配上那种轻描淡写的眼神，愣是被扭转成了冷笑的嘲讽意味。

在店员这种旁观者看来，就好像楚斯当着陌生人面说的那句"找猫草喂朋友"火上浇了把油，以至于这位臭着脸的心情更差了——你看，都冷笑了。

十七八岁的少年，有些脾气差的沉不住性子压不住火，还极好面子，这在外人看来都算正常。

所以，当萨厄·杨极具嘲讽意味地丢了一句"那你自己慢慢挑"，而后一把扫开碍事的店员和副院长，面无表情离店而去时，被无辜波及的店员和副院长只是扶着花架稳了稳身形，除了脸色不大好看外，几乎都没觉察出有什么问题。

楚斯在店员面前恰当地浮出一抹尴尬之色，又冲两人说了句"抱歉，哄错方向了"，便一脸无奈地追了出去。

刚一出店，他脸上那抹无奈的神情便倏然收了。萨厄·杨站在远处冲他抬手示意了一下，两人一前一后直奔飞梭车，一秒都没耽搁。

就在他们钻进车里，开着飞梭直冲出停车区的时候，副院长和店员都从花店里冲了出来，左张右望地，显然在找什么人。

“他们的表情好看吗？”萨厄·杨一边飞速地调整着参数，一边问道。

楚斯扶了扶眼镜，实时给他解说花店外的一幕：“还不赖，短短几秒之内连骂五句，短促有力，骂得身体都哆嗦了，音量估计不小，店员先生被震傻了。”

飞梭车在那两人反应过来之前就混进了出入广场的车流里，接着迅速左转，拐上入城大道就以星际战舰一般的气势飞驰出去。

“那些都不是重点。”楚斯把眼镜摘下来搁在一边，转头冲萨厄·杨道：“比起他们骂了什么，我更关心你弄到什么了？来，分赃。”

堂堂安全大厦执行长官，自打跟监狱恶霸头子搞到了一起，这一路上几乎把星球刑事法律犯了个遍。

驾驶又调在了智能模式。萨厄·杨干脆侧过身来，冲楚斯亮出手里的东西。

他左手两指夹着的是个金属圆片，古早时期硬币大小，单凭肉眼看不出什么内核。萨厄·杨道：“这是店员拿着的花束里藏着的，可惜他没藏严实，露了点边。”

不用说，既然藏在花束里，而花束又是要给副院长的，那一定是之前蒙德·霍利斯不动声色留下的东西。

说完这句，萨厄·杨又晃了晃右手捏着的东西，“至于这个，显而易见——通讯器，我从那胖老头口袋里抽出来的。”

楚斯原本也只是指望他能借机把蒙德·霍利斯留下的东西顺过来，没想到还买一送一，只能说这种情况下的萨厄·杨先生真是……太上道了！

小圆片想要弄清楚可能还得费点工夫，但是通讯器没那么麻烦。

“我看看里头有没有副院长先生跟蒙德·霍利斯的联络讯息。”楚斯伸手就要去拿。

结果萨厄·杨抬高了手，冲楚斯眨了眨眼，“是不是应该先对朋友表示一下感谢？毕竟按照设定，我应该还在闹脾气，你的猫薄荷呢，长官？”

楚斯掏了掏衣兜：“没钱买，别想了。我向来翻脸不认人，这点你应该深有体会。”

萨厄·杨：“我觉得我急需养几盆猫薄荷，碰上你嘴硬的时候就喂两片。”

楚斯平静地跟萨厄·杨对峙了几秒，最后拍了拍他的肩道：“理性分析一下蒙德·霍利斯和他之间的联系记录应该清理得干干净净了，以一般手段大概调不出来，我想了想，这两样还是由你继续保留吧朋友，我不看了。”

萨厄·杨：“……”

后来的这段路上，两人把通讯器翻了个底朝天，意料之中，没有找到任何联系记录以及内容，果真清理得干干净净。飞梭车内没有特别趁手的工具，萨厄·杨徒有一身技术也没有用武之地。

这种时候，两人便开始想念起了天眼，那玩意儿虽然欠收拾，但确实是个非常实用的“智能助手”。

但是遗憾也没用，只能先把究根追底的想法搁一边，因为西西城的警车拉着警报疾驰着追过来了，显然对方行动力惊人。

两人只得放弃中途拐去工业园区的原计划，按照行驶的这条路一路飞驰，没让警车反超堵截，但也没能甩脱。

在经过第三个岔道口时，萨厄·杨随意挑了右边那条拐了过去，结果刚上那条大道，整个飞梭车车身就陡然颠簸了一下，面前的景物瞬间模糊又瞬间恢复清晰，身后疯狂追缉的警车在颠簸之后骤然消失，再没了踪影。

因为，他们又进入了新的时空区。

“5674年。”楚斯瞄了一眼计时器，“刚好是倒霉的坎贝尔先生飞梭车失踪四年后。”

萨厄·杨正开着地图找适合绕去工业园区的路线，听见楚斯这话后，手指弹了一下屏幕，“巧了，3771大道绕过去，离工业园区直线距离最近。”

“那走吧，也该还车了。”

他们在直线距离最近的那个点停了车，替倒霉催的坎贝尔先生给车开了防击打保护膜，而后老老实实地锁上了。

还算好运的是，这个时间点非常合适，简直就像是为他们量身订制的，离八点只差不到20分钟，不用重新再等一次工业园警卫换班。但倒霉的是，他们撞上了冬天……

夜里，郊外，毫无遮挡。

两人一下车，就被呼啸的北风糊了一脸，而他们依然穿着夏装。

“真会挑时候啊。”萨厄·杨说话都能呵出一团白气，“冷吗？”

“你说呢？”

“如果冷得实在受不了，可以让你抱一下。”

“……两根冰柱抱一起就不冰了？”

楚斯下车之后没停步，在荒郊路边走了两圈看了下地形。当真是直线距离最短，在3771大道边和工业园侧门各定一个点画条线，沿线走过去大概只用两分钟，然而实际上这两点之间隔了一条深沟外加一座小山包。

“这地形倒是挺体贴的，翻一座山应该能暖和点。”楚斯冲萨厄·杨一偏头，“走，活动一下。”

两人一前一后，用突击战的速度直下深沟，又花了五分钟左右直上了山顶。在山顶上能俯瞰工业园区的大致情景，两人简单规划了一下路线，便顺着山势下到了园区外围。

有那么一瞬间，他们甚至有种回到当初训练营时候搭伙出任务的错觉。

一切久违又熟练，从干扰监控一路到翻进园区内，每一次配合都不用言语提示，总能恰到好处完美衔接上。就连尾随上那队换班的警卫，悄无声息地掩走最末尾的两个，都默契无比。

萨厄·杨锁住警卫手脚的瞬间，楚斯已经把警卫身上所有的武器都缴到了自己手里。

警卫正要出声呼喊时，楚斯一把抓住他的手腕，用他的拳头堵住了自己的嘴，同时萨厄·杨在后面一记手刀，警卫便悄无声息地晕了过去。

两人顺手扒了警卫的外套长裤和防爆帽，一人一身地伪装起来，尽管模样上还有些少年气，但是冬日厚质的警卫装一裹，那抹少年气便被掩住了，乍一看，就是两名个高腿长的成年警卫。

他们行动前准备充足，至少在之前的观察里已经弄清楚了存放黑天鹅的仓库在哪个位置。

萨厄·杨手势一打，两人便就地分头，潜往相反的两个方向。

去往西面仓库的是萨厄·杨，毕竟这位是擅于调戏各类人工智能装置系统的一把好手，撬门溜锁偷装备再合适不过。而楚斯则去了东面给他打掩护。

依照原本的约定，楚斯只需要在东面挑一个地方惊动警报器，把大部分人的注意力引过去，然后自己潜行回到西区，等萨厄·杨把黑天鹅弄出来跟他汇合就行。

楚斯刚开始照着约定的剧本，悄无声息地潜入东1区，在警卫能觉察的范围内，挑着没人的地方用警卫配备的那把手持型灭失炮轰了一发。

这种武器优缺点鲜明，在对付人的时候显得异常凶悍冷酷，因为一炮过去，整个人会在一团烟雾中转瞬化为渣滓而后跟着烟雾一起收缩，灭失殆尽，一点儿骨头也不会剩下。缺点则是，除了对付人，其他时候灭世炮基本啥用没有，除了动静吓人，攻击力尤其是攻击范围实在有限。

楚斯轰完一发转头就走，徒留灭世炮大团的烟雾在连续性炸响中轰轰烈烈地翻腾着，尖利刺耳的警报声倏然拉响，整个东1区都亮起了红色警戒灯，大批量的警卫闻声而动，一片嘈杂。

这整个过程，只花了他一分钟的时间。

在东1区被搅和得一片混乱时，楚斯正悄无声息地站在东2区的高墙上，一边熟练地卸了弹夹给灭世炮装新弹，一边居高临下地扫视着这片区域。

按理说他现在就可以去找萨厄·杨汇合了，但是他粗略估算了一下，这么短的时间，估计刚够萨厄·杨切断西区仓库的警报。既然这样，那不妨帮他再多引一会儿注意力。

于是楚斯抱着这种心理，从高墙一跃而下，大大咧咧地在警戒红外线上刻意来回晃了几圈，又炸掉了两个监控装置，把东2区的警报也刺激响了。

东面接连两个区被他搞得一片混乱，而他则不紧不慢地走在这片背景音里，转头就去了整个东区的总监控室。

他扣着灭世炮扳机的手指一下一下按秒打着节奏，以方便估算时间，与此同时顺着几处监控死角滑进了总监控室墙边，一炮轰了监控室的门，而后接连放倒了五个值班监控员。

高挑利落的身影在监控室里大步流星走了一圈，直接把整个东区的警报全部打开，各处烟雾报警器也被强制触发。

一时间，占地面积大得惊人以诸多机密工程为主的东大区警报声震天动地，烟雾报警器疯狂喷着水，到处都是一片湿漉，十一个小区红色警戒灯全部开启，直接映红了半边天际，乍一看活似着了大火。

他一个人玩出了一个连的效果，末了冷冷淡淡地看了眼自己的杰作，这才在混乱成片的背景之中走往西区。

整个过程他大致算了一下，花了7分钟左右，距离他和萨厄·杨约定的10分钟还差了3分钟，不过这种事情他心里有数，他这边提前搞定，萨厄·杨那边也绝对不会晚，说不定坐在黑天鹅里等了一会儿了。

谁知当他站在约定好的仓库出口前，却并没有看到萨厄·杨的身影。

7分钟还没能弄出一架黑天鹅，这着实不是他的风格，难不成……出意外了？！

可是没看到附近有警卫，也没有触发任何警报装置，这显然都是被处理过的，又不太像是有意外。

尽管如此，楚斯还是皱了眉，利落地给灭世炮换上新弹。就在他正准备潜进仓库看看情况时，仓库出口悄无声息地打开了，紧接着，一架黑天鹅飞行器开了消音罩滑行而出。

楚斯松了一口气，正准备过去，就见黑天鹅后面还跟了第二只黑天鹅。

接着是第三只、第四只、第五只……

楚斯："……"

尽管开了消音罩，没有发出陆地动力装置的轰鸣声，这些黑天鹅掀起的风就够气势恢宏的了。

在楚斯回神之前，打头的黑天鹅已经在高速滑行中打开了舱门，一只手从舱门里伸了出来，几乎是眨眼的工夫就由远级近地过来了。

楚斯突然笑了一下，把灭世炮往腰间一扣便跑动起来，在那只手到面前的同时，蹬腿一跃，借着那只手的力道，矫捷地跳上了舱门前的垮台。

那只手再度一拽，他便进了黑天鹅的驾驶舱内。

嗡——

"隐形罩已开启，动力加速转为高空模式，2号燃料仓准备启动……"

厚重舱门关闭的同时，驾驶舱内电子音接连报着数据，黑天鹅在达到陆地最高速时震动了一下，轰然离开地面，带着由它掀起的呼啸狂风和身后整整一百架黑天鹅，一起没入了深黑的夜空。

HEITIAN

第40章

# 时空裂缝

星球崩裂为碎片的时候，面积小，抬眼就是漫漫星河，龙柱所形成的保护层是最基础的，跟实际的自然大气层有诸多区别，飞行器升空过程要简单得多，很快就能飞出星球碎片地界进入太空。

但是现今他们在依旧完整的星球上，从陆地升空到进入太空绕行轨道，再到顺着轨道航行至巴尼堡片区进入时空曲道，这中间就要费点时间了。

这种沿近星球轨道航行的模式要考虑诸多因素，反而不如星际间航行来得自由方便。

萨厄·杨在进黑天鹅时查到燃料舱是可用的，就猜到之前蒋期他们肯定不下一次地使用过这些黑天鹅。

也许是因为之前定位过许多次，所以在他将目的地锁定在巴尼堡上空时，黑天鹅的系统几乎瞬间就计算出了运行方式和花费时间——82分钟。

将近1个半小时呢。1个半小时够做太多事了，甚至还够睡一小会。

楚斯从沙发上撑坐起来的时候，黑天鹅驾驶舱内的电子音正在提示换轨道。萨厄·杨接了两杯水过来，在楚斯身边窝坐下来。

“这是第几次换轨道了？”他听着那一长串电子音，总觉得跟预计航行路线有点不大一样。

楚斯眼神里透着一点儿懒意，把萨厄·杨当大型靠枕，调了个舒服的姿势安静地喝水，喝了几口后才回了一句：“不知道，没数。”

这话刚说完没多会儿，自动航行系统又出声了，这次更奇怪……

“重新规划路线。”

“路线确认完毕。”

“跃迁防护罩准备开启。”

“跃迁防护罩已开启。”

“准备跃迁。”

这黑天鹅比任何战斗机的行动力都强，说准备跃迁的时候，内舱的两人心口一闷，脑中嗡然一响，还没等他们反应过来不舒服。

电子音又道：“跃迁完毕。”

连个倒数都没有，果然是黑天鹅。

内舱两人握着杯子面面相觑。

萨厄·杨：“走近地轨道……要跃迁？”

楚斯更觉得奇怪：“预定路线不是你设的吗？”

“刚才是不是说重新规划路线？”萨厄·杨又问。

楚斯懒懒地道：“差不多吧，没太注意，刚才跃迁的时候脑子有点闷，这黑天鹅跃迁过程快是快，但是比正常飞行器难受不少。”

“也不是，之前我带一百架空机跃迁就没这些反应。”萨厄·杨道，“倒是跟你养父他们那帮人在一起的时候，也会有这种感觉。”

楚斯转头看他。

萨厄·杨道：“有点像早期在实验舱里经受时间拉缩的反应，不过后来我适应了，也就没什么感觉了。”

楚斯蹙起了眉，转而又道：“会不会是因为我们现在是时空混乱的产物，所以在跃迁的时候反应比较明显？”

萨厄·杨：“也许吧。”

一般而言，跃迁的过程其实会有一定概率产生时空缝隙，只是因为出现和消失的过程太快，所以基本可以忽略不计，但是如果舱内人本身就是时空混乱的产物，比如现在的他和萨厄·杨，比如之前蒋期他们那帮人，很有可能会有不小的影响，使得产生时空缝隙的概率急剧增高。

他又想起了之前被拖进白狼舰的黑天鹅，越发觉得这种可能性很大——

黑天鹅的实际跃迁速度比他们预估的要快很多，在那样的速度下，萨厄·杨强行拖拽的结果很可能就是撕开了一条时空裂缝，而舱内蒋期他们那帮人本来就是“死而复生”的产物，身上混乱的时间碰上时间裂缝，无异于火上浇油，其结果就是那帮人直接消失。

楚斯想起黑天鹅上留下的本子、咖啡杯、香烟……

不知道那些人有没有预料到自己会碰上这种结果——毫无征兆地从这个世界上消失。应该有预料的吧，毕竟本来就是已经死去的人，可能从重新睁眼的瞬间，就做好了碰见这种结果的准备。

甚至……他们可能等待的就是这种结果。

毕竟那帮人从某种程度上来说，是真的站在了超越生死的层面上。

从艾琳娜奔往白银之城的路上起，从埃斯特·卡贝尔明知冒险依然选择留一套格盘设计起，从蒋期顶着军部压力在巴尼堡地下建空间起，从他们那些人毫无顾忌地想要将时间拉回正轨起……

他们可能根本就没想过要活下去。

HEITIAN
第41章

# 迷路

如果这样的事落在自己头上呢?

楚斯转着杯子,看着舷窗外的星河有些出神——如果同样的事情落在自己头上,能做到什么程度呢?会在预料到自己可能永远消失的前提下,毫无顾忌地坦然前行吗……

不过这种问题其实并没有什么意义,毕竟他没有真正经历那个选择,所以不论此时此刻的他怎么想,都仅仅只是假设而已。

楚斯收回目光,喝完杯子里最后一点水,头也不回地向后伸手挠了挠萨厄·杨的下巴:“去驾驶舱看看?”

楚长官把空杯子塞进他怀里,自己微低着头钻进了前面的驾驶舱。

等萨厄·杨冲了两个杯子扔进消毒柜,重新回到驾驶舱的时候,楚长官已经霸占了唯一的驾驶座,噼里啪啦地敲着按键翻过往数据和通知。

萨厄·杨便干脆坐在了驾驶座左侧的扶手上。

他伸手敲了敲屏幕下方,道:“你之前计划路线的时候,有算过时间么?这里显示已经航行了113分钟,我如果没弄错的话,像黑天鹅这种飞行器,从完整状态下的星球陆地离开,到进入轨道,再绕星球走上大半圈,时间一般是在70到90分钟不等,现在这113分钟是不是有点长?”

何止有点,长了半个小时呢。

楚斯又指了指屏幕上的历史信息,“而且我刚才翻了一下,一共换了8次轨道,问题是中间有两次是重复的。”

萨厄·杨朝前倾了身体,单手敲着案件调着屏幕上的信息翻看——果不其然,中间还真走过回头路。

就好比本来从A轨道换到了B轨道，又换到了C轨道，结果没多久，又重新换回到了A轨道，行走路线很混乱。

楚斯啧了一声，敲了敲操作台，一脸微妙地道："这黑天鹅的智能系统是白银之城那帮人嵌进来的卧底吧？"

萨厄·杨笑了。

仿佛是为了印证楚斯的话，驾驶舱自动驾驶系统再度响起了提示，机械的电子音没什么起伏地说道："重新规划路线。"

"路线规划完毕。"

"准备跃迁。"

楚斯："……"

他面无表情地刻薄道："这傻天鹅大概只会跃迁这么一个技能。"

完整的一句话，被跃迁过程中瞬时的震动打断成两截。等他话音落下的时候，自动驾驶的电子音已经开口道："跃迁完毕。"

原本一条挺简单的路线，硬是被这飞行器走出了九曲十八弯的效果。

换轨八次，跃迁两次，怎么看怎么像是迷路了才会有的效果。

"我知道了……"

两人几乎同时开了口，楚斯跟萨厄·杨对视一眼，就见对方噼里啪啦调出了星图数据，不是实时更新的那种，而是在连续变换的星图中挑了几个时间节点，截了几张图出来，列在一起相对比。

航行时间22分钟的那张星图上，天鹰γ星完整地出现在它该出现的位置里，黑天鹅也在预计的轨道中。

航行时间39分钟的那张星图上，原本代表着天鹰γ星的圆点突然不在了，倒是星图原本空白的地方，出现了几个散落的小圆点，黑天鹅第一次换了轨道。

航行时间41分钟的那张星图上，那几个小圆点的位置有了变化，于是黑天鹅再一次换了轨道。

……

林林总总一共十一张星图，看完后，楚斯嘀咕，"果然。"

时间的自我调节并非仅限于天鹰γ星球，而是包含受白银之城连累的整个星区，乃至整片星海。所以，黑天鹅的航行过程中同样也穿行了好几个不同的时空区，就好比之前开车穿过各个时代的楚斯和萨厄·杨。

在航行22分钟的那个时空区里，天鹰γ星依然完整，所以黑天鹅依然能按照既定轨道去往目的地。

而在39分钟的时候，黑天鹅已经到了另一个时空区，在那个时空里，天鹰γ星已经分崩离析了，巴尼堡所在的碎片已经飘散在星海里，所以对黑天鹅来说，目的地突然发生了位移，它不得不重新规划路线。

……

几次三番下来，自动驾驶系统的历史航行路线就扭成了二傻子。

这种情况就有点让人哭笑不得了。

萨厄·杨借着历史航行数据和星图数据，利用系统建了个模型，手指飞快地敲了一气后看着数值结果对楚斯道："报告，一个好消息一个坏消息，先听哪一个？"

"随意，按顺序说吧。"楚斯一脸平静地道。

老实说，自打他从冷冻胶囊里睁开眼，听坏消息都听到快麻木了，还真没什么接受不了的。

萨厄·杨点头道："好消息是，咱们的傻天鹅虽然一直在乱蹿，但总体趋势上还是离巴尼堡越来越近的，所以最终到达目的地是必然的。坏消息是……不知道燃料舱里的剩余燃料能不能支撑到那个时候。"

楚斯："……"

脑仁子又开始痛了。

他捏了捏眉心，转头一本正经地冲萨厄·杨道："我现在是不是该补夸你一句？"

萨厄·杨："嗯？"

"擅自把一架黑天鹅变成了一百架。"楚斯说完一脸大度地站起身，朝驾驶座比了个"请"的手势，道，"别客气，给你个机会发挥出色的同步驾驶技术，把其他天鹅一拖二地相接驳，调成低耗状态航行，能省一点是一点，这样我们就相当于有了九十多个燃料补给舱。"

萨厄·杨挑了挑眉，活动着手指关节坐在了驾驶座里，"好的小长官，你可真聪明。"

一百架黑天鹅浩浩荡荡的长队在星海中骤然变了阵型，以令人眼花缭乱的方式四散开来，穿行的同时，机身侧后方嗡嗡伸出接驳端口。

眨眼之间，原本看起来毫无秩序的黑天鹅在“咔咔”的端口相接声中迅速拼合。

一拖二，二拖四……

看似混乱的队列在不断的拼合中迅速齐整起来，原本独立的一百架黑天鹅在眨眼之中全部相接，连成了一个完整的统一体。接着除了领头的那架之外，其余所有黑天鹅信号灯倏然一暗，全部进入低耗模式。

“九十多个燃料补给仓——”萨厄·杨迅速扫了一遍各个燃料舱的数值，道：“够这傻天鹅迷半年的路。”

楚斯：“……”

好在萨厄·杨不是乌鸦嘴。

他们做好了持久战的打算，而黑天鹅实际只花了两个多小时，就把他们送到了目的地巴尼堡，这期间换了十七次轨道，连续跃迁了九次。

他们原本打算直接穿过时空曲道，谁知眼看着要到入口的时候，被耍了3个小时的黑天鹅终于来了脾气，智能系统的电子音骤然响起：“跃迁系统进入暂时性休眠，防护系统进入暂时性休眠，2个小时后自动重启。”

“……”

真会挑时候！

进入时空曲道入口的瞬间，是要同步开启跃迁系统和防护屏障的，就算是黑天鹅，也不可能愣头愣脑地直接靠脸进，否则依然是机毁人亡的结果。

眼看着时空曲道近在眼前，萨厄·杨眼疾手快猛地一拽操纵杆，同时另一只手把速度直接降为最低，巨大的黑天鹅方阵擦着时空曲道的入口边缘，陡然斜侧了身体上扬着头，划了个惊人的弧度绕过了时空曲道。

在接连抡了两个大圈后，才在盘旋中真正降到了低谷，缓缓朝巴尼堡区域的地面降落过去。

有惊无险！

萨厄·杨丢开操纵杆，朝驾驶座背后一靠，嗤道：“这玩意儿脾气还挺大。”

楚斯松开抓着头顶横杆的手，又弯腰透过舷窗看了眼外面的情景，琢磨了片刻道："还要两个小时，干脆去巴尼堡里等着，顺便把顺手牵羊弄来的赃物清查一遍。"

借着巴尼堡的设备方便，他们正好可以看看能不能恢复副院长通讯器里的历史信息，说不定还能弄清蒙德·霍利斯留给他的金属圆片究竟是什么。

HEITIAN

第42章

# 信号源

他们着陆的这个时空区里，星球已经分崩成块，巴尼堡已经是在漂泊的星球碎片上了。一百架黑天鹅集结而成的阵队，就这么强行撞进龙柱保护圈，引起的震动一点儿也不小，但这片土地上依旧一片安静，可见在这个时间里，唐和勒庞他们那支训练营小队可能还沉睡在巴尼堡老旧的冷冻舱里，没有醒来。

萨厄·杨把大队的黑天鹅从接驳端口撤开，驾驶着单独一架跟楚斯两人越过密林，降落在巴尼堡区域的停机坪上，离东堡大门极近。

“先把门轰了？”他问了楚斯一句，手指已经往火力操控那边移了。

当初他是“借”了楚斯的火箭炮筒过来手动轰的门，但是现在有现成的飞行器火力攻击装置，不用白不用。

“等等！”楚斯一把抓住他的手指，道：“飞行器上的火力装置，击打起来的效果就不仅仅是火箭炮那种程度了。”

毕竟埃斯特·卡贝尔和金他们还需要用到巴尼堡，而且地上装置跟地下的那些还有着某种牵连，用飞行器自带的火力装置不轻不重地轰过去，万一破坏到他们没注意的部分，导致后来的人不能用，那乐子就大了。

“那去武器舱再找两个火箭炮？”萨厄·杨对此倒是无所谓，轰重一点轰轻一点没什么区别，只要能打开门就行。他说着便干脆站起身去了武器舱，没片刻就拎了一个肩扛式火箭炮出来。

“我的呢？”楚斯抱着胳膊倚在开启的舱门边等他。

萨厄·杨将指雷抛给他，那东西乍一看就是个黑色的半指手套，只不过一直延伸到手腕后面，到半截小臂的位置，手背部分带针状炸弹发射器，细细一根威力惊人，特点是攻击范围能微缩在厘米级。

“差别待遇是不是太明显了点？”楚斯一边把指雷往手上戴，一边随口挤对了一句。

“以防万一，两种都带上。”萨厄·杨道。

不过真正从黑天鹅出来的时候，楚斯又正经补了一句：“过会儿先别直接炸门。”

“怎么？还要先安抚一下再炸？”萨厄·杨一边开着玩笑一边下了舷梯，将火箭炮轻轻松松地扛在了单肩上，又扣上了单边护目瞄准镜。

他抬着头看过来的模样，从骨子里透着一股交织于傲慢的野性。

楚斯一边下舷梯，一边将他上上下下扫了一遍，突然觉得挺有意思的，当初他刚认识萨厄·杨的时候，每每看见他这副模样，都觉得浑身上下写满了“挑衅”两个字，扎得人想忽略都不行。而现在看到这种模样的萨厄·杨，他脑子里下意识冒出来的就只有褒义词了。

还是非常容易让萨厄·杨愉悦的褒义词。

不过……

楚斯看了看对方的火箭炮，再看看自己手里的指雷，决定一个夸字也不说。

“不是安抚一下再炸。”他走到萨厄·杨身边的时候说道：“我只是突然想起了一件事，想试试可行性。”

“什么事？”

两人直接走到了东半边紧闭的厚重金属大门边，楚斯打开一旁的身份扫描仪看了一下，就见代表着能源的米粒小灯还是亮着的。

萨厄·杨挑眉，“想利用干扰身份扫描的方式进门？我们现在身上勉强能派上用场的就只有一个通讯器，用这种方式太费时间，还不如直接轰来得干脆。”

楚斯点了点头，“很有道理，但是——”

他一脸平静地伸手按在了扫描仪上，红光再一次在他手掌下来回扫动，这个场景落在萨厄·杨眼里，跟曾经的一幕何其相似。

红光扫了几个来回后，就听一声清脆的电子音道：“身份验证通过，准许进入。”

萨厄·杨：“……”

“费格斯说，巴尼堡之所以后来会自动检索S001指令，是因为他们预先设置过，而且为了以防万一，把后辈，比如我，也添加进了身份验证合格的系统里。”楚斯收回手，道，“所以我合理延伸了一下，既然上次在巴尼堡内，我能直接启动传送坪，那没准也能直接开门。事实证明，我延伸得没问题。”

说完，楚斯拍了拍萨厄·杨，“扛着你沉重的火箭炮跟我进去吧，杨先生。”

萨厄·杨：“……”

费格斯他们预设的那些应该还没到时间，不会有强制性的系统一个劲地追着他们要S001指令，两人在巴尼堡中上下自如，顺顺利利地进了传送坪，又顺顺利利地下到了中心堡垒地下部分。

这和当初宛如打仗一样的情况形成了鲜明对比，简直令人心情复杂又想笑。

火箭炮在巴尼堡里也没什么作用，楚斯好整以暇地看着萨厄·杨卸了武器放在一边，又摘下护目镜半真不假地啧道：“长官你可真记仇。”

萨厄·杨挑了个位置坐下来便开始启动巴尼堡的设备，很快环绕一圈的屏幕依次亮了起来。

其实一般情况下通讯器的过往纪录并不难查，在星球政权组织完整的系统之下，星球上任何一个人的通讯记录都是可查的，对官方组织来说并不算太麻烦。

这个副院长的通讯器就有些不同了，一来现在条件有限，查起来要有点技术。二来蒙德·霍利斯包括副院长这些对于政权系统下的监控力度肯定是了解的，那么他们想要密谋一些东西时，信息的隐秘级别就会比普通民众高得多。

想要调出这种隐秘级别下的信息，很有些难度，毕竟常说道高一尺魔高一丈，上有政策下有对策，想干点什么的人，就总能找到空子去钻。

但是很神奇，只要通讯器在萨厄·杨手上，楚斯根本没有产生过“万一查不出来”的担心。

事实上萨厄·杨也确实不负所望，花了半个小时不到的工夫，就借着巴尼堡的设备便利把通讯器被清理的那些过往记录调了出来。

当然，在所有记录的顶端，大屏幕上例行公事似的显示着这个通讯器的说明——

型号：SU2833。

频道模式：无限。

启用时间：5633年8月12日。

这是曾经一度流行于黑市的通讯器型号，外观跟正常的一模一样，实际加了破解芯片，不需要实名，使用期间也不会出现在官方系统自主审核程序中，说白了就是专用于灰色通讯的。

这也是意料之中，没什么。

真正有什么的是下面一行显示——

信号源：86206-018。

“这个信号源有点眼熟。”楚斯盯着那几个数字，无声念了两遍，而后脸色乍然一变，“萨厄，那个信号！”

“嗯？”萨厄·杨还在敲着按键调着后续信息，闻言抬头看了眼，愣了一下后也跟着了然地说：“啊……86206-018，那个冒充长官你的信号！我想想，当时查到的最早出现痕迹，是在5633年没错。”

5633年，西西城A区梧桐大街7号，孤儿院。

之前那个断了头绪的冒充信号，在这里重新续上了。

HEITIAN

第43章

# 孤儿院

通讯器里，被萨厄·杨调出来恢复的记录一条条列在屏幕上，按照时间顺序，清晰了然。

副院长这边发出去的讯息内容更具体一些，有时候会涉及明确的机构，有时候甚至会涉及某一个人。但是他收到的讯息内容就简单至极，有时候甚至只是一个代表着“已阅”的标点符号。

从头到尾，副院长都没有称呼过对方，而从他收到的讯息里，也很难看出回应他的那个人究竟是什么身份。

如果不是楚斯和萨厄·杨亲眼看着蒙德·霍利斯在花店的那一出，可能根本没法把通讯器里的那个人跟他联系起来。

多亏了话多的副院长，楚斯他们才得以从这些断断续续的联络中拼凑出大致的情况——

5633年的深秋，蒙德·霍利斯代表着时间实验团队的一个隐秘分支，借由院长副院长以及背后的白银之城财团势力支撑，在西西城孤儿院开始了一个秘密项目。

选择西西城孤儿院，是因为西西城被称为地狱之眼，是当时集复杂、繁华、混乱为一体的城市，在这间孤儿院动手脚，很难被查，因为背后牵扯的东西太深。

而这秘密项目的内容和目的也并不复杂，依然是服务于他们的时间实验——就是为时间实验培养适宜的实验体。

时间实验极低的成功概率注定了他们需要准备大量的实验体来铺路，而他们的主要实验体又是跟世界牵连性较低，能量影响也较低的幼儿，孤儿院无疑是最好的备选库。

那里的孩子和社会之间的联系全由孤儿院控制，出现抑或是消失并不会被人所在意，对时间实验团队而言，是最好的铺路品。

但是，在那些疯子们的眼里，并不是任何幼儿都有资格成为他们“伟大实验”的铺路者的。他们所需要的实验体是“高品质的”，相较于普通幼儿，实验体要有能承受实验结果的潜力。

所以他们有一套生理及心理等各方面的标准，以此对孤儿院的那些孩子进行筛选。

这样的筛选延续了大约十年左右，到5643年为止，能够达到标准的幼儿实在有限，总共不足五十人。这对于时间实验团队来说，实在是太少了，大大拖慢了实验进程。

于是实验团队想了一个办法，他们开始人为制造符合标准的幼儿——也就是通过一些方法，将原本质量一般的幼儿强行提升到符合标准的层级。

从此以后，每一个被孤儿院收容的幼儿，在进院的时候都会被植入调节芯片，通过注射的方式将微型芯片送入大脑，一方面同步记录着幼儿成长过程中的一切数据，另一方面可以根据实验需求对大脑进行刺激。

在这种人为干扰下，孤儿院所能提供的符合标准的幼儿数量越来越多。在后来的五年里，实验团队从中尝到了甜头——因为在那一批幼儿里，他们弄出了第一个半成品。

即便是半成品，对于实验团队来说依然意义非凡，他们从中看到了更多成功的希望，像是受到了某种现实鼓舞一般激情更甚，疯得更厉害。

在这种激情推动下，他们开始不再满足于单纯的提升实验体品质，甚至开始将时间实验中的某些片段截取出来，直接利用脑中芯片应用于孤儿院所有的幼儿身上。

这大概就像是白鹰军部在军队所设的预备役，不只是挑人，而是先适当训练起来。

要知道他们的实验手段会令人极其痛苦，这点看后来萨厄·杨所经历的就知道了，所以哪怕只是一些片段，对那些幼儿来说也是一场灾难。

自那之后，西西城城里孤儿院的所有孩子都多了一个毛病——头痛症。

那是实验片段所造成的不可逆转的损伤。

当时应用于那些幼儿身上的所谓实验片段，说白了就是让那些孩子尝试极短距离的时间拉缩。因为拉缩的时间区间非常短，短到几乎可以忽略，所以不需要那样复杂的辅助实验舱和仪器，借用那枚芯片就可以，而这种约等于零的极端区间拉缩如果失败，产生的伤害也不至于血肉横飞那样惨烈。

这些脑中芯片根据设定好的频率，每隔一段时间会进行一次这样微小的拉缩，正常的人体对这种拉缩是会产生排斥反应的，这算是必然结果，但是可以从排斥反应的大小以及伤害程度，来判断那个幼儿是不是有潜力进行更长区间的实验。

这种排斥反应一旦产生，芯片就会将结果传送到时间实验大本营那边的数据库，以供分析。

排斥反应最强烈的那些，会被取下芯片，属于“被放弃”的一群。而排斥反应相对好一些的，会继续受到观察。

隔一段时间后，这种微小的拉缩会进行调整，略微加长一点点，例如从0.0001秒加长到0.0003秒之类，然后等产生排斥反应后，再传送一批数据。

……

根据这些反应，他们能更好地挑选有潜力的孩子。

这样一次一次筛选下来，到五岁左右，这些孩子脑中的芯片就都取得差不多了，因为对于实验团队而言，最好的实验时机就是从出生到五岁左右的那个阶段。

在这种方式之下，实验团队又断断续续地收获了几个半成品，这样的进展让他们觉得，成品的出现似乎也并不遥远了。

果然，5653年，真正有成品潜质的孩子出现了。

只不过那个孩子并非来自西西城孤儿院，而是来自白银之城。听说那孩子生于白银之城巴特岛某个地下监狱，母亲是一位特工，在白银之城时间实验区探查时被抓。被抓后发现她居然怀着孩子，于是原本的秘密处决被延后，直到那个女人在地下监狱把孩子生下来。

女人被正式处决，而那个孩子在生命迹象稳定后，就被送进了时间实验团队的基地。

而5653之后没过多少年，那孩子果然成了唯一的一个成品。

副院长和蒙德·霍利斯有很长一段时间，通讯主题始终围绕着这个成品，偶尔穿插着一些试图把几个失控的半成品塞进监狱并安插人手的事。

后来因为时间实验团队被抄了，临时换了地方，军部又开始进行清洗，两人之间的联系断了好几年。

再之后又因为一件极其重要的事重新恢复了联系。

副院长告诉蒙德·霍利斯，孤儿院有一次做50年数据清算的时候，发现了一个被他们遗漏的问题——

在统计脑中芯片使用数量时，他们突然发现植入和回收的芯片数量并不相等，缺了一个。也就是说有一枚脑中芯片始终没有取出来。

这细想起来就可怕了……

一枚芯片始终没被取出，而时间实验团队却根本没发现，这就只有一种可能——那就是，植入那枚芯片的孩子，在一次又一次的微小时间拉缩中，根本没有产生过任何排斥反应！

因为根本没有过排斥反应，所以它甚至连数据都没有传给时间实验团队，更遑论被发现各种蹊跷了。

HEITIAN 第44章

# 冒充者

数据的缺失，使得孤儿院和实验团队都没能弄清楚那个依然带着芯片的孩子是谁。

毕竟他们意识到这一点的时候已经是很多年之后了，在那些年里，死去的孩子很多，活着的被人领养的也不少，当然更多的是被孤儿院“献祭”给了时间实验团队，再加上因为其他势力干涉，时间实验基地又被抄，转移过程中丢了不少资料。

再想查那个孩子就变成了大海捞针。

从副院长和蒙德·霍利斯之间的通讯内容来看，两边最初都还是冷静的，因为他们其实并不相信会有人真的对这个不产生排斥反应，就连唯一的成功品在实验过程中都经历过无数次生命危险。

他们只是对于那个孩子的体质感到万分好奇，不管是死了还是活着，都想看看那是个怎么样的生命体。

当然，从他们的对话中可以看出，他们更倾向于相信，那孩子有很大概率已经死了——这就好像有一小部分人常年不生病，一病就格外严重一样。

他们认为那孩子只是延迟了几年，并非真的没有排斥反应。而那么多年攒下来的份一起爆发，那将是不可承受的，必死无疑。

所以他们花了很长时间来一一排查死去的孤儿，然而直到查完最后一个，他们都没能找到那个孩子的存在。

由此，他们终于意识到，那个没有产生过排斥反应的孩子真的没有死！

从这个通讯器最近几个月的交流内容来看，整个时间实验团队终于后知后觉地陷入了无可比拟的激动与疯狂中。因为，如果那个孩子真的活着，那可能将是这世界上现存的、他们能找到的唯一一个天生对时间拉缩具有高度容纳性的人。

换句话说，他在实验团队眼中是目前最完美的存在，如果能成为实验体，将会超越任何一个半成品和成品，因为他从出生起，成长的每一步，都是跟不断拉缩的时间交织在一起的，而他自己很可能都意识不到这一点。

“如果说时间是一株树，那孩子就是从树根长出来的绕树而生的青藤，是这意思吗？”

“时间是他的一部分，跟其他人意义都不一样的一部分，或者换一句话说，他也是时间的一部分。”

“我的天，那岂不是比魔鬼计划里那个成功品还要令人惊叹。”

“两者意义不同。如果真能找到那孩子让他成为实验体，那么我想原本的名字可能需要改一改，叫作创神计划可能更合适一些。”

“这有什么区别？”

“魔鬼追逐永生，神本身即永生。当然这只是个比喻，并不代表那孩子已经获得了永生，但是我想如果有这个机会的话他不会拒绝的，毕竟……谁不希望呢。”

“万一，我是说万一他真的不想呢？”

“他必须想。否则他会成为试验成功最大的阻碍。”

“为什么？”

“因为我们在跟时间做游戏，而他是时间的一部分，最意外又最容易变化的一部分，如果不能控制，这个游戏是做不下去的。”

这是通讯记录中，蒙德·霍利斯仅有的几段完整长句。

他的语气非常平静，但正是因为平静地说着这些事情，才更让人感觉到背后的疯狂。

通讯记录的最后几条记录的交流内容，则是关于蒙德·霍利斯企图交给副院长的那枚金属小圆片。

那东西乍一看不起眼，又小又薄，却耗费了蒙德·霍利斯很长时间去设计制作。这枚小圆片敏感度高，能感应到时间实验残留的能量波动轨迹。

蒙德·霍利斯他们在假定那个孩子没有任何排斥反应的前提下，花了两年来模拟时间实验片段在他身上起效时，产生的能量波动轨迹。他们把那条波动轨迹及误差值设定在这枚金属圆片中，作为对照。

只要副院长带着这枚金属圆片在孤儿院各个角落走一遍，就能获取圆片附近5年内有过的能量波动轨迹，一旦有跟对照值相符的，圆片边沿就会亮起提示光。

也就是说，在这枚圆片的帮助下，孤儿院可以收集到一系列与那孩子相关的地点数据——他曾经在哪个角落出现过，他曾经住在哪个房间，哪个床位。

有了这些孤儿院有登记的东西，再找那个孩子就容易得多了。

不过蒙德·霍利斯在最后提醒道：这是最后一次明确对方身份的机会了，因为能量波动轨迹是越来越淡的，也许再过一年，甚至半年，就再也查不到对方的痕迹了。

而一旦错失这个机会，再想找这个孩子，可能要花费5年10年甚至更久……

萨厄·杨将那枚圆片拿出来，丢在操作台上，“看后来的发展，我们似乎做了件好事，他们应该没能找到那个倒霉崽子。这么看来，花费了可不止五年十年啊。”

他说话拖着调子，尾音还带了点儿愉悦，幸灾乐祸看好戏的意味很重，要是蒙德·霍利斯站在他面前，估计能找人来跟他干一架。

楚斯目光还没从屏幕那儿移开，似乎还没回过神，只是“嗯”地应了一声。

“不过现在，这道题甩到我们面前了。”萨厄·杨又道。

“什么？”楚斯这才回头看向他。

萨厄·杨隔空点了点屏幕中的那句话——他是时间的一部分，最意外又最容易变化的一部分，如果不能控制，这个游戏是做不下去的。

楚斯立刻就明白了萨厄·杨的意思。他们现今在过去穿梭，无非是因为蒋期他们的格盘程序出了点问题。之前他们只想赶紧回到巴尼堡地底下，看看能不能找到故障的原因。但是这会儿看着这句话，他们突然就明白了出故障的缘由。

蒋期说过，他们是时间实验产生的一群意外，会干扰到格盘进程，所以需要进行隔离。

现在格盘进程出问题，很可能就是收到了其他未隔离意外的干扰。

“也对，比蒋期他们还要大的意外——”楚斯瞥眼看向那个圆片，沉吟道，“目前看来，没有人比那个孩子更符合了。”

萨厄·杨站起身活动了一下脖颈，想了想又道：“如果这样算来，我是不是也得去隔离一下？”

楚斯一愣，还没来得及张口，萨厄·杨又补充道：“还有那所谓的十二个半成品。”

“所以现在事情变得既简单又麻烦。”楚斯接着他的话总结了一下现今的状况，“原本我们还需要先查故障再想对策，现在已经明朗简单化了，把这几个意外因素找齐就行，麻烦的是，上哪儿找那些意外因素。”

他停了一下，抬眼看向萨厄·杨：“你之前说过，太空监狱里有一些人明显是跟时间实验有牵扯的，至少可以肯定那位金乌鸦就是半成品之一。”

“没错。”

“从蒙德·霍利斯和副院长的通讯来看，时间实验团队自从被抄过一次后，就一直想把散落的成品、半成品重新收集起来，从你和金乌鸦的经历看来，他们挑中的地方应该是监狱，而且通讯记录里也说了，正在试图往监狱安插人手。”楚斯分析道，“而另一边，费格斯也说过，梅德拉上将他们曾经一直在暗地里动用关系，试图保我们这帮后辈，我想这些后辈既然包括你，那么逻辑上应该也包括其他半成品。”

时间实验团队盯着萨厄·杨他们，是因为不愿意让实验成果脱离控制范围。而梅德拉他们盯着这些，一方面是为了避免这些人受到实验团队的二次伤害，另一方面也为了避免他们被实验团队控制而伤害别人。

双方目的截然不同，但是某种程度上来说殊途同归，都是想把成品和半成品集中在一起，放在自己可触及的地方。

毫无疑问，太空监狱是个极为合适的选择。

“如果我是梅德拉，在发现对方的打算后，我绝对不会试图换一个地方跟对方强行较劲，容易起冲突也容易暴露。我会选择在对方把你们聚集在一起后，在你们周围安插我的人手。”楚斯道。

既能达到目的，还能降低折损，一举两得。

萨厄·杨挑眉道：“根据我在监狱那么多年所看到的，我认为那位上将应该是选择了跟你一样的做法。”

“怎么？真有势力划分？”

“不算明显，但是能觉察到。”萨厄·杨道，“大部分狱警是一派，小部分是另一派，包括关押在监狱里的囚犯，我想……应该并不全是真正的囚犯，比如第一监室的一部分。我觉得……”

“觉得什么？”

萨厄·杨看着楚斯突然笑了一下，“猜测势力划分，不如亲自上去给他们分个类，反正也是要去找那帮半成品的。但是一个一个审问太费时间了，最好能让他们自己先站个队。长官你猜——什么情况最容易让他们自动分派？”

“当然是冲突混乱的时候。”答出这句话的时候，楚斯的脸色变得微妙起来。

他差不多能猜到萨厄·杨要干什么了。

更准确地说，他也知道自己要干什么了——

就见萨厄·杨把通讯器往他手里一拍，噼里啪啦敲了一通按键，接着大手一敲确定，转头冲楚斯一眨眼：“来吧，该你登场了亲爱的长官，我帮你裹了一层伪装，你现在发出去的指令不再是什么86206-018了，而是50001，你自己的官方信号。”

他说着这话时，顺手又敲了敲屏幕底端显示的时间。

5713年12月28日，星球爆炸的第二天。也就是金乌鸦所说的，太空监狱收到50001信号源的那天。

绕了一个大圈，没想到当初怎么也查不到身份的冒充者，居然就是自己。

楚斯一脸复杂地编辑了一条即时指令，直接发送到了太空监狱的智能系统上，要求天眼开放第一监室。

指令显示发布成功的瞬间，楚斯抬头面无表情地冲萨厄·杨道：“我发现我们两个混在一起，人生就变得格外匪夷所思，这是你的问题还是我的问题？”

“谁的问题我不知道——”萨厄·杨懒洋洋地用拇指摸了摸自己的嘴角，好整以暇道，“我只知道我可以提前记上一账了，照这个状况看来，当初下令让天眼那智障系统把我扔出监狱的，应该就是你本人。”

楚斯：“……”

HEITIAN 第45章

# 爱屋及乌

当初天眼把萨厄·杨扔出去的时候，楚斯是真的担心过之后的日子要没得消停了，怕倒不至于，但是精神紧绷是肯定的。

但是现在，萨厄·杨亲口说出要记账的时候，反而已经毫无威胁力了。

楚斯沉默了片刻，便一脸淡定地装聋作哑，绕开话题指使道："劳驾确认一下太空监狱的位置，我们可以准备出发了，抓紧时间。"

萨厄·杨靠在椅背上，好整以暇地听着他绕，末了懒洋洋地直起身，一边听话地追踪起了太空监狱的动向，一边半真不假地抱怨："我怎么对着这位长官就没脾气呢……"

"恕我直言，你顶着十七八岁的模样说这种话非常违和。"楚斯道。

萨厄·杨故意学着他的语气回道："恕我直言，十七八岁的模样跟成年后相差不大。"

"反正你真正十七八岁的时候，看我一眼都能有脾气。"楚斯没好气道。

萨厄·杨笑了起来，"亲爱的长官希望你偶尔也讲点道理，看一眼都能有脾气的明明是你，我不知道为什么你会觉得我浑身带着挑衅。"

"我建议你随便找一个从疗养院出去的人问问，看看究竟是我认知错误，还是你认知错误。"

"还是不了，我怀疑在他们眼里，我们两个都浑身带着挑衅。"

"……"

不过既然话赶话地聊到这里，楚斯要笑不笑地问了一句，"所以疗养院有那么多人，你当初为什么看我格外不顺眼？"

萨厄·杨居然认真地想了想："其实没有，我第一次看见你的时候，觉得你在人群中非常显眼。那么多人走在一起，我随意瞥一眼过去看到的就是你。”

“等等，你第一次看见我不就是植物园那次？”楚斯一愣。

“那是第一次见面。”萨厄·杨道，“我指的是我单方面第一次看见你，应该是你刚进疗养院的那天。老实说，我当时其实觉得你看起来莫名顺眼。”

他说着，似笑非笑地看了楚斯一眼，又继续手上的操作，“那让我感到非常奇妙，毕竟我平时并不太注意别人的长相。”

“啊……”楚斯轻轻应了一声点点头，道：“听起来很不错的开头，然后我们针锋相对互相挑衅了那么多年。”

“嗯，好像是这样没错。”

楚斯想想，啧了一声：“怪不得都得关进疗养院。”

萨厄·杨笑了起来。

他很快就追踪到了太空监狱的位置，而后在巴尼堡里转了一圈，挑了几个便于携带的仪器又抓了一把接线将它们链接在主机上同步了一些设定和数据。

“这些是？”楚斯问道。

“为了方便你离开巴尼堡后，依然能冒充自己。”萨厄·杨把箱式仪器拎在手里，冲楚斯抬了抬下巴，“这就差不多了，走吧。”

他们从巴尼堡离开，原本想着给未来即将来这里的自己留个门，省得再炸，然而他们两人前脚刚出来，还没来得及在控制器上动点手脚，那扇金属大门就轰隆一声拍了个严实，一点儿缝都不剩。

仿佛赶不及要将两个不消停的人轰走似的。

“算了，看来这门是个受虐狂，更喜欢被炸。”萨厄·杨哼笑一声，跟楚斯一前一后离开了中心堡，重新回到了黑天鹅里。

萨厄·杨把带出来的箱式仪器打开，在驾驶舱系统主机旁拉起了蜘蛛网，各种端口接上后，黑天鹅的驾驶系统便多了个附加界面。他把副院长的通讯器重新设定成50001的伪装信号，又把定位了太空监狱的追踪图调了出来。

追踪图上，代表着太空监狱的小圆点正静静移动着，丝毫看不出来那里面正在进行一场压制和反压制的混战。

两人二话不说启动黑天鹅和剩余的九十多架接驳，在重新融于星海的瞬间便开启了跃迁程序，直奔太空监狱所在的那一片地方。

跃迁只花了不到一秒，在眨眼就消的颠簸过后，黑天鹅已经到了目的地。

一切看起来顺利极了，然而他们忘了一件事——

这片星海里的时空还是乱的，理论上追到了不代表实际上也追到了。

星图上代表太空监狱的圆点突然消失，从另一个遥远的犄角旮旯处冒了出来，表示着目的地在他们眼皮子底下换了一处地方。而此时横在楚斯及萨厄·杨面前的不是别的，很不巧，正是大气层裹绕的完整的天鹰γ星。

“很好，又换了时空。”楚斯对着穿来穿去的时空简直没脾气了，“刚才还是分崩离析的碎片，现在又倒退成完整的了，这又到了哪一年？”

萨厄·杨没有立刻回他，因为黑天鹅的冲势太快，眨眼的工夫已经突破大气层直奔地面，整个机舱颠得吓人，楚斯怀疑再这么冲一会儿，外部材质但凡稍微有点儿不达标，就能立刻烧起来。

如果不加阻止，任它们这样俯冲下去，要不了几分钟就要直接撞进某个倒霉城市里了。

“把瞬时冻速系统打开！”

楚斯飞快调整瞬时冻速的相关参数，萨厄·杨在一旁十指快敲成了虚影，在2分钟内，把同步驾驶系统里其余九十多架黑天鹅也统统冻了速。

眼看着距离地面越来越近，甚至能俯瞰见地面的房屋道路已经黄白灯火时，一百架黑天鹅的瞬时冻速启动效果终于达到了统一，堪堪在空中悬停下来。

即便是这样，还是掀起了一阵狂风。

还好开着隐形罩……

还好反应快有惊无险……

不然这放在哪一年都会成为一个大新闻——

“一百架早早退役的黑天鹅飞行器在某地撞毁，引起武器军械舱和燃料舱连环爆炸，造成的损失难以估量。”楚斯粗略地看了一下地面俯瞰图，又试着从舷窗边望出去，“让我看看这个死里逃生的倒霉城市究竟是哪——”

话还没说完，他就顿了一下，紧接着遥遥看到了城市的标志性建筑，“兰松城。”

让他愣一下的倒不是兰松城本身，而是兰松城所处的地理位置——它的隔壁邻居就是楚斯和蒋期曾经住的翡翠港。相较于繁华的翡翠港，兰松城面积更大，容纳了更多制造业基地和郊区，林地多人少。

就在楚斯心说怎么绕来绕去总能撞到这一带的时候，距他们不远的地面上突然响起了爆炸声，火光直冲天际。

“刚才冻速撞到什么了？”楚斯下意识一愣，以为有边边角角的黑天鹅没控制好，撞到一些地方或者不小心发射了炮弹。

萨厄·杨还在敲着按键检查同步驾驶系统，闻言朝舷窗外看了一眼，道：“应该不是，不过刚才瞬时冻速太突然，速度差过大，系统出了一点故障。”

好在兰松城旷野多，他们就近挑了一块地方落地，萨厄·杨便开始排查起了系统故障。

楚斯透过舷窗朝远处的火光看了一眼，想想套上了指炮，又带了一支应急药粉便打开了舱门，“我去看一眼，再确认一下。”

“别走太远。”萨厄·杨应了一句。

楚斯步子顿了一下，有那么一瞬间觉得很不适应，毕竟这种出门前被人叮嘱一句的事情，他已经太多年没有碰见过了。但不得不承认，这种感觉不赖。于是在怔愣之后，他笑了一下，一边摆了摆手下舷梯一边说道：“知道，很快回来。”

爆炸的地方离黑天鹅暂时歇停的地方目测直线距离不到一公里，更何况楚斯也不需要真的走到爆炸点，只需要确认一下最远处的黑天鹅跟爆炸无关就行。

当然，如果有需要的话，可以再顺手帮个忙。不过他刚才看了一眼地面俯瞰图，爆炸所在的地方是在一条河岸边，在两岸相通的一座直桥这端，可以猜测，爆炸而起的火光以及后续小爆炸会切断直桥和这岸的通联，让人过不来。

这种做法很像是被追缉的人给身后的追缉者搞出来的障碍，以方便自己脱身。

楚斯其实在看到爆炸点的时候，就想到了这一点，也知道跟黑天鹅相关的可能性不大，但是直觉告诉他可以下来看看。

其实这一路，楚斯都觉得自己所踩的时间点非常巧，也不知是运气太好了，还是时间太眷顾他了，他跟萨厄·杨总能促使一些事情发生，或是刚好阻止一些事情继续。

尽管依然有过不少次白费力气或是绕道兜圈的情况，但总体看来，已经能算极其幸运了。幸运得都不知道是他和萨厄·杨在追着时间，还是时间在配合他们。

不过他后来想想又觉得其实也正常，过去的每一天每一个地方都有无数的事情正在上演，这无数的事情牵连起了一张巨大的网，不论他们回到哪一段时间哪一个地方，碰到的始终是这张网里发生的事，也始终会以某种形式影响到这张网里过去的自己。

某种意义上来说，这也是一种必然。

他在这种直觉和必然的驱使下，穿过一片旷野缓坡，朝爆炸点走去，就在他走到半途拐过一片延伸出来的白杨林时，他看见一小团身影正站在白杨林的边缘，隔着长长的缓坡，远远地看着那片冲天火光。

小范围的二次爆炸还在继续，偶尔火光会飞溅会升腾起大团的烟雾，将更远的城市阻隔在河岸另一端，将远景衬得有些惊心动魄，也给那一小团身影莫名添了点神秘又……熟悉的味道。

楚斯蹙起眉，悄无声息地加快了步子，从后侧面走近那个身影。

那是一个看起来四五岁的孩子，穿着宽松的浅色衣裤，乍一看像是睡衣，再细看就会发现有点儿像医院里的病号服，又或者是……实验服？

不过那实验服看起来并不干净，上面印着好几团脏污，因为夜晚光线昏暗的关系，脏污的颜色浑浊不清，像是不知在哪里滚到的泥水。

直到走到近处，楚斯才诧异地发现，那所谓的脏污不是泥水，而是血迹。

一个不到他腰的孩子，浑身都散发着浓重的血腥味，正垂着细瘦的胳膊，安静地看着远处的爆炸，片刻后又低下头揪着自己的衣服，看了看前襟的血。

在远处的火光和头顶的星幕映衬下，透出一股浓重的孤寂来。

楚斯走到他身后，忍不住轻碰了一下他的头，正想问他“你一个小鬼怎么会大晚上的跑来这里，身上的血又是怎么回事”，然而话没出口，就借着身高优势看到了那小崽子手臂上的横贯着几道伤口。于是他张口说出的话，就变成了：“疼不疼？”

小崽子似乎没有料到这荒郊野外深更半夜还能有人，整个人愣在那里。

楚斯的手掌还在他头顶，能明显感觉到这小不点的僵硬。

当他再看一眼远处的爆炸时，莫名觉得那爆炸跟这个小鬼脱不了干系。尽管有些匪夷所思，但是他确实开始怀疑是这小鬼搞出来的动静。

小鬼僵了片刻后，转头仰着脸看了他一眼，那一眼复杂极了，简直不像是个四五岁的孩子会有的。里头包含着一种不太像正常人的冷漠和一丝微妙的抗拒，还有一点极少的软化。

楚斯看清他模样的瞬间便是一愣——居然是个熟人，没记错的话，就是上次在巷子口装哭骗了他一支液体炸弹的小崽子。

尽管那次他连这崽子的模样都没看得太清楚，但是眼神和气质太特别了，以至于即便这崽子换了衣服剪短了头发，楚斯依然能一眼将他认出来。

他干脆半蹲下来，保持着跟小鬼平视的状态，冲远处的火光一抬下巴，问道："你干的？"

小鬼也跟着朝那边瞥了一眼，眼珠被火光映得很亮，让人看不清他本来的眸色。他表情有些无动于衷，瞥了一眼后便收回了目光，完全没有要回答楚斯的意思，跟上次装哭完全是两种态度。

楚斯拎着他几根手指头，将他的胳膊抬起来看了眼伤口，小崽子有点抗拒地把手往后抽了抽，可惜力气上没能赢过楚斯，抗议无效。

还好随身带着支应急药粉，楚斯心说。

他摸出来，撕开管口，朝那小崽子哗哗冒血的伤口撒了一层。

光是这么撒，他都能闻见药粉里某些刺激性药物的味道，这种应急药粉一般供应给军人，药劲大，见效快。洒在伤口上必定不会舒服，疼是肯定的，然而这小崽子却一声没吭。

楚斯忍不住抬眸扫了他一眼，就见那崽子正微微皱着眉，用一种难以形容的目光看着他。

有那么一瞬间，楚斯觉得有点似曾相识，不过还没等他琢磨出来就被人打断了思绪——那孩子显然不想跟他有更多接触，刚撒好药粉就抽回手朝后让了一步，防备心非常重。

楚斯站起身，正想再说些什么，突然听见杨树林后面传来了一点声音。

"谁？"他警惕地转头看过去，就见一个高大的身影正绕过杨树林朝这边走来，尽管那身影隐在树林的阴影下看不清面容，但光看走路姿势，楚斯也能认出来，那是萨厄·杨。

"我，故障解决了，可以准备走了。"

楚斯点了点头，应道：“我碰见了一个熟人，你——”

他正想说你要不要也过来见一面，结果转头一看，就见那小崽子趁着他跟萨厄·杨说话的工夫，已经往缓坡西侧跑去了。

那小鬼简直天生是搞反侦察和反追缉的一把好手，跑起来都不带声音，而且运气还不错。楚斯抬脚准备追上去的时候，那小小一团身影在缓坡边缘撞上了时空区的交接处，在两人眼皮子底下消失了。

楚斯跟过去试着伸手探了探，果然感觉到了一阵轻微的撕痛。

他转头有些无奈地冲萨厄·杨道：“再走两步对我们来说是另一个时空区，对那小鬼来说倒是没有区别，这下是彻底追不到了。”

他说这话的时候，萨厄·杨没有跟过来，而是站在刚才那小鬼站过的地方，远远看了一会儿爆炸处的火光，又抬头看了眼漆黑的星幕。

“怎么了？”楚斯走过去问了一句。

萨厄·杨看向他，“你刚才说什么熟人？跑走的那个小鬼？”

“嗯。”楚斯没好气地道，“记得吗？上回趴在我身上哭得肝肠寸断，偷偷摸走了我一支液体炸弹后，翻脸就不认人的那个。这么晚了也不知道他究竟干了些什么，跑去了哪里，啧……”

萨厄·杨的表情突然变得有些微妙和复杂，眉心轻轻蹙了一下。

就那么一下，就让楚斯愣住了。电光石火间，他突然想起来刚才那小崽子皱着眉看他时，为什么会有种似曾相识的感觉了。之前在卡洛斯·布莱克的飞行器上，萨厄·杨被强行骗进医疗舱，半途醒过来皱着眉眯起眼的时候，眉目跟他一模一样！

“萨厄——”楚斯转头看了眼小崽子消失的地方，又转回来看着萨厄·杨，迟疑道，“那小鬼不会是……”

“……我对这里有一点隐约的印象。”萨厄·杨点了点脚下的地，而后突然问楚斯，“你刚才跟他说了什么？”

楚长官难得现出了一丝无辜感，“我总共就说了两句话，六个字。”

“嗯？”

“‘疼不疼’，还有‘你干的’。”说着，楚斯还冲火光处抬了抬下巴，道，“我只是怀疑爆炸是他弄出来，还担心是不是用的我那支液体炸弹。”

他话刚说完，就感觉自己的下巴被人捏住转了过去，萨厄·杨眼皮微垂，浅色的眸子一眨不眨地看着他，跟以往不太一样。

在反应过来之前，他就被萨厄·杨拥住了。这个拥抱跟以往不太一样，带着某种浓烈又柔软的东西，这种扑面而来的毫无遮拦的情绪在萨厄·杨身上不多见，但是楚斯能清楚地从中感觉到他的意思。

“真是你？”楚斯含混地问了一句。

萨厄·杨没回答，只是收紧了手臂。

火光、星幕，还有这一整片空无一人的旷野，在萨厄·杨记忆里出现过很多次，那个从背后过来拍着他头顶的人声音模糊，面容同样模糊。但他始终觉得自己应该并没有忘记对方的模样，也许某一天重新见到的时候会有种区别于任何人的熟悉感，然后他就会认出来。

事实证明，他高估了自己的记忆力，又低估了世界的奇妙度。

他认出来的时间远远晚于预期，但答案却格外惊喜。

他突然开始有点喜欢这个看似严苛无趣、却偶尔能给人惊喜的世界了，因为面前这个特别的人。

这大概是他有生以来最大程度的爱屋及乌。

HEITIAN

第46章

# 破门而入

直到黑天鹅重新启动的时候，楚斯都有点缓不过神来。

触动是肯定的，但是……

“你居然还会哭？”楚斯一想到那个小崽子是小时候的萨厄·杨，就觉得非常……难以置信。

“……”

“我没记错的话，那小崽子当时趴在我身上可怜巴巴的，哭得都要晕厥过去了。”楚斯回味了一下那个场景，依然觉得这仿佛是在开玩笑。

不过显然萨厄·杨本人对这点似乎比他还难以接受。他倚着驾驶台感慨了半天，萨厄·杨都没回一句，默默拨着操纵杆，装聋装得跟真的一样。

其实他还记得之前萨厄·杨说过的话，他说自己小时候有阵子非常极端，完全无法理解正常人的情绪，只会模仿。情绪对于小时候的他而言只是一种工具。

在巷子口见到的那次刚好完美印证了他那句话，为了骗人放松警惕说哭就哭，一旦液体炸弹到手，翻脸比翻书还快。他始终记得在地下通道入口处，那小鬼转头瞥他的一眼，冷漠得就像是毫无感情的机器人。

现在再想起来，如果当初那小鬼顶着那种眼神笑一下，还真的跟有些时候的萨厄·杨一模一样。

但是楚斯现在就是想逗萨厄·杨两句，于是刻意忽略了这些原因。他踢了一下萨厄·杨的脚，要笑不笑地道：“别装哑巴，你就没点什么感想么？跟哭包自己重逢的感想。”

萨厄·杨开着一百架黑天鹅，滑到了爆炸点的上空盘旋了一圈，没见到追缉的人，便干脆不耽搁时间了，一拉操纵杆便开始直线升空。

他做完这一系列操作，终于懒懒地朝后靠上椅背，两手肘支在扶手上，交握着手指看向楚斯，无赖一般拖腔拖调地说道：“我的嘴巴表示现在不太想说话。”

楚斯：“……”

地面的城市和旷野都越来越远，楚斯想了想还是正色道：“这么看来，咱们碰上了你第一次从实验基地逃走？”

“差不多吧，我记不得了。”

“那恐怕这次逃跑不会是什么好结果……”楚斯想到萨厄·杨曾经的眼盲和后来在实验舱里经历的那些，就皱起了眉，道：“真的不去试着帮一把？”

萨厄·杨笑了，“你果然只是嘴巴凶而已。不过帮忙还是算了，我不是好好地活到了现在么，况且虽然第一次逃跑没能成功，但是提前见到了你，跑得不亏。”

楚斯：“说得好像见完你能记得似的，”

萨厄·杨：“……”

不过挤对归挤对，玩笑归玩笑，萨厄·杨看起来是真的没打算给过去的自己帮什么忙，转眼间他已经又给黑天鹅加了一波速度，调整到了星际模式，

太空监狱的追踪星图再次被调了出来，这次他们学了乖，每次跃迁过后第一反应先是瞬时冻速，冻一会儿再重新提速。

所以，尽管他们依然在完整的天鹰γ星和碎片之中来回穿梭，却再没有出现过刹不住车直破大气层被迫着陆的情况。避免了这些琐碎的意外，追踪之路就变得顺畅起来。

但是感受上顺畅，不代表就能很快达到目的。这一次所耗费的时间比他们找寻巴尼堡长了一倍。

屏幕上面的航行时间显示为06：13：42。这已经是他们不知第几次跃迁了，萨厄·杨的脸色都带上了一点疲劳的样子，手上还缠了一段消炎纱布，因为之前有两次跃迁抖动特别明显，他去抓楚斯的时候动作太大，整个手背在锋利的金属边角上狠狠剐撞过去，拉了一条长口，血流不止。

他原本还懒得裹纱布，后来过了几分钟仍然不见有愈合的趋势，才被楚斯推进内舱，乖乖上药。

“2个小时了。”萨厄·杨指了指自己的手，冲楚斯道，“让拆了吗？”

楚斯没好气道：“2个小时内你问了我五次。”

“裹着不方便。”

主要是手伤了之后，驾驶就由楚斯来代劳了，老实说同步驾驶是一件非常耗眼力也非常耗精力的一件事，楚斯的眼睛曾经受过伤，还有点儿后遗症，长时间下来绝对舒服不到哪里去，萨厄·杨便总想把驾驶权重新捞回自己手里。

暂时没发现太空监狱的行踪，楚斯让系统进入平稳航行，便丢开操纵杆伸手挑开纱布边缘看了一眼，“好点了，再等1个小时吧。”

他顿了一下，又问道：“萨厄，你的愈合能力是不是出问题了？”

萨厄·杨撇了撇嘴，不太在意，“其实星球崩裂之后就偶尔会有这种情况，应该是受了点时间实验后果的影响。”

如果早些时候说这些话，楚斯可能不太能理解，但是在知道这么多事之后，听到这话就明白了意思。

萨厄·杨作为实验的成品，被迫跟时间捆绑在了一起，但是这种捆绑其实并非是那些疯子们理想中单方面地控制时间，更准确地来说是机械地控制外加被时间影响。

白银之城在实施了灾难转移后，整个星际能量紊乱，时空区开始出现错位，这些就像是水质变化会影响到鱼，空气污浊会影响到鸟一样，反过来影响着萨厄·杨的体质。

以至于他会冷不丁出现一些状态不稳的情况。

不过萨厄·杨自己除了不太习惯被照料外，并不在意这种体质上的变化。

就在楚斯皱着眉想说些什么的时候，他们不知不觉又在星海中穿过了一个时空区，抵达另一块时空区的瞬间，追踪星图上就突然多了一个圆点，正一跳一跳地闪着提示。

来了！

跟他们玩了6个小时捉迷藏的太空监狱这次出现挑错了位置，直接撞到了枪口上——

那个圆点和楚斯他们所在的位置离得极近，几乎就是脸对脸。

萨厄·杨二话不说，当即一把握住操纵杆。

同步驾驶系统在他的控制下当即发出百道指令，接驳在一起的黑天鹅当即四散开来，上下穿梭。仅仅是眨眼的工夫，就将整个太空监狱上下左右围了个严严实实，活似一枚河蚌，将太空监狱那颗倒霉催的珍珠含在了其中。

无数银色的抓索同时朝中央发射过去，像极了星海里倏然抽丝的曼陀罗。

对于太空监狱来说，大约就是走着走着突然就被捆了个措手不及，除了蒙大概没有第二种反应。而等他们再想有反应的时候，已经被钉死在原地，什么也做不了了。

这一切发生得太快，直到太空监狱已经被牢牢控制在手里了，楚斯才注意到它尾端的金属铰链呈现出明显的断裂痕迹，显然是不完整的机体，缺了一块。

至于为什么好好缺了一块，就得问罪魁祸首萨厄·杨先生了。

“看见那处断裂痕没？”楚斯把屏幕上太空监狱的影像拉近，指着尾端道，“那个时空的我们应该已经跟它打过交道了，并且留了个圆盘当纪念品。”

这就说明，它已经袭击过了黑雪松林和楚斯的别墅。

萨厄·杨道：“梅德拉上将安排的人总不至于去袭击你的别墅，看来我们还是迟到了一步，混乱的结果是时间实验的人占了上风。”

所以……他们去黑雪松林干什么？

还没来得及细想，太空监狱那边已经发了一道通讯申请过来。

楚斯想了想，去内舱随便找了条毛毯过来，往己方这边的摄像头上一扔，然后接受了通讯。

屏幕上很快显示出太空监狱中心管理区，监狱长以及一帮狱警正站在屏幕前，一脸不痛快地看过来。

然而……他们看见的是一块巨大的黑屏。

对方：“……”

由于萨厄·杨还没把黑天鹅的隐形罩解除，太空监狱一时间无法探测到这边的飞行器型号和数量，也就无从判断来人的身份。

监狱长盯着这边的黑屏看了片刻，顺手抓起自己的电子身份牌靠近屏幕，用官方刻板的语气说道：“这里是天鹰γ星太空监狱管理中心，我是监狱长克顿·史密斯，根据星际协议，太空监狱属于天鹰γ星的延伸化领土，对领土发动进攻等同于发动星球间战争。”

楚斯站在屏幕这头，一个一个地数着对方人头——能站在管理中心的，都是混乱之后占据了主动权的人，也就是控制着太空监狱去袭击黑雪松林别墅的人。

有多少算多少，全都是需要收拾的反叛者。

萨厄·杨见楚斯没有要搭理对方的意思，便纡尊降贵地开了口："谁说这不是战争了？你们现在已经被全方面包围，正位于所有战斗飞行器的瞄准镜头正中央，我建议你和你的部下们先把舱门打开，再就地抱头蹲下，如果能自觉把腰带抽了，那就更好不过了，否则一个按钮下去，你就可以跟这个世界说再见了。"

监狱长："……"

他的脸色在听到萨厄·杨语气的瞬间扭曲了一下，但很快又变得有些疑惑不定，最终在重重威胁之下硬着头皮开了口："你是什么人？说话语气跟我们某位在逃囚犯很相像，但是声音要哑一些……"

他自顾自分析了一番，突然想起什么似的，又镇定了一些，"即便你就是那位在逃囚犯，也没什么，黑金环控制器一天不解除，我们就依然能对你采取强制措施。"

萨厄·杨"哦"了一声，冲对方道："鉴于你有这么多疑惑，这样吧，你们靠近屏幕一点，给你们看样东西。"

监狱长皱着眉，下意识朝屏幕前倾了倾身，两手撑在了金属操作台上。

萨厄·杨伸手按了一下静默打击启动钮。

那一瞬间，一百架黑天鹅同时对太空监狱进行了静默打击，每一次静默打击都能引起舱内金属攻击性反应，效果好比触电。就见对方屏幕里，所有接触金属的人瞬间抽搐了一下。

紧接着二次、三次、四次……

整整一百次静默打击毫无间断地套过去，等到最后一下结束的时候，监狱长和那些狱警们已经手软脚麻地没什么战斗力了。

萨厄·杨又道："再靠近屏幕一点，帮个小忙。"

监狱长："……"

如果不是嘴麻，恐怕他是要破口大骂的。

然而萨厄·杨还没放过他们，继续道："别摊着，劳驾开一下舱门。"

监狱长麻着舌头道："做梦！"

萨厄·杨又给他们来了一轮静默打击，用非常遗憾的语气道："那我们就只能自己开了。"

监狱长在不间断刺激的酸爽折磨里，还不忘翻着白眼冷笑："你当太空监狱的舱、门是铁栏杆箍……箍的？！星际间最先进的舱门技、术够你开到下半辈子！"

萨厄·杨关掉了通讯，拍了拍楚斯道："去内舱拿点装备。"

感谢蒋期他们的细致，每架黑天鹅的锁柜里都压着一套防护服，原本是为了进时空曲道准备的，但是这会儿也能派上用场。数百道静默打击产生的机舱外壳静电可不是开玩笑的，贸然接触显然舒服不到哪里去。

太空监狱内管理中心里，监狱长还黑着脸道："放心，进不来！至少暂时进不来，等他们进来了，我们也恢复得差不多了。"

然而监狱的舱门外，顺着接驳通道走过来的楚斯用戴着白手套的手按了一下舱门边的按钮，扫描仪的红光从他全身走了一遍，读取DNA序列信息。

仅仅5秒，便跳出了两句话。

这两句话同步以电子音的方式，响彻在整个监狱内管理中心——

认证通过，权限合格！

舱门准备开启！

"？"

整个管理中心的人蒙了2秒才反应过来这两句话的意思，差点儿当场吐出一地血来。

HEITIAN

第47章

# 米勒医生

不是，怎么就认证通过权限合格了？！

管理中心的那帮人一时没想通，太空监狱里哪个有权限的人能在这种时候开门杀进来。

最靠近操作台的一名狱警冒着再被攻击一次的危险，拍了一下系统指令按键，然后问道："开门的是谁？什么权限？"

叮——

"天眼系统为您服务，经查询，认证记录显示开门人DNA身份信息为安全大厦第5办公室执行长官，权限为当前最高。"

众人："……"

他们这些人自打被安插进太空监狱起，就没见过哪个胆肥的人敢劫狱，没想到临到彻底撕破脸掌握控制权的时候，居然见识了一回，而且一玩就玩了个大的——顶头上司亲自来劫。

电子音话音落下的时候，楚斯和萨厄·杨已经穿过重重隔门，长驱直入地进了管理中心。

他们身上还穿着宽大的防护服，乍一看也看不出身材和成年后的区别，只要身高能撑着就能装个大概。楚斯没摘面罩，只摘了护目镜垂着眼皮扫了一圈管理中心的人，然后刻薄地嗤道："我倒是头一回看见下属当着面用一种活见鬼的目光看上司的。"

这帮人如果光听声音，可能还会有疑心，毕竟楚斯的声音也处于少年期有点哑的状态。但是看见了眉眼，就生不出什么疑问了。

毕竟是下属，再瞎也能认出上司来。

其实在进管理中心之前，楚斯心里还保留了一点误会的可能性，但在看见监狱长这帮人略有些闪躲的眼神后，他便百分之百地确定下来，这帮就是反叛的没跑了。

“躲什么呢？诸位连顶头上司的别墅都刨完了，这时候再装老实是不是稍微有点晚？”楚斯凉丝丝地说，“在我面前装可怜起不了任何作用，不如留着去给幕后真上司，蒙德·霍利斯？时间实验的领头者？两位军部上将？还是白银之城？”

原先监狱长那帮人还动了动嘴唇想开口，也许是想给自己编一个能圆过来的借口，听到这些话后便彻底没了声息——老底都被人摸清楚了，还有什么可说的。

楚斯原本还有些担心两个人对付这么些反叛者会有点麻烦，可能会耽搁一点时间，结果被萨厄·杨这么出其不意地来一下，事情顿时就简单化了。

管理中心的这帮人已经没了什么战斗力，收拾起来快得很。又因为反叛者在之前的混乱里占了上风，把握了太空监狱的控制权，所以只要在太空监狱里走一趟，就能看出来派系——哪些是管控别人的，哪些是被镇压下去的。

只不过结果跟他想象的还是略有些出入——

两人站在第一监区的一扇监室门前，按了门边的通话按钮，隔着防爆特制玻璃门冲里面一位灰色短发的强壮男人道：“灰狼赛特？没记错的话我之前开放了第一监区，你应该已经被放出来了，怎么又进去了？”

灰狼一脸“你谁”的表情斜视过来，满脸烦躁，“一时大意让人暗算了而已，要不你再开一次放我出去试试？不开就滚！”

楚斯想想自己全副武装的模样，认不出来倒也正常，于是也没跟他计较，只是点了点头道：“再开一次倒是没问题，只是我需要确认一下你是哪边的。”万一就是个中立的真囚犯，想着趁乱越狱呢。

不过听到这话，灰狼赛特的脸色倒是变了一些，似乎有些狐疑地上下打量着楚斯。

楚斯干脆摘了面罩，露出脸来让他看。少年时期跟成年时期五官的变化其实不大，更何况十七八岁的时候已经极其接近成年状态了，也就是轮廓深浅和气质的区别。

反正乍一看，该是谁还是谁，绝不至于认成别人。

给灰狼晃了一眼后，他又重新把面罩戴上，道：“我只是证明一下我的开门权限，现在该你回答我刚才的问题了。”

灰狼蹙着眉看了他片刻，迟疑着开了口。他依然没有报出任何一个关联人的名字，只是直述立场：“我站魔鬼计划的对立面。”

“好。”楚斯点了点头，二话不说给他开了监室门。

直到监狱门打开的时候，灰狼还一脸做梦似的表情，不过他出监室的步子没有丝毫迟疑。

“把自己人挑出来，我去开门。”楚斯又道。

灰狼摸了一下自己手臂上的黑金环，脸上又有了警惕的神色，他盯着楚斯和萨厄·杨的眼睛看了片刻，才道：“跟我来。”

刚开始他还有些斟酌，看得出他心里的疑虑没有打消，专挑看上去能打的自己人来试探楚斯。见他们果真说到做到，一个个都放了出来，他才慢慢放下戒备，问道：“你怎么掺和进来了，楚长官？”

楚斯言简意赅，“子承父业，有问题？”

“没有。”灰狼活动着脖颈，一路跟着，想想又道：“别怪我防备心重，毕竟不是所有人都能子承父业。”

很快，近五十个自己人被楚斯他们重新放了出来，腾出来的监室用来塞监狱长他们那拨人。

直到那帮原本掌握了控制权的反叛者全部被扔进监室就地监禁，灰狼他们才彻底放了心，跟楚斯他们讲起了之前的混战经过。

事实上混战比楚斯想象的要有波折一些。

最初楚斯下令开放第一监区后，灰狼赛特他们联合一小拨狱警来了个突袭，当即把值班的副监狱长和大批狱警都投进了监区，顺便为了减少麻烦，给金乌鸦那帮半成品注射了药剂，使他们进入休克状态。谁知临到关头，几个入狱没多久被他们认为是中立的囚犯帮着监狱长带着一小批人突然反扑，扭转了局势。

楚斯从那几个刚入狱没几个月的囚犯监室前走过，一一看了他们的名字——冈特、霍尔、安德森……

这些人的名字楚斯还留有印象，因为文件从他手上走过，不过因为这几人身份特殊，犯案又是在军营，很多事宜是由军部那边确认下来的，定罪之后又因为这几个人格外难抓，最终出动去追缉的人不是别人，正是唐和勒庞他们那些隶属于特殊训练营的。

在看到这些人的时候，他突然就明白为什么勒庞他们会被支去巴尼堡做那样毫无技术含量的清扫任务，显然是为了把接触过这些假囚犯的相关人员处理掉。

典型的不拿人命当回事。

这样的疯子们如果真正从时间中解脱出来，那恐怕只会是一场莫大的灾难。

“总之就是这样，险些成功又被反扑——”灰狼赛特一脸愤然又懊丧地道，“我们就重新被关回了监室。”

至于陷入休克的金乌鸦他们……

“笼子和消声装置可不是我们干的！”灰狼听楚斯说了金乌鸦他们后来半死不活的状态，当即否认道，“我是来这里装囚犯的，又不是真囚犯，玩不来那一套！这种事只有对方那帮疯子才有可能干，为了掌控不方便控制的人，他们可什么都做得出来。不过看到金乌鸦那蠢货吃瘪我觉得异常欣慰，这么多年没少给我找不痛快！”

楚斯想了想问道：“监狱长他们掌握控制权之后，有没有去过哪里？”

“有。”灰狼点了点头，“我监控到他们收了一条来源不明的指令，转头就去找白鹰军事医院了。我当时偷偷给在那边的邵老医生发了一条警示，后来看他们只找到了一台空的冷冻胶囊回来，估计目的没达到。”

“邵老爷子躲的是他们？”楚斯蹙了蹙眉，转头冲没开过口的萨厄·杨低声道，“我想……我差不多明白他们为什么要去我的别墅了。”

灰狼赛特对于楚斯身边这个从头到尾没摘过面罩、护目镜的人非常好奇，拍着他开了个玩笑，“这位自己人是谁？我认识吗？怎么到现在还裹得严严实实的不露脸？别闷坏了。”

萨厄·杨隔着护目镜瞥了他一眼，懒洋洋的声音从面罩下传出来，“我担心露了脸，阁下会转头就跑。”

这混账嘴里说着“担心”，手却没停，已经把护目镜摘了下来，露出英俊又悍利的眉眼，那双特别的近乎透明的眸子盛着半冷不热的笑意，显得戏谑又傲慢。

“萨厄·杨——？！”灰狼赛特调子都走了音，当即收了拍他肩膀的手，果真找了个借口跑了。

“你在这里都干了些什么？”楚斯看着灰狼的背影，没好气地转头问萨厄·杨，“怎么见你跟见鬼一样。”

萨厄·杨，“以前把他误认成时间实验那边的人，小小地要过两回，没了。”

他还特地强调了一下“小小地”这个形容词。

楚斯：“……”

信他就有鬼了。

“你刚才说知道他们为什么要去你的别墅？”萨厄·杨适时地岔开了话题。

楚斯道，“因为邵老爷子最得力的助手米勒在我那里，每年夏冬两季会跟着我回别墅，帮我调整智能机械。如果他们想要从邵老爷子那里获取某些信息，在找不到邵老爷子的情况下，退而求其次，第二选择一定是常年跟着他的助手米勒。”

他们不由想起之前邵老爷子自己做的记忆切割，他切除一部分记忆，显然是为了保证某些信息不被时间实验的人所知悉。

那么时间实验的人在找的是什么呢？

他们已经联合了白银之城，布置好了龙柱，转移了灾难后果，一切想做的似乎都已经做了，还有什么是他们没能实现却又始终不愿意放弃的？

太空监狱用来停放飞行器和跃迁舱的仓库里，二十多个冷冻胶囊正静静地排列在其中。

这样的场景再一次证实了楚斯的话，他们捞走了那么一大块星球碎片，最终却只留下了里头藏着的这些冷冻胶囊，显然目标就在这之中。

两人开了灯绕着这些冷冻胶囊走了一圈，里头躺着每年陪楚斯在别墅内待着的警卫、营养师、秘书以及邵老爷子的助手米勒。

每台冷冻胶囊上都标着编号，不同地区的开头数字自然也不一样。

楚斯在这当中发现了不属于黑雪松林的一台空胶囊，看编号，恐怕就是邵老爷子办公室里的那一台了。

“之前龙柱导致的效应让我想起来一件事。”楚斯冲萨厄·杨道，“既然龙柱能刺激冷冻胶囊里的人醒过来，能不能借由监狱里的医疗设施也试一试？”

“你想叫醒米勒？设备我倒是没问题，但是生物医疗方面……”萨厄·杨似笑非笑道，“尽管我非常享受这种依赖感，但是恐怕你得另寻高明了。”

然而现实总是非常残酷，习惯了由萨厄·杨来解决各种技术活，冷不丁碰到他也搞不定的，一时间还真找不到第二个合适的人选。他们在太空监狱的自己人中来回筛了两遍，一个懂生物医疗的都没有！

就在众人有点一筹莫展的时候，楚斯突然想起来一位——

身为决策者，不说别的，起码要会用人，什么人到手里都能派上点用场，特殊时候，还包括某些不是人的，比如……某些人工智障结巴系统什么的。

HEITIAN

第48章

# 猜测有误

身为天鹰γ星目前最高端的智能系统，天眼背后数据库所覆盖的知识面远远超过任何一个正常人，但这并不是只有数据库和知识库就能完成的事情，而且目前的天眼属于不完整的状态，安置在指挥中心的天眼系统被那个时空的楚斯和萨厄·杨拽跑了。

这样的变故肯定会使得天眼系统中一部分程序受到干扰出现错误和漏洞，不结巴就不错了，不能指望太多。

两人回到管理中心，楚斯借着权限方便，试着冲这边的天眼下了条指令："医疗舱的冷冻胶囊已经接好端口了，看看能不能刺激一下，把里面的人弄醒？"

叮——

熟悉的提示音响了起来，紧接着是熟悉的天眼电子音，声情并茂地问道："怎么刺激？"

楚斯："……"

你问我我问谁？

楚斯想了想："你知道龙柱吗？"

叮——

天眼："知道，龙柱系统由蒙德·霍利斯教授于5——"

"差不多行了，没让你背资料。"楚斯打断道，"龙柱工作起来引起的环境变化会刺激到冷冻胶囊，致使里面的人自主清醒，你试试能不能借用医疗舱那些设备模拟一下？"

叮——

天眼理直气壮："太空监狱无需使用龙柱，无从获取龙柱工作后的环境变化数据资料，所以无法模拟。"

楚斯："……"

要你有什么用？

每次跟天眼交流，楚斯都有股想把这气人玩意儿电源拔掉的冲动。

但是这人工智障也确实没说错，龙柱在这次灾难里才正式启用生存模式，太空监狱跟龙柱又八竿子打不到一起，没有环境数据确实正常，连这些最基础的东西都没有，当然没法模拟。

"单纯的机械模拟办不到。"萨厄·杨想了想，冲楚斯道，"可以跳过低级试试高级，自主设计刺激方案。"

楚斯哼笑一声，刻薄道："就这么个东西还能自主设计方案？"

叮——

天眼："指令请不要带贬低性用词。"

楚斯讥讽："……我给你下指令了吗？"

天眼："不知道啊。"

楚斯："……"

萨厄·杨笑了起来，低声冲楚斯提议道："以后在住的地方也弄一个智障系统养着，怎么样？"

楚斯简直气笑了："你可以试试，我保证离你远远的，有生之年都不会去找气受。"

"那就算了。"萨厄·杨玩笑着拍了拍楚斯，"我来调试一下这找打的系统。"

好在萨厄·杨虽然对生物医疗没什么研究，但是天眼这种系统他还是搞得定的。

经过几次错误尝试之后，他排查了整个天眼系统，又试运行了一些程序，最终得出的结论是中间有部分程序片段出了点问题，这部分程序决定了天眼系统人性化的方面，程序完善程度越高，天眼的智能度越接近于人。

如果程序完善度足够，自主设计一套方案是完全可行的。

"怎么样？能修复吗？"

萨厄·杨点了点头，撑在操作台前手指敲个不停，"它里面自带一套非常出色的自主升级程序，只不过有点儿损坏，把升级程序修补好，让它自主升级修复其他所有缺漏和错误部分，就差不多了。”

升级程序的修复并没有想象中的麻烦，至少在萨厄·杨手里会给人这种感觉。他花了大约40分钟，把天眼整套升级程序调了一遍。

叮——

天眼：“自主升级程序启动，预计所需时间1小时。”

萨厄·杨把升级程序切成小屏幕，放在一边，然后调出驾驶系统，把上下圈围的一百架黑天鹅纳入了同步驾驶的范围里。紧接着他给天眼下了一条指令：“来，定位一下你缺失的身体部位在哪里。”

天眼：“……”

但不管怎么说，天眼定位另一部分自己，比通过其他方式来定位要快得多。事实上它跟另一部分自己始终是联通的状态，只不过受楚斯和萨厄·杨的影响，时空对它来说并不是连贯平整的了，所以两边联通的信号有些断断续续和跳格。

反正干坐着等也是等，不如节省点时间同步寻找金乌鸦他们那些半成品，万一在1个小时内就找到了呢。

事实证明，天眼定位另一部分的自己速度很快，而黑天鹅的跃迁速度同样很快，连带着被它们圈在中间的太空监狱也跟着快了起来。两项优势相结合的结果就是，他们只花了半个多小时，跃迁了四次，就在一片时空区里遥遥看见了那个从太空监狱上拆下来的圆盘。

楚斯通过星图定位大致算了一下，“对方在我们正头顶，现在调转方向航行过去大概需要5分钟。但是5分钟之后，它还会不会在这个时空区，那就不好说了。”

大屏幕上的影像是头顶摄像自下而上拍到的圆盘仰视图，显示对方正在静静地航行。

那么问题来了，在这种时候，最节省时间的办法是什么？

楚斯默默看着萨厄·杨，片刻后啧了一声，绷着脸摸出通讯器，把面前这个正在升级的天眼系统排除在指令外，对着远远悬在头顶的那部分太空监狱圆盘发出了一条指令——

清除萨厄·杨以外所有囚犯。

发完指令，为表清白，他还把通讯器伸到萨厄·杨面前给他看了一眼。

结果刚送过去，一条指令反馈就来了——

结果：指令发送失败。

原因：指令无效。

附加解释：指令用语不明。

楚斯："……"

萨厄·杨："……"

好，果然是个人工智障。差点儿忘了，那个时候圆盘上那个天眼不仅智障还卡机呢。

就在两人默然无语的时候，大屏幕上的太空监狱圆盘出现了诡异的变化，边缘部分凭空消失了。

灰狼赛特刚好过来找楚斯，一眼看到那个屏幕立刻叫道："喂！长官快看——"

就在这说话的1秒间，太空监狱圆盘消失的部分就更多了一点。对于灰狼赛特来说这种情景不多见，但是对于楚斯他们两人来说，可就太熟悉了！这显然是碰到两个时空区交界才会发生的情况。

就像之前在旷野里碰见的小时候的萨厄·杨，再让它移动下去，它就会彻底从这个时空区消失，再想定位又得耗费一段时间。

反应最快的是萨厄·杨。

他把楚斯递到面前的通讯录一把接过来，就着指令界面，手指翻飞，两秒之间便接连发了两道指令。

"清除囚犯。"

"立即跃迁。"

在那一瞬间，屏幕上只剩大半的太空监狱圆盘底部陡然开口，一个大型圆舱和一个小型舱一起被弹了出来。

大型圆舱在推力作用下，堪堪擦着时空区的边缘朝下飞落，而小型舱飞落的瞬间，隐约可见一个人影从里面翻了出来。然而还没待屏幕外的几人看仔细，或者说还没待那个人影发觉他们的存在，那个太空监狱圆盘已经执行了第二个指令，蓝色屏罩一闪，将圆盘、一小块接驳土地以及那个一闪而过的人影都笼了进去，很快便跃迁消失了。

灰狼赛特目瞪口呆地看着屏幕，还没反应过来，就见楚斯和萨厄·杨已经借用手动操作，调整了航行方向，整个太空监狱连同捆绑的一百架黑天鹅倾斜着朝上一兜，便把那个被弹出的大型圆舱兜了进来。

叮——

天眼："顶部入口已开启，接住目标。"

叮——

天眼："顶部入口已关闭。"

紧接着，众人头顶便响起一阵金属相触碰以及接口锁死的动静，持续了大约3秒左右，终于恢复平静。

楚斯盯着萨厄·杨手里的通讯器看了2秒，一脸平静地提醒道："很遗憾，之前的猜测有误，把你扔出监狱机体的显然是你自己，我建议你乱记的账本可以撕了，别往我头上冤。"

萨厄·杨："……"

HEITIAN

第49章

# 自我介绍

无债一身轻，楚斯对于这种结果感到非常满意。

就是萨厄·杨先生花费了好一会儿才消化了这个令人哭笑不得的事实，并且勉强接受了把这一页账撕掉作废的建议。

天眼系统在旁边默默叮了一声，例行提示："升级进程已完成70%，副体同步已完成30%。"

刚进管理中心的灰狼赛特一脸不解地问道："副体同步是什么意思？"

楚斯指了指已经空无一物的屏幕道，"就是你刚才看见的那东西，从太空监狱上拽下去的一部分，里面的天眼系统是这边的副体。"

听见这边的主体天眼叮叮叮乱响的提示，他们也终于弄明白之前那阵子天眼莫名其妙的升级是怎么回事了，就是因为跟这边同步。

只不过主体这边是一个连续的进程，总共只需要花集中的1小时。但对副体来说，很可能完成10%的时候在一个时空，完成20%的时候又在一个时空，所以显得断断续续，似乎是不知不觉间偷偷升的级。

楚斯一脸复杂地敲了敲主体天眼核心盘的金属罩，道："之前那个副体莫名升级的时候，我几乎要怀疑这智障系统也是白银之城安插过来的卧底了。"

萨厄·杨嗤笑一声，似乎觉得非常不可思议，"派这么傻的卧底是嫌自己败得不够快？"

叮——

天眼："我……听……见……了……"

"升了级确实不一样。"楚斯道，"竟然能模拟出这种语气了。"

天眼："……"

见这系统一直升级顺利没出什么问题，楚斯便转头冲灰狼赛特道："劳驾帮个忙。"

灰狼赛特毕竟在监狱装了很多年的囚犯，头一回听见直管监狱的顶头长官用这种语气说话，顿时还有点儿不习惯，人高马大的一个壮汉当即就有点不大自在地挠了挠腮帮，道："你说，你说。"

"把自己人都叫来，准备迎接一下新入伙的。"楚斯点了点头，示意他可以去喊人了。

灰狼还有点儿反应不过来，"新入伙？谁？"

楚斯指了指头顶，"过会儿放他们下来，不过对你们来说应该是老朋友了。"

灰狼花了大约3秒，终于明白了他含义，登时挑起眉应道："好的，没问题，迎接金乌鸦他们是吗？我保证，让他们感受到回监狱的温暖。"

大约3分钟后，他带着五十来人拎着从武器舱里顺来的各种手持炮，从灭失弹到局部降维打击应有尽有，乌泱泱站了一圈。这帮人里有一部分狱警，有一部分卧底囚犯，还有个别几个属于后勤，负责太空监狱的餐饮维修之类。

不论是在楚斯眼里，还是在萨厄·杨眼里，这些人都算是熟脸，可见在太空监狱里潜伏的年头不短了。

这帮人聚过来之后，显然都看到了摘下面罩的萨厄·杨，那一瞬间，各个脸色都跟开追悼会似的，变脸变得精彩纷呈。看得萨厄·杨嗤笑一声，倚着操作台懒懒地抬了一下手，道："好久不见。"

肉眼可见众人的嘴唇都动了动，但没人发出声音，但是在楚斯看来，他们每个人脸上仿佛都刷了一排明晃晃的大字：滚你的好久不见！

明明怨气不小，人数众多，却还得老实憋着，可见萨厄·杨先生即便在太空监狱内部，也是一大祸害。

但眼下萨厄·杨成了他们的自己人，总不能直接开火撒气，于是灰狼赛特带头，把怨气发泄到了手里的武器上，咬牙切齿地狠狠开了手持炮的保险，里头的机簧和弹夹当即发出一声脆响，很有点示威的味道。

其他人纷纷效仿，一时间五十多人同时拉开了保险，机簧弹撞声响成一片，能让任何一个好战分子热血沸腾起来，也能让任何一个不常见真刀真枪的人吓软腿。

萨厄·杨对于这种场景自然非常适应，毕竟某种程度上来说，他一看就是应该扛炮拎枪搞破坏的人。但是向来衣冠楚楚的楚斯在这种场景前同样适应得很好，居然没有半点儿违和感。

他对这种阵仗还挺满意，转头敲了敲天眼，语气平和地道：“把顶上那些笼子放下来吧。”

叮——

天眼：“顶端出入口开启。”

就见整个管理中心头顶上，无数尖齿状的金属板朝后缩退，打开了一个圆形的入口。紧接着一个又一个金属牢笼被吊索放了下来。

当初楚斯没数，现在一看，不多不少，刚好十二个笼子。

半成品全都在这儿了。

可怜金乌鸦他们那帮人，攒了一肚子怒气落了地，刚想破口大骂，发不出声音也就算了，一抬眼就看见周围乌泱泱围了一圈人，每个人手里都端着手持炮，炮口明晃晃地对着他们，一边眯着眼装模作样地瞄准，一边咧开一个凶神恶煞的笑，七零八落地说道：“欢迎回来啊。”

金乌鸦他们：“……”

本来装了吸音装置就没音，这会儿更是一片死寂。

好在这种令人感动的欢迎仪式并没有长久地持续下去，既然要拉金乌鸦他们入伙，灰狼赛特之流自然也不会真的对准自己人开炮，也就是表达一下多年激愤而已。

楚斯抬脚走到笼子前，冲金乌鸦打了个招呼：“很高兴又见面了。”

金乌鸦张了张口，没发出声音，但在场的都能读出唇语：“我一点也不觉得高兴。”

楚斯挑了挑眉：“长话短说，这次把你们请到这里，就为一件事。”

金乌鸦他们被关久了怨气深重，没有一个显露出配合的模样，爱答不理地撩了撩眼皮，一副随便楚斯说不说的模样。

但是紧接着楚斯说出来的名词，瞬间吸引了他们所有人的视线——

“时间实验。”

“如果我们没猜错的话，诸位都曾经是时间实验的被迫参与者，被那个所谓的时间拉缩计划和实验舱折磨过很长一段时间，3年？5年？10年？我相信你们当中有一些对这个时间实验了解不少，比如金乌鸦柯顿·莱斯特先生，据我所知你犯的那些事中牵涉到的每一个人都跟实验关联颇深，总不至于全是巧合。”

楚斯顿了顿道，“不过我也知道有一些人对这个实验的认知只流于表面，或仅限于自己接触过的部分，所以我还是想说一下你们曾深受其害的这个实验……”

他将这段时间所了解到的所有关于时间实验的事，向这十二名“半成品”解释了一番——

包括魔鬼计划这个名称、实验的失败品和成功品，牵涉到的三方势力、背后的白银之城。

也包括他们的深入目的，转嫁给天鹰γ星的毁灭伤害，以及通过龙柱所能实现的更多后果。

甚至还包括这么多年为了阻止这个计划，前赴后继把命搭进去的那些人。

有些事情，一遍一遍地复述其实非常耗费耐心。碰见这种情况，楚斯往往一次比一次简略，到最后三言两语甚至一句话就能说个大概，至于对方听不听，他有的是别的手段应对。就像当初给邵珩和齐尔德·冯他们解释萨厄·杨的身份。

但是在跟这十二名半成品解释时间实验的时候，他一个字都没有省。

因为这里随便一句话，带过的都可能是某个人的一生。

蒋期、埃斯特那些牺牲者的一生，或是梅德拉上将、邵老爷子、费格斯那些负重者的一生，或是贺修文中将、乔伊斯中将、灰狼赛特这些忍辱者的一生……

他们的一生都有那么多年，怎么能一字不提。

说完所有，楚斯道：“重新认识一下吧。”

他冲萨厄·杨摊了一下手，道：“这位萨厄·杨先生，以及诸位，一共十三人，就是魔鬼计划所谓的成果，成为这种成果有什么心得体会，我想你们各有感悟。至于端着炮跟你们开玩笑的这帮朋友们，原本各有职务，之所以会在这里当着狱警或是扮成囚犯，我想也不用解释了——”

楚斯抬眼扫了一圈，说道：“不介意的话各位能否重新做个自我介绍，我也希望正式认识一下。”

众人互看了一眼，灰狼赛特率先站直了身体，脚跟一磕，手指在眉骨碰了一下道："斯托恩·赛特，原军部第三军团作战部172队队长，在太空监狱卧底16年，目前……军礼已经不太会敬了。"

其他人闻言深有体会，一边感慨一边挤对着笑了起来。

"康纳·王，原军部第一军团星际单兵部12支队队员，在太空监狱卧底11年。"

"西蒙·柏金森，原军部特别军团救援队……"

"路易·莱尔，原……"

……

刚开始金乌鸦他们目光里还残留着一些抗拒和抵触的意味，多年形成的尖锐棱角并不是那么容易磨平的，也许永远都磨不平。但是在看着那五十多个曾经相熟多年的对头、死敌、点头之交、过路人一一做着介绍时，他们渐渐连眼神都静默了下来。

楚斯并没有急着让他们选择什么，或者答应什么，而是在这之后，便让人开了那些笼子，解了他们脖颈上的吸引器，领着他们去洗澡、吃东西。

直到他们陆陆续续走出管理中心隔门的时候，大部分都依然沉默着，不知在想些什么。

只有走在最后的金乌鸦，突然回头看了楚斯他们一眼，但是最终还是没什么都没说，转回头去离开了管理中心。

"不赶时间？"萨厄·杨在众人都离开后，问了楚斯一句。

"总要给他们一个消化过程。"

两人正说着话，突然背后传来叮的一声响。

天眼再度开了口："升级进程已完成，副体同步已完成80%，程序隐入后台。"

楚斯转头扫了眼屏幕，试着下指令道："既然升级完了，现在能自主设计一套刺激冷冻胶囊的方案了？"

叮——

天眼道："那当然。"

楚斯点了点头，"我们去医疗舱等你的结果。"

叮——

天眼用一种很不要脸的语气道："那你们要跑快点。"

楚斯："……"

智障系统即便升了级，该找打依然找打。楚斯和萨厄·杨当然不可能真听它的鬼话，跑着去医疗舱，但也没磨磨唧唧故意拖延。

好在天眼并没有夸大自己的能力，当两人走到医疗舱门口的时候，里面那台拉满接线的冷冻胶囊正缓缓褪去透明罩下的冰霜，睡了很久的米勒医生动了两下，缓缓睁开了眼。

这速度快得有点出乎两人的意料，但确实是个令人欣慰的结果。

刚从人体冷冻状态脱离的米勒医生有点适应不来现实的环境，茫然地在胶囊里躺了足足有两分钟，这才如梦初醒一般从里面打开透明罩，坐了起来。

"长官？"因为太久没说话的缘故，他的嗓音变得异常低哑，第一个音差点儿没能发出来。

"感觉怎么样？"楚斯问道，"需要水还是需要食物？"

米勒坐着自我揉按了一会儿双腿，才从胶囊里慢吞吞地挪出来，哑着嗓子道："太久没进食不能立刻吃太多东西，如果有营养液的话，劳驾来一点儿。"

"这个倒是早有准备。"楚斯将事先调兑好的一小杯营养液递过去。

米勒分了好儿口缓缓喝完，这才有了点力气，嗓子也恢复了一些。他左右扫量了一眼周围的环境，疑惑道："灾难结束了？"

"还没，但是快了。"楚斯开门见山道，"事实上是我们采取了一点儿手段，将你强制叫醒的，不然你还能多睡一会儿，也许真的能睡到灾难结束。"

米勒是聪明人，一听这话就明白了大致情况，当即笑了一下，问道："长官你这是碰到什么事了，要把我挖出来帮忙？不会是——"

他瞥了萨厄·杨一眼，适时止住话头。

楚斯坦然道："不是倒计时的问题，是关于邵老爷子的事情。"

"老师？"米勒一愣，"老师怎么了？"

"长话短说，就是灾难发生后，某些不怀好意的人一直盯着邵老爷子，似乎是想从老爷子那里获取某些……信息？"说到这里的时候，楚斯也有一点迟疑，毕竟他们一时也下不了定论，"好在老爷子警敏，没让他们找到，于是他们转而把目标改成了你。"

米勒一愣，“什么？我？”

“当然，现在那些人已经被控制了，这点你不用担心。但是我们想知道为什么那些人一直盯着邵老爷子。而且，在我们找到老爷子并确认他安全无虞的时候，发现他给自己做过一次记忆切割。”楚斯蹙了眉，问道，“米勒，你能想到有什么事可能和这些相关吗？比如老爷子这些年里有没有刻意避开过什么话题？或是其他诸如此类的事情。”

一直抱着胳膊倚在门边的萨厄·杨想了想补充了一句，“或者他有没有曾经特殊对待过什么人？”

楚斯转头看他，萨厄·杨从兜里摸出一枚金属圆片，夹在手指间冲他晃了晃。

不是别的，正是从蒙德·霍利斯和副院长那里截获来的“赃物”。

楚斯瞬间明白了他的意思——

有什么是时间实验团队追逐了多年仍然不放弃的？明明他们已经勾连了白银之城，包围了救援区，成功在星球上布满龙柱，甚至成功等到了龙柱正式启动。除此以外，他们还有什么想要的？

从他们了解到的所有信息来看，至少还有一件事，时间实验团队一直没有得到结果。

就是那个所谓的“从没产生过排斥反应的孩子”，那个实验团队眼中最能成为完美品的“神”。

于是楚斯顺着萨厄·杨的话，把问题再次具体化了一点，“邵老爷子有没有提过什么人体质比较特殊？或者你们曾经接触过的病患里，有没有这样的情况？”

米勒坐在冷冻胶囊边缘苦思冥想了片刻，迟疑着摇了摇头，“应该……没有吧。”

HEITIAN

第50章

# 答案

这个否定的答案让楚斯沉默了片刻，但是紧接着他便反应过来——

以邵老爷子那种性格，他都能为了不被人得知信息自己做记忆切割了，会跟米勒说这些吗？他为了护着那些信息，连自己都防，会任由助手知道那么多事情？

“或者，换一种问法。”楚斯想了想又开口道，“老爷子有没有在接触某个病患的时候没让你帮忙？或者避着所有人？不管是以什么为借口……”

这话说出来的时候，门边倚着的萨厄·杨撩了一下眼皮，目光落在了楚斯身上，片刻之后又收拢回来，两只手指绕着那枚金属圆片把玩着，似乎在想什么。

米勒注意到了那一幕，看了他一眼，又看向楚斯。

有那么一瞬间，尤其是刚才那话问到最后几个字时，楚斯自己也觉得有点……古怪，而在对上米勒的目光后，那种古怪的感觉就更重了，脑中某个有点荒谬的猜测一闪而过。

“不会是……”

“啊——说到这个我倒是想起来了……”

楚斯和米勒几乎同时张了口，只不过前者蹙着眉，语带犹豫，后者却是一副恍然大悟的模样。

然而还没等他们两人继续把话说完，楚斯就听见背后突然响起了一声突兀的电子音——嘀！

轻而短促，就像是某些仪器启动时发出的声音。

楚斯转头循声看过去，就见萨厄·杨抬起了手，两根手指间夹着那枚金属圆片，“我把它打开试了一下。”

重点当然不在于这个金属探测片是开启的还是关闭的，重点在于……

它是亮着的。

整个金属圆片的边缘正亮着一圈荧白的光，提醒着所有知情的人它的探测结果。

在副院长和蒙德·霍利斯的通讯往来中有提到：金属圆片中储存了时间实验团队设定好的数据作为对照值，一旦它附近有跟对照值相符的能量波动轨迹，圆片边沿就会亮起提示光。

而眼下的情况显然正说明，萨厄·杨举着的手指附近，有符合对照值的对象，或者换一句话说——要么那个从没产生过排斥反应的人五年内来过这里，要么他现在就在这里。

楚斯和萨厄·杨两人盯着那枚圆片，沉默了有一个世纪那么长。

最后还是毫不知情的米勒出声道：“你们这是怎么了？那个硬币一样的东西是什么？”

楚斯在满心荒谬之中下意识回道：“你可以理解为一种探测仪器……不过我现在有点怀疑它的准确性。”

萨厄·杨看向他：“老实说，我倒不是很怀疑。”

楚斯蹙起眉：“可是……”

米勒一脸茫然，“你们在打什么哑谜，我听不大懂，还有长官你刚才说‘不会是——’，不会是什么？”

“没什么，我现在已经没有想说的了。”楚斯依然皱着眉，目光有些迟疑地从圆片上收回来，转头看向米勒医生，“你之前说你想起来什么了？”

“其实也没什么，我只是想说，如果依照长官你所提示的那些，我想来想去只有一个人似乎有点符合那种情况。”米勒说着顿了一下，又似乎有点好笑地接着道，“其实就是长官你。当初你重伤被转到老师手里的时候，需要进行一系列智能机械相适性检查，比正常的检查要精细高端得多，你的情况又比较棘手，所以检查是老师亲自做的，报告结果也是他亲自看的。”

“这倒正常，对于这种危急性病患向来都是这种处理方式。一般他老人家亲自看完后，当时就会拿着报告跟我再聊一聊，会给我讲清楚危急在哪里，棘手在哪里，就当上课。但是你那次他看了报告后没有立刻找我，而是说身体不太舒服，歇了一个下午，直到第二天才来跟我讲具体的伤情讨论方案。而且那天他看起来心情不大好，忧心忡忡的样子。当时给你确定治疗方案的时候，有几个更为简单的被老师否决了，如果是平时，他否决了会给我讲清楚原因，但是那次他说得……”

米勒回忆了一下，然后摇了摇头道，“总之说得不大清楚，我甚至都没太听明白。当时看他脸色不太好，以为是身体缘故，就没多问。反正当时单是方案就讨论了一整夜，最后确定下来的其实是最为复杂的一个，我倒是没什么异议，毕竟虽然复杂，但它意味着风险小稳妥性高。”

“老实说，那个方案的事故概率小得好比‘手上破了皮却不小心死了’这种，但是老师就是特别担心，说用在你身上他也拿不准效果会怎么样，后来不还整天盯着你说要观察不许出院么？你肯定记得的。”

楚斯当然记得，但是他一直以为是因为他伤势状况确实太危险，所以老爷子格外上心，其实包括其他医生护士也都是这样认为的。

米勒想了想又补充道：“越说越觉得就是长官你了，你知道吗，正常的机械肢体能用就是能用，不能用就是不能用，非黑即白，很少会有你那种情况。需要不断做时间调试和机械维护的，你是头一个。”

之前说的那些，楚斯还能勉强想出别的解释，但是一旦牵扯到“时间”这个词，他就无话可说了。

他沉默了片刻，出声问道：“所以每次做调试，实际是在调什么？”

米勒还没回答，萨厄·杨已经先开了口，毕竟他更明白楚斯究竟想问什么，“我之前跟老头学过一遍，发现你的半边机械身体之所以要调试，是因为它跟不上你的生理频率节奏。”

“啊，是的。”米勒顺着他这话一边比划一边解释道，“你的身体相当于我的左脚，机械体相当于右脚，原本一边一步走得很稳，节奏是对的，正常情况下只要节奏对了，就能一直这么走下去，但是你却总会有点意外，时不时它就跟不上了，不知道是你身体的频率节奏突然变了，还是机械体变了。节奏跟不上，自然就没法用了，这时候就需要重新调试成相匹配的。”

“对于这点我还问过老师，老师说你身体里有些健康隐患所以才会导致这个结果，但是他不太擅长那个方面，而且毕竟你受过那么重的伤，他担心你身体承受不了更多治疗，所以不敢贸然插手，怕让你冒险。说要等你一切状况稳定下来再作打算。”

说完，他摊了摊手，“就是这样。”

尽管邵老爷子跟米勒说的时候，一直用病症来解释，但是这些话听在知情的楚斯和萨厄·杨耳里，很快就能拼凑出当初的真相来——

楚斯半边身体毁损，正常的肢体移植不适用，转到邵老爷子手里经受更细致的机械适应检查时，老爷子发现了他脑中的专用芯片。从芯片或者报告的反馈中，老爷子也许大致猜到了芯片跟时间实验有关，但是无法摸清更具体的情况。所以他不敢贸然对芯片做什么，怕伤害到楚斯，只能在保证楚斯好好活着的前提下，再从长计议。

但是也许老爷子从接触的军部人士那里听到了一丝风声，觉察到楚斯对于时间实验团队的吸引力，于是他选择守口如瓶，甚至担忧自己在不受控的时候泄露信息，在被追踪的关头干脆把记忆做了切割。

说白了，还是对小辈的一种无声保护。

米勒的话和发光的金属探测片同时放在面前，但凡理性分析一下，就能得出这个结果。

而楚斯恰恰又是惯来都理性的人，即便事情落到自己头上，他也不可能纯粹因为感性上的难以接受而选择无视现实。

萨厄·杨看了他一会儿，突然出声道：“米勒医生是吗？你需不需要去吃点正餐犒劳一下被冻了这么久的味蕾，餐厅那边应该正热闹着。”

米勒先是愣了一下，转瞬就明白了他的意思，当即站起身活动了一下腿脚，道：“那是自然的，光是营养液可太对不起自己了，我去转转，长官你如果有什么需要再叫我。”

楚斯点了点头，也跟着站起身，“对了忘记告诉你了，我们现在所在的地方是太空监狱，餐厅那边正在用餐的人里可能会有一些你觉得面熟的人，不过不用太惊讶，目前都是同伙。”

米勒：“……比如哪些面熟的人？”

楚斯道：“比如在某些通缉令上见过的面孔。”

米勒：“？”

刚醒来的年轻医生感觉自己睁眼的时机有点感人，不过既然都说是同伙了，那也没必要拘谨，于是米勒想了想道：“那我先去认识认识同伙。”

说完他点了点头径自出了医疗舱，还非常贴心地从外面把门给带上了。

门一关，楚斯的表情还没来得及收，就被倾身过来的萨厄·杨扶住了。

像是在哄一只被惊住的猫。

“我就是有点难以置信，但还不至于哄的地步。”

“我也没有哄的意思。”萨厄·杨的语气依然很懒，跟平时没什么区别，也真是因为如此，才让楚斯觉得这似乎也不算什么事，不过是突然知道自己脑子里多了一枚芯片而已。

“但是很奇怪，我从来没有觉得自己的体质有什么特殊——”话说一半，他就想起了曾经在雪山上挂着的33个小时，半边身体被压碎，在高寒中冻了3个小时还能活下来，单是这一件事就足以说明体质不正常了。

于是后半句话在口中拐了个弯，再出口时就变成了另一句，“我也从来没有被卷进过时间——”

这回说了一半再次卡住——自从睁眼后，他身上出现的时间问题可一点儿也不少。

接连两句自我打脸，楚斯语气都有些无奈了，最终还是勉强揪了个理由出来：“但是要说不排斥，我明明有很严重的头痛症。”

话刚说完，他就感觉自己的后脑勺被萨厄·杨摸了两下。

楚斯嗤笑了一声，“你可真有意思杨先生，我还没犯病呢你摸了有用吗？”

“万一呢。”萨厄·杨不大正经地回道。

他没去反驳楚斯的理由，事实上楚斯自己心里也很快就想明白了——任谁脑子里塞一个外物，都不会舒服到哪里去，尤其还是个一直在工作的外物，头痛简直是再正常不过的反应了。真正的排斥情况其实他见过，结果也比头痛惨烈得多，比如孤儿院里几乎每天都在发生的死亡。

楚斯沉默了一会儿，道：“所以咱们的运气其实好得出奇，本来以为最难找的人就是我自己，那么……我们就算找齐了？”

“嗯。”

萨厄·杨的声音低低沉沉地贴在耳边响起，听着让人踏实极了。就好像不管要去做些什么，都有无限信心。

HEITIAN

第51章

# 重返人间

楚斯原本给金乌鸦他们预备了1天的消化时间，只是没想到最终把自己也绕进了需要消化的人群里。

不过大事上他永远是理性为主，也不是头一回应对这种突然事件，所以消化整理得很快。当他从医疗舱里出来的时候，已经面色如常，平静得好像最初就知道一切一样。

他没想到的是，金乌鸦那一行人消化得同样很快。

他们饱餐了一顿，又将自己收拾干净，便陆陆续续地聚集到了楚斯和萨厄·杨所在的管理中心，毫无铺垫直奔主题地问道："所以你需要我们做什么？"

问出这句话的时候，他们的语气并不友好。

楚斯没有立刻回答这句话，他静静地看着他们，道："之前跟你们解释过，我和萨厄·杨之所以会以这个生理年纪出现在这里，是因为那个格盘进程出现了意外，而我们认为这种意外是受太多意外因素干扰所致。干扰越少，格盘进程成功的可能性自然越大。"

他顿了一下，摊手道："所以很显然，我需要你们跟我走一趟，把意外因素的干扰减到最低，保证格盘进程顺利进行下去。但是最终决定权仍然在你们自己手里。"

金乌鸦他们纷纷露出了一丝狐疑的神色，似乎不太相信楚斯最后那句话。

"不用这样看着我。"楚斯坦然道，"我承认，如果你们的决定跟我的期望相反，我一定会非常遗憾，也一定不会高兴到哪里去，我有无数种强制措施能够逼你们点头，事实上在需要的时候，我其实非常独裁。但是今天，至少在这件事上，我不打算采用任何强制措施。

“当初在开始的时候，实验团队没有过问你们的意愿，就让你们成为实验成果。现在一切该结束了，我觉得你们理应有选择的机会，否则我跟实验团队那些人就没有什么本质区别了。”

那帮人沉默了片刻，中间有一个突然笑了一声，半冷不热地说道：“你刚才这一番话也是在打感情牌不是吗？那其实也属于一种精神施压。”

“当然。”楚斯毫不避讳地点了点头，淡定极了，“我就是在说服你们，因为我有期待，我希望你们能如我所愿，这是任何一个人在任何一件事上都会有的心理倾向，不需要隐瞒和修饰。至于受不受影响，依然在于你们自己。”

也许是他太过坦然的缘故，反而有种浑然天成的推动力。

也许是灰狼赛特他们重新自我介绍时，这些人的沉默注视并非只是单纯的沉默。

又或许是其他的某一个场景或是某一句话触动过在场的这些人。于是他们思索片刻后，居然就这么点了头——

“我倒是不介意跟你走一趟。”

“无所谓。”

……

他们答应下来的速度也有点超出预期，仿佛不是在做什么重大决定，只是举手之劳而已，更稀奇的是这并不意味着他们的语气有多友好，有些在点头的同时甚至脸上还带着些微的不耐烦。

他们做决定的方式，乍一看就像是外出顺手带上门。

楚斯起初还觉得他们太过随意了，但转念一想，如果这样的事落到萨厄·杨头上，以他的性格，做决定可能都不用两秒钟。

这或许是这帮实验成品的通性，体质的特殊性使得大大小小的事情在他们眼里都不算事。这种性格在很多时候会让他们显得危险又难缠，但在这种时候，倒算一种好事。

既然在结果上达成了一致，也就没有必要再浪费时间了。

叮——

天眼在一系列操作指示后开口道：“目标巴尼堡位置已确认，防护罩已开启，全面连通，准备跃迁。”

“倒数计时5秒。5——4——3——提前跃迁成功。”

“目标巴尼堡位置已更改，二次确认已完成，防护罩开启，准备跃迁。”

“跃迁成功。”

“目标巴尼堡位置三次确认完成——”

“跃迁成功。”

……

这次的航行过程异常顺利，唯一的一段插曲，是在α星区边界路过时碰到了一场流浪者之间的对峙。

楚斯他们没注意那是在哪一段时空，原本也不想插手，然而就在他们浩荡路过的瞬间，被围攻的流浪者突然强行切进了他们的公共频道，带着满满匪气的年轻声音碰运气似的喊了一句：“朋友，路过别看热闹，顺手帮个忙吧！”

这句话和之前某个战时片段相重合，当时楚斯用这句话让卡洛斯·布莱克带着他的兄弟们上了飞行器加入战局，现在听见这句话，自然也不可能无动于衷。

他不知道那位年轻的流浪者是谁，但是冲着那话，他不介意插手帮人一把。

围攻那人的流浪者不算少，但在太空监狱和一百架黑天鹅战斗飞行器的火力压制下依然不够看。

那过程甚至算不上“对战”，那群流浪者见势头不对便直接撤了。

楚斯他们没多耽搁，像来时一样无声而干脆，收了火力便套上了跃迁防护罩。在跃迁的瞬间，通讯频道里再一次响起了那个被围攻的流浪者年轻的声音，带着笑，意气风发：“谢了朋友，后会有期。”

后会有期。

无名的朋友。

近2个小时后，他们终于从巴尼堡区域跃迁点出现，着陆在那片土地上。

楚斯把被控制关押的反叛者暂交给灰狼赛特那帮人，便和萨厄·杨带着金乌鸦一行人转入了黑天鹅，临行前萨厄·杨毫不客气地把天眼主体的核心盘也卸了下来，随身带走了。

抓索松开的金属碰撞声以及收起长链的滚轴声接连不断，围箍在太空监狱四周的黑天鹅重新升空，在无数接驳和扣合声中组成一个阵型，带着满搅而起的狂风，划过天际，再次没入茫茫星海。

在萨厄·杨的同步驾驶下，黑天鹅大队准确地找到了时空曲道的入口。

嗡鸣声中，莹蓝色的保护罩骤然全开，映照着大片的星空，百架黑天鹅瞬时跃迁，全部进入曲道。

曲道中的震颤颠簸比任何跃迁都强得多，即便穿着防护服，也能感觉到那种快要落在皮肉上的撕裂感。楚斯和萨厄·杨经历过，所以反应还好，金乌鸦他们脸色却有点难看。

倒不是无法承受这种程度的不适感，而是这种感觉也许让他们想起了曾经在实验舱里度过的日子。

不过即便这样，也没有人临时反悔说要走，只是不耐烦的神色更重了一些。

这一次，黑天鹅没有折在半途，成功抵达了曲道终点的停机坪。百架飞行器倏然落地，运行声渐渐停下来，整个地下空间重新归于安静，只能隐约看见长轨尽头的一点儿白光。

“我刚才看过时间。”众人走在轨道中的时候，萨厄·杨偏头冲楚斯说了一句，“你猜是什么时候？”

楚斯想了想，道：“格盘程序出问题，我们在曲道半途晕过去的时间点？”

萨厄·杨笑了一声，“没错。”

一切就像是一个巨大的圆，长途跋涉之后，再次绕回了最初的那个点。

巨大的地下空间里，也许是光线冷白的缘故，让人感觉有些阴寒，连说话都会有一些依稀的回音。

这是楚斯第一次真正站在这个空间里，第一次真正看到那些巨大的相连接的复杂设备。这一场对抗铺垫了数十年，又持续了数十年，跨越了两代人，现在终于快要有个终结了。

他们经过那些单人座舱，大多数是锁死的，透明罩上结满冰霜，蒋期他们应该正坐在里面。楚斯试了几次，也没能把座舱打开看一眼。

在这些座舱的更里面，有一处透明的圆柱形监控亭，仪表屏幕都在里头，只是那里面歪歪斜斜趴着一个人。

楚斯大步进去将那人翻过来看了一眼，皱着眉道：“邵老爷子。”

他探了探老爷子的鼻息心跳，立刻招了萨厄·杨过来把老爷子放平在地上，垫高脖颈。

一系列熟练的急救措施完毕，老爷子急喘两声转醒过来，只是眼睛还有些睁不开。

“这状态没法继续盯着格盘进程。”楚斯说道，“身体会垮。”

萨厄·杨想了想站起身摸出了天眼主体的核心盘在手中翻转了一下，挑眉冲他邀功：“那试试这个？”

“天眼？”楚斯有点担心，“确定能行？”

“总归不会有更好的选择了，这东西好歹升过级，能自主设计刺激冷冻胶囊的方案，盯一下格盘进程的数据应该问题不大。”萨厄·杨想了想又补充道，“更何况老头醒了，撑不住长时间的消耗，偶尔用语音指令提醒天眼几句应该还是做得到的。”

他说着便进了监控亭，将天眼核心盘接上端口，手指飞快地敲了一串设定。

叮——

天眼：“天鹰γ星最先进的智能系统天眼，真诚为您服务。”

叮——

天眼：“我为什么不在太空监狱了……”

萨厄·杨一边盘弄着一个临时的遥控启动装置，一边道：“我把你拆出来了，既然升了级，总得干点正事。”

叮——

天眼：“你有没有问过我的意见？”

萨厄·杨转头冲楚斯道：“长官，你的50001最高权限呢？”

叮——

天眼：“真诚为您服务。”

楚斯：“……”

萨厄·杨调着遥控装置的同时，顺手翻看了一下屏幕上的历史数据，一目十行地扫了十数页后，他敲了敲台面道：“我没理解错的话，老头他们似乎过度理解了格盘进程的含义啊。”

楚斯一愣，转头看他：“什么意思？”

“看程序真正运行之后的提示和数据，其实重点并不在于隔离。”萨厄·杨道，“在于连接。因为在场的这些都是所谓的意外因素，所以时间在重新进行自我调整的时候，要把这些因素纳入调整范围。尤其是……长官你。”

用蒙德·霍利斯的话来说，楚斯的成长跟时间的拉缩是交错在一起的，时间是他的一部分，他也是时间的一部分。

那么……当时间进行自我调节的时候，怎么可能把自己的一部分排除在外？

将这些意外因素，以及自己的一部分排除在外，调节所得的结果就不会是真正平衡稳定的。

归根结底，已经进入座舱的蒋期他们其实所占只是一小部分，真正最为影响进程的，是姗姗来迟的这些人，尤其是作为成品的萨厄·杨，和作为时间一部分的楚斯。

“这就差不多了。”调整完最后一点设置，萨厄·杨敲下一个按键。

叮——

天眼：“过往运行数据分析完毕，监控方案已完成设计。”

萨厄·杨拿了临时做好的遥控装置，帮楚斯把邵老爷子重新安顿在监控亭内的座椅里。老爷子还有些意识不清，正在缓慢地恢复，但是至少不会有什么生命问题。

楚斯又看了眼老爷子，这才走回到单人座舱旁边，冲金乌鸦他们道：“尽管在来的路上已经提过，我还是想再次提醒一下，这个格盘进程最终的调整结果对普通人来说可能只有喜没有忧，但是对在场诸位来说，很难预料。这个过程中有没有痛苦，会有多痛苦，我没有经历过所以无法知道，但是也许比你们曾经在实验舱里领受的那些更——”

他还没说完，金乌鸦已经率先摆了摆手示意懒得再听了，他依然挂着一副“看谁都不痛快”的脸，一边打开一个单人座舱坐了进去，一边冲楚斯嗤了一声道：“‘后果’这种词对我来说没有什么意义，就像我理解不了‘谨慎考虑’这种事一样，所以你说两遍和说一遍并没有什么区别，不如少费点口舌。”

其他人的反应也跟他差不多，陆陆续续都进了座舱。

这是他们数十年来形成的思维习惯，或者说已经融进了根骨里，成了他们的本性。

萨厄·杨在解决楚斯的倒计时问题时，真实地体会了一次时间紧迫和死亡的意义，所以慢慢地有了些微改变。

但金乌鸦他们没有。

也许这一次的终结会成为一种机遇。

楚斯和萨厄·杨两人照着天眼所说的参数和设置，给那十二位一一接上座舱内的端口，那些接线从巨大的圆柱形金属仪器里延伸出来，长而纠缠，全部接好的时候，就像是牵连在身上的一张巨网。

在金乌鸦他们手指握住透明罩的抓手时，天眼适时开了口。

叮——

“温馨提示，根据最为精准的设计方案，座舱屏罩可以不关，一般而言，能感觉到身边其他人的存在，会给人以信心和勇气——”

“气”字刚出口。

金乌鸦他们就面无表情地狠狠扣上了屏罩。好像晚一秒都显得他们没勇气似的。

天眼：“……”

座舱中的接线很长，足够萨厄·杨和楚斯站在座舱边互相帮忙把每一根接上。

每接一根，延伸进耳窝的嗅探触头都会发出“嘀——”的一声轻响，像是某种仪式前的倒计时，让人莫名有些心潮涌动。

就在不久之前，楚斯窝在黑天鹅内舱，靠着萨厄·杨看向舷窗外的时候，还在想一个问题——如果父辈们最终的选择落到了自己头上，能做到什么程度呢？

当时他觉得这种问题其实没有意义，毕竟他没有真正经历那些，不论正反，一切的假设都只是假设而已。

但是现在不同……

他站在父辈们站过的地方，做着他们之前做过的事，每接一个接口，两代人的身影就更加重合一些。

会活吗？会死吗？会痛苦吗？还是会遗忘？

原来之前凭空假设的那些事，真正到了这种时候，根本没有去想。

原来在碰见同样的事时，他们最终所做的选择居然是一样的。

他和蒋期，萨厄·杨和艾琳娜；执行官和囚犯，研究者和实验体。

不管身份有多对立，不管经历有多大差别，在奔流的岁月里，有些东西总能一代又一代地传承下来，恒久常在。就好像不论在哪个时代，不论碰见怎样的灾难，总有一批又一批的人，做出前人相似的选择。

这或许也是另一种意义上的永生和不朽。

叮——

“监控方案正在加载，准备启动，等待指令。”

萨厄·杨站在楚斯面前，看着他的眼睛笑了一下，然后冲天眼所在的监控亭方向按了一下手中的遥控启动装置。

叮——

“收到指令，格盘进程继续。倒数计时3——2——1——0。”

亲爱的人，后会有期。

萨厄·杨将一次作废的遥控反手丢开，抓住了楚斯。

他们身后，蛛网一般牵连着肢体的接线同时亮了起来，敞着的单人座舱里溢出的冰霜瞬间起了冷雾，滚滚升腾，白茫茫连成了片。

所有的设备在那一瞬间倏然重启，巨大的嗡鸣声像是最壮阔的海潮，响彻在地底空间里。

停滞的世界缓缓转起齿轮，混乱的时间飞速回归原位。

当神明坠地化为山丘，当魔鬼选择丢弃权杖，当时间为墓碑加冕，众生重返人间。——《永无之乡》

HEITIAN

第52章

# 暖春

漫天烟花收聚成弹，火光笼进炮管，四散的星球碎片重新聚集，边缘相合，裂缝消弭……

腐朽的枯叶飞回枝上，碾碎的花瓣重新包裹成团，天上的启明星落向大海……

冷冻胶囊里的人纷纷起身，倒退着回到厨房、客厅、街道、商场……

龙柱内荧蓝色的光倏然退回启动点，再回到白银之城的灾难转移装置里……

启动杆划到原位，接受的指令从屏幕上消失……

实验材料从反应池里跳出，回到运输飞梭的车厢，车门闭合，顺着轨道飞速后退……

楚斯感觉自己做了一个极为漫长又荒诞的梦，梦里的景物总是在前进和后退之间来回切换，流速太快，以至于当他睁眼后试着回想，却发现怎么也想不起来。

醒来的地方有着雪白的墙壁，墙面上挂着几幅颜色温暖明亮的水彩画，耳边是营养机运转的轻微声响，夹杂着并不明显的呼吸声。

鼻息里混杂着消毒水和营养液的味道。

这种场景太过熟悉，他怔愣了好一会儿，差点儿以为自己又回到了5702年的白鹰军事医院。

他下意识看了一眼自己的左半边身体，居然真的看见了仪器接线。

刚才还有些迷糊的意识瞬间就清醒了！

格盘进程最终的结果就是回到5702年重来？！

那么他后来遇见的那些人呢？

萨厄·杨呢？

蒋期呢?

楚斯眉头深深皱起来，正要使力撑坐起来的时候，动作牵动了旁边的营养机，嘀嘀的提示音响了起来，旁边的门几乎同时被人推开，一些熟悉的面孔匆匆忙忙涌了进来——

戴着口罩的邵老爷子，他的助手米勒，一些年轻的医护，还有邵珩。

“哎哎别动！”即便戴着口罩，也能看出老爷子正板着棺材脸。他戴着防菌手套的手把楚斯重新按回床上，“你的创口还没好呢又想干什么去?！脏器的状况今天早上才稳定，机械体换成培育肢体还没多久，左半边尤其不能使劲！”

老爷子一看病人有造反的苗头就火冒三丈，噼里啪啦连说带训了一气后，伸手朝远一些的地方一指，“明明一起进来的，你看小……那什么杨多安分?！”

杨?

楚斯一愣，张了张口：“谁安分?”

他的声音哑得连自己都愣了一下，不过他没顾得上在意，而是顺着邵老的手指转头看过去。

之前有营养机挡着视线，现在营养机被进来的小护士们挪开了位置，后面的景象便显露出来——

就见隔壁床上，萨厄·杨正闭眼侧躺，面朝他这边沉沉睡着。

那人脸上透着一股浓重的倦意，眉宇间还微微皱了一道痕，却依然不掩英俊。

楚斯看了好几分钟，这才确认自己已经清醒，并且没有看错。

确实是萨厄·杨。

于是他倏然便踏实下来，老老实实地被按回床上，听着老爷子继续用萨厄·杨当正面教材，训斥他怎么怎么不在意休养。

穿着无菌服的邵珩在旁边听了将近10分钟，终于忍不住开口提醒，“老头子，杨先生那是因为还没醒透呢。”

“你出去！”邵老爷子转头一指门口，“你跟进来干什么? 干扰他肢体恢复你担得起吗?”

邵珩无奈，先是冲着楚斯招了招手，嘿嘿一笑喊了句，“长官，醒了就好，新移植的肢体昨天就恢复得差不多了，我都听见米勒说的报告结果了，还说你要醒了可以下床活动活动，就老头一个人过度紧张。”

邵老爷子当即怒目瞪向米勒。

米勒：“……”

年轻斯文的医生两手高举示意自己的无辜，他一脸无奈地朝后退了两步，跟邵珩并肩后，从牙缝里挤出一句话：“邵队长，你能少出卖我一回吗？”

邵珩维持着笑脸面对老爷子，“不能。”

米勒：“……”

他们嗡嗡嗡地说了些什么，其实楚斯都没怎么听进去，他身体沉在软度适宜的病床上，注意力却已经从肢体上抽离了，始终集中在右手边，感受着萨厄·杨那边轻低却均匀的呼吸声。

过了好一会儿，他才在那帮人嗡嗡的间隙中，哑着声音插了几个问题：“这是在哪里？我睡了多久？”

“白鹰军事医院。”老爷子收了脾气，认真地回道，“晕了有1年了，昨天下午刚从ICU里移出来。”

老爷子脾气犟，非要把“睡”改成“晕”，半点儿不留情面。

他还想再说什么，身上别着的提示器又嘀嘀响了起来。

“你——”老爷子看着他还有些犯愁。

邵珩已经开了口，“别的床估计也醒了，你就去吧老头子，别盯着一个人训，我在这边陪着呢，有什么事保证立刻叫人。”

邵老爷子瞪了他一眼，又查了一遍楚斯床边的仪器显示屏，这才板着脸跟米勒一起离开。

小护士在旁边忙前忙后，在邵珩的帮忙下，重新给楚斯调整好营养机的参数设置，又接上接线，这才匆匆离开。

邵珩把椅子拉到床边坐下，两手撑着膝盖，冲楚斯道：“可算把大佛送走了，我耳朵都听热了。”

“所以现在是什么情况？”楚斯声音太哑，说话又不乐意费力气，所以几乎是低低的气声，“我的记忆还停留在巴尼堡的格盘进程，有点跟不上你们的话题。”

“你是问格盘进程之后发生的事？”

楚斯点了点头。

邵珩想了想道："这怎么说呢……其实格盘进程出问题的时候，我们也都陷入了休克状态，所以具体是什么样的，大概没人能完全说得清。但是根据后来提取的数据来看，你们重新启动格盘进程后，时间开始自我调节。又因为瞬间切断龙柱和白银之城实验区中枢之间的联系，导致了……类似于虹吸那样的现象，不过是时空意义上的。"

他一边比划一边解释，"就是极速倒退，再重新前进，利用中间形成的时间差值和能量变动改变了许多事情，同时达到一种时空范畴内的逻辑自洽。那个格盘进程本来的目的只是切断链接，以免白银之城变本加厉，给咱们造成更难挽回的后果。但是没想到最终产生的结果有点超出预期。"

"什么意思？"

邵珩道，"研究院那边得出的结果说，上百次不断进退的磨合过程，导致现实稳定在了一个比较奇异的点上——白银之城在转移灾难的时候出了一点时间误差，所以咱们星球在崩裂的瞬间刹住了车。"

"刚好在那个点上——人们已经躲进冷冻胶囊并启动了人体冷冻开始沉睡，分崩前期的全球范围大震动毁坏了很多地方，救援依然是需要的，跟时间实验对抗的人也依然会出现，跟白银之城的战斗也照旧打响了，你们还是去了巴尼堡地下启动了格盘进程，避免灾难进一步扩大。"

他说完耸了耸肩，道："就是该发生的许多事大多数依然发生了，只是总的时间略微提前了一些，开始在星球崩裂的那一瞬之前，剩余的都在时间的缝缝补补之下串联成了一个圆。研究院说，这大概算是时间的一种风险规避？避免了星球崩裂那种程度的能量紊乱，选择把那些糟心事聚集在了一个小范围内。"

楚斯忍不住问道："哪个小范围那么倒霉？"

说到这个，邵珩心情就变得愉悦起来，甚至有点幸灾乐祸："不叫倒霉，叫自作自受。几个月之前，白银之城那边泄露出一点儿消息，说是他们那个时间实验区出现了由实验引起的能量及时空紊乱，又因为实验区周围屏蔽带忘了撤，导致那种紊乱被圈在了那个实验区范围内，形成了一个封闭的时空魔方，所有的混乱都会在那个封闭区域里不断循环，每循环一次的那点误差值就是消耗的部分，直到混乱的能量全部消耗完，这种状况才会停止，保守估计要将近220年。光这一个时空魔方，就够白银之城受的了，至少这220年里，他们能消停点有所顾忌。”

220年，一生也就那么长了。

楚斯觉得有点感慨。

“就这件事，让我相信了两句话。”邵珩伸直了长腿，抱着胳膊舒坦地倚在了椅背上。

“什么？”

“牺牲总是值得的。以及……作孽总是要还的。”邵队长身心舒畅，不过他刚晃了两下脚就又顿住，认真道，“但是你们一躺就是一整年，那死气沉沉的生理数据啊，看着活像一排就等着封盖的墓穴，尤其是你的！照正常程序走的话，这一年你收的病危通知单能订成一部星球民法典，加上杨先生的刑法典——”

他干笑一声，“老头子心脏病都要被你们弄出来了，要不他那么紧张呢。”

楚斯转头看向萨厄·杨，“那萨厄——”

“放心长官，也稳定下来了，只是可能还得再过两天才能彻底醒。”他说着用手指点了点太阳穴，“这其实是个好消息。因为时间自我调整钉在了现在这个稳定的状态，不会再任意波动了，所以医院那帮专家们加上研究所的那些一起观察了三个月，说你脑中发现的那枚芯片，以及杨先生他们身体里的时间实验拟生组织，终于可以安全清除了。不然以后可能会很麻烦，容易过度损耗生理能量。上个月中旬的时候，医生给你们分别做了手术，杨先生剥离替换的组织太多，所以会醒得晚一点。”

“哦，对了，没了芯片的影响，你的左半边身体就不用继续使用机械的了，老爷子用你的DNA培植了肢体，跟原生的一样，已经给你替换上了，虽然现在创口基本看不出了，也可以适当活动，但是最近半年最好还是对左边温柔点。”

楚斯：“……”

他静了一会儿，张口道：“既然时间在无数次磨合中找到了一个稳定的点，就此延续下去，我为什么还会记得崩裂之后的那些事？”

邵珩道：“我也记得，事实上参与在其中的人应该都记得。根据研究院的结论来看，其实时间上百次自我调整和磨合过程中发生的事也在我们大脑中留下了痕迹，只是我们以为自己不记得。也许哪天突然觉得某个场景似曾相识，就刚好是曾经反复的磨合里发生过的。这种记忆留下来……也许是一种警醒吧，又或者是纪念。”

但不管是警醒还是纪念，都是好的。

“所以一切都结束了？”楚斯问道。

邵珩点了点头，“对，结束了。”

他说着，又想起什么般起身走到窗边拉开了窗帘，“这个病房的位置非常好，视野开阔，可以看到很远之外，窗帘挡着太浪费了。你看天边已经泛白了，估计太阳快出来了。”

楚斯“嗯”了一声，又看了看旁边萨厄·杨的病床，冲邵珩道，“既然你站起来了，干脆帮我个忙。”

“什么？”

“两张床合并一下。”

邵珩：“……”

他默默看着楚斯，楚斯坦然又平静地回看他，仿佛提出的是全世界病人都会有的正常要求，就好比倒杯水那种。

半晌过后，邵珩表情微妙道：“还好老头子不在。”

楚斯挑眉：“怎么？”

“你不知道，你跟杨先生重新启动格盘程序的时候，我家老爷子刚好恢复了意识，一定睛就看见……”邵珩停住没往下说。

楚斯面色如常地点了点头，“所以？”

邵珩想了想，道：“对于我家老爷子那种看见人当街拥抱都觉得不自在的老古板来说，你跟杨先生给了他极大的刺激。我理性猜测了一下，估计他当时意识又立即迷离了几秒。”

楚斯终于忍不住笑了起来。

邵珩嘀咕归嘀咕，最终还是老老实实地松了床下的滚轮，将两张床靠近了许多，但也没有完全拼合在一起，免得医生护士来了不太方便。

床位调整好之后，邵珩说时间差不多了，给楚斯拿点润嗓子的药来。

他出门的时候，楚斯能清楚地听见守在外面的警卫并拢脚跟的行礼声。

萨厄·杨依然睡得很沉，楚斯握了握他露出来的手指，又把被子盖好。

在做这些的时候，他的余光里突然出现了一抹亮色，再抬眼时便发现，落地窗之外遥远的视野边际，太阳出来了。

直到这一瞬间，他才真正意识到，那场漫长的似乎杳无止境的黑天终于过去，大片的晨光从天边漫了上来，甚至有那么几束已经跨过无垠土地，透过干净的玻璃，铺洒在了屋内。

墙上的计时器显示着星球时间和天气——

5715年4月12日，晴。

楚斯关掉了屋里的灯，安静地看着清透的阳光一点点漫进来，给床柜桌椅都镀上了一层毛茸茸的边，把一切都包裹得明亮又温和。

你看，后会终归还是有期的。

他醒来的时间恰到好处，刚好能和惦念的人，重逢在一场温柔的暖春里。

HEITIAN

第53章

# 尘埃落定

当然，楚斯醒来后重逢的不仅仅是人，还重逢了一大堆公务……

在得知他苏醒的消息后，齐尔德·冯便跟着安全大厦、军部、总领政府等一批人的脚步来给他这里刷脸、打卡，以及添堵。

在楚斯迟迟不醒的这一整年里，安全大厦第5办公室的主要事务便一直由齐尔德·冯偕同其他副指挥官一并处理，但是毕竟是代理性质的，所以决策下来的很多事情虽然实际上已经开始执行了，但是手续上依然差一步——执行长官楚斯的最终签字。

签完字的会作为正式决策，继续执行的同时归入安全大厦的档案库，这才算是真正尘埃落定。如果有些决策楚斯有异议，他一天不签字，决策就始终有被撤销的可能。

当然，在庞大智库的辅助和严密流程的监督下，决策失误率相对比较低，有异议的情况并不多见。

但是齐尔德·冯是个特别遵守规定的棒槌，于是在楚斯睁眼的第一天，他就送炸药一样给楚斯传送来了一整年积累下来的文件。

于是楚斯在医院的日常就是开视频会议，听工作汇报，签文件，做左半边身体的复健训练，看看依然没醒的萨厄·杨，再去蒋期的特别病房待一会儿。

这在常人看来大概非常充实，但对楚斯来说其实算清闲了，清闲得跟休假一样。

如果放在以前，他甚至还会不适应这样清闲的日子，但是也许是这次沉睡了太久，犯了点懒性的缘故，他一改往常工作狂式的状态，反倒挺享受的。

病房里配备有他处理公务所需的一切用品，几乎布置成了他的又一个办公室。

而待签字的文件也出乎意料地多，毕竟是灾难后的一年，很有点百废待兴的意思——

大到星际间各种新生协定的签署；星球内政策条令的调整；安全大厦、军部、总领政府三方之间的关系微调。

小到执行长官联盟个别的人员变动，安全部队的队伍调整。

另外，太空监狱清理了一大批反叛者，太多位置空了出来，需要拟定新的人选，尤其正副监狱长是需要执行长官来任命的。

楚斯在签这些文件的时候，不单单是看最终的那份结果，一般会把对应的前期文件也简略翻看一遍，也因此发现了过程中一些令人哭笑不得的东西。

比如他在监狱长的建议人选名单里居然看见了萨厄·杨的名字，提名人是齐尔德·冯。

不知道这棒槌是出于“以暴制暴”的心理还是别的什么，反正有一件事是可以确定的——齐尔德·冯副指挥官一定是忘了自己看萨厄·杨一眼都腿软的那些历史了。

楚斯看完齐尔德·冯长篇大论的提名理由，没好气地嗤笑了一声，“监狱长，亏这棒槌想得出来。”

……

对此毫不知情的萨厄·杨醒在一周后的清晨。

当时楚斯站在他床边，一手拿着喷瓶，另一只手拿着自动剃须刀，弯着腰正要下手，躺着的人就那么毫无预兆地睁开了眼。

楚斯被他惊了一跳，还没反应过来，手腕就都被萨厄·杨抓住了。

这大概是他下意识的反应，因为动手的时候他看起来甚至还不太清醒，眉心皱着，眯着的眸子满是不耐。

“醒了？”楚斯问道。

萨厄·杨听见声音的瞬间，眉心的皱褶便舒展开来，手指上的力道也跟着撤了一些，不过并没有完全松开。他就着那个姿势，懒懒地眨了几次眼，终于彻底清醒过来。

他冲楚斯笑了一下，眸子里盛了一弯日光，“长官，好久不见。”

声音低而沙哑，久违的语调。

楚斯就那么任他抓着手，“嗯”了一声，应道：“好久不见。”

“什么时候了？”

“5715年4月19号。”楚斯想了想补充道，“春天，天气很好。”

萨厄·杨朝落地窗外久违的明亮的世界瞥了一眼，又重新将目光移回楚斯脸上，“看来结果很令人满意。”

“确实，一切都很不错，就等你们醒了。”

“等了很久？”

“我还行。比你早醒1周。邵老爷子他们有点累，等了我们1年。”

萨厄·杨听了只是挑了挑眉。

格盘进程是怎么运转的，后来都发生了什么，星球又是如何恢复的，诸如此类的问题他一句也没有问，一如既往的懒散，似乎只要知道结果不错就行了。

典型的萨厄·杨做派。

楚斯心情显然很好，好到他自己都没觉察到自己的眼里有温和的光。

萨厄·杨晃了晃他的手腕，“你这副架势，又打算对我的脸做什么？”

“给你处理一下长出来的胡茬，有点扎人。”楚斯道。

“扎人？”萨厄·杨意味深长地笑了一下，“你是偷摸过了？”

楚斯：“……”

这人晕了1整年，也没改本性。

于是他只能动了动手腕，没好气地威胁道：“萨厄·杨先生我不得不提醒你，我目前左手用起来还不大灵活，你一定要这么说话的话，我很可能控制不住手指给你剃成花脸。”

“左手怎么了？”萨厄·杨眉心又要皱起来。

“别皱了，好事。”楚斯道，“做了正常的肢体移植，把机械体替换下来了，以后不用再被倒计时追在后面催命了。”

萨厄·杨眉心又松了开来。

“不过你既然醒了，胡茬的事还是等会儿再说吧。”楚斯抽出手来，把喷瓶和自动剃须刀都放下，按响了提示器。

几乎是刚收回手，门就被敲响了。

警卫给开的门，医生护士再度涌了进来，这次带头的是米勒还有另外几位老专家。

邵老爷子打了几天鸡血，有点劳累，昨天在楚斯的指使下，被警卫强行送回家歇着去了。否则等大家都醒的时候，他就该进加护病房躺着了。

米勒他们围着萨厄·杨做了一堆检测，各种检测工具嘀嘀响个不停，乍一看颇有点打仗的意思。

楚斯一直在旁边看着没插话没打扰，等到几位专家终于有了收手的架势，他才拍了拍米勒的肩，“怎么样？”

“嗯，怎么说呢……”米勒的表情有点儿复杂。

“有问题？”楚斯瞬间沉了脸。

米勒干笑一声，“不是，没问题，就是太没问题了才觉得有点心情复杂。萨厄·杨先生各项数据好得让我有点儿怀疑人生，跟他目前的生理状况相比，我觉得我们才是应该躺在病床上的那个。”

楚斯面无表情地盯着大喘气还吓唬人的米勒医生看了片刻，拍了拍他的肩，用异常平静的语气道，“祝你天天见邵珩。”

米勒：“会不会太毒了点长官？”

楚斯：“没关系，你值得。”

米勒：“……”

于是萨厄·杨就这么恢复了健康，最终的结果令楚斯也有些心情复杂——他明明早醒了1周，然而萨厄·杨却比他先获准出院。

获准归获准，他倒没有真的走，依然扎营落寨似的跟楚斯一间病房。只不过之后的一段时间，他白天在病房的时间并不多，因为安全大厦重启了当年的红枫基地案，需要他走一些流程。

同步重启的，还有太空监狱里一系列囚犯的案子，毕竟不论是时间实验团队还是梅德拉，都没少往里面塞人，现如今总得把这些人都撸一遍，该审判的审判，该定罪的定罪，该释放的释放，该提拔的提拔。

不过每天回到病房后，他都会陪楚斯去蒋期那边待一会儿。

蒋期的样貌一如既往，没什么太大变化，只是脸色苍白毫无生气，睡在持续供氧的无菌病床上，显得异常安静。

他们这一帮因为时间实验而死，又因为时间实验而重新出现的人，在时空的往来调节中落在了一个微妙的点上。

邵老爷子说，他们很可能会就此一直睡下去。

但这不算是个坏消息不是吗？毕竟心脏没有停止跳动，就总有希望。

11天后，一直在禁止探视病房的埃斯特·卡贝尔被转移到了可探视的加护病房，她身上的时间差最为严重，毕竟在盛年和幼年之间走了个来回。

时间的自我调节和新兴的医疗技术让她的生理状况最终稳定在了青年时期，她转换病房时就已经醒了，但是体质状况非常脆弱，依然得在无菌环境里待很久。

楚斯和萨厄·杨去看她的时候，她正坐在无菌罩里，用特制的无菌纸笔写着东西。

他们第一次见到这种模样的埃斯特·卡贝尔，和小拖把不同，和视频里咄咄逼人的研究专家也不同。这会儿的她沉静、温和，手腕瘦削，皮肤苍白，深棕色的长发披散下来，发梢卷曲着搭在手肘上。

“下午好。”楚斯透过通话装置，冲她问候了一句。

她笑着转头回道，“下午好。”

医生试着在她嗓子里加了一点辅助发声的微型仪，所以她现在可以说话了，声音很轻低而沙哑，但并不难听。

“在弄研究手稿？”未经允许，楚斯当然不会去细看那些纸上的内容，只是余光瞥到一些图示类的东西。

“这个？”埃斯特·卡贝尔摇了摇头，随手举起最上面的那张纸抖了抖，答道，“简笔画。”

楚斯：“……”

这下他看清了，确实是简笔画，极简到根本看不出是什么玩意儿的那种。

他睁着眼说瞎话地盲夸了一句：“还不错。”

“我就画了条银河，算了我知道你肯定看不出来。”埃斯特·卡贝尔叹了口气，毫不犹豫地收回了纸。

楚斯：“……”你开心就好。

可见卡贝尔小姐即便偶尔目光沉静，透着长辈的温和，但本性还是难改的。

不过除了那一张之外，其他纸上都是文字。

“这些又是什么？”楚斯又问道。

埃斯特·卡贝尔笑起来，“不知道，写着玩的，就当见闻游记，我最近记忆力有点退化，担心过两年就要得痴呆症了。”

楚斯一瞥眼，就看见某张纸上一连串的“神明魔鬼亡灵诗人”的，实在不知道这位女士究竟是在哪游了一圈，能有这种见闻。

但是他想了想曾经在蒙卡明菲餐厅看到的那句话，又想了想她曾经经历过的那么多事情，在见证过丑恶和迫害后，还能保留有这一面，大概是骨血里就带着点儿浪漫主义。

也许是受了卡贝尔这种心态的影响，众人都变得沉静又有所期待。

红枫基地等一系列重启的案件结束于1个多月后的某天上午。

萨厄·杨彻底卸下黑金环那天，特护病房的无菌罩里，蒋期也终于睁开了眼。

尘埃落定，一切都好。

HEITIAN

第54章

# 善举

5715年6月，军部、总领政府、安全大厦三方长达1年半的人员换血和大清洗正式结束，史上最大规模性质最为恶劣的反叛留下的烂摊子终于被收拾干净。

梅德拉继续坐镇军部，贺修文、乔伊斯两位中将因为战时表现突出，晋升为上将。

蒋期、埃斯特他们那一帮军部旧员虽然陆续清醒了过来，但是因为身体都有不同程度的创伤隐患，体质相较以前脆弱得多，无法适应高强度的工作，所以拒绝了恢复将衔的提议，全部选择作为特别研究员或是特别顾问，继续供职于白鹰军事研究所，打算在有生之年，把曾经在巴尼堡事件中毁损的部分尖端技术查缺补漏，慢慢完善起来。

邵老爷子打完了鸡血，果然有些疲劳过度，歇了2个月才慢慢恢复精神，老老实实回到了医院大楼顶层的智能机械中心，继续当他的主任，助手米勒的头衔换成了专家。

总领政府圆桌会议和长老院经过调整后，新的执政班子里有好几位跟军部三位元首有患难交情，战时也没少出力。于是这大概是新公历元年以来，军部和总领政府相处最为和谐的一届了。

当然，不止这两方，还有安全大厦。

经过一系列精简式调整和改革，原本九大办公室的格局发生了一点变化，第5办公室在职权重要性和影响力方面俨然超过了第1办公室，成为安全大厦最突出的部门。不过鉴于楚斯在灾难期间的表现，坐镇第5办公室绰绰有余。

而邵珩则因为战时的突出表现，由分遣队长升任安全部队副指挥官。

他们和军部，以及现今的总领政府元首班子关系同样不错。

三方有史以来第一次达成这种和谐局面，也算是难得。

不过即便再和谐，也有为一些东西扯皮的时候——比如萨厄·杨和特别训练营。

自从那次对抗白银之城的战役后，以梅德拉为首的军部现任三位上将就盯上了萨厄·杨，从进医院到出医院，再到红枫基地案重启，几乎全程跟进，就等着萨厄·杨解下黑金环，好直接抢进军部。

老实说，他们也知道以萨厄·杨这种性格，把他架上那种正儿八经限制颇多的职位，他肯定受不了。他那性格又独又傲，还总懒得搭理人，要硬是把他按在某个循规蹈矩的位置上，要么他自己造反，要么会把下面的人气得造反。

他这种性格就适合待在“特殊情况特殊处理，时不时能出格一下”的地方。梅德拉他们想在原有部队之外，再独立组建一支流动的特别部队，每一批队员都由其他部队选送进去，让萨厄·杨来操练他们。

“他们想练成什么样啊？军部不是有几个赫赫有名的特种部队吗？怎么还要组建新的？”邵珩听闻后，跟警卫队长罗杰闲聊。

罗杰想了想道：“没准想练成一个团的‘萨厄·杨’。”

“……”邵珩干笑一声：“练完谁敢收啊！”

然而这话刚说完没几天，安全大厦这边的特殊训练营也开始嚷嚷要把萨厄·杨捞过来，理由也很充分，毕竟萨厄·杨原本就是训练营出身，再加上他跟训练营创建者艾琳娜之间的关系，不进训练营好像都说不过去。

军部跟安全大厦就这件事来回扯皮扯了有1个月，最终的结果是互相妥协。

毕竟军部打算组建的那种部队，单纯从职能上来说，跟特殊训练营确实是相重合的。于是曾经隶属于军部，又转进安全大厦的特殊训练营再一次更改了属性，从安全大厦独立出来。成为一个单独的全方位特殊训练部队，由萨厄·杨任总教官。军部、总领政府、安全大厦三方共同扶植供养，每年定期抽选精英兵、特警、安全部队精锐队员进训练营做特别培训。

训练营的名字，也从原本的“安全大厦特殊训练营”改为了“联合精锐训练营”，陆地上一个基地，太空里一个基地。

联合精锐训练营太空基地接纳的第一批受训者，就来自……太空监狱。

5715年9月3日，安全大厦执行长官楚斯带着太空监狱筛选出来的一批狱警，前往训练营太空基地，副执行官齐尔德·冯以及警卫队长罗杰随行。

萨厄·杨穿着总教官的束腰长靴制服，带着全体训练长官，在太空基地的接驳闸口等着他们。

楚斯踏上太空基地的时候，萨厄·杨摘下右手的手套，手指碰着眉峰行了个礼，眯着的眸子微微弯着，盛着一丝笑意，懒洋洋地道："亲爱的长官，我可等你很久了。"

说完，他又把目光投向后面陆续进闸口的狱警们，挑了挑眉道："不少老熟人啊。"

狱警们："……"反正从名单确定的那一刻开始，他们就感觉自己基本是没好日子过了。

说话间，楚斯刚好走到他面前，例行礼节地握住他伸出来的手，倾身过去行了个贴面礼，顺势道："你给我差不多一点。"训练还没开始呢就胡乱吓唬人，像什么话？

萨厄·杨身边站着的训练长官里有许多楚斯熟悉的面孔，比如曾经的训练营小队——唐、勒庞、刘他们，还有原本跟楚斯共事过的训练营的人。

而楚斯这边带的人，对萨厄·杨来说也同样是熟悉的——齐尔德·冯、罗杰。

"小白脸队长没来？"萨厄·杨带着众人往基地内部走时，顺口问了一句邵珩。

楚斯道，"我昨天不是告诉你了？白鹰军校校庆，他去那边了。"

白鹰军校作为培养了一代又一代精英的顶尖院校之一，这种校庆几乎就是"大佬"集会，包括上将梅德拉在内的军部校友大队永远是最壮观的，楚斯在内的安全大厦校友大队也不遑多让，也就总领政府的校友相对少一些。

这次因为行程安排问题，楚斯和萨厄·杨去不了，但是其他诸如蒋期、费格斯、埃斯特、邵家父子……能去的基本都去了。

这在昨天晚上私频道通讯的时候，两人就聊到过。

谁知这会儿萨厄·杨却回了一句："没太注意。"

楚斯没好气道："那你都注意了些什么？"

萨厄·杨别有深意地看向楚斯。

楚斯："……算了你还是别说话吧。"

萨厄·杨笑了起来。

他们两人走在前面，其他人不可能去跟他们并肩，都老老实实地落后一步跟着，自然听不见他们聊天的具体内容。如果单凭楚斯露出的表情来猜，大概会以为他们谈论的是星际政治。

这帮狱警们安排的训练周期是1年，正式训练从明天开始。尽管萨厄·杨身为总教官，并不用真的亲力亲为全程在基地里盯着，但是最初的半个月是肯定要在的。而楚斯来这里的行程计划是2天，后面还有别的公务安排，想多待也待不了。

在此之前，两人就已经有1个月没能见面，全靠通讯器，在这之后又会有半个月见不到面。

所以这天晚上，萨厄·杨进他套房的时候，他真是半点儿都不意外。

这间贵宾套房的布置细究起来跟楚斯在白狼舰的套房很像，萨厄·杨熟门熟路地在消毒柜里拿了两只玻璃杯，放了些冰块，又从酒柜里抽了一瓶酒出来，浅浅倒了一点。

他微微晃着酒杯倚在隔门边时，楚斯刚好开完视频会议，从办公桌后站起身来。

"你自己的总教官专用套房不待，乱进贵宾套房干什么？这是哪里的待客礼仪？"楚斯把切断了公频道的通讯器搁在办公桌上，抬眼问道。

萨厄·杨松松地握着杯子冲他笑起来，问："来找你喝酒，不欢迎吗？"

许久未见，两人都不知困倦，搁下酒杯回房休息时已近凌晨。好在他们都是经历过各种糟糕境况的人，一两天不睡也不算问题。

萨厄·杨去训练场的时候，甚至看上去比平日还要精神一些。不过对那些被训练的狱警来说，这大概不算什么好消息。

楚斯清早收拾妥当后，喝着咖啡跟留在安全大厦的剩余副指挥官开了个视频早会，然后在基地的餐厅用了点早餐，这才带着齐尔德·冯和罗杰去训练场。

萨厄·杨前一秒还没什么表情地看着唐和勒庞他们"单方面"殴打那帮狱警，结果下一秒就转头冲楚斯弯着眸子笑了一下，"视频会议开完了？"

"嗯。"楚斯走过去，跟他并肩站着。

“暂时没什么事，不去睡会儿？”萨厄·杨冲训练场内抬了抬下巴，“这些也没什么好看的。”

楚斯没好气道，“我来就是为了看训练状态和效果，不是来借你的贵宾套房睡回笼觉的。”

那些狱警跟唐他们的差距有点大，倒不是指格斗技术，事实上论格斗术，他们绝对是顶级的，只是太过守规矩了，跟不上唐他们蛮不讲理的流氓招数。

“这打得也太……”齐尔德·冯虽然不懂格斗，但是大致还是能看出来的，他可能想说“下三滥”或者“不入流”，但是想想萨厄·杨在旁边，便默默吞掉了形容词。

楚斯却道，“等他们到了太空监狱，囚犯如果真想闹事，是不会讲究什么格斗规矩的。”

所以萨厄·杨安排的这种才是最适合狱警练的。

齐尔德·冯不傻，听了便明白了楚斯的意思。他又看了一会儿啧啧道：“也就是这些年轻人扛打，我要是上去，一拳就能送抢救室了。”

他说着停了一会儿，又感叹了一句，“年轻啊，真不错。”

罗杰在旁边问了句：“冯指挥官你后年要退休了吧？”

齐尔德·冯点了点头，“是的，年纪大了，该回去歇着休休假了。”

看训练的过程中，楚斯收到了好几条讯息，有来自蒋期的，也有来自邵珩的。

说的倒都是同一件事。

萨厄·杨看了眼他发讯息的手指，问道：“怎么？”

楚斯晃了晃通讯器，道：“蒋期和邵珩，早上告诉我他们到白鹰军事学院了，这会儿似乎在拍各种纪念照。”

正说着话呢，一位副执行官发来了通讯请求，楚斯冲几人打了声招呼，走到一旁的舷窗边接通。对方汇报完工作的事后便切断了通讯，楚斯却没有立刻走开，而是抱着胳膊倚着舷窗往外面看。

这个训练基地所在的轨道位置不远不近刚好，而楚斯过来的时机也刚好。所以他放下电话的时候，刚好看见舷窗外完整的天鹰γ星，正自左向右缓缓滚动。

就好像浩大的世界，就这么不紧不慢地，从他眼前路过了。

在他出神的时候，手里的通讯器突然震了一声，楚斯点开，发现还是邵珩发来的讯息——

“老头他们那个社团居然还能凑齐大半，重新拍了一张照片，看得我还挺感慨。”

这讯息之下，是一张动态照片。

照片里所有人站成了两排，当年意气风发的年轻人，如今大多都有了老态，面带褶皱，头发灰白。

他们连站位都和当年一样——邵老爷子的旁边是蒋期，蒋期的前面是费格斯。

在所有人站好了位置后，有人指了指屏幕方向，冲第一排的人笑着说道：“我数3声，你们坐下。”

“来了啊，1——2——3——坐！”

那人话说到“坐”的瞬间，蒋期他们后排的人极为默契地伸出了手，一把抽开了第一排的椅子。

只是这一次，再没有人摔倒了。

前排的人几乎同时回过头，看了一眼椅子，又看向身后的朋友，一脸了然地大笑起来。

几十年沉淀下来的心照不宣和风雨友谊，就都在这场笑里了。

所以，他们从不会遗憾老去。

悠长人生和白首深情，都是岁月的善举。

HEITIAN

第55章

# 永恒

对于斐穆城一带的人来说，今年的冬天很特别。

因为那场灾难的缘故，每年的12月27日被定为了全球性质的纪念日，5714年是第一次，今年是第二次。依照规定，会有三天的假期。当然，这只是针对大多数民众而言。对于军部、总领政府以及安全大厦的人来说，这三天意味着——

开会，开会，以及开会。

参会的包括三方的顶层决策者、首脑智囊团成员、星球各大研究院专家，每年挑一个城市作为会议地点，讨论内容包括城市辐射区域内的军事、政策、经济、人文等等。

今年挑的地方就是斐穆城。

26号，三千架空陆两用飞梭在斐穆城停机坪着陆，当即换成陆地模式，沿着入城大道纪律森严地驶进中心城区，与会人员就下榻在会议中心附近。

这几天斐穆城主城区各个街道都能看到站得笔直的警卫，每隔百米就有一个，穿着束腰裹腿的制服，脚蹬长靴，像是收拢寒光的利刃。

他们只管安全，不干涉民众日常出行。

于是这几天的斐穆城热闹程度反增不减，除了划定的会议中心区域，其他地方已经开始布置纪念日装饰，放假过节的氛围极其浓郁。

“不是我说，被那些热闹一衬托，咱们这块哪是中心会议区啊，活像斐穆城中心公墓。”邵珩过来给楚斯汇报安全部队执勤工作的时候，忍不住抱怨道。

“这句话你已经说了五遍了。”楚斯一边给他递上来的文件签字，一边回答。

“哎——确实格格不入嘛。”

邵珩摇着头抱怨完，两手撑着办公桌随意看了看四下的布置，最终目光落在办公桌边角的一盆绿植上，他手闲着没事干，去撩了一下叶子，随口问道："这什么？"

楚斯签字的手一顿，瞥了一眼，不动声色地道："猫薄荷。"

邵珩"哦"了一声，没注意到他的表情，继续道："看着还挺清爽，我那边的办公桌上怎么没放？只有执行长官办公室有？这酒店放绿植还分等级，差别待遇也太明显了吧？"

"不是酒店放的。"楚斯道。

"嗯？"邵珩一愣，"那哪来的？"

楚斯面无表情地看了一眼那盆葱葱绿绿的叶子，"萨厄·杨买的。"

邵珩一愣，下意识左右张望了一下，"杨先生这就来了？他们那训练营不是要晚点才能到吗？"

楚斯收回目光一边浏览文件，一边用平静自然的语气答道，"之前强买强卖塞在我办公室，这次来开会，不知道谁收拾东西的时候闲的，把这个一起带上了飞梭。"

邵珩想了想第5办公室那几位秘书事无巨细的性格，觉得确实能干得出这种事。但重点不是这个，重点是……

"杨先生买猫薄荷干什么？"邵珩觉得这事非常神奇，毕竟楚斯也不养猫。

是呀，干什么呢？

萨厄·杨当时把猫薄荷放在他桌上的时候，楚斯也愣了一下，下意识问道，"你买这个干什么？"

然后，锱铢必较的杨先生就把当初楚斯自己说过的话还给了他，"喂你啊。"

但是这话私下说说也就算了，能跟邵珩说吗？显然不能。于是楚斯装聋作哑，当没听见，转移话题道，"我听说邵老爷子想退休？"

"……"邵珩心说你这话题转得也太明显了，但是终归是上司，不好怼，便捏着鼻子顺着话道，"对，不过听米勒说，医院那边琢磨着退了也要把他返聘回去，我估计几年内没得歇。好在他现在身体还不错，今天4个小时飞梭坐下来，也没见有什么不舒服的。"

楚斯点了点头。

邵珩见他还有两份文件没看完，便干脆在落地窗边的会客沙发上坐下，顺手拿起扶手上搁着的一本书看了看，“《永无之乡》？”

他随手翻了两页内容，“神神鬼鬼的，诗歌故事？你还看这个啊长官？”

楚斯头也不抬地提醒：“你看看作者再说话。”

邵珩翻回封面，“埃斯特·卡贝尔？是我知道的那位埃斯特·卡贝尔女士吗？”

“不然呢？”

“我只看过她出的智能系统方面的研究著作，不知道她还出过这种。”

“也不是。”楚斯道，“就这一本，我让人装订的。”

当初埃斯特·卡贝尔转出无菌病房的时候，把那沓写写画画的纸留在了窗台上，没有带走，后来辗转到了楚斯手里。

那阵子她常待在蒋期的病房里，楚斯有回碰上了便问了她一句，“怎么写完又不要了？”

埃斯特回得挺任性，说是写完之后，她才发现她的记性还可以，这些事情应该不会忘记，所以那些纸又用不上了。

鉴于这帮搞研究的性格古怪，常常想一出是一出，楚斯决定还是替她把那沓纸保存下来了，又因为散纸容易缺漏丢失，干脆找人装订成了一本小册子，免得卡贝尔女士哪天突然反悔，觉得自己记性又不可以了。

邵珩正想再翻两页，余光却瞥见落地窗外，通往会议中心的大道上，刷着“联合精锐训练营”标志色的一队飞梭正朝这边驶来，“欸？杨先生好像到了。”

楚斯挑了挑眉，面容平静地“嗯”了一声，然后迅速签好最后一份文件，冲邵珩道：“签完了，我这里没什么事了。”

邵珩：“……”

看到他那复杂的表情，楚长官摸着良心勉强自省了一下，觉得自己刚才的语气似乎确实有点不近人情，好像在轰人走似的。于是他顿了一下，又补充道，“按惯例，下午5点之后有半天时间自由活动，你可以带邵老爷子出去转转，现在离5点还有半个小时，不如回去安排一下？”

邵珩：“……”你换个说法赶人我就听不出啦？

不过他毕竟不是齐尔德·冯那种棒槌，不会在这种时候自讨没趣，当即一并脚跟，带着文件离开了办公室。

15分钟后，楚斯的办公室大门被人在外面敲了一声，那种漫不经心的敲法，一听就知道谁来了。

果不其然，萨厄·杨的声音在门外响起，“长官，我来汇报安全大厦那批队员的训练情况。”

楚斯心说骗谁呢，嘴里却道，“进来。”

门开了又关上，萨厄·杨已经边摘手套边走到了办公桌前，“来晚了点，公务处理完了吗？”

“刚轰走邵珩。”楚斯看了眼光脑，道，“差不多了。”

“那走吧。”

楚斯一愣，“走去哪？”

萨厄·杨冲他伸出手，笑着道，“我能邀请我的长官出门共进晚餐吗？”

楚斯刚要张口，萨厄·杨抬手制止了一下，“等一下——”

“怎么？”

萨厄·杨端起那盆猫薄荷，在楚斯鼻前晃了一下，“先闻一口再回答。”

楚斯：“……”神经病吗？

看到楚斯那一言难尽的表情，萨厄·杨才笑了一声，把猫薄荷放下，“一天公事办下来表情都官方化了，给你调整一下。”

说完，他懒懒地撑着桌子，噙着笑意问道：“走吗？”

楚斯把光脑一推，点了点头站起身去拿大衣，“走。”

依照惯例，正式的会议是从27号持续到29号。但是26号这天，做完所有会议准备工作处理完当天事务后，会有半天的活动时间，相当于参会人员都能有个半天的假期。

当然，这半天是针对楚斯他们这种公务缠身的人来说的，其他参会人员的自由度其实要大很多，比如蒋期他们这种研究专家就不受公务限制，在下榻酒店刚安顿好，就被接待人员带着出门去了。

临行前，蒋期还来楚斯办公室晃了一圈，嘴里说着来慰问一下儿子，实际上就是坐在沙发上欣赏了一下自己儿子忙得脚不沾地的情景，又听着楚斯眼睛不眨地冲各种人说了一堆瞎话，这才离开。

换句话说，他就是来看热闹的。

蒋期他们那帮研究员们在外面自由活动了快1天的时候，楚斯和萨厄·杨才刚刚得以出门。

出门前还跟警卫队长罗杰扯皮了一番，因为他们不想带太多警卫。扯皮最后的结果是，楚斯干脆找了一瓶皮肤塑造剂，把自己跟萨厄·杨都调整了一下。

长相修饰过，在外面就不容易被认出来。

最后在罗杰还坚持的时候，萨厄·杨给了他会心一击："老实说，两个警卫还是十个警卫，甚至五十个警卫，区别其实不大。真碰上什么事，我怀疑是我们救他们。"

罗杰："……"

趁着警卫队长没撅过去，楚斯把萨厄·杨拽走了。

"不要乱挑衅。"楚斯坐上私人飞梭的时候说道。

萨厄·杨发动飞梭车，一边定位目的地一边道，"我有挑衅？"

楚斯："当我没说。"他其实也知道萨厄·杨当时肯定不是故意的，因为他说得非常平静。

"我说错了？"

楚斯想想罗杰那憋屈的脸，笑了一声："没有，事实上我也是那样认为的。"

萨厄·杨满意地挑了挑眉。

飞梭车驶入道路，渐渐加速，楚斯问道："我们去哪儿？"

"蝴蝶岛。"

蝴蝶岛紧靠着斐穆城，飞梭车过去只需要半个多小时。楚斯倒是很满意这个目的地，也许是小时候待在混乱的西西城，大了之后又总在紧靠政权中心的地方生活，蝴蝶岛这种安逸慢节奏的小镇对于他来说是最好的调剂。

更何况蝴蝶岛上还有那家蒙卡明菲餐厅，他倒挺想再去一次。

当萨厄·杨直接把飞梭车开到了星夜大道停车坪的时候，楚斯觉得他们两人的默契度确实高得吓人。

这一次的星夜大道比上一回热闹许多，也许是到了下班的点而明天又是假期，也许是三方联会选在斐穆城，带动了这里的人流量。

他们下车的时候，天色已经暗了下来，街道两边的商店亮着灯火，大多是令人放松的温黄色，显得热闹又不失暖意。

蝴蝶岛这边的温度较之斐穆城中心更低一些，透着深重的冬日气息，楚斯张口说话，便有一团薄薄的雾气笼在鼻前，“去蒙卡明菲？”

萨厄·杨“嗯”了一声，朝对面不远处的蒙卡明菲看了一眼后，又补充道，“前提是还有座位的话。”

“早知道先订个位。”楚斯道。

“我没记错的话，半个多小时前，你还没有要跟我出门吃饭的打算，哪来的早知道。”萨厄·杨下巴微抬地看他。

楚斯有些好笑地看着他，然后冲他招了招手。萨厄·杨挑着眉，拿乔片刻这才跟上来和楚斯并肩而行。

在这种地方，所有人的节奏都会变得有些慢，走路像散步，说话调子悠悠的，不疾不徐。街上往来的人都这样，带着楚斯和萨厄·杨也不自觉放慢了脚步，像是闲逛一样。

天气很冷，所有人都穿着大衣裹着围巾，在团团白雾中，和身边的人亲密谈笑，没有谁会太过注意别人是谁在干些什么。

但是即便如此，楚斯还是被走在前面的两个人牵住了目光。

“怎么了？”萨厄·杨见他突然愣了一下，便顺着他的视线看过去——

就见蒋期和埃斯特从前面的街角拐过，正并肩朝蒙卡明菲的方向走着。因为往来人流遮挡的关系，他们似乎没有注意到走在这边的楚斯和萨厄·杨，不过就算瞥到了也不一定能立刻反应过来，毕竟他们用皮肤塑化剂做了微调。

但是实际上，楚斯和萨厄·杨离他们并不远，只落后他们几步，甚至能听见埃斯特说的话。

“我很久没来这里了，不过今天热闹得有点出乎意料，不知道能不能坐到我以前常坐的那个位置。”埃斯特转头冲蒋期道，“快告诉我你后来没有来过这里吧？”

蒋期偏头看了她一会儿，“嗯”了一声，道：“没有。”

他穿着大衣，身形挺拔，说话的时候，面前同样笼着一团薄薄的白雾，和当年路过孤儿院的时候几乎一模一样。好像他还在盛年，后面的路还很长很长。

医院那边出具过检查结果，他们这一群侥幸活下来的人身体各方面的数据都低于常人，这意味着他们剩余的寿命很不稳定，也许只有一二十年。

有好一阵子，楚斯都很在意这个结果，反倒是蒋期、埃斯特他们自己看得很开，甚至还反过来宽慰楚斯，让他也渐渐适应并接受这个结果。

在他们身上从来看不到对此的忧虑，更多时候总是一副享受生活的安逸模样。

就好比现在这样，温和地笑着讨论一顿晚餐。

埃斯特听见蒋期的回答似乎松了口气，"那真是太好了，记得吗？我跟你提过，蒙卡明菲还有另一个名字。"

"记得，你说那个名字略微有点长。"

埃斯特笑起来，"没错，过会儿再告诉你。"

楚斯不远不近地走在后面，听了个大概后偏头冲萨厄·杨低语，"从头到尾全是瞎话。"

萨厄·杨忍不住笑了起来，"长官，这话谁说都可以，唯独你……"

楚斯瞥了他一眼，而后冲蒙卡明菲对面的一家餐厅抬了抬下巴，"算了，别去添乱了，去对面那家怎么样？"

萨厄·杨一耸肩表示随意。

过街的时候，楚斯回头朝蒙卡明菲看了一眼。

蒋期刚才没说真话，他不仅来过很多次蒙卡明菲，还每次都坐在埃斯特所说的老位置上，墙上那个所谓的"另一个有点儿长的名字"他也一定看过无数次。

他顺着埃斯特的话否认，大概只是想护着她那点兴奋和期待。

餐厅的玻璃门后，蒋期和埃斯特进门跟服务生说了几句话，然后如愿以偿地被引到了最里面靠近落地窗的位置上。

楚斯收回目光，跟萨厄·杨进了新的餐厅。

这家餐厅的布置虽然不像蒙卡明菲那样独特，但是私密性很高，设置的都是单独的隔间，拉门一关，就能把其他人屏蔽在外。

隔间里的布置非常居家，椅子是高背扶手软椅，角落有温黄的落地灯，厚重的窗帘斜钩起来，窗边还搁着一盆晚香玉。

这种环境太容易让人联想到诸如“暖和”“安静”之类的词，于是整个人都变得放松甚至懒散下来。

用餐到一半的时候，楚斯余光里飘过一抹白色。

他转头朝窗外看去，阴冷了半月有余的天终于落下雪来，安安静静，漫漫洒洒。街上往来的人都停了脚步，下意识伸手去接，而后笑着转头和身边的人说着什么。

给他们当背景的，是街上商店大片大片明亮的橱窗，有很多上面都喷着类似的彩绘和相同的话——

我很爱你。

去年的这场纪念日里，也许是想起灾难来临时那种措手不及的孤独感，很多人在纪念日钟声响起的时候，不约而同地对身边的人说出了这句话。亲人、友人、爱人，一个感染一个，再经过不断发酵，到最后居然成了这个纪念日的标语。

今年纪念日前，各处都早早地打出了这样的装饰和布置，成千上万的城市和无数条纵横交错的街道在这天夜里都缀了点缱绻深情，以至于整个世界都变得温暖动人起来……

几个少年人不知说了什么，笑闹追打着从窗前过去了。

没过片刻，一对老人也在细雪中互相搀扶着，缓慢地从窗前经过。

楚斯眸子一动，看向萨厄·杨，突然没头没尾地问道：“清除那些实验组织，会觉得不习惯吗？”

毕竟对于他来说，从有记忆起就是一个成功的实验体，从没有体会过被时间追赶的滋味，现在突然落回常人的世界，不知道会不会有一点遗憾。

萨厄·杨举着杯子的手停了一下，紧接着，那双好看的眸子便弯了起来，眼里盛着落地灯温暖的光。他碰了一下楚斯的酒杯，说：“不会，其实我很高兴。”

我很高兴，能跟你一起老去。这样，在化为坟墓的时候，就可以在上面刻下一句话，代表着我们一生的故事。

楚斯突然明白了埃斯特那句话的意义——有些事情，即便不用纸笔，也一样会被铭记。

这世上爱的表达方式总有千千万万种，每天，每时，每刻，在每一个不同角落上演——

就像楚斯回答说:"等以后老了……"

就像萨厄·杨说:"我很高兴。"

就像街角有一对拥抱的年轻情侣;而埃斯特正坐在蒙卡明菲里,指着墙上那句话,说给蒋期听。

再远一些的地方,邵珩给老爷子泡着茶,絮絮叨叨地让他注意身体;梅德拉上将则跟女儿连着通讯。

星球另一头,精锐训练营的陆地基地里,唐他们几个出生入死过的伙伴大笑着碰了杯,大快朵颐。

茫茫太空里,卡洛斯·布莱克在床边坐下,冲床头柜上妻女的照片说:晚安,第29128天,我依然很想你们。

……

阳光依然干净,星河依然灿烂。

世界也依然在长久深情中缓缓地朝前走。

于是时间奔流,得以见证人间在漫长岁月里,所有的永恒和不朽。